让心灵去旅行

CHICKEN SOUP FOR THE SOUL

心灵鸡汤全集

人民日报出版社

图书在版编目（CIP）数据

让人快乐幸福的读者文摘/杰利·哈普特编著. —北京：人民日报出版社，2003.9
ISBN 7－80153－739－4
Ⅰ. 让… Ⅱ. 杰… Ⅲ. ①散文－作品集－世界－现代 ②随笔－作品集－世界－现代 Ⅳ. I16
中国版本图书馆 CIP 数据核字（2003）第 087230 号

书　　名：让人快乐幸福的读者文摘
心灵鸡汤

编　　著：杰利·哈普特
责任编辑：曼熳
装帧设计：天地人工作室

出版发行：人民日报出版社（北京金台西路 2 号　邮政：100733）
经　　销：新华书店
印　　刷：北京富达印刷厂

开　　本：710mm×1010mm　1/16 开
字　　数：1100 千字
印　　张：75
印　　次：2004 年 1 月第 1 版　2010 年12月第 3 次印刷

书　　号：ISBN 7－80153－739－4/I·056
全套定价：108.00 元（本册 36.00 元）

前言

愉悦心灵的阅读，在现代人的生活中已成为新的时尚。忙碌的工作之余，诵读一篇篇洋溢着至善至美的真情故事，如澄澈甘甜的泉水滋润着我们的心灵，丰富我们的生命。

本书收录的几百个精彩故事，温馨生动，真挚动人。用心去看去领悟，或许某些故事会给读者以智慧的启迪，有的会让你感动落泪，有的会有特别的感受，有的则会让你会心一笑。你会感受本书如同春风轻轻吹拂你，帮你从平凡的生活中找到一份舒畅甜美的心境。

有意义的作品，能照亮心中的黑暗。本书的故事大多是作者的亲身经历，每位作者都提供了他们的生活体验和处世哲学。书中一个个充满温情和理性的精彩故事，会引导你在生命的各个阶段都壮志满怀，蓬勃向上。

慰藉心灵的阅读，在我们的记忆中会永远留下清香。阅读该书，会给你带来前所未有的喜悦。

目录

CONTENTS

人类需要善于实践的人，他们能从工作中取得极大的收获，既不忘记大众的福利，又能保障自己的利益。但人类也需要梦想者。

许多人告诉我们，夫妻始终相爱，是因为个性契合、气味相投，或者因为他们彼此之间始终有浓厚的兴趣，因为恩深义重，因为运气好。不过其中一部分一定是宽恕和感激。那就是你并非天仙化身，但你仍旧照样爱人，并且始终被一个人爱着。

心灵有着无尽的潜能，它可以改变人生的轨迹，请相信你自己，热爱你自己，把你的生命之火燃成一片辉煌。

一束束鲜花伴随着我跨过人生的一个个里程碑，而这些花是所有花中的第一束。

泰戈尔说："我原来以为大家都是不相识的，醒来才知道，大家原是相亲相爱的。"有善心，用善言，然后才能结得善果。

坚持不懈对生活很重要，选择需要果断地思考，如果有成功，那一定是你自己成功。

理解是人际关系中的灵丹妙药，它可以解决许多问题，它可以让彼此的心得到沟通，心与心之间电流畅通，握手比较有力，对视的目光坦诚。

一句话可以影响一个人一的生，可以改变人的一生。可以用语言创造人生的机会，可以用语言积累保存生活的财富。人与他听说的话总是紧密联系在一起的，人所说的话能够代表他的形象和心灵，一个人把话谈好了，也就把人做好了。

正如每一个人头上都有一片青天一样，人人心中都有自己的井，井中同样有每一个人的青天。我们就用井中的青天作镜子，映出人间情感的图画。任何情感都是一种人际关系的体现。

树枝用它的芽作为生活的答案，也用它的落叶来回答生活，还用它镀银的雪枝来给生活另一个回答。

爱的教育

一个人必须接受爱的教育，心才会变得美丽。人生获得的教育可以不只拘限于学校，生活就是对我们的教育。除外，一个人开展自我教育非常重要。一个人受到教育后，就会真正明白什么是爱，什么是美，懂得了爱和美，人生就会成功。

至高无上的爱

不管他们选择的目标是什么，迫击炮弹还是落到了一个越南小村庄开办的孤儿院里。几个教士和一两个孤儿被炸死，还有几个孤儿被炸伤，其中有个大约8岁的小女孩。

村里的人到邻近的一个和美军有无线电通讯联系的小镇上去求救。最后，美国海军的一名军医和一名护士带着急救箱，乘吉普车急匆匆赶到村里。他们发现那小女孩伤得非常严重，如不抓紧手术，她就会因长时间休克和失血过多而死亡。

所以要及时地给她输血，这就需要和她有同种血型的献血者。护士很快地给在场的人进行血型化验，结果，没有一个美国人和小女孩的血型相同，但有几个没受伤的越南孤儿却和她血型相同。美军军医和护士一会儿用越语，一会儿用法语，一会儿打手势，试图给这些被吓坏了的孤儿们解释，如果不马上给这个小女孩输血，她将必死无疑，然后他们问孤儿们，有谁愿意给小女孩献血。孤儿们听后，一个个瞪着大眼，一句话也不说。过了一会儿，一只小手颤巍巍地慢慢举了起来，很快又放了下来，接着又举了起来。

“啊，谢谢你。你叫什么名字?”护士用法语说道。

“恒。”小男孩答道。

护士很快把恒安置在担架上，用酒精在他的胳膊上擦了擦，把针头插进他的血管里。恒一声不吭，僵直地躺着。

过了一会儿，他突然发出一阵颤抖的抽泣，但很快就用另一只手将脸蒙住。

“疼吗，恒?”军医问道。恒摇摇头，并又用手蒙住脸，试图不哭出声来。军医又一次问他是不是针头刺疼了他，他又摇了摇头。

又过了一会儿，恒又轻轻地哭出声来。他紧紧闭着眼睛，把拳头放进嘴边，试图止住抽泣。

军医和护士感到一定是出了什么问题。正在这时，一个越南护士正好赶到。她看到这种情景后，直接用越语问恒到底是怎么回事，她听了恒的回答后，温柔地对他说了些什么。

过了片刻，恒停止了哭泣，抬起眼睛询问似的看着越南护士，越南护士向他轻轻点了点头，恒脸上紧张的表情顿时释然。

越南护士看了看美军军医和护士，然后轻轻地说道："他以为他快要死了。刚才他误解了你们的话，他以为你们要把他的血全部输给那个小女孩呢。"

"但他为什么又愿意献血呢？"美军护士问道。

越南护士用越语把美军护士的话又给恒说了一遍。恒回答道："因为她是我的好朋友。"

一个小孩为了朋友，竟心甘情愿地付出自己的生命，世界上还有什么样的爱能比这更伟大呢？

一个小孩为了朋友，竟心甘情愿地付出自己的生命，世界上还有什么样的爱能比这更伟大呢？

初恋

诗人罗拔·弗洛斯特常对我讲起他的初恋。他说：他的对象是一个乌发、黑眼珠的姑娘。她名叫赛玻拉·琵宝黛，好多年前在新罕布什尔州的赛伦和弗洛斯特是同学。那时他只是12岁的傻小子，写了些热情的信给她，可是这位小姑娘另有许多爱慕她的人，并没有对他特别表示好感。后来他离开了赛伦，就没有再得到她的音讯。

身为弗洛斯特指定的传记撰写人，我将这事记在心上，可是没有进一步去搜集这件事的资料。过了几年，我听说赛玻拉·琵宝黛的丈夫已经身故，她回到赛伦，拟作久居之计。我写了一封信，请求去访问她。她恳挚地回信邀我前去。

接见我的是位袅娜轻盈、精神奕奕的老太太，70多岁的年纪，满头白发。她记忆中和弗洛斯特同学时的事，和老诗人所说的差不多。她告诉我，在放学后和星期六，她和她的哥哥查理常与弗洛斯特到树林中漫游。她像她哥哥一样爱冒险，时常用激将法逗引弗洛斯特向他们看齐。她记得，有时他为了她有别的男朋友而和她吵闹。

那天我并没有久坐，可是她欢迎我再去。我第二次去时，意想不到的事发生了——那是传记作家可梦想而不可求的。

我们谈得比上次更随便。最后我起身告辞，赛玻拉却仍坐着。“还有什么事吗?”我问。赛玻拉说有，她是在等待适当的时间好告诉我。她说这所房子原是她幼年的老家，自从丈夫死后，她便回到这儿来住。最近她曾在阁楼上打开一只尘封的箱子，找到了几件她家的纪念品，其中有一只她在中学盛铅笔的木匣子。

她把木匣子拿在手里，忽然想起匣子下边有一个秘密的夹底，只要把匣底的薄木板抽出，就可以打开来。她试了一下秘密的夹底果然开了，里边掉出4封信，是弗洛斯特在1866年秋天写给她的。她现在想给我看看。

她从书桌抽屉里取出信来交给我，我觉得非常兴奋，因为我知道，踏破铁鞋无觅处，我手里拿的是这位大文豪的最早手笔。我一看信的内容，更觉得收获很大。其中一封是这样开头的：“我喜欢你给我的那些叶子，已经放在拼字书里夹着。”另一封信说：“时常吵架没有什么趣味，难道我们不能好好地做朋友吗……我喜欢你，因为我没法子不喜欢你。我对你发脾气的时候，也在对自己发脾气。”从这种字句里，我可以体会到一个男孩子在恋爱中的狂喜和苦痛。

赛玻拉·琵宝黛还不知道她找到的东西有多么重要。她要把这几封信给我的时候，我向她解释道，这些信的市值太高，我不能接受这么贵重的礼物。不过，她是否可以考虑赠给马萨诸塞州阿姆赫斯特市的公立钟士图书馆?因为那个图书馆收藏了不少弗洛斯特的文稿。

她答应了。过了几天，我把这4封信送去交给文稿收集负责人查理·格里恩。但又怕弗洛斯特不乐意我私自访查他的事，所以叮嘱格里恩严守秘密。又要求他在信笺背后加一层衬纸，用厚纸包起来，纸包要用绳扎好，放在书库里，上面写着“罗拔·弗洛斯特在世时不得启封”的识记。这个秘密本来是可以保守的，可是人谋拗不过天数——偏偏弗洛斯特亲自出面了!

原来弗洛斯特在同一书库里藏着一只铁盒子，里边是一些早年的诗稿。那四封信交给图书馆之后没有多久，不料他突然来取回一首诗。格里恩情愿代他去把盒子拿出来，可是弗洛斯特说，不如他们一起到书库去，省得周折。诗人打开盒子，取出他所要的诗，将盒子关好——然后向四面一看。“这是什么?”他问。

格里恩无意中将密件放在附近的一个书架上。弗洛斯特盯着它看，然后朗声念：“罗拔·弗洛斯特在世时不得启封。”他随即转身即问：“格里恩先生，这是你的笔迹?”

格里恩慌忙说是的，是他写的字，不过是拉莱·汤普森要他写的，因为……

弗洛斯特不耐烦听他解释。他用力将绳子扯断，再把外面包着的纸撕掉。他仔细看完这几封信，仍旧放回书架上，然后转过身来，没说一句话，就大踏步走出图书馆。

格里恩写信向我道歉，备述详情，他说诗人似乎很不高兴。我很担心，我没有征得弗洛斯特的许可就私自去访问，如果他对我不谅解，那么我替他写传记的工作也许还没开始就完蛋了。怎样才可以补救呢？我决计让他的气平静下来，甚至等到他自愿提起这件事时再说，这样也许最恰当。我静候着。

等到第二年6月还没有动静，我只能照我和诗人的原定计划到维蒙特去，在他那里盘桓几天。我抵达他农庄的时候，他正在菜园里种菜。他客气地和我打招呼，吩咐我的话也很不见外：他叫我把上衣脱了，表演一下我农村出身的身手，帮他把菜苗种在地里，别让它枯萎了。种完了菜苗，我们到他的木屋里，坐在石砌的壁炉旁边。弗洛斯特先告诉我，他的一只母鸡给狐狸拖去的情形。“我的反应不够快，”他说，“这样的事我没遇见过，还是我小时候在赛伦……”

赛伦！他想起了未了的公案，话没说完就住了口，他的脸色变了，他向我俯身过来，用右手食指点着我的鼻尖道：“你！你！你背着我做了些什么事！”接着，他把他到钟士图书馆的经过情形，原原本本地告诉我。他说，他一看见纸包上写的戒言，同时听见格里恩提起我的名字，他就知道我在背后刺探他的隐私。因为我没有向他说明，使他觉得非常痛心和气恼，他把绳子扯断，把包纸撕掉，当时他自己也不知道怎么会发这么大的脾气。

他看了看信上开头几个字“亲爱的小赛”，心里的气愤都给扫荡得一干二净。他说，任何人都不能理解，他在看信时，有多少往事涌上心头，激动得不能自持。等到看完最后那封信，他觉得热辣辣的泪水刺得眼睛发疼；他不能让格里恩看到眼泪。他也不能和别人说话，所以就一走了之。弗洛斯特说完了，屋里一片寂静，这回我的眼睛反而疼起来了。

突然，他的神情一变，两眼盯着我问：“你找到她了?”

我点点头。

“她在哪里?”

“赛伦。”

他继续盯着我，我不敢作声。沉默变成了僵局。最后，他开口了，几乎是自言自语：“60年了！60年来……我从未忘记。”

然后他向椅子上一仰。“你从头讲起吧。”他心平气和地说，“从头讲起，把她的一切都告诉我。

从头讲起，把她的一切都告诉我。

年轻时的爱

你恋爱了，这很自然。如果你还没有恋爱，今后你一定会有。恋爱就像麻疹，我们一生都要经历一次，你永远不必害怕会第二次染上它。

我们绝不会第二次染上恋爱病。小爱神丘比特是不会在同一颗心上射入第二支金箭的。我们会再度喜欢上谁，再度崇拜上谁，也可能再度对谁产生非同寻常的好感，但我们绝不会第二次恋爱。人心有如烟花，只能一次把火花射向天空。它燃亮于瞬间，宛若流星划过天际，流光溢彩，照亮下面整个世界，周围是我们日常平淡生活的灰暗夜幕。然后，燃尽的空壳落回地面，毫无用途，无人理睬，慢慢地化为灰烬。少男少女们啊，你们对爱情的期望恐怕过高了。你们以为，你们小小的心中有足够的东西去维持这种吞噬一切的激情，使它能持续漫长的一生。年轻人啊，切勿过分相信那闪烁不定的火苗吧。随着岁月的流逝，它会渐渐熄灭，而且再也无法补充燃料。你们会满怀愤懑和失望，眼巴巴地看着爱火熄灭。在自己的眼里，逐渐冷却的似乎正是对方。小伙子会苦涩地看到姑娘不再面露微笑，脸色绯红地跑到门口迎接自己；他咳嗽时，姑娘已不会掉泪，也不再用双臂搂住他的脖子说，没有他自己就活不下去。她顶多会建议他喝点咳嗽药水，即使如此，她的语气也像在暗示：她急于避开他的阵阵咳声，甚于躲避其他一切嘈杂噪音。可怜的姑娘也是这样。她暗自神伤，因为小伙子已不再将她那方旧手帕珍藏在背心里面的口袋里了。

感到爱情的血流在血管中奔涌的年轻人，有谁会想到这血的流速竟会减慢下来！20岁的男孩认为，他的爱与他60岁时的爱一样疯狂。虽然他想不起哪个中年或中年以上的男子是以感情的疯狂和投入著称的，但这丝毫不会动摇他的自信。他的爱情永不衰退，无论别人怎样。谁都没有像他那样爱过，所以世人的体验当然都对他毫无帮助。哎呀，还不到 30 岁，他已经跻身于愤世者的行列了。这并非他的过错。我们已经不会脸红；我们的激情，无论是好是坏，也都消失殆尽了。我们 30 岁时既不憎恶，也不悲凄；既不欢乐，也不失望，不再像我们十几岁时那样了。我们失望却不至于自杀；我们畅饮成功的酒浆却不会喝醉。多长了几岁以后，我们看待一切都不那么乐观激进了。雄心的目标已经不再那么宏伟；看待荣誉更加理智，而且会与其环境相适应；至于爱情，它死了。"贬抑年轻人的梦幻"的心理如同一层致命的寒霜，不知不觉地渐渐覆盖了我们的心。温情脉脉的表白被抑制；昂贵的鲜花枯萎了；当年那株渴望把枝蔓向全世界的青藤，如今只剩一根风干的枯桩了。

年轻人正是在形成性格时期颤抖着坠入爱河的。他爱的姑娘既可以造就他，亦可毁掉他。啊，年轻人，趁你年轻的爱梦还没有消失，尽情感受它吧！用不了多久你就会懂得：爱是生活中最甜蜜的感情。甚至当爱带来痛苦，那也是一种疯狂而浪漫的痛苦，与事后的悲哀那种钝木而平庸的痛苦迥然不同。当你失去了她，当生活的灯盏熄灭，当世界在你面前展现出一派漫长、黑暗的恐怖时，你的绝望中也掺杂着一半迷醉。

为得到爱的狂喜，谁不会甘冒恐怖之险呢？那是什么样的狂喜啊！只要一想到恋人，你会浑身战栗不已。告诉她你爱她，为她活着，也愿为她而死，那是何等美好！你口吐狂言，让夸张的废话如同洪水决堤，她装作不相信你的话，那又是何等残酷！你怀着一颗敬畏的心伫立着，等待她的到来！冒犯了她，你又何等痛苦不堪！但是，你受她欺侮，乞求她的原谅，脑子里却根本不知道自己错在哪里，这对你又是多么大的赏心乐事！她怠慢你，只为了使你难堪，世界变得多么漆黑一团！而当她莞尔一笑，世界又是多么阳光灿烂！你对她周围的人是那么嫉妒！你对和她握手的男子和与他亲吻的女人是那么痛恨！你那样急切地盼望她的到来，而见到她你又显得那么愚蠢，直勾勾地看着她，嘴里却一个字也说不出来！你无论白天夜晚什么时候出去，都会发现自己站在她家窗口对面，绝无例外！你没有胆量走进她家，只好徘徊在街角，朝她窗口遥望。啊，假若那屋子突然起火，你冲进去，冒着生命危险把她救出来，任凭自己被烧伤，那该有多好！每个假日你都会去她的圣殿，献上一份寒碜的贡品。只要她肯屈尊迁就，接受你的薄礼，你就会觉得收到了双倍的报偿。她的一切你都视如珍宝——纤巧的手套，她系过的发带，曾栖息在她秀发间的玫瑰，那花叶曾使你写出过你今天已不 愿再看上一眼的诗歌。

啊，她是多么美丽绝伦！她像天使一样来到屋子里，使其他一切都显得粗鄙平庸，她太神圣了，不能碰她。即使是凝视她，似乎也是冒犯。想到亲吻她，你马上会联想到在大教堂里唱滑稽调。跑下来，小心翼翼地把她的纤纤玉手捧到你的嘴边，这已经够亵渎了。啊，那些愚蠢时光哟！那时，我们纯洁无私，单纯的心里充满真理、忠诚和崇敬！啊，那些充满高尚企盼和高尚冲动的愚蠢时光哟！

恋爱就像麻疹，我们一生都要经历一次，你永远不必害怕会第二次染上它。

亲爱的，我来了

——最好的爱的礼物

在我40岁时，丈夫为我举办了一个令我惊喜的生日晚会。

当我走进餐厅，在缤纷的鲜花与柔美的音乐中见到亲爱的朋友们，看到那里陈列着我的照片——它们记录着我走过的人生旅途——此情此景，此时此刻，铭在了我的心中，永远也不会忘记。

我从一张桌子走到另一张桌子，问候着每一位客人，沉浸在喜悦与温馨中。蓦地，我的目光停在了房间最里面的一位老人身上，他看着我，慈祥地微笑着，手臂还环着一个头发雪白、一双蓝眼闪着激动的亮光的妇人。

“爸爸，妈妈！”我喘息了。亲爱的双亲。为了我的生日，1小时前就从芝加哥飞抵洛杉矶。望着眼前的两位老人，我抽泣起来。是他们，不仅养育了我，也谆谆告诉我：“亲爱的，我来了。”——这是他们经常赠予别人最好的爱的礼物，今天，他们把这份礼物赠予了我。

大约一年以后，我和丈夫收到一位朋友的请柬，邀请我们参加她的婚礼——几年前他们举行过一个非宗教的婚礼，而现在他们希望在主的面前重申他们的婚誓。

婚礼前一天早晨，我决定打个电话向朋友告假。

“凯茜，我是卡伦。”我试探地说。

“你明天一定来的，是不是？”她打断我的话，同时语气显得格外急切。

我踌躇了一下，而恰在这一瞬间，父母赶来祝贺我生日的那一幕浮现在了自己的眼前，我便赶忙对她说：

“是的，亲爱的，我当然来！”

于是我们去了，我很高兴我们这样做。我们坐下不多一会儿，凯西就进来了。她容光焕发，但眼眶里含着泪水。她诉说着我们的出席对她意味着怎样的情意，给她带来多大的快活，而这一份情意和快活她的亲戚们却没有送来：这一天，她的儿子和两个她深爱的姐妹都没有来。从她的眼睛里，我看到她那被伤害的心。

“我原先想的是不来了，多可怕呀！”我对丈夫耳语道。

现在我知道，从感情来说，在她需要你的时候，你出现在她身边是一种责任，无论代价如何，我们都应该负起这种责任。“亲爱的，我来了。”——在这一刻，不仅是自己，还有对方，我们的爱和友情都有了更深的含义，我们的情感和精神都有了更新的内容。

不久前，一位邻居的丈夫病重住院。在她那守护丈夫的漫长日子里，我每天总在她的门口放一束玫瑰花或一张慰问的卡片。但从未进去坐几分钟或讲几句话。然而，有一个早晨，我在门边发现一张小纸条，上面写着：昨晚，10点30分，卡尔去了天堂。

几天后，我们不期而遇，她真可以说是一个疲惫而孤独的老妇人了。

“菲莉丝。”我小声唤道。

当我们的目光相遇，就彼此进入了对方的心灵，像两个孩童一般。我们一起走进她的房间，这时候，我看到她苍白脸上的悲痛减轻了许多。

卡尔的最后一个晚上我不在那儿；但现在，她需要我，我在这儿。

去年春天，我们在山中的周末别墅度假。一整天的刈除杂草和播种令我精疲力竭。回到家，正当我走上楼梯时，听到敲窗的声音，原来是我的丈夫查尔斯，他的脸沾满泥土，但两眼炯炯发亮。

“什么事？”我问。

“没什么。只是想你，亲爱的。”他望着我，接着又指了指远处的群山，温柔地补充道，“太阳快下山了。在一天结束的时候，我希望你能在我身边。”

一个细微的手势，一份充满爱的礼物，我的眼泪涌上来了，丈夫只是希望我在他的身边。

亲爱的，我来了。

亲爱的，我来了。

重修旧好

与旧友之交淡了下来。本来大家来往密切，却为一桩误会而心存芥蒂，由于自尊心作祟，我始终没有打电话给他。

多年来我目睹过不少友谊褪色——有些出于误会，有些因为志趣各异，还有些是关山阻隔。随着人的逐渐成长，这显然是无可避免的。

有一天我去看另一个朋友，他是牧师，长期为人解决疑难问题。我们谈到今天的友谊看来多么脆弱。

“人与人之间的关系非常奥妙，”他两眼凝视窗外青葱的山岭，“有些历史久不衰，有些缘尽而散。”

他指着临近的农场慢慢说道：“那里本来是一个大谷仓，是一座原本相当大的建筑物的地基。那座建筑物本来很坚固，但是，没有人定期整理谷仓。有一天刮大风，整座谷仓都被吹得颤动起来。开始时嘎嘎作响，然后是一阵爆裂的声音。最后是一声震天的轰隆巨响，刹那间。它变成了一堆废墟。

“风暴过后，我走下去一看，那些美丽的旧椽木仍然非常结实。我问那里的主人是怎么回事。他说是雨水渗进连接榫头的木钉孔里。木钉腐烂了，就无法把巨梁连接起来。”

我的朋友说他不断想着这件事，终于悟出了一个道理：不论你多么坚强，多有成就，仍然要靠你和别人的关系，才能够保持你的重要性。

“要有健全的生命，既能为别人服务，又能发挥你的潜力，”他说，“就要记着，无论多大力量，都要靠与别人互相扶持，才能持久。自行其道只会垮下来。”

“友情是需要照顾的。”他说，“像谷仓的顶一样。想写而没有写的信，想说而没有说的感谢，背弃别人的信任，没有和解的争执——这些都像是渗进木钉里的雨水，削弱了木梁之间的联系。”

我的朋友摇摇头不无深情地说：“这座本来是好好的谷仓，只须花很少工夫就能修好。现在也许永不会重建了。”

黄昏的时候，我准备告辞。

“你不想借用我的电话吗?”他问。

“当然,”我说,“我正想开口。”

把旧衣被扔掉,把破家具丢掉,但不能把老朋友疏远,遗忘。

酸玛丽

她的名字是玛丽亚·罗莎,但是在贝叶拉阿尔塔省那偏僻山村中,人人都叫她酸玛丽。她尖酸粗鲁,平胸驼背,满脸皱纹。已经70岁了,仍靠装送松针为生。她每天在她那荒芜的菜园子里采一颗甘蓝和两个土豆做汤,再加一点橄榄油,就是一顿晚餐。饮水要到远处小径旁的抽水井去汲取。

我是15年前在山村行医时认识酸玛丽的。那时我是个初出茅庐的小医生,看不惯她那粗鲁无礼的样子。她有时不先打招呼就闯入我屋里,伸出一只伤肿的手,不客气地说:“替我治好!”

我知道她非常穷,便把药品的样品给她。她拉起黑色寡妇裙,把药品放在腰间系的小布袋里,再把头上的结子系紧,掉头就走,连一声谢谢或再见都不说。我的朋友尼科说:“她是个畜生。”接着向地上吐口水,表示轻蔑。

星期日做弥撒时,酸玛丽喃喃背诵祷文,口齿不清,没人听得懂,只是时时用手指画十字。

我心想:她有点精神病。

她开始像蚂蟥似的盯着我。不是说有风湿病,就是说搬木柴把背扭痛了。

朋友们告诉我,酸玛丽年轻时赶骡,也替人跑腿送信,搬运东西,挣钱糊口。她很早就结婚,那时长得一定很好看。她有一双淡绿色的杏眼,眸子有玛瑙色斑点。她丈夫是个酒鬼,一星期醉七天,不久就死了。她孤寡无依,独居山村里,成了怪人。

有时，我替她看病时想叫她说说自己的过去："告诉我……"

她立刻把我的话打断："我不是来闲聊的。你做你该做的事，快点。"

我只好闷声不响地替她看病。

那时是8月，天气酷热。黄昏时蟋蟀争鸣，四周一片安闲宁静。只有我心里有点不好受。

我和农人汗索、拉巴斯神父，还有大宅邸里的那位贵族大少爷，站在教堂门前闲谈。其他的人围着我们站着，形成一个人圈。酸玛丽来了，两眼望着前面，丝毫不向两旁顾盼，她的木屐走在鹅卵石路上，嗒嗒作响。她一路寂然沉思，像是生活在另一个世界中。有人说："她连个招呼都不打，真该死！"另一个人喝道："不要你的钱，至少可以打打招呼！"

不知道是真聋还是装聋，她拉拉那块皱巴的脏头巾，擦擦眼睛，根本不理我们。那位贵族说："她越来越糟了。"神父说："可怜的女人。"

秋去冬来。我和山村订的合约在初春满期。我也得到通知，应召到非洲去服兵役。不过衙门里的事处处耽搁，直到次年10月我才开始准备动身。我的小汽车中塞满了箱笼包裹。一大早就有人来送行。大家都来了，只不见乖戾的酸玛丽。

车里堆满了东西：香肠、火腿、刚从园子里摘来的鲜果。小引擎吃力地转动，车子爬上最后一道山坡，村中最后一幢房子也在松林后消失了。下坡后一路向南，那是未来的开始，过去的结束。

山风清凉，带着令人心醉的草香。转过弯，路中央站着一个人，伸手叫我停车。原来是粗糙瘦弱的酸玛丽。

她的眼睛比芳馨的山风还要清甜。她说："我从早上6点钟就站在这里，冷得要死，等着向你说声再见。"她弯腰从一块山石后拿起5个鸡蛋，她养的那只母鸡——她唯一的财产——下的5个蛋。她伸手把蛋送来："医生，我没有别的东西好送给你。"她微笑着。这是我一年多来初次看见她笑。她自己5天没有吃，省下这些鸡蛋。在她的艰苦境遇中，5个鸡蛋是一笔很大的财富。这比阔地主送给我的肥美熏肉贵重得多。

我想谢绝："车里连一颗松子也放不下了。"

她一定不肯收回："我可不拿回去。"

我拿出一只火腿，把鸡蛋放在车里。我原想和她握手，但情不能自已，我们互相拥抱。她流着泪，轻声说："我喜欢你，我喜欢你！"

为掩饰我的情感，我挥舞火腿，笑道："我如果把这肥重的火腿放在鸡蛋上，就要压碎了。你拿去吃吧，念着我。"

这老太婆的眼睛深沉明亮，满是智慧，不以我送她的火腿为施舍。她轻柔而羞怯地用手摸着我的脸："医生，我爱你像爱我的儿子。"她拿着火腿走了。

我行医至今，从来没有得到一份像酸玛丽在那个充满爱意的早晨送给我的那样美好而珍贵的礼物。

医生，我爱你像爱我的儿子。

巧 遇

那时，我和妻子莉莎忙着办一份小小的周报。我们全部身心都投到上面。我负责文字编辑，莉莎负责发行。多少个夜晚，镇上的人和我们的孩子已经进入梦乡，我们仍在孜孜不倦地工作。

又是一个忙碌的夜晚，我们钻进被窝没几个小时就起床了。我吃过用麦片做的早点，喝了一大杯苏打水，然后进城去找印刷商。莉莎要伺候5个孩子穿衣吃饭，再把3个大孩子送到学校，还要替他们每个人准备一份午餐，带到学校。我很累，真不想开车。莉莎也累得什么事都不想做。

"气温21℃，阳光明媚，今天天气真不错。"汽车收音机里音乐节目主持人快活地播着天气预报，我没有理睬他。

但是，心里想喝一大杯苏打水的欲望不理睬是不行的。我想，进城后，想喝恐怕也没有功夫了。因此我把车子停在路边，离我们家只有几英里远。

与此同时，莉沙正在扮演一个全能家庭主妇的角色。给电气公司打电话，解释水、电、暖气费迟迟不交的缘由，请求再宽限一天。查过号码本后，她拨通了一个她自以为是电气公司号码的电话。

这时，我的车已经停下。刚下车，就听到路旁公用电话铃声响。当时那个地方虽然只我一人，但我还是朝四周望了一望。"谁来接电话！"我扯开喉咙喊道，像在家里一样。

“一定是谁打错了，”我自言自语，“为什么不接接看呢?”我走近电话，拿起了话筒。

“喂。”

沉默，接着是一声尖叫。“汤姆，你在电气公司干嘛?”

“莉莎，你干嘛打到路边电话亭?”

真是不可思议，我们如同在演罗德·斯特林的《边缘地带》。

我们守在电话机旁，惊讶变成了谈心，那还是很长时间以来我们第一次不慌不忙、实实在在的谈心。我们甚至谈到了拖欠的电费。我劝她抽空打个盹。她要我系好安全带，苏打水少喝。

我仍不想挂断电话，我们分享着这段奇妙的经历。尽管电气公司和那个公用电话只有一个数字之差，但莉莎的电话碰巧被在场的我接到，这可谓是千载难逢的巧遇，我们只能理解是上帝的安排。因为只有上帝才知道那天早晨我们彼此需要向对方倾诉心曲，是上帝接通了线路。

两年后，我们终于放弃了那份为之疲于奔命的报纸。我在一家电话公司找到了工作。你说，上帝幽默不幽默?

只有上帝才知道那天早晨我们彼此需要向对方倾诉心曲，是上帝接通了线路。

爱的契约

我和玛吉结婚的时候，经济上很拮据，且不说买汽车和房子，就连玛吉的结婚戒指还是我分期付款购置的。可是如今却大不相同了，人们结婚不但讲排场摆阔气，而且还聘请婚姻顾问。签订夫妇契约。听说有些学校还要开设什么婚姻指导课呢!

我真希望我和玛吉也能领受一下这方面的教益。这倒并不是说我们的夫妻生活不和睦。不，绝非如此。要知道，我们在婚前就有了一个共同点——玛吉和我都不爱吃油煎饼。瞧，这不是天生的一对？然而我们结合的基础仅此而已。

我想，签订一种契约也许会使我们的家庭生活走上正轨。于是，我决定和玛吉谈谈。

“玛吉，”我说，“婚姻对人的一生至关重要。可是我们结婚的时候……”

“你在胡扯些什么?”她不由得一愣，手里的东西掉了下来。

“瞧，香蕉皮都掉在地上了。”我有意岔开她的话题，“垃圾筒都满了。要是你及时去倒，就不会有这种事了。”

“四个孩子，十间房间，你关心的却是香蕉皮。”她生气地说。

我从口袋里掏出一本名为《婚姻指南》的手册，“这本书是我从药房里买来的。”没等我说完，玛吉已拎起垃圾筒赌气地往外走去。没关系，结婚教会我最大的秘诀就是忍耐，忍耐就是成功。她回到屋里后，我接着说：“这里有一份夫妇契约的样本，是由一对名叫莫里森和罗沙的夫妇签订的，它适用于任何夫妇。”

玛吉显然对这话题感兴趣，“讲下去。”她催促道。

我打开书念道：“第一，分析每对夫妇过去的生活——是否有遗传病或精神病史，是否有吸毒嗜好和犯罪历史，是否有……”

“别说了，我不想再听下去。”她失望地说，“只有傻瓜才会和这种人结婚。”

“当然，”我解释说，“这并不是说莫里森和罗沙也有过这类事情。但是，了解情人的过去总要比蒙在鼓里一无所知好得多。这样蜜月结束后，即使碰上令人难堪的事情，你也不会感到束手无策了。”

“这些对我们来说已经为时过晚了。”

“怎么会为时过晚呢？一切可以从头开始。要是我们现在也签订一份契约的话……”

“签订什么?”玛吉吃惊地问。

“签订契——约。”我故意拖长了音调。

“为什么?”玛吉疑惑地问。

“因为契约有着一种不可抗拒的约束力。另外，它还能合理地分配我们之间的责任和权力。”我停顿了一下，建议说，“让我们也签订一份契约吧！比如每逢单年由你决定到哪儿去度假，双年则由我说了算。”

“要是轮到我做主时，正碰上手头没钱，那我们不是只能呆在家里了吗?”她反问。

“不错，但这只不过是一种特殊情况。”我说，“另外，契约也不是一成不变的，我们可以酌情处理嘛。”

“如果契约可以随意改变，那它还有什么用处呢?”玛吉反驳说。

“言之有理。”我说，“想不到你还知道这些基本常识。”

“如果你也懂得这些常识，就不会提出签订什么契约了。”

“要知道，女人经常喜欢谈论平等和自由。一张契约至少可以解决这方面的问题。”我辩解说。

“你不懂，亲爱的，”玛吉两眼盯着我的脸，激动地说，“平等对女人来说无关紧要，关键是男人是否值得她们爱。要是一个女人真心爱上了一个男人，她就会做一切事情来使他快活。这绝不是那张该死的契约所起的作用，而是她自己情愿这样做。”说完便转身走进隔壁的厨房。

没想到玛吉竟懂得这么多的道理。我终于认输了。

“要喝咖啡吗？亲爱的，我刚煮了一壶。”玛吉探出半个身子温柔地问道。

“咖啡？太好了。”我转过身来看见她嘴里咀嚼着什么，“你在吃啥?”

“油煎饼，想尝尝吗?”她笑着问。

我的天啊！我和玛吉共同生活了十七年，难道她还不知道我讨厌油煎饼？她自己也是一看到油煎饼就会呕吐的，这到底是怎么回事？我走进厨房。

“玛吉，你喜欢吃油煎饼?”我不解地问。

“是啊，怎么啦?”她神秘地眨了眨眼。

“记得我们第一次约会，我给你要了杯咖啡，问你是否要油煎饼，你拒绝了，说是你不喜欢。”

“是的，你记得不错。”她爽快地说，“可是当时你口袋里只有五角钱，还是向别人借的。”

“可油煎饼只需要一角钱呀！”

“别打肿脸充胖子，那样你回家的车钱就没啦。”说着，她忍不住大笑起来。

这下我哑口无言了。“哎——”我窘迫地长叹了一声。

接着，玛吉诙谐地说：“莫里森和罗沙的契约可能是一纸空文。今后我们生活中也许会遇到许多问题，因为罗沙肯定不曾替莫里森考虑过是否有回家的车钱这类事。”她停顿了一下，意味深长地说，“爱的契约不是签订在纸上的，它只能体现在情人相互体谅和关怀之中。”

这时我才悟然大悟。玛吉真是个好妻子，谁能像她那样初恋时就如此了解和体贴我啊！我坐在她身边，贪婪地吃着热腾腾的油煎饼，嘿，味道还真不错哩！

过了会儿，我也从包里拿出两只油煎饼——早晨我瞒着玛吉买的，递给她一只说："我以前不吃油煎饼，但我可以从头学起！"

我以前不吃油煎饼，但我可以从头学起。

不死的爱

1986年8月11日，对于芝加哥郊外的瓦格纳一家来说是一个繁忙的日子。25岁的布莱特正在后院忙于割草，五岁的儿子布伦特在一旁"帮忙"。布莱特三岁的女儿布莱尔及两岁的儿子布莱涅在一个小小的塑料游泳池里做泼水的游戏。布莱特的妻子德比·瓦格纳在厨房里为女儿的房间做窗帘。突然，布伦特冲了进来，尖声叫道："妈妈，爹爹脸色苍白，在发抖。"

德比冲出屋子，发现布莱特在地上打滚，急忙奔回家，拨通911，呼叫救护车。医护人员很快赶到，风驰电掣般地把布莱特送往亚历克山兄弟医疗中心。

一星期后，医生把诊断结果给了德比，面带难色地说："瓦格纳太太，我非常遗憾。"布莱特的头脑中有一个肿瘤压迫了大脑神经，另外肺部也有几个肿瘤。她的丈夫已没有几个月可活了。

布莱特坚持要回家与他的家人在一起，虽然这并不容易。但是在亚历克山兄弟医疗队及其他朋友的帮助下，他回到了家里。

布莱特的肿瘤发展迅速，影响了他的平衡、情绪和短期记忆。但是他决心留下一份他对家庭的爱的遗嘱。

在以后的几个月里，布莱特集中精力在录像带上记录他的思想。他谈论着，有时含泪，有时带笑。

布莱特总共制作了四盒带子。他对孩子们说："那将使你们了解一点关于我的事情，以及我是怎样感受重要事物的。”

脑瘤的压力，极度的紧张和药物的作用几乎将布莱特摧垮，他很快就累坏了，但是他还是坚持谈着。

“布伦特、布莱尔、布莱涅，我想使你们能够理解到所发生的事情，我知道这将是残酷的。我只有二十五岁，对这许多事，我自己也感到无法接受。

有时候我感到我们似乎都遭到了抢劫，但是，这些事实是无法改变的，我们不得不接受它。

永远不要自暴自弃。要试图去关心他人的感情，因为那些是你们可以相信及信赖的人。你们的母亲即是一个。”

布莱特和德比在肖姆伯格高中相遇的时候都才十五岁。德比很漂亮，有一双淡绿色的大眼睛。

德比回忆起他们初吻的确切时刻，是4月1日，早晨9：45分，在肖姆伯格的底楼。她事后对自己说，我要嫁给这个家伙。不久，他们就难舍难分了。

“德比和我在一起的时间如此之多，以致可以用手掐算出分开的时间。但是我第一次意识到自己坠入情网的时候，还是在一次争吵之后。我们互相说：‘哦，忘了吧。我们不要再相处下去了。’可是一旦分开，我心中感受到了某种东西，我才知道，我爱她！”

布莱特是个修理工，他12岁就开始干活了。上高中时，他在下午及周末为他的父亲工作。他的父亲吉尔是一个自动化机修工。毕业后，他开始全天与他的父亲一块工作。

1978年，德比毕业了，成了附近一家超级市场的出纳员。她攒了钱，为布莱特买了第一只工具箱。圣诞节前，德比坐在他家的餐桌旁，布莱特跪着单腿向她求婚。

1979年11月30日，在一次烛光招待会上，德比和布莱特结婚了。他们刚满19岁，还负担不起蜜月的费用。

“在我们最初的日子里，我们有过争吵。那是每个人都曾经有过的。但是你得解脱出来。婚姻就好比与你的兄弟或姐妹相处。你必须有所付出，他们也得有所付出。我总是喜欢给予你们的母亲。”

在他们结婚一周年的前两星期，德比做了个家内妊娠试验，然后，满怀喜悦地将结果放在柜台上，让布莱特自己去发现。

“布伦特，我在这儿望着你出世，我是那么的不安。你来到人世，你可能会感到不安，你会受到伤害，我希望你不要担心。因为每件事都会得到解决的。”

布伦特出生于1981年的8月，两年后，布莱尔随后而来，这个家仅仅依靠布莱特干修理活和德比在超级市场的打工收入勤俭度日。

在他们的女儿出世几个月后，布莱特做了节育手术。但第二个星期，德比发现，自己又怀孕了。

“布莱涅，你是多么特别，你悄悄地来到这儿，你也是我们爱的结晶，就像你的哥哥和姐姐一样，可那又怎么样呢？就照顾你们这些小孩子而言——为换尿布和装奶瓶，——我加了许多夜班。我对你们负有责任，因为你们是我生命的一半。你们都那么的像我，你们的妈妈老这样说‘他们都像你，怎么回事？’也好，每天早上当你们醒来时，她就可以看到我了。”

在布莱涅出世后，家境时好时坏，过得很忙。德比和布莱特还是受着金钱的压力，但他们是幸福的。1985年，布莱特打算开他自己的店。

“我高中毕业后，从没有真正地为自己谋划过什么。和我父亲一样，我不再做机修工。我已经在小车上做了七年半，它已被融会在我的血液中了。没有我那些工具箱里的工具，就没有我们桌子上的面包。我想把我的工具传给布伦特和布莱涅，它们将被我留给你们。不要认为你们的爹爹想让你们成为机修工。最重要的是干你有兴趣的工作，并且将它做好。”

布莱特租了一个设有供暖设备的汽车修理厂。他工作起来既卖力又可靠。一些生意开始推荐给他。满意而归的顾客又去告诉其他人。

在布莱特租了这个修理厂的几个月后，布莱特决心租下厂前的屋子，并把家搬进去。这样他可以有更多的时间与德比及孩子们在一起。

搬进新屋十一天后，布莱特就被疾病击倒了。

“你们的母亲需要你们紧紧地拥住她。布伦特，你最能帮助她，因为你最大。你确实很聪明。我希望你不断学习，不断成长，去帮助你的弟弟妹妹。你是一个大家伙。你也许没有意识到这点，但你是的。

布莱尔，今天早上我在看你的一些照片。你是个伶俐而逗人喜爱的姑娘，那么自在、洒脱，你总是有你自己的那么多快乐，保持住那份幸福吧。

布莱涅，你那么小，每个人都试着摆布你，但是我知道你会成为你自己的。你是一个挺棒的小家伙”。

最长的一盒录像带是德比和布莱特一起制作的，这正是布莱特最艰难的时刻。德比强忍着泪水，坐在他的身旁提问题。

“我不在乎干清洁活或洗碗碟。尽管我没有这样的心情。我确实不是一个像你们的母亲那样爱清洁的人，她总是把屋子保持得非常干净。

永远不要忘记，你们的母亲始终是一个好的伴侣和妻子。她在我需要的时候总是和我在一起。我希望你们这些小家伙能尽可能多地帮助她。要记住，我爱你们。”

到了10月中旬，信托基金会开始向这个家庭提供经济援助。布莱特和德比还从未一块外出度过假。他们设法去夏威夷度过了一个迟到的蜜月。坐在落日黄昏中的板凳上。他们一块吃馅饼。他们游泳、做爱。布莱特租了一只喷气式滑雪橇，驾着它外出，看到了一只巨大的海龟。他告诉德比“它奇妙极了”。

不久，布莱特的病又一次发作，住进了医院，但他仍想和家人呆在一起。

德比竭力争取。其后的三星期，她使医护人员们确信，她能够给予他必要的药物治疗，并在吉尔的帮助下照料他。这样布莱特又回到了家里。

“我最喜爱的季节大约就是秋季了，因为一切都在变化中。我最喜爱的节日呢？我得说是感恩节，因为有火鸡，而且家人都团聚了，我喜欢围坐在一个大圆桌前聚餐。”

感恩节那天，德比为全家做了一餐，可布莱特已经半昏迷了。11月30日是他们结婚七周年纪念日，他竭尽全力振作精神，和孩子们谈话，保持联系，但很快又失去知觉了。

12月10日，布莱特已经奄奄一息，每个人，包括布莱特自己都明白，这一切将结束了。吉尔，布伦特和德比，以及他们的朋友比尔都在他身旁。

“我们都在这儿，不要害怕。”德比把头靠在布莱特的胸口，轻轻地说：“再见了，我的爱，到上帝那儿去吧，我们爱你。”

“我知道你们都是战士。我会来看你们的，因为我确实相信有上帝。我想让你们知道我会到什么地方去，我仍旧惦念着你们，爱着你们，等着你们。

德比，时间过得太快了，我真抱歉现在的情景，我希望你们能够坚强些。

我永远不想跟你们说再见，永远不。我不认为我将去了，因为我还要再看看你们。

布伦特、布莱尔、布莱涅，当你们想要拥抱我的时候，就去拥抱你们的母亲，这就好像你们紧抱着我，因为她是我的一半。

我只希望我能再拥抱你们。”

我只希望我能再拥抱你们。

爱的教育

初涉人生，我们不仅需要母亲的慈爱，以哺育自己钟情生活的爱心，还需要老师的教导，以培养自己把握生活的能力——而我，则很荣幸地拥有一位当老师的母亲，所以，她对我的馈赠便是双重的了。

记得我在母亲任教的学校上二年级时，班里有两个人见人厌的学生，10岁的弗兰基和9岁的戴维。他们是兄弟俩，学习极差，也都留过级，而且每天都要弄出点恶作剧来，恃强凌弱，以欺侮同学、滋事捣乱为快。有一回，他们甚至搞来了一枚小型炸弹，偷偷地放在一个窗架子上；待上课时，猛听得一声巨响，师生们都被吓得魂不附体，好几个同学都尿了裤子！（我也是其中之一）

几年下来，班里几乎没有不被他们俩欺侮过的——被敲诈、被打骂，等等，可谁也拿他们没办法。

五年级时的一天，厄运降到了我的头上。当时，我正顺着小路骑自行车回家，等我听得弗兰基大嚷大叫地从后边冲过来："快滚开，我来了！"已经来不及躲避了(也无处躲避)，被他狠狠地撞入了路边的一条深沟里，自行车又重重地压在我身上，直跌得鼻青眼肿，头上还磕了个大包。弗兰基见已大功告成，便幸灾乐祸地打着呼哨，扬长而去了。

我匆匆赶回家，尽量把泥污血迹洗干净，希望妈妈不会看出来，否则，她一定会告诉校长，惩处弗兰基，那样既对弗兰基无损(他巴不得弄得鸡犬不宁)，又实在对我有害(他必定要伺机作更恶毒的报复)。

可惜头上的大青包无论如何也按不平。晚上，在妈妈的一再追问下，我掩饰不住，只好将自己受欺侮的事和盘托出了。只是恳求她不要报告校长。

妈妈看着我，想了想以后答应了："那好，明天我自己找他谈一谈。"

第二天，我总是心神不宁，担心有更大的灾祸在等着我，放学时，还特地绕了远路回家，只怕再遇上弗兰基。而妈妈下班后，倒是告诉了我一个好消息："他们再也不会来欺侮你了。"

我想，妈妈一定是报告了警察局长，让他把这两个作恶多端的坏孩子捉进了监狱——这下可好了！

但是，妈妈告诉我的是另一回事：

"今天，我先去翻阅了弗兰基兄弟俩的档案材料，发现他们的父亲早就死了，母亲现在也不知所踪，兄弟俩是靠了一个姑姑养大的，生活条件很差。而且，教过他的老师还告诉我，兄弟俩小时候常常遭到他们母亲的毒打。他们成为现在这个样子，并不全是自己的错：自己没有得到过多少爱，所以也不懂得去爱别人。"

"你知道我做了什么吗?"

"课后，我把弗兰基请到了自己的办公室，问他是否愿意当我的助手，每天替我准备些教具，我会为此给他一些报酬的。另外，如果工作得好，周末时我还会让你和他们兄弟俩一道去看电影。……"

"我？我跟他们一起去看电影?"——出于愤怒，更出于畏怯，我当即表示反对，"我不去。"

"不，你应该去。"妈妈劝我，"他们需要别人的关心与尊重。只有爱才会教会他们去爱。"

到了周末，我十分勉强地随妈妈到弗兰基他们的住处，接他们去看电影。妈妈对他们的姑姑说："弗兰基这一星期在我这里工作得挺不错。我相信他弟弟戴维以后也能来帮忙的。"他们的姑姑听了连连道谢，他一定从未梦想过自己这两个臭名远扬的侄儿还真能做好事儿，还真能被人喜欢！

在去电影院的路上，我们彼此都很窘。我偷偷瞥了弗兰基兄弟俩一眼。嗬！竟是一副规规矩矩、颇有教养的神色了——与平常完全不同。正疑惑时，弗兰基还很郑重地向我道歉："实在对不起，那天我把你撞到了沟里。请你原谅！"态度极为诚恳，垂着眼睛，显得很羞愧。

他还向我保证："以后我再也不会去欺侮任何人了。"

这破天荒的奇迹倒把我弄得怪不好意思，在母亲的催促下，才表示了谅解——虽然心里已不记恨他了。

…… ……

说来奇怪，这以后弗兰基兄弟俩真的如脱胎换骨了一般，彻底改邪归正了，不仅不再惹是生非了，而且学习也认真了——这对学校、对老师、对同学固然都是一个好消息，而对于我来说，也从中受益匪浅。

只有爱才会教会他们去爱。

黄柏

她相貌俊俏，男人们一见就喜欢。她是经常登台演出的歌唱演员，穿着总是那么入时，稍做打扮，就楚楚动人，这是一目了然的。

战争时期，丧事也落到了她的头上。她伤心地痛哭了一场。她的丈夫是个非常出色的人物，不料，胜利前夕他却牺牲了。

她热爱自己的工作，工作拯救了她。她多次到部队里去演出。不少人总是偷偷打量她，她觉得这是正常的。有什么关系呢？反正男人们喜悦的目光不会给她带来什么损失。吃亏的事她才不干呢。天生性格开朗，就是这么回事儿。这样倒好，可以使痛苦的心情略微轻松轻松。

有一天，她应邀到一个科学研究所去演出节目，这个研究所坐落在涅瓦河的一条支流旁。演出没有安排在晚上，而是下班后的那段时间。参加音乐会的几个演员受到了盛情的接待。

唱完歌，她随着渐渐平息的掌声下了舞台，走进侧面一个房间。她刚坐在椅子上，忽然看见从迎面的小门里走进来一个男人。这个人年近半百，彬彬有礼，发式整洁，略显秃顶，身材倒很健美。他手里捧着一束郁金香。

“列吉娜·谢尔盖耶夫娜，谢谢您！请允许……”他把花束递给了女演员。

“非常感谢！”她一边说话，一边情不自禁地笑了笑，笑得那样动人，“您连我的全名都知道呀……”

“我知道您的很多情况，”他神秘地说道，“我不止一次听过您的音乐会。对您的关注使我感到愉快，虽然这种关注是微不足道的。”

他的眼睛洋溢着幸福的表情。而使人满意，让人幸福——乃是一种莫大的快乐。你看见一个人在你目光中变得美好，而你却无须花费什么气力，这实在叫人快慰欢欣！

他帮她穿上毛皮大衣，然后请求说想送一送她。请求的口吻缺乏自信，眼睛里有一种冒冒风险的神色：“得，豁出去啦！”谁知她居然同意了。他的言谈举止没有使她产生戒心，他没有纠缠，没有冒昧地要求去做客，没有查问她孤身独处的住所。他是那样真诚坦率，毫不掩饰他的喜悦，事情的全部经过竟然会这样顺利。

瓦西里·瓦西里耶维奇把她送到家门口，本来想立刻告别，但忍不住还是问了一句：

“您看过展览了吗?”

这句问话的意思，她立刻就领悟了：

“啊，没有看过。”

他真是喜出望外，当即邀请她去参观美展。

过了半年，她成了他的妻子。为什么要嫁给他呢?她自己也说不清楚。是的，她没有感受到爱情的冲动。然而，他为人这样随和，她允许他轻易走到了自己的身边。她心里没有一丁点儿反感，当然，也没有丝毫的兴奋。实际上又有多少人耐得住孤独，能像布谷鸟儿那样咕咕咕地叫个不停呢？何况他又这么老练、温柔。他是这样一往情深地爱着她。

他并非是无可挑剔的圣人，他结过两次婚。头一个妻子离开他，自己走了；第二个死于一次失败的手术。原配妻子所生的女儿已经长大成人，出嫁了，住在莫斯科。他自己孤身一人生活。他是个副博士，经济上相当宽裕。

他们俩暂时住在她的只有一个居室的单元里，打算将来换一处房子，最终搬到一起。列吉娜没有孩子，继续从事她心爱的工作，常常演出。有时候，她从音乐会上带回一束束鲜花，丈夫没有任何醋意。相反，如果没带回鲜花，他倒觉得奇怪。

瓦西里·瓦西里耶维奇不止一次带她去他们的研究所参加节日晚会。有一天，他向她提出一个请求，想从她养在房间里的黄柏上剪一根移栽的枝条。他的几个助手想在研究所的一个大房间里种几盆花儿。黄柏是很好的观赏花木，也容易成活。列吉娜立刻剪了一根粗壮的枝条，用一块潮湿的干净抹布包起来，然后再裹上一层报纸。

丈夫还仔细询问对黄柏除了浇水该怎么样护理。列吉娜告诉他什么时候浇洗肉用过的泔水，什么时候该加几滴蓖麻油。看来，他把她的经验原原本本转告了他的助手，这件事使他非常快活。

有一天，晚报上登出一篇文章，评论她在音乐会上的演出。文中赞扬她颇具才华。作者情绪激昂，有点儿语无伦次。瓦西里·瓦西里耶维奇从妻子口中得知，写这篇文章的是位记者，叫库利克。

自从那篇文章发表以后，列吉娜忽然变了。她显得那样疲劳，回到家里巴不得立刻躺下睡觉。当他说着温存的话走近她的身边的时候，她却翻一个身，背冲着他，要不就合上眼睛说：“瓦西尼卡，你的妻子老了……她该稍微睡一会儿……”

他心痛她，尽力打消心里的怀疑。

其实，说她老，实在是早了一点儿——40岁的女人怎么谈得上老呢？何况列吉娜看上去也就是30来岁的样子。

他们像从前一样住在她的住宅里，也没有时间好好谈一谈心里的话。一天，有人给她打来电话，他也在场。她说话时不知怎么竟颠三倒四，神情很不自然。过了几天，又有她的电话，偏巧她去音乐会演出。瓦西里·瓦西里耶维奇问，有什么事情需要转告，对方回答说："请告诉她，打电话的是库利克。"

又是那个库利克！瓦西里·瓦西里耶维奇告诉了她。她的脸涨得通红。她用一种挑衅的目光望了丈夫一眼，什么话也没有说。傍晚，他看见她在厨房里，情绪反常：她哭了。

"你怎么啦，列吉娜？谁叫你受了委屈？只要你说出来，我马上去告他！"

她神经质地把眼睛一抹，整个晚上不说一句话。她脱了衣服躺在床上，当他走到她身边想轻轻抚摸一下她的肩膀时，她忽然坐起来说道：

"瓦夏，我不想骗人。随你怎么看待我吧，我不会撒谎。我可以像朋友一样对待你，可是我不爱你。原谅我吧。你是个非常好的人。但是离开另外一个人，我简直活不了。"

他一下子愣住了，慢慢坐到椅子上，默不作声。她却絮叨开了，说如果没有爱情仍然和他一起生活，就是不尊重自己的人格；还说，他们必须离婚，而且越快越好。

"就这样吧……为什么非要离婚呢？"他小声说，"我们分居不行吗？为什么要离婚？你这种感情过一段时间也许会冷静下来的……"

她却坚持要离婚。她认为，除非离婚，别的做法全都是虚伪的。可是不久，她对库利克的兴趣开始淡漠了。原来，这个库利克很狡黠。有一回坐公共汽车，她无意中发现他挽着一个女人的手臂，那女人长着一双乌黑的眼睛，相貌妩媚动人。其实，这倒也算不了什么，但是，在距离库利克和陌生女人大约3米的地方，列吉娜捕捉住了他注视那个女人的目光，他也曾用这种目光注视过她。列吉娜并非是爱跟踪盯梢的人，她决不会低三下四地祈求别人的青睐。她的心情一下子倒变得轻快了：因为她对库利克的情意已经烟消云散不复存在。

生活沿着自己的轨道运行。列吉娜曾经出国演出，到波兰去过一趟。那一次，他们同行的演员当中有一个莫斯科人，一个天才的朗诵演员、诗歌爱好者。此后，这个人常常到列宁格勒来，而她也常到莫斯科去看他。这个朗诵演员有一副不同凡响的迷人嗓音轻柔、安详、圆润。显然，她的听觉是非常敏锐的。他的外表倒在其次，既然他有这样的嗓子……

后来，她又有了新的相识，新的约会。她明白：她的个人生活不尽如人意，没有家，没有子女。什么时候遇到开心的事，就对这短暂的欢乐表示谢意吧！她挣的钱足够她的开销，她觉得自己是独立的，无须依赖什么人。

岁月流逝，几年过去了。

有一天，她接到一个电话。说话的是个女人，声音很陌生：“列吉娜·谢尔盖耶夫娜……明天我们为瓦西里·瓦西里耶维奇举行葬礼。您毕竟和他共同生活了6年。如果您愿意参加追悼会的话，请到研究所来一趟，我们11点集合。您能来吗？谢谢。您知道，他在列宁格勒没有亲属。他的女儿正在出差在美国，坐飞机怕也赶不回来了。”

我的天啊！他死了……她比约定的时间早到了15分钟。几个不认识的女人瞥了她一眼，目光中透出疑问的神情。幸好那个上了年纪的女实验员来了，瓦西里耶维奇当年曾经介绍妻子和她相识。实验员问了一声好，接着说：

“我们还有时间，您想看看您的花吗？”

“什么花？”列吉娜感到迷惑不解。

“跟我来……就在这儿。”

她们俩走进一个宽敞的大房间。3米高的窗户正对着涅瓦河。3个高大的窗户上洒满阳光。

一棵大树，叶子宽阔，状如羽扇，叶面上跃动着明亮的光斑。

列吉娜一时摸不着头脑，不知道这是怎么一回事儿。地板上有个大木桶。木桶里长出一棵树干，和生长多年的白桦树干差不多，只不过颜色发乌。纵横伸展的树枝几乎布满了房间，遮住了3个大窗户。这棵树好像朝四面八方伸出有力的手臂，擎着一个个汁液饱满的大叶子，看上去是那么青翠、茁壮，和她房间里的那棵叶子发黄的黄柏一点儿也不相似。不过，说来也新奇，这些叶子并不遮光。莫非这就是她从前送给瓦西里·瓦西里耶维奇的那根黄柏枝条长成的吗？莫非这就是那根曾经包在抹布里的小小的枝条？

女实验员一言不发。她的眼睛一直盯着列吉娜，目光中流露出近乎是报复的神色。她不明白，怎么能不爱这个出类拔萃的人物！这里的人全都敬重他，崇拜他。假如她能处在列吉娜的位置的话……

列吉娜诧异地望着大树。她感到惊恐。是的，是一棵黄柏！它有充足的阳光，有亲人的关照，在良好的环境里长得多么茂盛啊！那个人的爱情不也正像这样吗？慷慨、坦率、真挚，没有一丁点儿自私心理。美好的爱情。怎么会弄到这步田地呢？为什么就不能爱他呢？

黄柏挺立着，叶子一动也不动。它是强壮的，有力的，高大的。无须再说什么了。它的存在足以说明它自身的价值。

一棵大树，叶子宽阔，状如羽扇，叶面上跃动着明亮的光斑。

父亲最后的礼物

每次父亲走进大门时，都会响起他那富于歌剧效果的圆润、洪亮的笑声，我们姐妹三个就会跑过饭厅，奔到他怀里去，他那古罗马人的脸庞上绽放着像地中海的阳光一样灿烂的笑容，连那双海绿色的眼睛里都闪烁着快乐的神情。他给我们带来了音乐与欢笑。

父亲的情绪喜怒无常，高兴时他会讲故事，开怀大笑或放声高歌，而情绪低沉时，则会给全家带来阴郁气氛，我们只能盼着他的笑声早些回来。他平时喜欢恶作剧，经常逗弄母亲，如果她真生了气，只要父亲一个吻或一首歌，母亲立刻就会怒气全消。

每天晚饭后，父亲都会拿起曼陀林为我们演奏小夜曲。虽然父亲只有三岁时，举家就穿过大西洋来到了美国，他却喜欢传统的意大利音乐。他经常给我们讲著名歌剧演唱家的故事，特别是举世无双的恩里科·卡鲁索。

我与姐妹们上楼睡觉后，母亲就会弹起钢琴，他们一起唱歌，母亲那略微走调的歌声伴着父亲那圆润的男中音，我们就在他们和谐、安祥的爱的氛围中渐渐睡去。他们的音乐像一双强壮、可靠的手臂将我们抱紧。

1959年我八岁时春季的一天，父母正在后门廊往家具上画画，“这个公司的合同我们就快完成了，”父亲说，“除了你我画的这些手绘画之外，什么也都留不下了。”

“那些伙计们怎么办?”

“我没法留下他们，我想明天我们该让他们去另谋职业，你能对他们说吗?”他恳求地问母亲，虽然辞退工人并不理亏，但父亲的心肠太软了，这些事对他来说并不容易。

母亲呻吟地说：“不行，我不能。”

“好吧，我来说，但我希望你能在旁边，”他说。

第二天晚上父母与朋友玩桥牌，我们三个女孩儿在阁楼上嬉戏，为了引起他们的注意，我们的狂闹声越来越大。母亲来制止了几次，却都无济于事，接着我们听到楼梯上缓慢而沉重的脚步声，我们惊奇地看着父亲，因为他很少对我们高声说话，而此刻他的脸色阴沉，并且满是倦容，非常生气。

“不要让我再听到你们唧唧喳喳乱叫，”他愤怒地转身走了，留下三个受惊的孩子。

“爸爸怎么了?”妹妹小声嘟囔着。

“嘘，”我打断了她的话，“想来我们一定是做了什么非常令他生气的事。”我拉起被单蒙住了头，脸颊上淌下了泪水。第二天早上我被楼下奇怪的哭声吵醒，我听到母亲的脚步声正向我们的房间走来，她进了屋，坐到姐姐的床上，我们都凑到她的身边，泪水从妈妈的脸上落下，“你们的父亲走了，”她说，“昨天夜里心脏病突发，他去世了。”

我感到胃部猛烈的刺痛。

“是我们的错吗?”妹妹呜咽着问。

“不是，亲爱的。”

虽然母亲这么说，但父亲当时满脸怒容的神情仍是在我眼前浮现。我渴望告诉他，让他生气我有多难过；我希望听到他安慰我说：“没事儿，宝贝儿。”

父亲去世后，母亲好像总是心事重重的，她把父亲所有的东西都收了起来，再没有了曼陀林的琴声，钢琴上也落满了灰尘。

几星期后我看到妈妈坐在客厅里，腿上放着一个薄薄的盒子，泪水扑簌簌地落在那纸盒上，“那是什么，妈妈?”

她抬起泪眼茫然地看着我，“这是你父亲去世前，我给他买的东西。”

“你不想打开它吗?”

“现在还不想。”她说着把那个盒子放到了书架顶上。

偶尔我抬头时会看到书架上的那只盒子，纳闷儿里面究竟装着什么东西，但它总是放在那儿，谁也不去动，慢慢地我也就把它忘掉了。

两年后一个温热的夏日午后，我躺在后门廊的睡椅上看书，突然之间屋子里响起了音乐声，那圆润，浑厚的意大利嗓音，渐渐地使父亲的脸庞又浮现在我眼前。

我猜想到这音乐一定是来自放在书架上的那个神秘的盒子里。跑进客厅，我抬头看了一眼，那盒子果然不见了！

我从门缝儿向放电唱机的客厅里望去，母亲坐在角落里，完全沉醉在那优美、动听的歌声中。她挺直地坐着，眼睛盯着窗外，好像意识已经完全恍惚。我蹑手蹑脚地走到电唱机旁，拿起了唱片的封套，上面有个圆圆脸、小胡子，头发乌黑发亮的小个儿男人微笑着，标题写着：“卡鲁索金曲”。

我走出了客厅，留下母亲独自沉浸在自己的梦幻里。

有一天在播放音乐时，母亲叫我坐到她身边，握住我的手，脸上带着温和的笑容，“我正在回忆你父亲去世前一天所耍的把戏。”她说。

“你说的是什么意思?”

“他说我们无力再负担工人的工资，所以不得不解雇他们，我们约好一起去对他们说。而第二天下午四点，他说必须把车送到商店去，却再也没回来，把我一个人留在工厂，这个讨厌鬼，那天晚上回到家，我决定给他点儿颜色，但他却悄悄地从我身后走下来，脸上带着歉意的笑容，搂着我跳起了舞。”

“那天晚上心脏病发作后，我试着让他振作起来，我在病床边逗弄他说：‘你可不要病倒了把这一切难题都留给我，解雇工人时你骗了我，还欠我一笔账呢。’他笑着拍拍我的胳膊，让我给他去倒杯水，他就又一次骗了我，等我再回来时，他已经死了。”

“你父亲希望使每一个人快乐，从不愿让谁失望，有时这做起来很难。”她伤心地说，“他的死让我悲痛欲绝，他是星期五去世的，而我星期一就要到工厂去做原本是我俩在一起做的事情，我以为自己难过是因为他将所有的工作都留给了我，其实我是因为自己对他的误解太多。”

“我觉得爸爸是生我的气了，”我说，“我觉得那天晚上我们大声的打闹玩笑让他心烦了，他才去世的，我有一种负罪感。”

“琼妮，”她说“不要再对别人有负罪感，一切都是早已安排好了的，那就是到了他该离开人世的时候。父亲爱你们胜于一切——胜于欢笑、音乐，甚至他的绘画，而他将这一切都留给了我们，我们就能在失去他时变得更加坚强。”

那整个夏天母亲都一遍又一遍地播放卡鲁索的那张唱片。我的朋友们都聚到一起玩耍时，我却每个下午都在伴着唱片中的歌声哼唱意大利名曲。我坐在后门廊上，让整个灵魂沉浸在音乐之中，轻轻地闭上眼睛，就会看到父亲古铜色英俊的脸庞。

八月末的一个午后，妈妈从唱机上取下那张唱片，叹口气，将唱片装回封套里，合上了电唱机，“好了，”她说，“我们已经足够坚强的了。”她的面颊上没有了泪痕，苍白的脸庞也恢复了平静。

此后不久妈妈找人来给钢琴调了音，她重又打开那已经泛黄的乐谱，弹奏起那些熟悉的曲调。

弹奏起那些熟悉的曲调。

盛满爱心的午餐盒

60年代初，我和丈夫成了两个女孩的父母。两个孩子温和、文静，年龄相差两岁。我投入了大量时间、精力和热情，当然还有耐心，担当起一个信心十足、和蔼可亲的母亲角色。

当两个女孩将近8岁和6岁时，我们又有了一对双胞胎儿子。这两个小家伙活泼好动，整天吵吵闹闹，顽皮任性。我的大女儿朱莉娅，成了我忠实的帮手。她帮我折叠大堆的尿布，带两个弟弟玩，还在我做饭时给他们讲故事。我尽可以放心地去依靠她，但或许我太难为她了。

我和两个女儿过去常常在垂柳下悠闲、愉快地喝茶、嬉闹，享受着无忧无虑的美好时光。但这一切突然一去不复返了。温柔的慈母慢慢变成了一个疲惫不堪、管束严厉的妇女。有时候因为过分劳累，我唯有无声地哭泣。每当朱莉娅看到我这样，便更加尽力帮助我。她从没抱怨过一句。

直到朱莉娅长大结婚以后，我才知道她曾受到的伤害。一天，她笑着问我："妈妈，还记得给我准备的带到学校的午餐吗？那时候，我的所有同学都用漂亮精致的午餐盒装着午餐，我好想能有一个同他们一样的午餐盒呀。你知道和他们在一块吃饭时有多尴尬吗？那些色彩斑斓的午餐盒，里面塞满了他们的妈妈为他们准备的好吃食物。"

我身子朝前挪了一挪，我们的脸慢慢靠近，我目不转睛地盯着女儿。朱莉娅好像又变成了孩子，侃侃而谈：“珍妮的午餐一直是最棒的。她那精巧的三明治常常切成两半，有时则切成三角形、圆形，然后装进小塑料袋中。她还有洗得干干净净的胡萝卜！过节日时她能得到一块叠得平平整整的餐巾。她妈妈把小甜饼做成‘心’型，并写上她的名字。”

“天冷的时候，克莱尔的保温瓶里就会有热汤或热可可茶。另外，同学们的妈妈还把一些纸条塞在自己孩子的午餐盒里……”

我听得入了迷，朱莉娅在继续往下讲：

“妈妈，有时候，你把几根没有洗也没有削皮的胡萝卜扔进一个大硬纸袋，在两块硬面包上涂上花生酱，再扔过来一只发蔫的苹果和一块已经弄碎了的小饼子。我得花很多时间去卷叠那个硬纸袋，想方设法让它的体积变小点。”

“为什么你从来没告诉过我呢？”我问道，内心充满了懊悔。

她真诚地大笑起来，顷刻又变成了一个大人：“你当时太忙了。我看见你为了抚养我和几个弟妹是怎样拼死累活的，只是你完全顾不过来。我知道你一直很辛苦。不管怎么说，我和詹妮弗都有漂亮的衣服和与之相配的发带。还有在学校放学晚了或我们还不能乘公共汽车时，你就去接我们。记得你替我们买的雨衣和雨伞吗？”她在努力让我的感觉好一些。这么多年过去了，她还处处为我着想。

我不想中断刚才的话题：“午餐铃响起来的时候，你有什么样的感受？”

“呃……我害怕吃午饭。我把午餐袋藏在行李寄放处的杂物下面，总是希望……”她的神情突然活跃起来，“有一次，我发现袋子底下有一张纸片，我还以为是你写的纸条呢，仔细一看，原来是张食品标签。”

“我从不知道你想要一个午餐盒。”我轻声说道，心中充满了内疚。

好几年过去了，我时时想到朱莉娅多年渴望得到的那个午餐盒。我仿佛看到她拿着一个几乎同她身体一样大的硬纸袋，独自一人坐在餐室的一角，而她的同学却在一边吃着可口的三明治，一边读着他们的妈妈写的充满爱意的小纸条。

去年9月，朱莉娅的两个女儿在幼儿园上二年级了。她在相距5个州之遥的地方给我打电话，告诉我，她们刚刚上了校车，那在是学校开学的第一天。

“妈妈，她们俩都带了她们自己的午餐盒。吉米的是粉红色的，凯蒂的是黄色的。你知道凯蒂她多喜欢黄色。我昨晚就把她们的午饭准备好了。”她的兴奋之情从电话那端不断传来，弥漫了我的厨房和心房。“三角形的三明治，妈妈，切得整整齐齐的，还有巧克力、葡萄、奶酪、自家做的小甜饼，熟鸡腿……每样东西都分别装在易开式袋子里。”

“朱莉娅，朱莉娅！”我简直是对着话筒叫了起来，“记住放纸条了吗？”

“放了，哦，放了！”她答道。

一天，我在起劲地清扫车库。朱莉娅的父亲几年前去世了，后来我再婚了，来到了千里之外的丈夫的农场，所以车库里的一切对我来说都是陌生的。我把手伸到一个纸板箱的里面，摸到了一件东西。一个锡皮午餐盒！盒子的前面画着一只老虎，正大嚼大咽着麦片，还开心地发出嗥嗥叫声："棒极了！"这只午餐盒很有些年头了，可能是60年代留下的。我盘腿坐在车库的地板上，把午餐盒轻轻地抱在膝上，好像它是天外飞来之物，特地送给我的。

我的上帝，真有可能给我第二次机会吗？

"着手吧，"一个声音在悄悄地催促我，"现在还为时不晚。"

我把午餐盒拿到厨房，在水池里洗了起来，就好像在洗水晶玻璃一样的小心。我的想象开始涌动，随之扩展，就像一只熟睡的小猫开始慢慢醒来。对已长大成人、生活在千里之外的女儿，母亲该给她的午餐盒里装些什么呢？棒棒糖，口香糖，还有一小把葡萄干。

想起来了，朱莉娅特别喜欢年代久远的和有情趣的玩意儿，我于是把好几个有近90年历史的纸娃娃放进了一个易开式袋中。一条古式的花边手绢，一条非常古老的手绣茶巾，小小的空间装进了我对女儿的爱。我还将一把古雅的、镶有宝石的梳子，一册本世纪初出版的关于友谊的小册子装了进去。在书上，我写上这样的话："朱莉娅，就把它当成一根洗净削好的胡萝卜，全吃完吧。"

在一个很小的缎质包里，我放进了一根古老的针，那是一个朋友数年前送给我的。朱莉娅喜爱的几小包化妆品和美发用品也放进了午餐盒。直到什么也装不下时，我才小心地将一块折叠好的餐巾盖在上面——餐巾上是一只棕色的大火鸡和一些金黄色的树叶，上面还写着"感恩节快乐"，当然啦，在盒子的最底下我藏了一张纸条，上面用红色大写字母写着："我爱你，朱莉娅，我的宝贝，祝你愉快！——妈妈。"

我带上精心捆扎好的包裹，驱车前往邮局，我开心地劝说自己：不要在意午餐盒迟到了20年，不要在意朱莉娅已经快30岁了，毕竟她最后还是有了一个午餐盒！求求你，上帝，不要让它太晚了，我心中默默地祈祷着。

3天后，电话铃响了。开始我没有听出对方的声音。那人在电话里又是叫，又是喊，又是笑。"妈妈，我从没有意识到，我还是7岁，这真是太激动了，我差点喘不过气来，当我打开午餐盒的时候，我仿佛正坐在长条桌前，能闻到学校的气息，所有的同学都在看着我！"

"这么说来，那个午餐盒还不算太迟，是吗？"我用嘶哑的声音问道。

"太迟？噢，绝没有那回事……不过，在所有的东西中，我最喜欢的是你放在盒子底下的那张纸条。虽然我心中一直明白你是爱我的，但是，妈妈，我仍希望看到你写的纸条……”

“着手吧，”一个声音在悄悄地催促我，“现在还为时不晚。”

爱的寻找

为了一个目的

“你们女儿的病在加重。”达拉斯中心医院的狄克曼大夫，告诉埃迪·罗伯茨和诺玛夫妇，“早做肾移植，她才能得救。如果能得到她的生身父母捐赠的肾脏，就会大大减小植入的阻抗。”

早在21年前，罗伯茨通过律师收养了克丽丝德。他们不知道孩子的生身父母，但告诉女儿当她很小时候就收养了她。克丽丝德4岁时患了糖尿病。“那时看上去并不严重，注入胰岛素就能控制病情。”诺玛说。她是一个娇小、热情的50岁的妇人。

克丽丝德10多岁时已长成一个美丽的姑娘。她是个优等生，能骑马、弹风琴。然而，在她上大学的1978年，糖尿病骤然恶化。一觉醒来，她突然发现伸手已难见五指：视网膜血管爆裂，她失明了。

“她以惊人的毅力和勇气承受着这个打击，”埃迪说，“但一年半以后，她的肾衰弱，只得每周进行三次理疗。”她的身体变得虚弱，血压下降，血液循环反常。

如果肾移植进行于血缘关系者之间，就有90%以上的成功率，否则低于70%。因此，罗伯茨必须找到养女的生身父母。

为克丽丝德接生的医生还活着，他知道其母；但正身患重病，已不能谈话。

收养子女的法庭记录已经封存。罗伯茨求教一位律师，律师说："我很乐意帮忙办成，但坦率地讲，这几乎不可能。"

不可能？也许可能！诺玛和埃迪没有灰心，他们祷告上帝："我们只有一个目的，救活孩子。"

他们找了另一个律师，律师去见达拉斯地方法官，请求为合理的缘由开始记录：一个姑娘的生命维系于此。

那天晚上，律师打来电话："法官说你们不能看记录。但我可以。"记录里写着克丽丝德生母的名字："巴娜·帕特。"

抓住救命稻草

尔后，诺玛和埃迪在公立图书馆里，一页页地翻查书架上的旧电话簿和城市人名录，发现有许多叫帕特的，就此打了几十个电话，但均未找到。他们所做的这些始终都瞒着女儿。他们知道，即便找到了巴娜·帕特，但如果她不愿献出肾脏，将对克丽丝德造成更大的打击。

下一步是查询旧的结婚登记卡。埃迪在航空公司就职，诺玛要照料羸弱的女儿，所以一天只能查几小时。为了争取更多的时间，埃迪决定提前退休。

终于，在厚厚的卷宗里，巴娜·帕特这个字眼跳入埃迪的眼帘。她在克丽丝德出生前4年与一个叫沃特斯·塞姆的结婚。这是否就就是要找的巴娜·帕特？另外，沃特斯·塞姆和其妻是否还住在当地？还有，是否他俩还活着？这些均是未知数。埃迪又翻旧电话簿，但没能找到沃特斯。

埃迪和诺玛已为档案馆所熟悉，至1981年底，他们甚至翻查了全部不动产的办理记录和商业执照申请，仍无沃特斯·塞姆这个名字。

那年秋天，狄克曼大夫告诉埃迪："如若再不很快找到克丽丝德的父母，就只好给她植无血缘关系者的肾。她的心脏极弱，风险很大，也许会死于手术台上。"

埃迪给公司打电话询问：乘飞机的老顾问中有没有叫沃特斯·塞姆的。噢，有了，他被告知沃特斯的居住区，但没有电话号码和具体地址。埃迪的情绪有些低落，他后来承认："当时，我们只抓住了几根稻草。"

12月13日，星期天晚上，在警察局值班的基莫偶尔翻阅最新的人员登记册，上边有在职或退休人员的照片和简历。当埃迪打来电话时，他正看到"沃"字头名单。埃迪问是否有数据库，可提供20年内的人名地址资料。

"你找的人叫什么？"基莫无意问道。

"沃特斯·塞姆。"

一阵沉默。猛地，基莫一眼瞥见沃特斯·塞姆的照片。"我知道这个人！"他叫道。

星期二，基莫打来电话："沃特斯·塞姆否认他是克丽丝德之父，却承认曾与巴娜·帕特结过婚。他也不知她现在何处，但告诉了她兄弟的地址。

那晚基莫会晤了帕特的兄弟，他证明他的姐姐现已与柯林斯·汤姆结婚，但她不曾把孩子给过别人。

迅速的决定

柯林斯·帕特是一个高个苗条的妇女，她最先与沃特斯·塞姆结婚，有了安妮；她第二次联姻，怀孕5个月时就遭丈夫遗弃。那时帕特20岁，没有职业，父亲亡故，她无法带两个孩子再去照料守寡的母亲。所以，当大夫告诉她有一对夫妇想收养孩子、并精心抚养时，她同意送出婴儿。最后，帕特又与一位印刷工汤姆结合，有了现已10多岁的莎拉和简·汤姆，帕特从未告诉三个孩子还有一个姊妹，她时常想那孩子，也只知道她是个女孩，她渴盼能相逢的一日。

那晚下班回家，帕特的兄弟对妻子说："我碰上一件怪事。有人问，帕特是不是送过婴儿给人。我想要是有这事，我会记得呀。"

"瞧你这记性，她送过！"

立刻，他斟词酌句地打电话给姐姐："帕特，有一个21岁的姑娘，因为糖尿病失明了……"

帕特止住他，她已明白："你说的是我的孩子?!"

"是的。"她兄弟略一停顿，"她急需一个肾脏，不过你不要立刻决定，要多想想。"

当帕特得悉患糖尿病女儿的一瞬，就下了决心："我要移给她一个肾，就这么定了。"

帕特只有一个要求，手术前见女儿一面。"我知道，我们以后也不可能有太多的牵连，"帕特对兄弟说，"但不管怎么样，我要把肾给她。"

12月17日，星期四，诺玛和埃迪唤醒克丽丝德："宝贝，大喜事，我们找到了你的生身母亲，她要捐给你一个肾！"

那天中午，诺玛的电话里传来一个妇女的声音："我是柯林斯·帕特。"一阵意料中的战栗遍于诺玛全身。

"你生母的电话，克丽丝德。她要来看你，你想不想见她?"

"啊，那当然！"克丽丝德喊道，"快些来吧！"

20英里外，柯林斯·帕特第一次听到女儿的声音。帕特和诺玛约好晚上在家相见。诺玛放下听筒对克丽丝德说："你生母太激动了。"

"我也是"。克丽丝德回答。

那天下午，帕特早早地结束工作，她紧张得不能自抑。7点前，柯林斯夫妇已在敲诺玛的门了。诺玛和埃迪领他们走进女儿的内室，诺玛帮她站起来："克丽丝德，这是你母亲帕特。"

克丽丝德伸出了手。愣了片刻，母女俩紧紧地拥抱在一起。整个晚上，她们都依偎而坐。

几小时的聚谈里，两家人不时悟觉到一种伤感。诺玛曾带着3岁的克丽丝德去过帕特经营的商店，而柯林斯·汤姆在中心医院的走廊里，也曾多次遇见过这盲姑娘——她妻子的女儿。

翌日，帕特向其他儿女告诉了他们未见过面的姐姐的情况。他们说："我们真盼望能见到克丽丝德。"

一个大家庭

以后的几个月，帕特一直给女儿输血，以使移植的肾能更像自生的。1982年6月，母女俩进了中心医院。手术前的早晨，帕特走进克丽丝德的房间。

"不论发生什么事，宝贝，我都要让你知道：我爱你。"

克丽丝德紧紧抓住帕特的手："我也一样，妈妈。"

等在楼下房间的有诺玛、埃迪、柯林斯·汤姆及孩子们，还有两家的30多位朋友。"起初，是两家人等待和祈祷，"埃迪说，"最后，就融为一体了。"

4小时后，狄克曼大夫微笑着走出手术室，手术看上去是成功的，植入的肾已泌尿，好兆头，以后的几个月里，克丽丝德逐步恢复健康。

医生说，克丽丝德复明是不可能的。

"别人也说过，找到她生母是不可能的。"诺玛和埃迪说，"我们已有了一次奇迹，为什么不能获得第二次呢?"

我们已有了一次奇迹，为什么不能获得第二次呢？

深深的爱

第一次世界大战期间草率成婚的人们当中，有一对性情热烈、引人注目的年轻夫妇克拉拉和弗莱德。他们住在芝加哥北边的密执安湖畔，我是他们的邻居。

克拉拉和弗莱德婚后，除了有几次短暂而炽热的共同生活之外，就是天各一方、长达几个月的叫人烦恼压抑的分离。接着，他们像许多同代人一样，不得不回到平凡沉闷的生活轨道上，在惴惴不安的环境中，天天厮守在一起。

1919年劳动节后的一个晚上，他们争吵起来。几个月以前，他们已经有纠葛了。尽管他们还相爱，可俩人的婚姻却已经岌岌可危。他俩甚至认为：总是他们两个人在一起，这既愚蠢又陈腐。所以，这天晚上有个叫查理的朋友要来接克拉拉，而弗莱德则跟一个叫埃雷妮的姑娘约好一起出去。

这对年轻夫妇一边喝鸡尾酒，一边等待查理来接克拉拉。弗莱德刻薄地开查理的玩笑，于是，争吵又爆发了。这天晚上，虽然他们的关系还没到决裂的地步，不过他们的确是准备分道扬镳了。

突然，一阵震耳欲聋的汽笛呼啸着打断了他们的争吵。这声音不同寻常，它突然响了起来，接着又戛然而止，令人胆战心惊。一英里以外的铁路上出了什么事，无论是克拉拉还是弗莱德都一无所知。

那天晚上，另一对年轻夫妇正在外边走着。他们是威廉·坦纳和玛丽·坦纳。他们结婚的时间比弗莱德和克拉拉长，他们之间存在的那些小芥蒂早被清除了。威廉和玛丽深深地相爱。

吃了晚饭，他们动身去看电影。在一个火车道道口，玛丽右脚滑了一下，插进铁轨和护板之间的缝儿里去了，既不能抽出脚来，又不能把鞋子脱掉。这时一列快车却越驶越近了。

他们本来有足够的时间通过道口，可现在由于玛丽的那只鞋捣乱，只有几秒钟时间了。

火车司机直到火车离他俩很近才突然发现他们。他拉响汽笛，猛地拉下制动闸，想把火车刹住。起初前边只有两个人影，接着是三个，正在道口上的铁路信号工约翰·米勒也冲过来帮助玛丽。

威廉跪下来，想一把扯断妻子鞋上的鞋带，但已经没有时间了。于是，他和信号工一起把玛丽往外拽。火车正呼啸着，朝他们驶来。

“没希望啦！”信号工尖叫起来，“你救不了她！”

玛丽也明白了这一点，于是朝丈夫喊道：“离开我！威廉，快离开我吧！”她竭尽全力想把丈夫从自己身边推开。

威廉·坦纳还有一秒钟可以选择。救玛丽是不可能了，可他现在还能让自己脱险。在铺天盖地的隆隆火车声里，信号工听见威廉·坦纳喊着：“我跟你在一起，玛丽！”

说那天晚上制止弗莱德和克拉拉争吵的是那列火车的汽笛声，这不符合实际；但是，铁路道口发生的事情的确截停住了许多行人，查理就是其中之一。他没去接克拉拉，而是开车回了自己的家。他拿起了电话。

弗莱德拿着电话说：“我想你是要克拉拉接电话吧？”

“不，跟你说就可以了，”查理的声音异常柔和，“我不去找她了，弗莱德，你告诉她。”

弗莱德问出了什么事，查理似乎不知从何说起，“你认识坦纳夫妇吗？”他问。

“坦纳夫妇？坦纳夫妇……”弗莱德竭力思索了一下，“啊，对了。他们一直不怎么出名，是他们吗？”

“不错……不怎么出名。”查理张了张嘴，还是把电话挂上了。

不久以后，邻居们到弗莱德家做客，把那幕惨剧讲给了他们听。

“……丈夫本来能脱险，可他没想走掉。他用胳膊紧紧抱着妻子，紧紧地抱着她。这时候那个信号工听见他说：‘我跟你在一起，玛丽！’他俩紧紧搂在一起——火车前灯的光照在他们的脸上。他始终跟妻子在一起。”

威廉·坦纳用他的死证实了人世间不乏高尚的情操和行动，也使那些玩世不恭的人和欺诈虚伪的人在他面前相形见绌。每一个听到这个故事的姑娘都应当扪心自问：“我是否曾经使一个男子对我这样关怀？”同样，这个故事也向男人们提出问题：“如果你在自己身上没找到促使威廉做出那种举动的那种感情，那么你对爱情究竟懂得多少呢？”

我敢肯定，克拉拉和弗莱德之间关系的好转就是从那个晚上开始的。通过威廉·坦纳的行动，其他的人开始认识到他们的婚后生活还有尚待探索的深度，于是他们之间的关系就发生了可喜的变化。

那么你对爱情究竟懂得多少呢？

善有善报

一个人在世俗生活中，保持与别人的联系，也就保存了生存的道路。让朋友的电话打进来，一条清澈的河流流进心里。

迷宫历险记

1990年6月18日，美国佛罗里达州坦帕市37岁的土地测量员盖瑞·卢慈，带着13岁和9岁儿子勃迪和蒂姆，驾驶着一辆蓝色敞篷货车前往西弗吉尼亚州的新鳟洞探险。

上午9时20分，他们来到洞口。盖瑞在探洞者登记簿上签了名，三人即往昏暗的洞中走去。勃迪和蒂姆身着牛仔裤和长袖衬衫，套着护膝，盖瑞则穿着长袖衬衫和工装裤。三人都戴着有电石灯的硬头盔。由于洞内的气温一年四季都在12℃左右，他们呼出的气在电石灯照耀下仿似白烟。

入洞渐深。盖瑞像大多数有经验的探洞者一样，沿途并不留下任何标志，只有仔细观察身后的地方，记住特点。20多年来，他从未在探洞中迷途。

进洞约400米后，盖瑞决定在探索那些有“迷宫”之称的狭窄曲径之前，先给灯添加电石。接着，他们弯腰进入“迷宫”，但父子三人谁都未注意在附近一块岩石上放着一本进洞登记簿。按规定，所有进入“迷宫”者都要登记进出时间，以利安全。盖瑞父子在错综复杂的通道中，时而步行，时而匍匐前进，三人脸上都沾上厚厚的黑灰。

进入迷宫约60米后，前方出现一个陡坡和一条狭窄的隧道。盖瑞鬼使神差般地决定留下身上那个装满食物、电石、蜡烛和饮用水的大尼龙背包。他估计了一下电石灯剩余的燃烧时间，然后继续前进。

10分钟后，他们在迷宫中又深入了60米。蒂姆的电石灯开始闪烁不定，盖瑞大感困惑，他决定回头。只走了约10米，蒂姆的灯熄灭了。因为只剩两盏灯照明，他们走得十分缓慢。不久，勃迪的灯也开始闪烁不定，盖瑞首先感到害怕：“我真无法相信会发生这种情况。”他催孩子快走。

盖瑞的灯光突然照到有根大木棒斜靠的洞壁上，这是进来时所没有的。盖瑞由焦虑变成了恐惧，他知道已经迷路了。他尽力平静地说：“我们需要后退一分钟。”

两个孩子惊奇地看着他。“我们迷路了吗，爸爸?”

“不，只是我不认得这个地方。”他不想使他们惊慌。

盖瑞连一个熟悉的标记也找不到。他们又试了另两条通道，但结果仍然是绕回到那根大木棒旁。盖瑞越来越惶恐，虽然洞内很冷，他的衬衫却给汗水湿透了。

更可怕的时刻来到了，盖瑞的灯开始忽明忽暗，几分钟后完全熄灭了。三人僵立在黑暗中，惊慌失措。盖瑞默默地祷告：“老天爷，请帮助我，让我能把孩子带出去。”他搜遍全身，找到一些未用过的电石粒，放在自己的电石灯里，然后用自己的小便灌满灯的储水槽。片刻，电石灯升起了一团小小焰。

“我们走！”他带着孩子急急穿过几条短隧道，进入一个大石室。盖瑞爬上一块平坦、桌子般大小的圆石，两个孩子分坐两侧。几分钟后，电石灯熄灭。他们知道，灯不会再亮了。盖瑞又后悔又内疚，把紧急供应品放下不带，违反了洞穴探险的一条基本守则，即时刻携带两种后备光源。他自认为是个经验丰富的探洞者，早已养成了信赖自己的习惯。

“爸爸，我们什么时候才能出去？”蒂姆问了一句。

“他们应该明天或后天发现我们的小货车，然后派探洞专家来救我们。”盖瑞答道。可是，小货车停在荒凉的公路边，如果被小偷偷走，就谁也不知道他们究竟在哪里。他祈求这样的事不会发生。

盖瑞教孩子用厚护膝将身体与寒冷的岩石隔开。他说：“我们最大的危险是体温过低。”他要求孩子们尽可能保持镇静。

盖瑞腕上的夜光表显示晚上9时，一群蝙蝠在他们周围鼓翅尖叫，接着全部飞走了；凌晨5时，蝙蝠再发出刺耳的尖叫返回，攀附在周围的石壁上。

蝙蝠飞出飞进，已是第三日来临。盖瑞父子身体在潮湿的空气中痉挛发抖，他们都极端渴望得到水。盖瑞的声音沙哑了，而且感到胸部剧痛。傍晚，他衰弱得无法再坐着。“如果我熬不过今夜，你们就把我的衬衫拿去，它可以帮助你们保持体温。把你们害成这样，我很抱歉。”他跟儿子说。勃迪和蒂姆不禁哭了起来。他们紧紧抱住父亲说：“这不是你的错。”“你不能死。你是世界上最好的爸爸。”盖瑞颓然倒在寒冷的石头上，两个孩子在他两侧躺下，用手臂搂住他的胸部。

星期四上午，勃迪蓦地惊醒。他心惊胆战地伸手摸索。“爸爸，你没事吧？”“我在这里，孩子。”两个孩子再次搂抱着父亲，他们感到父亲比昨晚坚强了些。他们因寒冷和体弱而浑身颤抖，每次咽口水时，舌头就像锉子一样刮擦着他们的上颚。

整个星期四，他们是在精神混乱中度过的，都一再梦到自己已经获救。蒂姆觉得自己正躺在露营帐篷里；盖瑞“看到”石室另一边有一座汽水贩卖机……

到了星期五近黄昏时，他们似乎都已意识到，就是有人赶来营救，也可能为时太晚了。勃迪声音呆滞地问道：“爸爸，死是怎样的？”盖瑞努力选择恰当的词句道：“体温过低会使我们感到温暖和昏昏欲睡，然后慢慢失去知觉，直到心脏停止跳动。”“然后呢?”蒂姆问。

盖瑞缓缓答道：“我们会在天堂，和你们的妈妈又团圆了，不再口渴，不再有黑暗……”盖瑞父子正在洞中备受磨难的星期三下午，新鳟洞附近的一名居民发现了他们的小货车，报了警。经查核，西弗吉尼亚州警方要求佛罗里达州坦帕市当局调查车主盖瑞的下落。

星期四黄昏，西弗吉尼亚州警察局才获佛州关于盖瑞一家去度假的电文。警员力克·吉勒斯比看了电文后，联系小货车附近有几个洞窟，便打电话到全国探洞协会去查问。

星期五下午6时，盖瑞失踪的消息已在一小群互有联系的探洞者之间传开。住在坦帕湾的探洞协会会员决定给电话簿上每个姓卢慈的人打电话，希望能找到一个盖瑞的亲戚。

下午7时30分，盖瑞的弟弟吉姆接到电话，想起盖瑞曾说过星期四会到孩子的姥姥家。经查询，盖瑞不在。

不到两小时，全国洞穴营救会的大批探洞者已开始在新鳟洞及鳟洞、汉密尔顿洞的山坡集合。他们在新鳟洞口看到登记簿上盖瑞的签名，但由于洞内的那本登记簿没有他的签名，便把搜寻重点放在另两个洞中。

晚11时45分，营救会协调员约翰·韩尔培和马蒂·哈岱及力克·巴格斯三人再查新鳟洞。凌晨0时30分，他们在迷宫内行进约50米，发现了盖瑞的红色尼龙包。

“盖瑞!”三位营救者高声喊叫。但洞内寂无声息。

盖瑞在昏迷中听到有人喊他的名字，以为又是幻觉。蒂姆和勃边也在他旁边慢慢挪动。

“盖瑞! 蒂姆!”又是一声大喊传了进来。蒂姆倒抽一口气，倏地坐起来叫道：“我们在这里!”他兴奋的喊叫吵醒了另外两个人，三人一起沙哑地大喊。

几分钟后，营救人员头上的照明灯照见三个全身覆盖着厚厚黑灰的人……

盖瑞父子三人严重脱水，盖瑞和蒂姆因血液循环曾出问题而神经受损，勃迪则有一肺萎陷。

尽管有过这样一次接近鬼门关的经验，盖瑞父子仍然计划将来再去探洞。盖瑞说：“今后无论碰到什么逆境，我们必定会想起这件事，并且知道我们一定什么都能克服。”

人的一生可能燃烧也可能腐朽，我愿意燃烧起来!

魔笛

在我7岁生日那天，亲友们把钱币塞满了我的口袋。我高兴极了，马上到一家儿童玩具小铺去买东西。路上，我碰到一个男孩，他手拿短笛吹奏着，那抑扬顿挫、悠悠动听的笛声把我紧紧吸引得入魔了，我心甘情愿地掏尽口袋里所有钱币换取了这个小玩具。我一回家，就大吹特吹起来。

我非常喜爱这个“魔”笛，但全家人却很讨厌这怪玩意儿。我的兄弟姐妹和堂兄弟，得知我付了多少钱之后，纷纷指斥我受骗上当了，原来，我付出了四倍于这个短笛的高价。此刻，我才恍然大悟，用这么多的钱，可以买好多好多的东西呀!大家嘲笑我是小傻瓜，我懊丧得痛哭起来。我觉得，这“魔笛”带给我的不是愉快，而是烦恼。

吃一堑，长一智。从此以后，每当我打算买非必需品时，总是告诫自己说：“切莫花太多的钱去买‘魔笛’。”这样，我逐渐学会了节约。

长大后，观察人世间芸芸众生，我发现：许多人付出了巨大代价去买各自的“魔笛”。我目睹：有些人狼子野心，虚掷韶华，醉生梦死，耗伤精力，泯灭良心，欲壑难填，甚至贪赃枉法，出卖亲友，以牟取暴利厚禄。这时，我常常默默地自语道：“诸君花了高价去买‘魔笛’。”

有时，我邂逅吝啬鬼，这号人视钱如命，对人一毛不拔，情薄如纸，厚颜无耻，唯利是图，贪得无厌。我说：“可怜的人呀，你们为自己的‘魔笛’实在付出太大的代价了。”

每当目睹那伙贪得无厌而不屑其精神和心灵的人时，我就说：“仁兄啊，错了!你们得到的将是痛苦，绝不是快乐。你们为自己的‘魔笛’付出的代价太高太高了!”

有时，我还目睹有些人迷恋于华丽的装饰、奢侈的家具、豪华的轿车……，而这些“魔”品远远超出其财力，结果债台高筑，身陷囹圄，草草了却一生。于是，我叹息道：“唉！你们为区区‘魔笛’付出了多么昂贵的代价啊！”

总之，我认识到：大多数人的不幸，都在于不恰当地估量了各种事物的价值，并为各自的“魔笛”付出昂贵的代价。

人生要有意义只有发扬生命，快乐就是发扬生命的最好办法。

旅店之夜

夜班门房带点歉意地耸了耸肩：“这么晚，您在任何地方都租不到单人房的。”

“好吧，”施瓦姆说，“我租下这个床位。只是那个我要与他在一个房间里过一夜的人，已经在房间里了吗?”

“是的，他已经睡了。”

施瓦姆关上门，用手摸索电灯开关。突然，他身边一个低沉却有力的声音开始说话：

“住手，请您别开灯。如果您保持房间黑暗，那是帮我大忙了。”

“您已经在等我?”施瓦姆惊恐地问，然而他没有得到答复。陌生人又说：

“您不要被我那副拐杖绊了，小心点，别摔倒在我的箱子上，箱子大约在房间中央。您沿着墙走三步，然后转身向左，再走三步，就能摸到床杆了。”

施瓦姆听从指挥，到了他的床铺前，脱了衣，钻进被窝。

“顺便说一下，我姓施瓦姆。”

“您到这里来参加会议?”

“不。您呢?”

“不是。”

“因公出差?”

“不，不能这么说。”

“或许我乘车进城有非常特别的原因，每个人都有特别原因的。”施瓦姆说。一列火车正在附近的车站里调轨，地面震动着，睡着人的床颤抖起来。

"您想在城里自杀?"

"不,"施瓦姆说,"难道我看上去像自杀的样子吗?"

"我不知道您外表如何,"另一个说,"天黑了。"

施瓦姆解释道:

"我有一个儿子,先生,一个小淘气,是为了他我才乘车到这里来的。"

"他住在医院里?"

"他身体健康。但他极其多愁,要是一个阴影落到他身上,他就会作出反应。"

"那么他毕竟住医院了。"

"不!"施瓦姆叫道,"我已经说过,他各方面都健康。但是这个小家伙天生一副脆弱心肠,所以他受到了威胁。"

"为什么他不自杀?"

"真是的!您为什么提这种事?不,我的孩子是由于以下原因受害的:他总是一个人上学的,每天早上他一定在一个道口栏杆那儿等候,直到火车开过来。接着他站在那里,挥手,使劲地挥手,然后绝望……"

"然后他上学。他回到家,就变得心烦意乱,不能做家庭作业,不想玩,不讲话。如今这种状况已有几个月了,整天这样。"

"到底是什么原因使他这样做呢?"

"您瞧,"施瓦姆说,"奇怪的是,孩子挥手,旅客群里从来没有人回过来向他挥挥手。他把这件事深深地记在心里,以致我和我的妻子极为担心。当然我们不能强迫旅客们这样做,不过……"

"您想通过乘早车向小家伙挥手来消除您孩子的伤感?"

"对。"施瓦姆说。

"小孩子们与我毫不相干,"陌生人说,"我甚至恨他们,由于他们的缘故,我失去了我妻子。她死于第一次分娩。"

"这使我感到难过。"

"您到库尔茨马赫去是不是?"

"是的。""坦率一点说,您不为欺骗您的儿子感到害臊吗?"

施瓦姆不由怒从心起,回答说:"您敢冒昧地说这种话!您怎么会有这种想法!"他躺着思考了一阵,后来睡着了。

当他第二天早上醒来的时候,他断定只有他一个人在房间里了。他望了望钟,吓了一跳:离上午开的那班火车只剩5分钟了。在他赶到火车站时,检票口已经关上。

当天下午——他不能再在城里逗留一夜——他垂头丧气地回到了家。

孩子给他开了门。孩子兴高采烈，朝他扑了过去。用拳头敲打他的大腿，喊道：

“一个人挥了手！一个人长时间地挥了手！”

“用一根拐杖?”施瓦姆问。

“对，用一根棍子。他把手帕绑在棍子上，从窗里伸出来，长时间地举着它，直到我不能看见它。”

一个人挥了手！一个人长时间地挥了手！

睡在鞋子里的小松鼠

在那些凉爽宜人的初夏的上午，我经常带着两个女儿来到我们自己农场的一片草地上，安静地观察一群土松鼠在它们的地窝里高兴地蹦进蹦出。这个快乐的小巢建筑在一个圆面包似的隆起的土堆上，我的孩子们把这个圆土堆昵称为“月亮岛”。

有一天，风和日丽万里无云，一只年幼的松鼠经不住大自然的诱惑，独自一个漫游到农场另一边的大花圃中。正当它只顾贪婪地啃嚼仙人球上粉红色的小花瓣时，一只墨西哥鹰张着巨大的黑翅从高空盘旋而下，在猝不及防中伸出它的利爪将小松鼠抓起，然后又直冲蓝天。

“妈妈！”贝基突然大喊，“看，妈妈！”在我们头顶上的高空中，几只苍鹰正在为争夺那只小松鼠而斗。它们拍打着翅膀，用铁爪和利喙彼此搏杀。正打得天昏地暗时，我看见那只小松鼠从松开的鹰爪中随风落下，像一片秋后的树叶落到地上。

贝基像箭一般地冲过去，用手轻轻捧起血绒绒的小松鼠，“妈妈，小松鼠流血了。”

小松鼠的尾巴已经被咬掉了一截，头上背上都鲜血淋淋，它伏在贝基的手上，痛苦地战栗。

贝基仰着头对我说：“妈妈，我们把小月光带回家，好吗?”

“小月光”是贝基给小松鼠起的名字。

吃饭的时候，贝基向她的弟妹们宣布说，小月光是个女孩，因为它的肚皮上长了几粒小豆豆。贝基又把小月光放在爸爸的腿上，高兴地对他说：“妈妈准备把小鸟笼修理好，让小月光住到里面去。”

那天晚上，我和贝基为小月光的住宿忙了半天，我们先在笼底垫上一层雪松木刨花，又在笼子的角落放进一小碗清水和一碟玉米粉。

一切整理停当之后，贝基将自己的音乐盒放在鸟笼上面，满脸天真地说：“现在，小月光可以睡个好觉了，它会在快乐的音乐中忘掉关于老鹰的噩梦。”

两天过去了，小松鼠缩在笼子里一点动静也没有。“它为什么不出来玩呢?”贝基担心地问。

“也许它仍感到害怕，”我告诉贝基，“我想，它不会有事的。”虽然这样说，我还是怕它有什么不测，于是我给宠物店挂了一个电话。他们告诉我说，可以把苹果片上涂些花生奶油放在笼子里，这样小松鼠就会出来。

当小松鼠从松木刨花里探出小脑袋时，贝基低声喃喃道：“这是一个多么可爱的小东西呀!”它小心翼翼地爬出来，用小爪子抓起了一小块涂着花生奶油的苹果，把它藏到雪松木刨花里去，过一会儿，又从刨花里将它找出来，放进小嘴里吃掉。

我的孩子们常常和小松鼠玩一些很危险的游戏，乐此不疲地对小月光干一些恶作剧。詹妮喜欢把它放在桌子上，让它在一堆油盐胡椒瓶子中间躲迷藏；艾咪，这个连话都还说不清楚的小女儿，却喜欢把小松鼠捉住放在小磁牛的背上；小儿子布达则老是把自己盘子里的利马豆硬塞进小月光的嘴里让它吃。

一天晚上，司科特又别出心裁地说：“我要让小月光骑一回马。”看着电动小黑马驮着小月光在地上兜着圈子奔跑的时候，孩子们都激动得发出尖利的欢叫声。

渐渐的，连我自己也被小月光可爱顽皮的样子逗得神魂颠倒。出门有事时，我把它从笼子里拿出来，装在我身上的口袋里，让它跟着我一起到外面去呼吸新鲜空气。当我把它放在手掌上，这个小家伙就歪着身子坐着，偏着漂亮的小脑袋看我，有时还故意挤眉弄眼。

到了七月，小月光站起来就有五英寸高了。虽然它的毛尾巴缺了一截，看起来仍然很有生气。你根本看不出它是个野生的动物，特别是贝基给它穿上一件红色的玩具娃娃外套并在脖子上戴一只小项圈之后，更显得神气活现。然而，等到岁近晚秋的时候，我感觉小松鼠的眼睛老是显得迷盹盹的，快乐的叫声也听不到了，很多时间它只静静地躺在笼子里一声不吭。

我想，它是不是有点想自己的家呢？我该不该把它送回去?我打电话到野生动物研究所，将小月光的近况和我的想法告诉了一位专家，他说，现在小鼠的身上已经没有了自己家族的气味，如果现在放回，原来的家族只会把它看成敌人。“等到春天”，他说，“雄性松鼠到处寻找情人，那时小月光再回到自然中去就不会孤独无伴了。”

有一天，我突然发现鸟笼门开着，小松鼠却不见了踪影。

贝基难过极了，她趴在地板上找遍了房子里的每个角落，一边找，还一边叫着小松鼠的名字：“月儿！月儿！”我在笼子上悬了一根长梯，上面挂着小月光最喜爱的花生奶油苹果片，还有涂着红色果冻的蚕豆和比尔制作的牛肉干。我想，这些东西也许会引来小月光，并且使它变得心情愉快。

两个月过去了，我们连小月光的影子都没见着。一个冬日的夜里，我和两个孩子躺在床上，看着比尔将一根火柴架在火炉里燃烧，突然间，贝基不知从哪里冒了出来。“妈妈！我看见了小月光！它在我们的小阁楼里，它正在艾咪的一只鞋子里睡觉！”

我们一齐奔向阁楼，可爱的小松鼠正闭着眼睛安静地躺在鞋窝里，像个熟睡的婴儿。

比尔滑稽地将一根指头勾了几下：“这叫做冬眠。”他说。我和贝基连忙把小笼子提到阁楼里，将小月光轻轻放进去关上，比尔在笼子外放了一只微型电暖器，这样，小月光就可以更舒服地过冬了。

三月来临，万物复苏，小月光的身子开始慢慢地蠕动，嘴里发出低低的叫唤。有一天，我终于看见它坐了起来，用两只小爪子把脸反反复复地擦揉，然后扭过头用舌尖舔抚身上的毛发：“小东西，你总算醒了。”我如释重负地叹道。

我告诉孩子们，我打算把小月光放回月亮岛去。他们当然都不太情愿，但他们最终听从了我的意见。

那天晚上，大家轮流把小松鼠抱在怀里，和它说悄悄话，像老朋友一样亲密。贝基一个人躲在厨房里，她把一些红色的奶油蚕豆放进小月光睡觉的鞋子里。

“你这是干什么，小宝贝?”比尔问她。

“妈妈要把小月光带走了，它喜欢红色的东西。”突然，小贝基忍不住哭了起来，“我不想让小月光走，我舍不得它，我爱它。”

“可是，它是野生的动物，”比尔一边为贝基擦眼泪，一边说，“大自然才是它的家，它需要有同类的朋友。”

“但是，它会忘记我们的。”

“不会的，好女儿，”比尔把贝基抱在怀里，“动物永远都不会忘记那些关怀过它们的人。”说着，他从口袋里掏出一块牛肉干和红蚕豆放到一起，“好了，现在小月光也会记住我了。”

我带着小月光来到它原来的家——月亮岛。当我将它从口袋里拿出来放在掌中时，立即听见一声清脆的叫声从前面传来。我看见另一只小松鼠正从月亮岛里钻出来望着我们。小月光马上把腰伸直，更响亮地叫了几声。那边的小松鼠听见了回应，顾不上我在眼前，大胆地蹦出来，一边跳跃前进，一边摇动着尾巴，欣喜之情溢于言表。

我用手指轻抚着小月光的脑袋。在即将分别的时候，我心里也像贝基一样十分难过。几个月来，这个陌生的小动物给我们带来了那么多快乐时光；不仅如此，它还让我的孩子们，包括我和比尔明白了一个事实：除了人类之爱，世界上还有更博大的爱存在，因为我相信，我们的小月光一定也在心里爱着我们。

地上的那只小松鼠还在跑来跑去地叫唤，我凝神看着小月光，它也偏着头，用两只闪亮的眼睛盯着我。

“去吧，它在等你。”我将手掌一倾，小月光“唰”的一声跳了下去，它的新伙伴立即从那边奔了过来。它们交颈而歌，发出兴奋快乐的吱吱声。当它们觉得已经认识了解了以后，双双奔向月亮岛中的小巢。

我看见小月光在洞口前停顿了一下，向我投来最后一次注视。

除了人类之爱，世界上还有更博大的爱存在，因为我相信，我们的小月光一定也在心里爱着我们。

漫游世界的护照

我是在一个小镇上长大的。那镇子挺小，挺安全，孩子们很小便可随意从这头走到那头。我常常自由自在地到处转悠：上贮木场找碎木屑做玩具，到电话公司瞧接线员工作，去文具商店东瞅瞅西望望——上二年级前的那个暑假，我看中了一个仿鳄鱼皮书包。它绿色中杂有红色装饰，制作特别精致，使我怦然心动。然而，除了我之外，家里没人认为它能值3.98美元。由于特别渴望凑足这笔钱，我经常去邮局细看“通缉”告示。只要能逮住其中一个恶棍，我就可以从联邦调查局领到一笔赏金。

那个夏天，我的大部分朋友都学会了骑自行车——一门令我望而却步的技术。当他们成群结队蹬着车绕镇子兜风时，我则独自一人忍受着孤独和寂寞。一个炎热而宁静的下午，当我沿着大街徜徉时，无意中在一家过去从没留意过的商店跟前停了下来。从窗户望进去，我看见人们坐在松木扶手椅上，每个人都在凝神读书。我估摸他们是在等着被人侍候，就像餐馆里的食客那样。我不知不觉走了进去，好奇地东张西望。我从未见过这么多的书——书架一个挨着一个，上面的书摞得老高，好些我踮着脚也够不着——有几百本？还是几千本？

坐在书桌前的一位太太问我要不要她帮忙。当我问这是什么商店时，她说不是商店，是图书馆。这儿的书籍不供出售，但可以借阅。我只需办理张借书卡就行了。

没想到竟有这等好事，我赶紧点点头。

她取出一张橙色的卡片，写上我的名字和一个号码：1221。我的心在惊喜和忧虑之间直打转转。在我看来，图书馆实在太奇妙了，仿佛不要钱的糖果，让人不敢相信。我暗忖：这里头肯定有名堂——也许你不花钱可以借书，还书时必须付钱。我没敢问。

图书馆管理员向我指出少儿借阅区。我匆匆浏览着。借书卡上的墨迹未干，我便办好了一本书的借阅手续，赶在她改变主意——收回赋予我的这一特权——之前离开了。

更令人惊讶的事还在后头。我发现孩子们也能从成人借阅区借书。那女管理员还教我如何找书：小说类读物按作者姓名的字母顺序排列，非小说类读物则按十进制排列。

在发现那图书馆的最初几周，我一天要去两次，每次总是只借一本书。当管理员提到每人一次可以借几本时，我不由得欣喜万分。

我开始在家里谈论有个书包该是多么方便。到暑假结束时，父母屈服了。我的另一个梦想——骑自行车——也因此得以实现：一俟领悟到把一叠书放在车篮里有多轻松，我很快就学会了骑自行车。

随后的几年中，我贪婪地阅读，堪称不加选择——小说诗歌，人物传记，历史典籍，以及杂七杂八的读物——我都借来读。我还三番五次读了一些童话。《丑小鸭》使我深受安慰和鼓舞，我憧憬自己有朝一日像天鹅那么优美；《皇帝的新衣》证实了我的预感：女人们并非无所不知，无所不能，虽然他们当中有些人那么说。

小小的橙色借书卡是我漫游世界的“护照”。凭着它，我认识了不计其数的人，了解到在小镇上不可能知道的思想。路易斯·阿姆斯特朗是我从传记中认识的第一个黑人，我由此得悉了种族歧视的可怕事实。小镇方圆200英里内没有较大的艺术博物馆，因而在我上大学前，

我仅仅在那图书馆的美术书上见过油画。通过奇迹般的图书，我用成堆的有关犹太教、细胞生物学及攫住我好奇心的其他书籍，把自己武装了起来。

我从没停止过去图书馆。每逢推开我所在大学图书馆沉重的大门时，我总是充满了敬畏。这是一个神圣的地方：库房内保存着上百万册书籍，那是智慧与真善美的无穷宝藏。

如今，我拥有几份“护照”——社区图书馆的借书卡；使用珍本藏书的许可证；世界上最大的大学图书馆之一的特证借阅卡。萦绕图书馆所产生的想象仍然令我惊奇不已，我抓住每一个机会传播这种乐趣。

每当我使用图书馆的微缩胶片阅读器，孩子们在旁驻足观看时——这种情况经常出现，我便问他们的生日，随即放出那天的《纽约时报》胶片。一旦孩子们开始阅读其生日的出版物，他们就不想停下来。我希望——哦，我多希望——他们的第一张“护照”带着他们，像我当初那样遨游知识的海洋。

小小的橙色借书卡是我漫游世界的“护照”。

我再也不会挂断你的电话

我的手仍在为撂下那个电话而发抖。我费力地穿上外套，冲了出去，门被我踢得砰砰直响。我从没像这样挂断过女儿的电话。她活该，我心想，她是一个不顾及

他人、只想自己的孩子。

可是，在我一脚把门踢开，跑向汽车时，我却感到一丝不安。我仿佛看见披着一头长长的金黄色乱发的凯伦，用一种时常闪现在眼里的忧伤盯着手中已经挂断的电话。

凯伦13岁了，独立，意志坚强。她只有一点点像我，大部分像她妈。我和她母亲离婚时，我们商定凯伦和她住在西北部会更好些。我则住在海边的一所房子里。我和女儿一向很亲密。可是，随着她年龄的增长，我们之间的关系越发紧张了。我们在一起的时光被长时间的沉默和小口角所破坏。我知道原因多半是我没有从她的角度看问题，但是作为她的父亲，我总是认为自己是最棒的。

我们每月在一起过一个周末对我来说非常重要，在这个特殊的周末，我们打算作通宵航海。可是，星期五，她打电话来问我可不可以星期六下午而不是上午过来。她想和一些朋友在一起。然后，她在星期六又打来电话说她和朋友们约好星期天去一个娱乐公园。她建议星期天晚上一起去吃晚饭。

就是为了这件事——晚饭，我发火了。她想让我消消气，告诉我说她有自己的生活了，但我们见面对她来说仍很重要。到我撂下电话时，她还在哭，而我也浑身战栗。

现在，我坐在雪铁龙车内听着点火器发出咔嚓咔嚓的摩擦声。汽车发不动。我钻出车，踢了一脚挡泥板。我得骑我那辆摩托车了。尽管很生气，但我在用脚发动那辆老式58BSA摩托车时非常小心。脚踏启动器上的自行车式踏板已经磨损得差不多了，我猛踩一根光秃秃的铁棒，靠曲柄发动马达。功率强大的650cc双缸发动机有时候会出现回火，铁棒会弹起来，打得我小腿生痛。

摩托车发动起来后，我瞥了一眼天空——天上阴云密布，衬着一轮模糊的月亮。空气中有股下雨的味道，但BSA摩托车很重，在光滑的路面上很好驾驶。前20分钟，我在新泽西州特派克交通并不拥挤的公路上快速行驶。又过去了45分钟。我要让她知道什么叫责任，我心中暗想。

就在这时，我感到发烫的汽油浸湿了我的腿。油管裂了。以前曾出现过这种情况，修起来很容易。可是现在，我身上散发着一股难闻的汽油味。我把车停在一座立交桥下面的混凝土隔离带上，摸索着找到手电筒，拿出我的工具。几英尺外，小轿车和卡车带着烟雾飞驰而过。不知什么时候，天下起了雨。我真希望自己没有出门。最后还好，我把油管修好了。

确信摩托车在撑脚架上很牢靠后，我爬上去踩踏板。可是，脚踏启动器上面沾满了油，我的脚直打滑。就在发动机点燃时，铁棒反弹上来，狠狠地打在我的小腿上。摩托车从撑脚架上訇然倒地，把我的腿压在了下面。我感到我的脚被狠狠地烫了一下并咔嚓一声折断了，就像折断一根枯树枝一样。接着，一阵钻心的疼痛袭来，好似一把锋利的刀刃从我的脚板心一直划到腹股沟。我尖叫一声昏了过去。但肯定只有几秒钟的时间，我又苏醒过来，因为从油箱中倒出来的汽油越过我的半截身子，嘶嘶响着朝仍在运转的滚烫的发动机漫过去，其恶臭令我窒息。

哦，上帝，我心想，我不会这样被烧死吧。车流就在距离几英尺的地方轰鸣着疾驶而过，可是身处立交桥阴影中的我却无人能看见。我想伸手去抓把手上的钥匙，可刚一动弹，难以忍受的疼痛便掠过我的全身。我尖叫一声，再次昏死过去。

可能过了一会儿，也可能过了几个小时，我醒了。发动机已经不转了，我也感到似乎不像先前那么痛了。但我很冷。一种几乎是令人愉悦的麻木漫过我的身体。我完全感觉不到我右侧的身体了。我的右腿似乎泡在温暖的糖浆里。我将流血而死，我在心里说。但我不在意。我可以让那股暖暖的麻木感觉涌遍全身，一切都会好起来的。死将变得更加容易。

我为什么要像这样挂断电话呢？这个想法浮出脑际。凯伦会认为我很生气，不去她那里了。“哦，上帝呀！”我绝望悲伤地喊出声来，“我不能像这样死去。”

整个晚上，我在和阵痛以及可怕的疲倦作斗争，并极力透过令人窒息的烟雾呼吸时，心中都想着凯伦。我对朋友都不会那样撂下电话，可我却对一个世界上我最爱的人这么做了。

上帝呀，让我活到能告诉她我是多么爱她并请求她原谅的时候吧。不要让她心中装着父亲最后那几句让她生气的话度过一生吧。我对她拥有的爱被一时的愤怒冲得荡然无存，这种想法让我难受至极。圣经上的一句话闪现出来：“让太阳不要因为你的愤怒而陨落。”太阳不仅因为我的愤怒落下去了，而且让我的生命也在下沉。

我的下半身已经不再有感觉了。我的神智一会儿清醒一会儿模糊。我感觉不到汽油味了。“不要睡着了！”我不停地对自己尖叫，但是，我的声音现在听上去很遥远了。这时传来轮胎和汽车底盘擦刮路边的嘎嚓声，接着，一束车前灯射进黑暗中。汽车在我旁边停了下来。门开了，我听见了人的声音。我转动脑袋，看见汽车的后部。我想喊，可只发出了一丝喘息声。过了一会儿，车门关上了，汽车尾灯的红色亮光正在消失。

接着，红光比刚才更亮了。他们回来了！拜托，上帝，让他们看见我吧。车门打开，我听见沙沙的脚步声。一张男人的脸出现在我的上面，因震惊和同情眼睛睁得大大的。“天呐，”他大声对他的同伴说，“这里有个人！”这是我第三次昏过去前听到的最后一句话。

在医院时，我一连几天忽而昏迷忽而清醒。我的思绪不断回到撂下电话的那一刻。我多想见到凯伦呀，好把事情跟她说清楚。

“爸爸?”一个试探性的声音传来。我一直在昏睡，认为自己在做梦。可当我转过头来时，凯伦正站在房间里。她朝我走过来。她脸色苍白，双眼红肿。她穿着一件夸张的宽松衬衫，那是她最喜欢的。要在平时我肯定会笑她，可现在她变成了我所见过的最美的一道风景线。

我的眼前一片模糊，我听见很响的抽泣声传来，接着意识到那是我在抽泣。

凯伦显得有些手足无措，似乎不知道该怎样处理这种局面。“没事的。”我最后开口道，“你可以拥抱我。”然后，她张开双臂抱住了我，脸伏在我的肩上。

“爸爸，对不起。”她说。

“不，”我嗫嚅着说，“说对不起的应该是我。”我突然感到如释重负。

我们就那样默默地相拥着。以后有的是时间告诉凯伦我是多么爱她。我有种感觉：她也有一样的话要对我说。我知道，不管我们今后发多么大的火，也绝不能让愤怒超越爱意。

不管我们今后发多么大的火，也绝不能让愤怒超越爱意。

天知地知

他当时11岁，一有机会就到湖中小岛上他家那小木屋旁钓鱼。

一天，他跟父亲在薄暮时去垂钓，他在鱼钩上挂上鱼饵，用卷轴钓鱼竿放钓。鱼饵划破水面，在夕阳照射下，水面泛起一圈圈涟漪；随着月亮在湖面升起，涟漪化作银光粼粼。

鱼竿弯折成弧形时，他知道一定是有大家伙上钩了。他父亲投以赞赏的目光，看着儿子戏弄那条鱼。

终于，他小心翼翼地把那条精疲力竭的鱼拖出水面。那是条他从未见过的大鲈鱼！

趁着月色，父子俩望着那条煞是神气漂亮的大鱼。它的腮不断张合。父亲看看手表，是晚上10点——离钓鲈鱼季节的时间还有两小时。

“孩子，你必须把这条鱼放掉。”他说。

“为什么？”儿子很不情愿地大嚷起来。

“还会有别的鱼的。”父亲说。

“但不会有这么大。”儿子又嚷道。

他朝湖的四周看看。月光下没有渔舟，也没有钓客。他再望望父亲。

虽然没有人见到他们，也不可能有人知道这条鱼是什么时候钓到的，但儿子从父亲斩钉截铁的口气中知道，这个决定丝毫没有商量的余地。他只好慢吞吞地从大鲈鱼的唇上取出鱼钩，把鱼放进水中。

那鱼摆动着强劲有力的身子没入水里。小男孩心想：我这辈子休想再见到这么大的鱼了。

那是34年前的事。今天，这男孩已成为一名卓有成就的建筑师。他父亲依然在湖心小岛的小木屋生活，而他带着自己的儿女仍在那个地方垂钓。

果然不出所料，那次以后，他再也没钓到过像他几十年前那个晚上钓到的那么棒的大鱼了。可是，这条大鱼一再在他的眼前闪现——每当他遇到道德课题的时候，就看见这条鱼了。

因为他父亲教诲他，道德只不过是对与不对的简单事，可是要身体力行却不容易。我们能否做到没人看见时也循规蹈矩呢？如果有方便门路能及时送入设计图，我们会不会拒绝走这条门路？又或者，我们得到了我们不该知道的内幕消息，会不会拒绝去做股票内幕交易呢？

要是小时候有人教过我们把鱼放回水中，我们是会做得到的。因为我们从中学会了明辨道理。

一次择善而从，在我们的记忆中会永远地留下清香。这是一个足以让我们自豪地讲给朋友和儿孙听的故事。

并不是讲我们怎样投机取巧，而是讲我们如何做得对，就此自强不息。

要是小时候有人教过我们把鱼放回水中，我们是会做得到的。因为我们从中学会了明辨道理。

善有善报

大家叫他傻子、白痴。他的真名是安托希·苏钦斯基，是个乌克兰农民。他对有生命的万物都敬之惜之，连一只苍蝇都不忍心打死。所以，波兰与乌克兰边境上的扎布罗夫村全村子的人都嘲笑他。

1941年，希特勒的军队攻入该村，把村子里的犹太人一车车运到灭绝人性的集中营去。傻子苏钦斯基这时再也不能袖手旁观了。

他仅凭两只手，在自己的农舍下面掘了个地洞，在地洞里把一家人掩藏了两年。这家人姓蔡格，有一对夫妇和两个儿子。

一次，苏钦斯基听说纳粹分子将要带受过寻人训练的狗到农庄搜查，他便整夜不睡，把户外厕所的粪便铺在地上，又撒上胡椒，使狗嗅不出人的气息。德国人来了，但他们没有找到蔡格一家。

1944年，蔡格一家人得到解放后，在德国的失所人士居留营住了3年，然后移民到美国。

此后多年，蔡格家经常寄食物及衣服到苏联去给苏钦斯基。苏钦斯基既不识字，更不会写，只好画朵花请邻居寄给蔡格家，表示东西收到，他很感谢。但是到五十年代末，就不再有这些表示感谢的信息了。蔡格家去打听，苏联官员告诉他们，扎布罗夫村没有安托希·苏钦斯基这个人。

直到1987年初，已成为新泽西成功商人的蔡格的儿子雪莱，才获悉苏钦斯基与他家联系中断的原因。原来苏钦斯基得了一场大病，患病时搬到了邻镇，由镇上一个侄儿照应。他恢复健康后才回到扎布罗夫。

一位苏联音乐家，因为雪莱·蔡格帮他解决了访问美国的签证，答应回国后打听苏钦斯基的下落。但是好几个月过去了，音信全无。

后来到了1987年底，雪莱·蔡格因为商务去莫斯科。那位音乐家拿出一张近照给他看，照片是他与一位85岁的老人站在一所破旧不堪的农舍前的合影。那老人就是苏钦斯基。

“我一下子愣住了，”雪莱·蔡格回忆说，“我当时不知如何才能向那些舍己救人的人表达人们并没有忘记他们的心意。"

他寄了一张短笺给苏钦斯基，苏钦斯通过朋友复了信，仅仅一行字："你无法想象我多么渴望见到你。"

雪莱·蔡格回到美国后，打电话给母亲和弟弟，把这个消息告诉了他们，接着便着手策划一次欢愉的团聚。

去年6月，蔡格一家人44年来第一次回到扎布罗夫。全村的人手持鲜花在街上列队欢迎。他们由镇长带领，驱车前往他们当年就靠甜菜和一点点面包活了两年的那个地洞。

苏钦斯基手捧着一条面包，上面覆盖着一块传统的乌克兰布，迎接蔡格一家人。雪莱·蔡格遵照风俗习惯亲吻了面包。村民们齐声欢呼，场面热闹非凡。

"从他们脸上的表情可以看出，"雪莱·蔡格回忆说，"安托希·苏钦斯基，这个傻瓜，村里的白痴，现在已是公认的英雄人物了。因为在这些人当中，是他做了应该做的事。"

蔡格家离开扎布罗夫前，给苏钦斯基买了一台电视机，这在小村子里是件宝物。他们还满足了他的唯一要求：给他一本《圣经》和一本英文词典。

蔡格一家继续按月寄生活津贴给他，苏钦斯基许愿，他们一家下次探访他时，他会用英语迎接他们。

"他的恩情我们是永远报答不完的。"雪莱·蔡格说。他已经采取行动，把苏钦斯基的名字放在以色列的600万死于大屠杀的犹太人的纪念碑上——把他列为曾冒生命危险救过犹太人的一个正义的异教徒。

"不过最重要的是，"雪莱·蔡格说，"这些事给世人以启示，就是善有善报，为善者将使人永志不忘。"

善有善报，为善者将使人永志不忘。

非同寻常的出租车

我刚坐进这辆出租车，就感觉到了它的非同寻常：车厢地板上铺着山羊毛地毯，地毯边上撒着鲜艳的深秋红叶，玻璃隔板上镶着凡·高和高更名画的小幅复制品，车窗晶亮透明，一尘不染。

我对司机说，我从来没有见到过如此漂亮的出租车。

“我喜欢听到乘客这样赞美我的车。”司机笑着说。

“装饰得这么漂亮，这是你自己的车吗?”我问。

“不，这不是我的车，这是公司的。”他说，“多年以前，我还在出租车公司当清洁工的时候，就想到这个主意了。那时候，每天晚上车子回到公司停车场时，都龌龊得像个垃圾桶，地板上到处都是烟屁股和火柴梗，座位上或车门把手上总沾有一些黏糊糊的东西，像花生酱啦、口香糖渣啦什么的，让人看了很不舒服。我当时就想，如果有一辆值得乘客们去自觉保持清洁的出租车，他们或许就会更多地为别人着想了。我相信，人人都懂得珍惜美的事物。”

“后来，我领到了出租车营业执照，便马上用上了这个主意。我把公司给我驾驶的出租车收拾得干干净净，又自己掏钱去买来了一张漂亮的薄地毯和一些鲜花。每个乘客下车后，

我都要仔细地察看一下车子的卫生状况，因为我一定要让后来的每一个乘客都感觉到它的整洁。所以，我的车每天回到停车场后，都依然十分干净。这样过了大约一个月，我的老板就把这辆车交给了我承包，于是我又买来了那些名画复制品。”

“我从15年前就开始驾驶出租车了，我的乘客从来没有让我失望过。没有人在我的车厢地板上乱扔烟头，也没有谁会在我的车上乱抹花生酱或口香糖渣。先生，正像我听说的那样，每一个人都懂得珍惜美，也懂得欣赏美。假如我们的城市多种一些花草树木，将所有的楼房屋宇都打扮得干干净净，我敢和你打赌，一定会有更多的人不会在大街上乱扔垃圾的。”

我心想，这位司机正在述说着一条平凡的真理，但它同时也是一条重要的真理。人天生就爱美，大部分人不必接受任何教诲就懂得美是来之不易的。因此，当

他们见到美好的事物时，他们的心灵就会立即作出相应的感应；而如果能让他们觉得自己本身就是美的一部分，那么，他们不仅不会去糟蹋美，而且会想方设法去爱护美，进而还会为美锦上添花。

人天生就爱美，大部分人不必接受任何教诲就懂得美是来之不易的。

小站

小火车站。夏天。几位渔民在候车室里等车。售票口敞着。列车马上要进站了。

“真饿啊，”一位渔民说，“老婆给我带的吃食太少了，真小气。”他说着将魁梧的身躯转向一位同伴，“尼古拉，你没剩点吃的东西吗?”

同伴摇摇头：

“我自己还饿得像只狼呢。”

其他几位渔民都默然不语。

“没准儿商店开门了?”

“不会，还早呢。”

又是一阵沉默。候车室的门开了，门开处是一位肩负背囊的矮个子男人。他朝在座的几位渔民扫了一眼，走过去，在他们身边落了座。

“是本地人吗?”尼古拉问。

男人一惊，慌忙回答：

“本地人。”

“你们这里商店几点开门?”

“10点。”

尼古拉轻声咒骂起来：

"这鬼村子，一切都反常。人都要饿死了。"接着又威胁地说："等我回到家，要给我老婆点颜色看看，让她一辈子都忘不了。"

"我这里有吃的。"那男人开了腔，"吃点吧！"

"要是舍得，就给点吧。"尼古拉来了精神头。

男人将背囊放到膝上，打里边取出用纸包着的面包和黄瓜，递给尼古拉。

"是老伴给装的吗？"尼古拉好奇地问。

男人专注地望望几位渔民，点点头：

"是老伴。"

"看来她很疼您。"尼古拉拿起一根黄瓜说。

"我老伴可好了。"

尼古拉好奇地打量着他，嘴里发出清脆的嚼黄瓜声，问道：

"有孩子吗？"

"哪能没孩子？14个。"男人回答。

在他那张窄脸上溢出了得意的微笑，两眼眯成了一条缝。

"你是怎么找到这样的好老婆的？"

"是啊。当时我们只认识一星期就结婚了。"男人深情地说，"是在舞会上认识的。我看她孤零零地站在窗前，小小的个子，蓝莹莹的眼睛，多好的姑娘啊，却没人邀请。于是我就请她跳舞。再后来就是约会，结婚。眼下日子过得蛮好。"

有一位渔民叹气了。

"过很久了吗？"

"20年喽。"

"吵架吗？"

"有时也吵。这难免！勺哪有不碰锅的。不过吵完就又和好了。既然相爱嘛，那就不会记仇。我早晨起来一看，昨天晚上掉的扣子都给钉好了。爱情不只是接吻和甜言蜜语……"

大家都目不转睛地望着讲话的人，一声不吭。

"好啦，我该走了，"男人欠身说道，"该上班去了。我就在铁路上工作。祝你们万事如意。"

"也祝您万事如意，"尼古拉说，"谢谢您。"

男人挥了一下手，走出候车室。

售票口里探出一张售票员的满是雀斑的脸。他望望渔民，不屑地说：

"他是胡诌，他从来就没有过老婆孩子。从来没有。"

"怎么没有？他刚刚讲的。"

“天知道他干吗要这样讲。连我听着都感到吃惊。他是个好爷们儿，可干吗要这样——实在搞不懂。”说罢便消失在售票口里。

列车进站了……

人生就是石材。要把它雕刻成神的姿态，或是雕刻成魔鬼的姿态，悉听各人的自由。

枕头和毛毯的故事

故事发生在很久以前。

一天晚上，一个有钱人家的小女孩，正准备上床睡觉。正当女孩在做睡前祷告的时候，她听到窗外传来一阵压抑的哭声。女孩有一点点害怕，于是走到窗边，探出身子察看。她看到一个和自己差不多年龄的无家可归的女孩，正站在她家房子外面的小巷里哭泣。她的心一下子抽紧了，因为这是冬天的死寂的夜晚，而窗外的女孩衣衫单薄，她没有毛毯御寒，身上只披着几张别人扔掉的旧报纸。

有钱的女孩忽然灵机一动，想出了一个绝妙的主意。她叫住那个女孩：“嗨，你到我家前门去，好吗?”

无家可归的女孩吓了一跳，慌乱之中只有胡乱点头。

以她能够跑出的最快速度，有钱人家的小女孩穿过走廊，从母亲的壁橱里取出一条老棉被和一只破旧的枕头。抱着被子和枕头，她走不了刚才那么快，因为那被子从手中垂下来拖在地上，她要格外小心才能不让它给绊倒。她终于走到门口。放下两样东西，她打开门。那无家可归的女孩就站在门口，看上去很瑟缩的样子。有钱人家的女孩热情地朝她笑笑，将被子和枕头递给她。当她看到对方接过东西，她的笑意更深了——无家可归的女孩脸上出现一种真正吃惊的神情，欢乐在瞬间燃亮了她的眸子。

有钱人家的女孩那天晚上睡得心满意足。第二天上午，门外响起了敲门声。有钱人家的女孩飞奔到门口，她希望敲门的人是昨晚的女孩。她拉开大门往外望，果然是她。那个小女孩快乐地笑着说："我猜你会把两样东西都收回去吧？"有钱人家的女孩正要说她可以把它们留下，这时一个念头在脑子里冒出来。"对，我要收回去。"

无家可归的女孩脸突然变得苍白。这不是她希望得到的回答。她有些不情愿地放下手中破旧的被子和枕头，然后转身离开，这时有钱人家的女孩朝她大喊："等等！先别走！"她一转身，看到有钱人家的女孩跑上楼梯，跑进了一条长长的过道，但这个可怜的女孩认定，不管这个有钱人家的女孩做什么，她都不值得自己等。于是她重又转身离开。就在她迈出第一步的瞬间，她感觉到有人拍她的肩膀，回头一看，是那个有钱的小女孩，将一条新毛毯和一只新枕头塞进她怀里。

"拿着。"她平静地说。

那是她自己睡觉的枕头，面子是丝绸，里子是羽绒。

等到两个女孩长大一些，她们不常见面，但她们在彼此的心中从未分开。一天，那个有钱的女孩，现在是有钱的妇人了，接到一个电话。电话是一个律师打来的，说有要事告知。她去到律师办公室，律师将整个事情告诉了她——

四十年前，当她还是一个九岁的小女孩，她帮助过另一个需要帮助的小女孩。后者长大后进入中产阶级的行列，结了婚，有了两个孩子。前不久她去世了，在她的遗嘱中，她将一些东西留给了她童年的朋友。"不过，"律师说："那是我见过的最奇特的东西。她留给你一只枕头和一条毛毯。"

那是我见过的最奇特的东西。她留给你一只枕头和一条毛毯。

无价的珍珠

那是我中学毕业前夕，我们20位毕业生，被召集起来开会。

我们的科学老师约克先生过早地秃了头，不过，他的蝴蝶领结配上他那副有角质架的眼镜就显得富有个性了。他递给我们每人一只用缎带系着的白色小盒。

“在你们的盒里，”他说道，“你将可看到镶有小粒珍珠的手镯或领夹，那珍珠意味着你们的潜能，这个世界是牡蛎，你们犹如放入牡蛎中的一粒籽，能长成一颗无价的珍珠，所以，你们每个人都拥有一颗伟大的种子！”

我依稀记得从我懂事起，母亲就每星期从她杂货店挣得的钱中留下几块美元供我和姐姐玛丽安娜将来上大学用。

我中学毕业后和丹结婚了，丹大学毕业时，我们有了第二个孩子，沉重的家庭担子使丹放弃了自己的事业，参了军。我们过着极不稳定的生活，我凝视着手腕上的小珍珠，想不出我有什么“伟大”的潜能，最后，我把手镯塞进了抽屉。

过了10年接连不断的搬迁生活，丹终于找到了一份文职工作，最小的孩子也上学了。我开始投身于儿童剧院，合唱团，弹奏风琴，帮助那些因病或有事而闲居家中的人做好事。我还做过百货公司的营业员、花店管理员、心肺健身法教员，甚至邮递员。

我忙极了，我帮助别人，又为自己增加了收入。不过，我会打开抽屉，看着手镯沉思：我做的哪一件事会像约克先生对那颗小“种子”所寄予希望的那样？

晚上，我在床上翻来覆去不能入睡，昔日上大学的目标时时在我脑中萦回。但我已经是35岁了！已有17年没有参加过考试了。

我母亲大概猜出了我的心思，一天下午我们通电话时她说：“马西娅，还记得为了想让你上大学而存蓄的那笔钱吗？它还在呢！”

我拿着话筒发愣，我决心要实现母亲的梦想。

六个月后，我鼓起勇气，进了附近一所大学。我的能力测试报告指出，我很适合当教师，我简直难以置信，教师是像约克先生那个充满信心的人。然而，我还是注册了教师进修课程。

可是，读到第二学期的期末时，我想退学了。在大学，我要跟比我年轻一半的聪明伶俐的同学展开竞争。到了家里，由于没有人做家务，大家只能吃泡面，屋子里又积满了灰尘。

在我大学一年级五月的一个下午，我上完了一堂特别紧张吃力的课后，噙着泪驱车回家。“上帝啊！”我祈祷，“如果您真的想让我留在大学学习，请给我引路吧。”

说来也巧，几天后我竟在牙诊所碰到约克太太，我告诉她那颗小珍珠怎样激励我重返校园。“但是，功课实在变得太难了，”我抱怨道。

“我很理解你，”她同情地说，“我丈夫也是到了30岁才开始上大学的呢！”

她跟我讲述她丈夫的奋斗经历，我听得入神，我原以为约克先生已执教多年。

那次的巧遇使我坚持读完了以后的三年。

大学毕业时，我已经发觉并领悟了约克先生当年所看到的“潜能”是什么了。我在当地一所中学教英文，我力争把日常生活寓于教学之中，我把教学生广泛阅读报纸、领他们参观工厂、邀请社会名人到学校作报告看得与教授莎士比亚文学一样重要。

第一学年快要结束时，校长提名授予我首年教学优秀奖，我简直受宠若惊。申请这种奖，本人必须讲出其中的某位老师曾经如何唤起自己执起教鞭的。当然，我叙述了小珍珠的故事。

1990年9月，我荣获“百名教师首年教学优秀奖”，更重要的是约克先生也获得了“教师贡献奖”。当我们两个接受记者的采访时，我才发觉时间竟如此的巧合：约克先生明年就要退休了。

那天，约克先生向记者说，他年轻时缺少自信，是什么促使你回心转意呢？“看到别人信任我。”他说道。

突然，我仿佛又看到了在科学教室正在打开白色小盒子的20位同学。“那就是我们的共同点，是吗？”我恍然大悟。“那些你赠送珍珠的学生都是你认为缺乏自信的年轻人。”

“不，你们都是我认为怀有伟大种子的年轻人。”约克先生回答道。

你们都是我认为怀有伟大种子的年轻人。

两片树叶的故事

这个森林很大，而且密密麻麻地长满了各种带叶的树木。通常，每年这时天气都很寒冷，或偶然下雪，可是，今年11月却相当暖和。如果不是整个森林都满布落叶，你还会以为这是夏天。落叶有的黄得像番红花，有的红得像葡萄酒，有的呈现金黄色，有的则是斑驳的杂色。这些树叶曾经受到风吹雨打，有些在白天脱落，有些在夜间掉下，如今已在森林地面形成了一张很厚的地毯。它们虽然浆液已干，但还散发出一种可人的芬芳。阳光透过活的树枝照射着落叶。经历过秋季暴风雨而居然还留存下来的蠕虫蝇蚋在叶上爬行。落叶下面的空隙，为蟋蟀，田鼠以及其他许多在地下寻求庇护的动物提供了藏身之所。

在一颗已失去所有其他叶子的树上，顶端的一根小树枝还挂着两片叶子：欧里和楚珐。欧里和楚珐自己也不知道是何原因，竟然能逃过历次风雨和寒夜。其实有谁知道为什么一片叶子会落下而另一片留存？不过欧里和楚珐相信，答案在于他们彼此深深相爱。欧里的身形稍微比楚珐大，也年长几天，可是楚珐较为美丽，较为细致。在风吹雨打或冰雹初降时，一片叶子帮不了另一片叶子什么大忙。不过，欧里总是一有机会就鼓励楚珐。每逢遇到雷电交加，狂风不仅吹落叶，甚至把整条树枝也扯断的最猛烈的暴风雨时，欧里就恳切地对楚珐叮嘱：“坚持下去，楚珐！全力坚持下去！”

在寒冷的暴风雨之夜，楚珐有时会埋怨说：“我的大限已到，欧里，你坚持下去吧！”

“为什么？”欧里问，“没有你，我的生命是没有意义的。你掉下去的话，我也会跟着你掉。”

“不，欧里，不要这样做！一片叶子只要能维持不坠，就不可放手。”

“那就要看你是否跟我在一起了，”欧里回答，“白天，我对着你看和欣赏你的美。夜晚，我闻到你的芳香。要我做树上的孤独叶子吗？不，绝不行！”“欧里，你的话虽然很甜，可不是事实，”楚珐说，“你明知我已不像从前那样美丽了。看，我有多少皱纹，我已变得多么干瘪！我只留下一样东西——我对你的爱。”

“那还不够吗？在我们所有的力量当中，爱是至高到至美的，”欧里说，“只要我们相亲相爱，我们就会留在这里，没有什么风雨雷暴能够摧毁我们。我可以告诉你一件事，楚珐——我爱你从来没有像现在爱得这样深。”

“为什么，欧里？为什么？我已经全身变黄了啊。”

“谁说绿色美而黄色不美？所有颜色都是同样漂亮的。”

就在欧里说这些话的时候，楚珐这几个月来一直担心的事发生了——一阵风吹过来，把欧里从树枝上扯去。楚珐开始震颤摆动，好像也快要被风吹走似的，可是，她仍紧紧地抓着不放。她看见欧里坠下时在空中摆荡，于是用叶子的语言喊他：“欧里！回来！欧里！欧里！”

但是她的话还没有说完，欧里便消失不见了，他已和地面上的其他叶子混在一起，留下楚珐孤零零地挂在树上。

只要白天仍然持续，楚珐还可以设法忍受她的悲伤。但一到苍穹渐黑，天气变冷，而细雨亦开始降下时，她就陷于万念俱灰。不知怎的，她觉得树叶的一切不幸都该归咎于树的本身，归咎于那拥有无数强劲分枝的树干。树叶会落下，但树干却巍然屹立，牢固地扎根于泥土中，任何风雨冰雹都不能把它推倒。一片叶子的遭遇，对一棵很可能永远活下去的树来说，算得了什么，在楚珐看来，树干就是一种神明。它用叶子遮盖着自己几个月，然后把叶子撇掉。它用自己的浆液滋养叶子，高兴滋养多久就多久，然后就让它们干渴而死，楚珐哀求大树把欧里还给她，求它再度回复夏日情景，可是大树不理会她的恳求。

楚珐没想到一个夜晚会像今夕这样漫长——这样黑暗，这样寒冷。她向欧里说话，希望得到回答，可是欧里无声无息，也没有露出存在的迹象。

楚珐对树说："既然你已把欧里从我身边夺走，那就把我也拿走吧。"

可是即使这个恳求，树也不理会。

过了一阵，楚珐打了个瞌睡。这不是酣眠，而是奇怪的慵倦。醒来后，楚珐惊度地发觉自己已不再挂在树上。原来在她睡着时，狂风已把她吹了下来。这和日出时她在树上醒来的感觉大不相同，她的一切恐惧与烦恼均已消除。而且，这次睡醒还带来了一种她从未有过的机会。她现在知道，她已不再只是一片任由风吹雨打的叶子，而是宇宙的一部分。楚珐透过某种力量，明白了她的分子、原子、质子和电子所造成的奇迹——明白了她代表的巨大力量和她身为其中一部分的天意安排。

欧里躺在她的身旁，彼此以前所不知的爱互相致意。这不是由机缘巧合或一时冲动所决定的爱，而是与宇宙同样伟大和永恒的爱。他们在4月与11月之间日夜害怕会发生的，结果不是死亡，而是拯救。

轻风吹来，把欧里和楚珐吹上空中，他们在翱翔时的那种幸福快乐，只有获得解放而与宇宙混为一体的生物才会体会得到。

轻风吹来，把欧里和楚珐吹上空中，他们在翱翔时的那种幸福快乐，只有获得解放而与宇宙混为一体的生物才会体会得到。

我的报童梦

我满8岁时，开始懂事，确信没有什么比成为报童更加光荣的了。这样我就会口袋里有钱，可以独立，我更希望可以赢得父亲承认我有能力做点事。

每晚我都会躺在床上幻想我的送报大计。然而，要实现这抱负有两个难题：当报童最少要12岁，我还差4年；这工作已经有人做。佛兰基14岁，个子差不多是我的两倍，在我的记忆中，这条送报路线一直是由他负责的，而看样子他暂时不会“退休”。不过，我还是一再请求他，如果他决定不再送报，就推荐我继任。他保证会这样做，于是我充满了希望。

我身为佛兰基的义务助手，对那条送报路线差不多和他同样熟悉。每天下午放学后，我就骑脚踏车到街角的报纸分发站去。到达时，佛兰基和其他报童都已经在那里了。在尘土飞扬的混凝土人行道上，到处都是脚踏车、橘红色的帆布袋、报纸和橡皮筋。

我们把报纸卷好之后，佛兰基会给我几份，然后把其余的都堆了在他自己那辆结实的脚踏车上。他气定神闲地绕上一户户人家的车道，我倾尽全力追赶，才勉强跟上。他毫不费力地把一份又一份卷紧了的报纸抛越粗大的橡树树枝或熟铁围栏，每次报纸都能准确地落在门廊上。

就我所知，送报的唯一苦事，就是要做招揽新主顾这项艰难的工作。在入夜之后去敲陌生人的门请求他买你的东西，实在需要很大的勇气。但偶尔会有人肯买的。

“晚报?”他们会说，“我想我们可以试一下。你什么时候可以开始送来?”

“现在就开始好不好?”佛兰基会咧嘴笑着说，并且马上赠送一份当天的晚报。我们在街灯灯光下骑车离开时，他会说，“一定要给人家一点意料不到的便宜。”

我这样做了两年多，快乐极了。后来在一个春日的下午，佛兰基告诉了我一个令我震惊的消息。“我不知道该怎样对你说，”他一只手搭着我的肩膀说，“布拉克教练要我担任主投手，可是我们每天下午都要练习，我……我只好放弃送报。”

“放弃……”我说不下去。我仍然太小，没有资格做这工作。我竭力忍着眼泪。

“听我说，不要灰心，”他说，“我对送报经理说了你是个很好的助手，他要见见你。”

那天晚上，我坐在门廊的秋千上，觉得梦想幻灭了。就在这时，我听到父亲穿着他那双沉重鞋子慢慢走的熟悉脚步声。他是出来抽烟的。“你没事吧?”他一面点烟斗，一面问，“晚饭时你几乎一个字都没说过。”我缩起脚，把双膝顶住胸前，很不情愿地告诉了他这件事。“这可是很大的工作啊，”他说，“你真的相信你能应付得了，能够胜任吗?”

“我能，爸爸，”我虽然不完全肯定，却仍大胆地这样说。星期日的报纸篇幅多得惊人，而且必须在日出以前送完——可是我会想办法。他点燃烟斗，火柴温暖的光照到他满脸关怀的神色。“我陪你去见那经理，不过我只是去看看。你要自己和他谈。”他说。

我感到很意外，抬起头看着他。在这以前，这件事好像是场比赛——让我向父亲证明我有能力。但是现在，由于他肯插手，我正跨出的一步似乎比我想象中的要大了。

他转身准备走回屋里。“还有，去见经理时要穿白衬衣，打领带。”

我的两脚落到了地板上。“但没有人会那样打扮的。”我抗议说，心想别的孩子会觉得我多滑稽。

“他们有工作，你没有。”他淡淡地说。

“可是……”

“别可是了，”他坚定地说，“这是一份真正的工作。如果你不打算重视它，就不要做。”

两星期后，我紧张地穿上白衬衣，打了领带，还穿了星期天去教堂时才穿的那双鞋。我们默不作声地开车去见面地点——附近购物区里的停车场。那些报童的集会快要结束，父亲蹲下来，轻轻按着我的肩膀。“他如果让你做这份工作，就是违反了法例，”他警告我说，“那可能会有什么后果，你是知道的。他也许有家人要供养。你一定要做吗?”

现在已不容变卦了。

“是的，爸爸，”我说。

他停顿了一下，注视着我的眼睛。“那么，进去吧，让他看看你是块什么料子，”他说，“我在这里等你。”

我信心有点动摇，我纤小的身躯挤过其他报童，走近那个身材矮胖、黑发开始稀疏的人。

“嘿，看是谁来了?”那经理问，“打扮得真漂亮，你一定就是佛兰基说的那个年轻人了。”

“是的，先生，”我答，“我知道我年纪小，但是如果你给我机会，我一定会成为你最好的报童的。我熟悉这条路线。我认识各家人。我很可靠——你可以问问佛兰基。”

“我问过佛兰基了，”他说，然后身向后靠，打量我一番。“你几岁了?”

“10岁半，”我说，尽力把语气装成像12岁。

他皱起了眉头。“你不认为自己个子太小，处理不了星期日的报纸吗?”

“我知道自己会应付得了的。”

“如果天气寒冷又下雨，怎么办?”他再问。

我的肩膀垂了下来。这一点我是让他难倒了，我知道，佛兰基和其他在四周等待的报童也知道。我默默无语，看着自己的鞋子。

“那我就开车送他，”我父亲说。我吃了一惊，转身看到他就站在我的身后一两米的地方。“天气恶劣的时候，许多报童都会有人帮忙，”他补充说。其实我也早想到这一点，只是由于自尊心作祟，我是不会开口请求父亲的。

经理抓抓头，凝视着我父亲，然后看着我。“好吧，我们试用你30天，”他说，“但如果我认为你做得不好，就会找别人代替你。够公道吧?”他向我伸出手来。

我向父亲瞥了一眼，忽然对他有了从未有过的看法。我明知没把握也要做这件事，而出乎我意料之外的，他竟然支持我。他温暖的笑容和迅速的一下点头，使我得到了我所需要的保证。

“公道。”我说，然后把我的小手放在经理的手中。

“你什么时候可以开始?”

我眉开眼笑。“现在就开始好不好?”我说。

3年后我们要搬家，我不得不放弃我心爱的送报生涯。但是我已获得了一些无价的东西；我已了解我父亲，他也了解了我。我们曾一同做一件没把握的事，也一同把那工作做好了。

我们曾一同做一件没把握的事，也一同把那工作做好了。

难忘的人

人类需要善于实践的人，他们能从工作中取得极大的收获，既不忘记大众的福利，又能保障自己的利益。但人类也需要梦想者。

夏娃的招数

大多数人都说第六天是星期六，因为，难道上帝不是在第七天上午休息并审视他的造物吗？这么说，他十有八九在星期六创造了人类。

可是从各种迹象看，他肯定是在倒霉的星期五设计出第一个男人和女人的。

星期六也罢，星期五也罢，反正上帝创造了他们。大功告成后，他还为他们修了一座精美的花园，一幢别致的住宅。住宅配有凉爽的棚子，供烈日难当时消暑。

“亚当，夏娃呀，”上帝说，“这是给你们的，收拾好东西搬进去住吧。”

“多谢上帝。”夏娃说。

“慢，”亚当说，“货币尚未造就，租金如何交纳？”

上帝说：“亚当呀，这是送给你和这小妇人的礼物，还提什么租金呢！”既然如此，夫妇俩就搬进了住宅。他们动手收拾房间，好舒舒服服住在里面。不料烦恼接踵而至。

“亚当，”夏娃说，“我挂窗帘，你去安炉子。”

“你为什么不安炉子而让我来挂窗帘？”亚当说，“你我气力相当。上帝并没有使你我谁比谁的力气大一点。你怎么总把重活往我身上推呢？”

“人有男女，事有分工，”夏娃说，“让我去搬那个重家什，道理不通。”

“对谁不通？”亚当问，“谁看得出对谁通对谁不通？我们还没有邻居呢。”

夏娃一跺地板：“正因为没有邻居，我们就没有理由背着他们乱说一通，对不对？”

“没了妇道！”亚当说罢坐下，双手一叉，“我不安炉子，不安就不安！”

接下去他只知道嘴上挨了一拳，身子一晃，如遭电击的牛犊仰天倒地。他翻身爬起，野猫般猛扑在夏娃身上。两人厮扭着一阵好打，屋子里砰然山响似的刮起了旋风。打来打去，结果难分输赢，因为上帝创造他们时，都赋予了同样的力气。

一会儿后，双双精疲力竭，只好休战。夏娃瘫在床上，蹬脚大放悲声：

“亚当，你凭什么对我这样卑鄙呀？你是一只不识数的狗，养了你，你还咬我。”

亚当呸出一枚牙齿，使劲睁开那只被打得乌青的眼睛：

“我养的狗敢像你这么打我，我非宰了它！”

这下夏娃嚎啕痛哭，泪水湿透了被褥。亚当闷声溜之大吉。他深感自己卑鄙龌龊、品格低下。他在厨房后面转悠了片刻，三思后去找上帝。

上帝劈头便问：“怎么啦，亚当？有什么家什没法用啦？这是我修造的第一幢住宅，不可能尽善尽美。”

亚当摇头：“住宅好得无与伦比。”

“那又怎么啦？”

“实话说了吧，”亚当说，“问题就出在那个小妇人夏娃身上。我说上帝，您赐给我们同样大的力气，这麻烦就来了。我即使用尽全身招数，也奈何她不得。”

上帝顿时眉头紧锁：“仅因为你们力气相当，你就要指责上帝吗？让男人和女人并驾齐驱，这合理得很嘛！”

亚当不由浑身打颤。但是他心烦意乱，痛苦不堪，非要一吐为快：

“可是上帝，我和夏娃真正的不平等呀。”

“当心，亚当！你在当面诋毁上帝。”

“上帝呀，”亚当说，“正如您所说，我同她的力气相当。可是那女人的确另有招数与我斗劲呀。她又哭又嚎，声势浩大，我真觉得自己简直是无能的饭桶。上帝，那声音我无法忍受。如此下去，我知道，夏娃更会我行我素，强迫我干所有的脏活。”

“她竟学会了这一手，到底怎么回事？”上帝一副冥思苦想的样子。

“唉，”亚当说，“这女人真令人气愤。您要是使我比夏娃的力气大，我感激不尽。有了大力气，我叫她干活，她若不干，我会抽耳光强迫她干。知道要挨抽，她干什么都会百依百顺。”

“那好，”上帝说，“亚当，这下你看看自己！”

亚当闻言一看：呀，臂膀浑圆，肌肉鼓胀，胸肌前突，胸宽腹挺，双腿粗大。如此剽悍壮实的身体，连他自己也吃惊不小。

“谢谢，我的好上帝，”亚当说，“这下瞧瞧那妇人在我面前百依百顺的情景吧。”

他趾高气扬，疾步回家，从后门直闯而入。

夏娃正坐在摇椅里一前一后悠然自得地摇晃着，见他进去时便一脸的鄙夷。难道亚当神气活现地闯入她竟一声不吭吗？对。她就瞅他一眼，便俯身从柴箱子里抓起一根粗大的柴火棍。

“放下棍子！”亚当大叫。

“谁说的?”夏娃道，“谁在这里呼三喝四?”

说罢她一跃扑过去，抡棍想当头放倒亚当。

亚当哈哈一笑，抓过柴火棍一下扔出窗外。他朝夏娃懒洋洋地抽一耳光，她就呼地飘到房间的那一边去了。

“这就是谁说的，知道吗?”亚当轻蔑地说道。

“就凭这一耳光，亚当，我非剥你的皮!”夏娃说。

她手抓脚踢又扑过去，亚当顺势拎起，一耳光把她抽倒在地上。

她又挣扎而起朝亚当扑去。

这下子亚当将她抓起扔在床上。为了让她知道厉害,他放开巴掌将夏娃一顿好打。

夏娃好久才哭出声：“求求你，亚当，我亲爱的，别抽了！噢，我求你呀，亲爱的!”

“我是不是这一家之主?”亚当问。

“是，亲爱的，”她说，“你就是这一家之主。”

“对，我就是这一家之主，”他告诉她，“上帝已赐予我更大的力气。从今以后，你一切得全听我的！刚才不过让你哼了几声。下回，我要让你扯开嗓子喊。”

他把夏娃一推：“去，炒点鲇鱼来。”

“是，亲爱的。”

夏娃表面顺从，心底窝火，觉得非出这口气不可。

于是，那天余下的时光里，她在亚当面前显得百般温顺，千般柔情。

翌日清晨，夏娃去找上帝。

上帝说：“你又来了，夏娃，我能为你干什么呢?”

夏娃莞尔一笑，向前一个洒脱的屈膝礼：

“上帝，您愿略施恩惠吗?”

“道来。”

“东墙上的钉子上挂着两枚小小的锈钥匙，您看了吗?”夏娃说，“如果您没有用它们的话，就请送给我吧。”

“嘿，”上帝说，“我倒真忘了那儿挂着的钥匙呢。可是夏娃呀，它们都没有用处。我是在废物里发现的，还以为哪天会找到它们能开的锁。迄今，它们在那钉子上已挂了一亿年之久，就是没有找到锁。你想要就拿去吧，与我无妨。”

夏娃接过钥匙，谢了上帝，放小跑回到家中。家里恰好有两扇门，却因没有钥匙而打不开。夏娃试了试，它们正合适。

“啊哈，”她说，“上帝找不到的锁就在这儿呢。现在，亚当先生，谁是一家之主，我们走着瞧吧!”夏娃关上门，藏好了钥匙。

不久，亚当从花园出来了，对夏娃说：

“给来点东西吃。”

“厨房的门锁着呢，”夏娃说，“我拿不着。”

“看我的。”亚当说。

他用力试图撞开门。不料上帝做得那么牢实，他休想碰动一下。

“算了，亲爱的，”夏娃说，“去林子里打些柴火，说不定有法子开门。也许我略施小计，那门也就开了。快去，乖乖，打柴去。”

于是亚当打回了柴火，夏娃也打开了厨房门。从那以后，夏娃自个保管着厨房的钥匙，逼亚当去树林打柴。

这天晚餐已毕，夏娃说：“来吧，亲爱的，你去把房顶上的那个小漏洞补好。说不定你补洞时，我可以打开卧室门。”

于是亚当补好了漏洞，夏娃打开了卧室的门。从那以后，夏娃自个儿保管着卧室的钥匙，开与不开，随心所欲。

所以说，在男人们自以为是一家之主的时候，女人们却知道自己才是一家之主。为什么呢?

因为女人都有两把历史悠久的小钥匙，而且使用得得心应手，恰到好处。

由来如此，永远如此。

倘若连这点都还不明白的话，你实在是枉为人夫了。

朝向一个值得努力的目标前进，尽量利用造物主慷慨赐予你的才华和能力，机会就在其中。

史蒂芬娜的选择

史蒂芬娜·帕得戈斯卡刚把妹妹海伦娜打发上床，就听到前门一阵敲响。她打了个寒噤。3年来，波兰东南部成了希特勒帝国的一部分。这是1942年，普热米什尔城到处都是盖世太保特务和正要开往苏联前线的士兵。美丽的金发女朗史蒂芬娜感觉得出：她和8岁的妹妹进进出出时，那些人的眼睛在她身上扫来扫去。她的父亲战前就死了，母亲和哥哥被迫去德国当劳工。史蒂芬娜不得不在一家工厂当机器操作工，以维持自己和妹妹的生活。

敲门的是谁？是德国士兵要来“保护”她吗？心情沉重的史蒂芬娜把门开了一道缝，门口是一个粗壮的男人，满身伤痕和泥浆。他颓然靠在门框上，低声说道：“弗西娅，我需要帮助。”

弗西娅，好朋友才这么叫她。史蒂芬娜认出来人是27岁的犹太人约瑟夫•布兹明斯基。德国占领普热米什尔时，史蒂芬娜曾在他们家干过活。几个月前，纳粹把他们家赶到犹太人居住区，和城里两千多犹太人在一起。他的父母离开前曾请求史蒂芬娜留下来照看屋子，他们认为她是可以信赖的朋友。

史蒂芬娜把约瑟夫扶到椅子上坐下。他问道：“能让我在你这儿呆一夜吗，弗西娅？我保证明天就走，我不想连累你。”

史蒂芬娜拼命抑制住袭上心头的恐惧。德国人的告示贴满了普热米什尔城，谁敢藏匿犹太人，格杀勿论。她想帮这个落难的人，但是她能拿自己甚至妹妹的生命冒险吗？

想起父母，特别是母亲的教诲，史蒂芬娜明白了自己该怎么做。因为母亲灌输给她的是强烈的宗教信仰和是非观念。史蒂芬娜还记得，孩提时，有一次几个孩子欺负一个犹太男孩，母亲制止了他们。她对史蒂芬娜说希望以后不再发生这种事。母亲说：“我们大家都是同一个上帝的孩子。”

这会儿，史蒂芬娜看看门那边的卧室，瞥见了圣母玛丽亚的画像。这幅画像是她9岁那年在集市上看到并央求母亲买下的。每晚她祷告时，这副安详的面容使她宁静而又充满力量。

“你不能拒绝！”一个声音在她脑海里响起。她抚摩着约瑟夫青肿的脸，对他说：“你当然可以留下！”

她泡茶的时候，约瑟夫讲述了事情的经过：纳粹扫荡了犹太人居住区，把他双亲和其他许多人装进闷罐车厢运到死亡集中营去了。他和他的一个弟弟被迫上了另一列火车。火车开动后，他用藏在口袋里的刀割断了封住车厢小窗口的带刺的铁丝网。他硬把粗壮的身体从窗口挤了出去，然后被一股可怕的力量重重地摔到地上。

他清醒过来后，跌跌撞撞地回到了普热米什尔，藏身在树林里。“只有你这儿我才能来。”约瑟夫边说边狼吞虎咽地嚼着史蒂芬娜摆上来的面包。

两星期后，约瑟夫决意离去。他潜回犹太区，找到了忍饥挨饿的小弟弟哈耐克及弟媳达娜塔，还找到了他们家的老朋友威廉·沙伦格博士和他的女儿朱迪；和他们在一起的还有他们的朋友——快60岁的牙医和他的儿子。这些人还呆在这个危险的地方。

约瑟夫收买了一个印刷工人，伪造了一个可以在城里自由出入的身份证。在史蒂芬娜的帮助下，他偷偷地把食物送给那些人，但后来身份证丢了，他不得不打倒了一个阻止他的纳粹士兵。大胆的约瑟夫意识到这花样不能再玩下去。他回到了史蒂芬娜家。

“弗西娅，你能把我们这些人藏起来吗？没你的帮助，我们会死的。”

一时间，史蒂芬娜闹不清约瑟夫是不是疯了。战争可能会持续10年。“有人来敲门，那么多人能躲在我床下吗？”她说。

“你得找个房子让我们藏起来。”约瑟夫说。

史蒂芬娜明白，如果藏起他们，她和妹妹可能会死，但是如果抛弃了他们，她无疑会在精神上死亡。她终于说道：“如果找到这样一个房子，我会去做的。”上哪去找呢？她终于在塔特斯大街3号发现了一座带着两个房间、一个厨房和一个阁楼的屋子。和约瑟夫一起查看后，她把房子租了下来。清扫干净，挂上深色窗帘，外人看不见里面。

逃亡者们陆续来了，先是约瑟夫和牙医的儿子，然后是沙伦格博士和他的女儿，随后是牙医。

他们才安顿下来，就接到牙医的一个朋友的便条。那是个寡妇，还在犹太区，她想和儿子，女儿一起加入他们这一伙。她暗示说，如果被拒绝，就去告发他们。史蒂芬娜很生气，但还是接纳了她。

牙医又恳求史蒂芬娜接纳他侄儿夫妻俩。他们还藏在一座废弃的楼里。接着，哈耐克和达娜塔也来了。

最后一个是犹太邮递员。他听说了塔特斯卡街的这所房子。史蒂芬娜又同意了。一共有13个犹太人住在这里。当普热米什尔犹太区剩余的犹太人被送往死亡集中营时，她意识到她作出了一个正确的决定。

约瑟夫用史蒂芬娜买来的木板在阁楼上做了一个假墙。在伪装好的门后有足够的空间让13个人睡觉。

史蒂芬娜带回的消息令人沮丧：“隔壁家就住着一个纳粹！”约瑟夫的工作都快干不下去了。

这伙人更加害怕，更加谨慎，不敢弄出一点声音。因为有人睡觉打鼾，约瑟夫就布置了夜间值班，谁打鼾就会被捅醒。

史蒂芬娜的朋友来访也是个问题。通常她很快就把他们打发走。但有个年轻人爱上了她，一呆几乎就是一整夜。有一次牙医咳嗽发作，差点憋死。

“够了!”热情的追求者走后，约瑟夫说。他教史蒂芬娜买来一张英俊的德国军官的画像挂在墙上。晚上，她的追求者来了，问道：“那是谁?”

“我刚找的男朋友!”史蒂芬娜说。追求者走了，从此没在这条街上露面。

一个寒冷的早晨，牙医声称：“有人得了伤寒!”是那个寡妇，她发着高烧。他们尽量把她隔离，以免传染他人。

一天夜里，这个神志狂乱的女人竟尖叫着冲向月色蒙蒙的大街。史蒂芬娜拼命把她拉回屋里。她惊恐地意识到：如果被告密者看见，他们就死定了。

史蒂芬娜踉踉跄跄地奔进卧室，在圣母像前跪下，祷告：救救我们吧！不是看在我的份上，而是看在海伦娜的份上。

她转身发现约瑟夫站在门口。他问：“得到回答了吗?”

“是的，”她平静而肯定地说道，“我们会好的，德国人不会来。”

几个星期过去了，另一个灾难又降临：逃亡者用来买食物的钱花完了。“用我们的手赚钱吧。”史蒂芬娜说。

从第二天开始，史蒂芬娜利用工厂午饭休息时间织毛衣，她用的是从家里旧毛衣上拆下来的线。一个工友很欣赏这件毛衣，问史蒂芬娜能不能为她织一件，她可以用现金买。史蒂芬娜当然说：“可以。”

她很快安排织出了一打毛衣。在塔特斯卡街3号，这伙人夜以继日地工作。顾客们没有注意到史蒂芬娜怎么生产出那么多的织物。

1943年快过去了，史蒂芬娜听到传闻：德国人在战争中失利，开始撤退。但约瑟夫提醒大家不要高兴得太早，“德国人还在这儿，失败会使他们变本加厉。”

一天，史蒂芬娜下班时，听到警笛尖啸。纳粹军队包围了一所房子，拉出了几个恐惧万分的犹太人和藏匿他们的波兰人，他们被推到墙边。“放!”纳粹军官一声令下，枪弹穿透了受害者。

史蒂芬娜注视着血淋淋的尸体，头晕目眩。一连几个星期，她无法入睡。一天夜里，她步履艰难地走回家里，寻思着自己到底还能支撑多久。

她一进门，见约瑟夫和其他人正在和海伦娜玩捉迷藏。孩子追逐着，眼睛发着光，快活地大叫：“我逮着你了，约!”

“这些人是我的朋友，”史蒂芬娜心里默默地说，“我不能抛弃他们。”

几个月过去了，春风送暖，春雨飘洒在普热米什尔。窗口的守望者发出警报：“纳粹往这来了！”逃亡者们连忙爬上阁楼。

史蒂芬娜开了门。一个军官简短地命令道，她必须在两小时内搬走。部队在街对面设了一家医院，要她腾出房子给护士住。

他走后，史蒂芬娜和约瑟夫商量对策。约瑟夫说：“你和海伦娜得马上离开，到乡下去躲一躲。”

“那你们怎么办?”

“决一死战!”他回答。

“我们行动之前，我要祷告，寻求帮助。”

“让我们都来祷告吧!”约瑟夫提议。打从火车上跳下来后，他越来越强烈地感觉到上帝在保佑着他。

大家随史蒂芬娜进入卧室，开始了祷告。

史蒂芬娜凝神静气。很久以前，在捷斯托乔瓦的神殿里，圣母许诺保护波兰人免受敌人蹂躏，现在史蒂芬娜请求圣母在历史性的许诺中把她的犹太人也包括进去。

好像有一个温柔的声音在告诉她：“不用走，没什么可怕的。送你的13个人上楼。打开窗户。就像你要留下的样子开始打扫，边干活边唱歌。”

史蒂芬娜平静地对约瑟夫说，带大伙上楼去。“我不离开你们。一切会好起来的。”然后，她和海伦娜打开窗，着手进行春季大扫除。

纳粹军官很快又回来了。他说：“你不用走了。我们只要一个房间，给两个护士住。”

他们得救了。他们得救了吗?他们难道能和两个德国人同住一屋?约瑟夫让史蒂芬娜相信：“我保证她们来时，大伙不出声。”他答应毫不懈怠地保持警戒。一星期后，护士搬了进来。她们白天大都呆在医院，但到晚上，常常把德国士兵带回来，在卧室里热热闹闹地聚会。

恐惧和不安攫住了逃亡者。一天下午，两个护士回来很早，跟着来的是两个带枪的士兵。4人低声谈论着，突然，一个护士爬上了通往阁楼的梯子!

躲在假墙后的约瑟夫听到脚步声，发出了信号，每个人都仿佛冻住了。他透过小孔，看见楼梯顶端冒出了一个金发脑袋。护士皱着眉打量了一下。不一会，4个德国人离开了屋子。大家又经历了一次性命攸关的考验。

又过了几天，新的麻烦又来了。德方管理人宣布，工厂准备拆散，迁往德国。史蒂芬娜没有了薪水。

大家只好拼命编织。一件毛衣挣来的钱仅够他们吃3天。市场的毛线供应也没保障。他们成日在饥饿中捱过。

一天，护士们气急败坏地从医院冲回来。白肤金发的那位向史蒂芬娜喊道：“我们要回德国了。你得和我们一起走，病房需要一个佣人!”

灾难接踵而至。约瑟夫害怕史蒂芬娜要是不走，德国人什么都干得出来。他再次提出拼死一战。史蒂芬娜摇了摇头。

她收拾行李，给海伦娜穿上最好的衣服，满心欢喜地告诉护士她多么盼着离开这儿。车开来了，护士们爬了上去，司机按着喇叭催促史蒂芬娜。但她磨磨蹭蹭，突然叫道："我改变主意了，我不走了！"

护士们大声威胁着。但是等得不耐烦的司机把车开走了。史蒂芬娜笑了。她回到屋里，伸出双臂拥抱约瑟夫。"如果她们硬要我走，我会揍她们。"她说。

一天早晨，望风的约瑟夫大叫："德国人要走了！"

3个曾是不可一世的德国军士兵耷拉着脑袋灰溜溜地走过塔特斯卡大街。这是逃亡者最后看到的纳粹形象。

13个逃亡者终于确认自己安全了。他们冲下阁楼，涌上了大街。约瑟夫又笑又叫："德国佬滚蛋了！"

塔特斯卡街3号的居民们互相拥抱，每张脸上都挂着愉快的笑容。约瑟夫紧紧地拥抱了海伦娜，然后久久地拥抱着她的英雄姐姐。

1945年战争结束后的几个月，约瑟夫向史蒂芬娜求婚。史蒂芬娜逗他："你说只呆一个晚上，现在你想呆一辈子？"

1961年夫妇俩移居美国。约瑟夫在波士顿郊区牙科诊所。他们生了一儿一女。海伦娜结婚了。她当了医生，在波兰洛克劳行医。

去年，史蒂芬娜和约瑟夫参加了美国华盛顿的"浩劫纪念馆"落成仪式。参加这一仪式的有以色列、波兰、美国还有其他一些国家的首脑。纪念馆提醒人们：在最邪恶的时期，人们能忍受痛苦，也可能行善。

没有一个人长生不老，也没有一件东西永久存在。

如幻的月光

初升的月亮把阴影拉长了，林间小径好像一条银灰色的蛇在躺着睡觉，矮橡丛弯弯曲曲的阴影成了蛇身的纹彩。路旁一块斑驳的花岗岩刚经雨淋湿，光亮得如同打磨过的青铜块。松林矗立山顶，饱受风霜与岁月的侵蚀。松枝迎风摇曳，像是在抚摸月亮的脸，想抹掉那遮掩清光的灰色皱纹。

有人说隔树望月会带来不幸。我却认为，从没有在每根细枝都悬挂着钻石坠子般露珠的桦树上看过秃枝，或正抽芽的柔嫩柳条之间看过月华，才真的不幸。

月光能改变最常见的景色，掩饰人的瑕疵，化庸俗为优美。零星散布的农舍石板瓦屋顶映月生辉，恰似擦亮的铜片。田间干透了的枯草，此起彼伏，宛如一方白蜡色的丝绸。

夜空转凉，薄雾初起。站在山巅之上，可见迷雾四散，直下河谷，阵阵水气像长长的卷须，无声无息地慢慢伸向河流。树木和岩石变成了孤岛。缠结在一起的荆棘、一丝山楂、一堆落石，都幻化成吓人的野兽模样，伺机伏击。

田地里牛群缓缓移动，看起来好像海中怪物，笨重地在打滚嬉戏。雾跟随着牛群后面盘绕，不久又静止下来，在月光下呈现白茫茫一片。

林间比较温暖，鸢尾草矗立湖滨，俨如高耸的灰色尖塔。月亮的倒影像弃置的金盘，躺在我脚边的水里。我走过时惊醒了一只松鸡，那聒噪的叫声划破夜的岑寂，这时月影乱舞，仿若不胜其扰。一条鱼也应声跃起，将水中金盘搅成无数碎片，然后在我眼前再慢慢还原。

在月光照耀下，昼伏夜出的其他动物隐约可见：一只狐狸沿着河岸奔跑；一头鹿昂然站在蕨丛之中；一只獾穿梭来回忙着办事，月光把它的灰白色皮毛变幻成夹杂着银光闪烁。九月收成时，淡金色的月亮又大又圆，看上去沉重得连天空也承托不住。朦胧的橙色秋月也许是最可爱的，低悬在丝绒似的天边，此时收割后满是茬子的田畴，呈现一片骨白色，树林则像破旧的深色大衣，漫不经心地抛在山岗上。

当秋风扫落了树叶，又急送浮云掠过天空之后，月亮便似乎在苍穹飞驰，闪烁的月光把神秘而又变幻莫测的大地照得乍隐乍现。这时，应该赶快找地方投宿了，因为古老的幽灵总在不远处，在忽明忽暗的夜色中更加如鱼得水。附近忽然响起嗦嗦声，心跳随即加剧，不过，恐惧却又带着兴奋之情和生之喜悦。

每次浏览月下景色，都会平添一番记忆。也许，月亮最大魔力的明证，就是这些记忆隔了许多年仍不会淡忘。它们虽非松柏长青，但颇像纯银或纯金那样持久。

月亮最大魔力的明证，就是这些记忆隔了许多年仍不会淡忘。

命运打不垮的执著

第一次见到拉马·多德是在佐治亚艺术城的艺术博物馆，那还是十五年前的事了。当时博物馆正在为他举办绘画艺术展览，我们社团的人都想去那儿一饱眼福。

多德在艺术城可谓传奇式人物。他激励鼓舞了新一代年轻艺术家，并在佐治亚大学创办了一个全美声望卓著、赫赫有名的艺术系。可是，对于我来说，更重要的不在于他是位出色的老师，而是一个敢在生活中实践自己的梦想，敢在生活中认定目标并朝着目标奋发图强的人。

多年来，我一直在一所国立大学做管理教员的工作。这所学校管理上的教条死板，行政上的官僚主义作风令我时时感到沉闷、压抑和窒息。而今，我面临人生的十字路口：或墨守成规，一成不变，继续维持我在那儿的安安稳稳；或下定决心，开创我自己的事业，实现我久久以来心底的秘密，完成我久久以来梦寐以求的夙愿。

当丈夫和我踏入博物馆大理石铺成的地面的时候，我留意到男人们身着晚礼服，妇女们穿着雪纺绸花边服，相互之间熟悉近便，彼此都很聊得来。在这些充满自信的成功者面前，我自愧不如，觉得好不相称。

我俩走近他的身旁，多德朝我们望了一眼，那双浅蓝色的眼睛里忽闪出明亮的光泽，不由得使我心头为之一震。我们简短地交谈了几分钟，忽然我注意到，他交谈的时候，眼神却全然落在我的身上。从他的举止言谈里，我强烈地觉察到似有某种意思蕴含于其中。

那晚过去了，我未曾想还能够再见到多德。不料，一周后，他来了个电话，特邀丈夫和我去做客。

多德在他的家门口迎接我们，把我们引进他的画室。画室的中央，立放着一个画架，画架子上铺展开一张巨大的画布。右边的小桌上，满是散乱地摆放着装有各种各样颜料的油缸、画笔和调色板。几百张画布分塞在各个不同的小橱柜里，房子里仍有很多的空间空着、闲着。

多德想在他的画里描绘表现出病中人物的精神面貌。他讲述了如何创造一种人物心底的喧嚣骚动，生涯里的饱经沧桑以及精神上渐渐痊愈的视觉上最佳表现手法。他还和我丈夫讨论了如何摄取那种视觉上的心像技法。“那么，您呢，您意下如何，亲爱的?”他突然问我。

后来，他自然而然地把我也纳入这场讨论之中。喝完咖啡，我发现自己竟也情不自禁地谈起我的梦想，那种渴望开创一项事业的梦想。这项事业一方面使我能够从事教学工作，另一方面又可以着手进行写作，可谓两全其美，是我最爱做的事情。

“你还是胆怯了，”他语态中肯，一针见血地指出，“我深知这种症状。”他讲，“勇气，不过是种蹩脚的执著，而我偏偏不乏勇气。它意味着每天起床，做你不得不做的事情。一旦结局不佳，心情不顺，得咬牙坚持下去；一旦受到别人阻挠干扰，更须拼命做下去。我高中毕业后，上了佐治亚技校学建筑，”他接着说，“当时我心不在焉于学习，却极尽能事地想讨别人的欢心，无心注重自己是否真正快乐。结果，不到一年，我便弃学回家，伤感于失败，成天把自己关在房子里。”

“那你怎么得以解脱的?”

“亏得后来在亚拉巴马州的一所小学校找到一份工作，教教美术。由于和年轻人一起工作，我摆脱了疑虑多端的内心恐惧，一头沉进画画当中。我曾向自己许过诺，不管心态如何，每天都要坚持做下去。”

“那么一切都已过去了，”我心想，“但愿对我来说也能那样地容易。”

然而，对拉马·多德来说，接下来的生活也并非那么顺顺当当。我发现，他的生活也充满着我们所有的人都感受过的困扰，以及由这些困扰所带来的同样的焦躁，同样的疑虑。不同的是，他自始至终想方设法去战胜横挡在面前的这些障碍。

拉马和我成了朋友。

我常去他家拜访，他总是不断鼓励我，要我鼓起自我设计的风帆，可我犹犹豫豫，尚未打算开始我梦寐以求的事业。他一边和我说话，一边洒脱自如地泼画出一连串绚丽多彩的水彩图画。画中幕幕景致源于他在意大利科陀拉观望向日葵的美好记忆，源于他对缅因海滩边渔夫们的无尽情思。他的丰富想象力和创作力似乎永远也无止境。

此后不久，拉马遭受到一次意外的打击——中风了。

好几个礼拜，我都怕再见到他。他的右手，那只用来作画的、妙笔生花的手瘫痪了。我肯定，他的勇气也会因此受到严重影响。

我决定去探望他。敲门时，我听得见沉沉的脚步渐渐挪近，声声缓慢，步步艰难。门开了，依然是那头蓬松而熟悉的白发，不过他的眼神显得有些茫然惆怅，唯独眸子的深处依然闪烁着倔强不屈的光芒。

“真高兴，亲爱的！”他兴奋起来，说起话来声音如稍稍脱了速的播放的录音一般，他依歪地撑着镶金顶的手杖，右手搭放在头顶上。我们一同走进画室旁的休息室，谈起了许多事情，但只字未提他的不幸遭遇。渐渐地，他又以他惯有的南方人绅士派头转换话题，谈起我所关心的事情，以及我个人的抱负。

离开他家以前，我去了趟盥洗室，返身道别时，看见他已经进入画室里，拖移着步子走到画架跟前，聚精会神地站立在那里。眼前，一幅大画框里坐放着的是一张壮观的岛屿的油画。岛屿兀突地向前伸出，蓝绿色的浪涛汹涌地拍打着海岸。我站在走廊默默地凝注着，我的心为他感到极度悲伤。端望着自己再也做不了的作品，他会是多么的伤感啊！

然而奇异的事情发生了。拉马左手拾起一支画笔，一步一挪地朝着画布移动。他把画笔放进那只毫无知觉的右手，竭力把笔夹放在两个手指当中，笔柄紧贴住掌心，然后再用左手牵导着，小心翼翼又神色痛楚地把画笔猛然向前推去。画笔横划过画面，留下了一道色彩浓重的完美线条。

过了好一会儿，他才转过身来，见我正在凝神注目，便慢慢地放下手中的画笔。

“不过试试，亲爱的。”他说，“勇气无非是种蹩脚的执著而已。”此时的我只觉得一股热泪涌上眼眶，禁不住扑向他的跟前，亲吻着他的面颊。是的，我从他那里找到了自己的路。

一位经历不凡的朋友曾帮我鼓起勇气，去追寻我的那个美丽的梦。

上帝住在一个老妇人的篮子里

我在中学读书的日子距今已有好多好多年了，但当时所做的一次作业却永远留在我脑海深处。那回，我们班被布置去写写某个70岁以上的人，为此，我决定去拜访一家护理院。

我先到办公室，解释了我的任务，那儿的负责人告诉我可到6号房去。

透过敞开的门我看到，这间屋子里有一张床、一把椅子，墙上还挂着一幅画，画上是一枝玫瑰。一位上了年纪的老妇人坐在椅子里，正专心地编织着什么。

我敲了敲门板，她抬头四处寻找，并眯起眼问："谁?"

"我被布置写一篇有关老年人的文章作为学校作业。"我紧张地说明。

"请进，"她停止编织并拍了拍床，"坐这儿。"

我坐下了，这老妇人又回到了她的编织工作中去。

"您在织什么?"我问。

"上帝在我的篮子里。"她回答。

我稍稍提高了点儿说话的声音："您在织什么东西?"

她再次停下手，看着我微笑着回答："上帝在我的篮子里。"

我环顾了一下整个房间，然后将目光钻到她装绒线和织物的竹篮里，试图能窥见一点上帝的影踪。

"噢，是的，他站在那里儿，"她说，"我一直祈祷他来，他就来了。"

老妇人重又回到她的编织工作中去，再也不说任何一句话。最后，我谢过她并离开了。

"你对她有什么想法?"护理院负责人问。

"她说上帝在她的编织篮里，"我说，"我想她有点疯疯癫癫。"

"她过去确实疯疯癫癫——当她第一次来这儿时，"负责人说，"她丈夫死了，也没孩子相伴，她很孤独。我建议她祈祷以求内心的平和，她便这么做了。

"几个月之后，一位护理员教会了她怎样编织。接下去，在6个月内，她不停地为每个人织袜子。圣诞节期间她卖掉了价值超过1000美元的袜子、毛线衫和毯子。

"她甚至作为志愿者到附近小学去教编织课。她成了这一带最有名气的人。"

"现在怎么样?"我问。

"噢，现在她已经90岁了，而且病体虚弱，但她还能编织，她的心境也很平和。她每开口就只说一句话：上帝在我的篮子里。"

从护理院回来的数星期后，我收到一只包裹，里面是一件漂亮的褐色毛线衫，恰好合我的尺寸。当中还夹了一张纸条，是护理院负责人写来的：

"亲爱的克里斯托弗：你在这里见过的那位老妇人要求我们把这件礼物送给你。她想你也许会喜欢有上帝的一片心意来替你保暖。

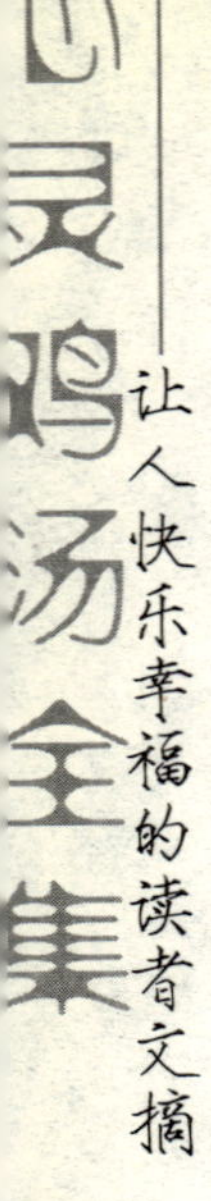

“她在3天前死了。她死时非常快乐。”

她在3天前死了。她死时非常快乐。

什么是最重要的

一

“嗨！布罗克，等一等。”我在柏定顿车站对他喊道，“恕我直言，你肯定是去牛津面试的。”

“你怎么知道?”

“你在柏定顿车站，穿着最好的西装，手里拿着毕业论文，还能到哪里去？何况，伦敦大学的高材生布罗克·戴维斯先生除了牛津和剑桥的研究院，是不会报考别的研究院的。”

“谢谢你的恭维。那么你到哪儿去呢?”

“我也去牛津面试。”

“你？……这副样子……”他吃了一惊。

我知道，在他看来，我这个中国姑娘打扮得太随便了，尤其是去牛津大学接受全世界最著名的行为治疗专家阿加尔教授的面试，显得不成体统。我穿着一眼就看得出来是从中华人民共和国的百货公司购买的白衬衣和蓝裙子，头发编成两条垂到腰际的长辫子，不施脂粉，也未戴首饰。装毕业论文的麂皮夹子是全身最值钱的玩意儿，但配上平淡的装束简直像偷来的。

“你怎么穿成这样?”坐在火车上，布罗克忍不住问道。

"没关系。我这身服装是从家里带来的，自己觉得顶好。你以为太朴素了吗?"

"我是说，那天你去伯明翰大学面试时穿的衣服为什么今天不穿上?"

"我告诉你吧，布罗克，就因为我借来的那身打扮，伯明翰大学不接收我。他们说，有条件穿法国时装、戴真钻石的女孩子不可能成为优秀的心理医生。因为这样的女孩无法理解人间的苦难，而心理医生如果不理解人间的苦难，就不知道应该怎样用心理治疗解除病人的痛苦。"

布罗克叹了一口气，沉默了。也许，他想告诉我，我没有弄懂英国的等级观念——伯明翰是重工业区，那儿的医生需要接触的多半是最下层的产业工人及其家属，因此伯明翰大学希望他们的学生朴素，能吃苦；而牛津是英国乃至世界最有名的贵族大学，巴黎时装、真钻石首饰和高级系列化妆品在牛津女学生里是极平常的东西。我这副样子怎么可能博得牛津大学的老师良好的第一印象呢?

我和布罗克在牛津大学遇见了迎接我们的两位研究生——英国小伙彼得和姑娘达芙妮。

二

阿加尔教授办公室的门没有关牢。因此整个走廊都可以听见教授震耳的咆哮："……你以为你可以说服我吗?"

"当然不一定，因为我还没有出生时，你已经是心理医生了。"我毫不示弱地响亮地答道，"只有实验本身能说服你或者我，但是如果没有人来做这些实验，那就永远不会有人知道我与你谁对谁错。"

"就凭你那个实验方案? 我马上可以指出它不下十处的错误。"

"这只能表明实验方案还不成熟。要是你接受我当你的学生，你自己可以把这个方案改得尽善尽美。"

"你想要我指导一下反对我的理论的研究生吗?"

"我是这样想的。"我笑起来，"可是经过两个小时的争吵，我知道牛津大学是不会录取我了。"

"最后我问你，"阿加尔教授的声音还没有从争论中恢复平静，"为什么你要选择行为治疗这一科目? 为什么要选择我做你的导师?"

"因为你在那本书里曾写道：'行为治疗的目的是为了给予在心灵上备受痛苦的人一个能回到正常生活的机会，从而享受正常人应有的幸福和权利。'老实说，你书里的其他的话我不一定赞成，可这句话我能给予全心全意的赞同。"

“为什么？”

“因为我知道不能做正常人的痛苦，也曾看见许多人失去了正常生活的权利而痛不欲生。我觉得行为治疗能让心灵畸形的人重新做正常的人，不再忍受精神折磨。在这一方面，我完全赞同你的看法。也许咱们的分歧只在于怎样才能更好地进行这种治疗。”

“谢谢你。你可以走了，彭小姐。”

“谢谢你，阿加尔教授。再见！”

“再见！”

三

我们应达芙妮之邀来到她家里。

“你除了牛津，还报考了别的学校吗？”我问布罗克。

“剑桥和伦敦。”布罗克沉思了片刻，“我不想离开英国，又不想去比伦敦大学低级的学校。”

“你为什么心事重重？”

“对不起，”布罗克苦笑一下，“在目前的情况下我不能不担忧。”

“你不是说，你的面试不错吗？”

“但阿加尔教授表示非常冷淡。”

“他是有名的冷面人，”达芙妮竭力宽慰布罗克，“只有对病人才有好的态度。我们都说，阿加尔教授的笑是留给病人的。”

“你还报考了哪些学校？”彼得问我。

“我也记不清了，大概有近20所吧。”

“怎么那么多？”

“咳！我是广种薄收，一点没有选择性的。凡是有行为治疗科目的学校我都报了。为的是碰运气，看看哪里能给我奖学金。”

“如果没有奖学金呢？”达芙妮的话音里明显地流露出一股瞧不起人的调子，“你就不念了吧？”

“那还用说。我自己可付不起几千镑的学费！”

“我从来没有为钱念过书。”达芙妮高傲地说，“我来牛津是因为它有名气。”

“那是因为你有钱。”彼得反驳道，“彭小姐，阿加尔教授的学生有奖学金，你放心。牛津医学院的里弗斯奖学金是指定给他的研究生的。当然，要当他的学生很难。他四、五年才收一名研究生，总是挑了又挑。”“既然奖学金对你这么重要，为什么你还要顶撞阿加尔教授呢?”“哦，彼得，”我笑了，而且察觉自己笑得温柔，“如果你并不爱一个姑娘，你能够为了钱对她说你爱她吗?”

“很难。”彼得承认。

“在科学上，违心地赞成自己不同意的理论，那就更难。倘若你在爱情上欺骗，受骗的只是一个姑娘；可在科学上欺骗，为了钱而不坚持正确的论点。我想，假设我这样做了，我的一生都会受到良心的谴责。”

四

大厅里挤满了人，宣布名单的秘书几乎看不见，只听到他的声音：“作为阿加尔教授的博士研究生的机会，以及里弗斯1985年-1988年奖学金，在经过委员会讨论以及征求了阿加尔教授本人的意见之后，决定给予从伦敦大学毕业的心理医生彭倚云小姐。”

“你看，我的孩子，”阿加尔教授当着众人对我说，“你骂了我两个小时，我还是决定要你。你知道为什么吗? 我相信你来这里不单是想当我的学生，而且是为了把你自己的论点告诉我，好让我看出我的理论的反面。我觉得，你是怕我因为太有名了，所以看不到自己理论的反面，以至误人误己。你这样做是对的。没有你昨天和我吵的那一架，我真的看不到这样的可能性。我要你做我的研究生，让你尽情地在我的支持下反对我的理论。要是事实证明你是错的，我当然会很高兴；要是我们都对，我更高兴；要是你是对的，我是错的，哈！你想不到我将会多高兴。你还没有出生，我就是一个心理学家，可我希望到我死的时候，你能成为比我更好的心理学家。只有这样，世界才有希望！”阿加尔教授发现了彼得，转脸对他说：“你要请她喝一杯庆祝吗? 不！请这位中国姑娘在牛津喝第一杯酒的权利应该归我。这样吧，你可以请她喝第二杯。”

我深受感动。我终于可以挽着阿加尔教授的手臂走进牛津大学研究院的大门了。那么，什么是最重要的呢? 达芙妮、布罗克不知道，也许还有很多人也不知道。

我深受感动。

妈妈，我是怎么来的?

12岁的鲍里亚已经失眠近两周了，他在心理上受到了创伤，正处在极端的痛苦之中。原来，他十分敬仰自己的父母，可当他从珊卡那儿知道小孩是怎样来的详情之后，他受到了强烈的震动。他为自己的父母感到羞耻：事情原来就这么简单，又这么龉龊："可我的父母……也这么……就生了我……"

上面的情况当然是特殊的，但父母如果能对孩子打打"预防针"的话，事情就不会这样发展，起码矛盾不会这样尖锐。

一个7岁的孩子很可能刨根问底：我原来在哪儿？怎么来的？我原来在你身上还是在爸爸身上?

我怎么就是个男孩子呢？若是我生下来是个女孩呢?

对这样一些问题，家长一般有6种比较典型的态度：

1.根本禁止。"一边去！""别胡搅！""没看见我忙着嘛！""去跟姥姥玩去！""别发傻了！"

孩子的反应：那我去问别人；或者使孩子感到向大人提这类问题没有好处。

2.借口孩子年龄小而不回答。"你要知道这种事还太小，长大了自然就知道了。什么都知道，人可老得快！"

孩子的反应：那得等多长时间？你不愿意讲，那我自己去弄懂它。

3.审讯式的一系列反问。"你怎么冷不丁想起问这个？怪事！真恶心！谁教你的？说！是不是米沙告诉你的?"

孩子的反应——茫然不知所措。

4.所答非所问。"你问这个问题，很自然，很值得、很明显，知识就是力量，人身上什么都应是美的。你明白吧，首先应该了解一般哲学问题……"

孩子的反应：真能瞎扯……

5.伤感的语气。"唉，你们这一代呀，走下坡路了，真糟透了！没办法不让你们听那些东西……蜜蜂怎么着，你知道吗？人嘛，可惜也是那样了……"

孩子的反应：怎么是可惜呢?

6.特别的调子。“嘿嘿嘿、嘻嘻嘻、哈哈哈……来，咱们别在厨房里，别让姥姥听了去，我告诉你点儿什么……嘻嘻嘻，人开始是……”

孩子的反映：好家伙！

除上述之外，还有用某个寓言故事来解释的，如生孩子的大白菜，带来孩子的仙鹤等等，而孩子年幼天真，可能会相信这些说法，而以后呢？人们可能会说，以后自然就清楚了。而问题就产生在这里，以后并不一定清楚。

那么怎样做才是正确的呢？

首先，应允许孩子的好奇心。3～5岁的孩子可能互相看对方的性器官：男孩的这样，女孩的那样。对这类事情家长完全可以置之不顾，用不着惊慌、威吓、羞辱以至惩罚，不久他们这方面的好奇心就会自然消失。只有当这种相互研究超出了游戏的范围时才应当平静地、果断表示自己的不赞同。但这时也只是应当告诉他们：这样做不好看。说这话时应当使孩子十分信服，不过也只是如此而已，更多解释是不必要的。

其次，应当正确看待孩子纯真的爱的表示。拜伦6岁就“爱上了”自己的表姐，莱蒙托夫7岁就有了“初恋”。这种爱往往是单相的，极少有互相的。甚至对同性的孩子也会产生这种爱。家长应当明白，这种爱是十分纯洁的。这时家长应当做到7个“不”：即不从坏的方面去怀疑这种爱，不禁止孩子交往，不监视，不盘问，不嘲弄(玩笑也不要开)，不表示同情，但也不暗示什么。

第三，应当平静地、无邪地、正确地、富有幽默地回答孩子们提出的有关问题。

下面是一个回答有关问题的参考答案：

孩子问：“我是怎么来的？”

家长回答：“爸爸妈妈做的！”

“用什么做的？”

“用我们自己呀！你看过花朵是怎么做孩子的吗？花爸爸先把自己的一个小小的胚胎给花妈妈，有时让蜜蜂带过去，有时让风给带过去，和花妈妈的胚胎合在一起，之后胚胎就在花妈妈身上长大，然后结成籽，花到地上，就长成花孩子了。”

“我是一个胚胎吗？”

“是呀！是爸爸妈妈两个人的胚胎合到一起变成的。”

“我将来也会有胚胎吗？”

“会有的。”

如果孩子问：胚胎在什么地方长大呢？

母亲完全可以指着自己的下腹部说：“在这儿，爸爸的胚胎和妈妈的合在一起就是你，你在妈妈的肚子里长得最好，最舒服，等你长到这儿放不下，就让你出来了。”家长在讲这一切的时候，应当心平气和，纯洁无邪。这时万不可表现出特别的热情或进行超出孩子理解能力的解释。否则就会弄巧成拙。孩子心里尚有不懂的问题并不可怕，所有这一切都可在孩子能够理解的时候，慢慢在讲给孩子听。

不懂的问题并不可怕，所有这一切都可在孩子能够理解的时候，慢慢地讲给孩子听。

相思露

艾伦·奥斯坦沿着那在黑暗中嘎吱作响的楼梯上了楼，按照被告知的地址推开了一扇半掩着的门。

一个老年男子正坐在安乐椅上看报。发现艾伦走进来，便微笑着朝他点了点头。

“听说你出售一种特殊的药水?”艾伦问道。

“小伙子，”老人笑着从安乐椅中站起身，“我从来不卖牙痛药水之类的东西，我经销的东西总是独一无二的。”

“这么说……”

“看这个”，老人打艾伦的话，“这种药水无色无味，就像水一样。把它放在咖啡、牛奶或其他任何饮料中都不会被察觉。目前的解剖技术也无从鉴别。”

“这是一种毒药?”艾伦惊骇地问。

“不是的。”老人平静地回答，“你可以叫它‘爱情清淡剂’。就像喝烈性酒之后需要点儿清淡饮料，那些无时无刻不在被恋人痴狂爱着的人，迟早有一天也会感到无法容忍而不惜代价地寻求解脱。所以，这种药卖得特别贵，每瓶5000美元，一分也不能少。”

“噢！我需要的不是什么清淡剂。”艾伦大声说道，“你的东西该不会都这么贵吧?”

“当然不。”老人说，“就拿‘相思露’来说吧，它的价钱就很公道。那些出得起5000块钱的人是不会需要这种药的。只有当一个人对无休止的爱感到厌倦时，他才会倾囊相求而毫不吝惜。所以，不同的药，价钱也大不相同……”

艾伦着实有点糊涂了。但他还是十分感兴趣地问：“你真的有‘相思露’吗?”

“当然。”老人说着又取出一个小瓶，“如果我不能满足你，就不会和你推心置腹地谈。”

“那些……呃……相思露的效果……”

“噢，它的效果是永恒而持久的，而不只是一时的作用。它可以把冷漠变成忠贞，将蔑视化为爱慕。”老人打开瓶盖，“你只需将一小滴放入年轻女士的汤、鸡尾酒或饮料中，她就会彻底地改变——无论她是多么矜持与放荡。那时，她将与你终生厮守。”

“真的?”艾伦惊喜地问，“可她总是热衷于各种宴会。”

“她会把这一切抛到九霄云外。”老人说，“因为她害怕你会遇到别的漂亮姑娘。”

“她真的会感到嫉妒?”艾伦欣喜若狂地问，“为了我?”

“的确如此。你将成为她的一切。”

“她已经是我心目中的一切，但她却根本就不把我当回事。”艾伦沮丧地说。

“会改变的。”老人说，“当她喝下‘相思露’后，便会把你看得高于一切，难以割舍。”

“太棒了！”艾伦叫道。

“她会渴望了解你的一切。她关心你做的每一件事，说的每一句话，与你同悲同喜，形影不离。”

“黛安娜真会那样待我？真是难以置信！”

“人的想象往往是有限的，”老人继续说道，“还有，也许有朝一日——或早或晚——你会偶有行为不端。但不必害怕她会离你而去。她将最终原谅你，尽管她被深深地伤害……”

“这真是太奇妙了！”艾伦兴奋地说，“这种药水卖多少钱?”

“廉价得很。你只需花一美元便可得到。”说着，老人又取出一个看起来并不太干净的小药瓶。

“太棒了！”艾伦乐不可支，简直是手舞足蹈。他兴奋地盯着老人一滴滴在将“相思露”注入瓶中。

"我一向乐于满足别人的愿望。"老人说，"我的主顾都是回头客。一旦他们体验到'相思露'的神奇效果，便会回过头来寻找那更昂贵的清淡剂，以求解脱……"老人一边缓缓地说，一边抬起头来盯着艾伦看。

艾伦急急忙忙地付了钱，"谢谢。但也许我将是个例外。"

"不，年轻人。"老人望着艾伦下楼的背影，缓缓地而又意味深长地说，"我们一定还会再见的……一定会的。"

我们一定还会再见的……

梦中之屋和我的宠儿

在华盛顿的斯波凯恩，有一块松林和溪流环抱的地皮。一发现这个地方我和妻子乔尹就都觉得这是建造我们梦中之屋的理想之地。

然而，这块地皮出价很高，远远超过了我这个哲学教授的支付的能力。于是我开始白天在学校兼课，晚上到别处去赚外快。终于我们买下了这块地皮。有几次，我把小儿子索伦背在背袋里，带着他到我们未来的住处散步。

接着那个令人神往的夏天到来了。我开始帮承包人建造我们的房子。挑选建材时，我总是说："要最好的，我们打算在这儿过一辈子了。"这期间，我的脑子很少跟家人们完全呆在一起，而是不停地盘算着日趋上升的建房花费。

终于，我们实现了四年来的愿望。乔迁那天，我感到无比的自豪和满足。

可仅仅一个星期之后，由于卖不掉原来的房子我们就不得不搬出新居。

乔尹说："罗里斯特，我们没法拥有这所房屋了，还是把它卖掉吧。"

内心深处，我明白她是对的。精美的布置，出色的设计，这都意味着新房子比旧房子更容易卖掉。我勉强同意了。但失望的心情让我很长时间郁郁寡欢。尽管我在宗教和哲学方面所作的研究应该教会我什么是真正重要的事情，这也是我要求我的学生们了解的。可是，我仍然情绪低落。

第二年的四月份，我们一家随同我的岳母到加州度假。一天，我们搭乘汽车去圣·朱安·凯匹斯特莱诺传教区游玩。

四个大人轮换着带孩子们喂鸽子，参观卖纪念品的商店以及在修剪一新的草地上嬉戏。临上车时，我发现乔尹和别的孩子及两个老人在一起，但不见索伦。

“索伦呢?”我问。

“不是跟你在一起吗?”

一阵恐怖袭上心头，我们意识到已有将近20分钟没见到他了。小索伦才22个月，可他好动。天哪，但愿他现在正在哪个地方，安然无恙!

我们立即分头在这个5公顷大的传教区奔跑寻找。每遇上一个人，我就问:“你看见过这么高的一个小男孩了吗?”我跑遍了后花园、房前屋后、商店内外。我开始害怕了。

突然，我听到乔尹一声尖叫:“不!”只见索伦四肢摊开躺在喷水池的边上。他浑身肿胀，

气息奄奄。这情景像一块烧红的烙铁，灼烫着我的心。此刻，我感到生活再也无法跟以前一样了。

一个妇女抱着索伦的头给他做口对口人工呼吸，一个男子在按压他的胸部。“他会没事吗?”我叫道，我害怕知道真相。

“我们在尽力抢救。”那女说。乔尹瘫倒在地上，一遍遍地说:“怎么会这样!?”

不到一分钟，救护人员赶到了，给索伦装上了救生用具，并把他送往医院。一个医疗小组开始对他施行手术，主刀的是一个“近期溺水”方面的专家。

“他怎么样了?”我不停地问。

“还活着，”其中一个护士说，“可很危险，要看接下去的24小时了。”她善意地看着我，又说:“即使救活了，脑子也可能留下严重的后遗症，您必须作好思想准备。”

我怎么也不会想到在西部医疗中心急救室见到的儿子会是这副样子;他身上接了数不清的管子，赤裸的身躯显得特别小;他的头顶旋进了一个血压探测仪，顶端有一个蝶形螺母;一盏闪烁的红灯连接在他的手指上。他看上去像个外星人。最初24小时，索伦挺过来。接下去的48小时，我们一直守护在他的身边。他的体温超过了105华氏度。我们给他唱他最喜欢的催眠曲，希望给昏迷中的他带去抚慰。

“你们俩该休息一会儿了。”我们的医生坚持说。于是，我和乔尹开车出去兜兜风一路说着话。

"除了索伦的事以外，还有另外一件事搅得我心神不宁，"我告诉她，"听说在遭受这样的不幸之后，可能会导致有的夫妇分手。我可不能失去你。"

"不管发生什么，"她说，"都不会拆散我们。我们对索伦的爱源自我们相互的爱。"

我要听的正是这话。于是我们又哭又笑地追忆着逝去的时光，诉说自己是如何挚爱我们顽皮的儿子。

"你可相信在过去的几个月里我一直对失去那幢房子耿耿于怀?"我说，"可要是我们回到家里看见的只是空荡荡的卧房，新房子又有什么用处呢?"

尽管索伦还在昏迷之中，这些谈话仍给我们带来了一丝宁静。那些天，我们不断得到来自亲友和陌生人的支持，感觉到他们的祈祷产生的力量。

接下去的几天，有四个人来探望索伦。首先来的是发现索伦溺水的那个传教区的巡回医生。"那天我一大早就来了。我站在喷水池边，突然有一种强烈的预感，"他说，"那是因为我看见了索伦穿着的网球鞋的鞋底露在水面上。此后，我便是凭着天性和所接受的训练行事了。"

不久，给索伦做口对口人工呼吸的那位妇女来了。"我受过救护训练，"她告诉我们，"刚见到他时，脉搏已经找不到了。但后颈微弱的颤动告诉我他还在努力呼吸。"

我不禁打了个冷战。如果发现索伦的人缺少医务知识，如果他们很快就放弃了抢救，情况会是怎么个样子啊!

接着，两位救护人员也来了。他们说，平时他们驻守在离传教区十多分钟路程以外的地方，那天正好到离传教区一个街区的地方办点事，就在那时，接到了求救电话。

我们记得医生说过索伦的存活全在于得到及时正确的抢救。因此，他们所讲述的一切使我们深为感动。

第三天，电话铃叫醒了我，"快起来，"乔尹叫道，"索伦醒了!"我到的时候只见他慢慢地蠕动着身躯，揉着眼睛。几小时后，他恢复了知觉。可他还会是那个曾经带给我们家庭无限快乐的小男孩吗?

几天后，乔尹怀抱索伦坐在那里，我手里拿着一个球。他试图去抓那个球，口里叫道："球!"我几乎不能相信!接着他指指一杯苏打水。我插上吸管给他，他开始对着水吹泡泡。他笑了——虚弱无力的笑，然而这的确是我们的索伦!我们又是哭又是笑，医生和护士们也是一样的激动。

几个星期后，索伦就在家里到处乱跑了，还像往常一样，边拍球边喋喋不休。他那种无法无天的调皮劲儿，使我们感到生活馈赠给了我们一个奇迹。

几乎失去索伦的这番经历，使我重新考虑我这个父亲在家庭中应起的作用。其实真正重要的并不是我能否为孩子们提供一个理想的居室，一个完美的游戏房，甚或是树林和溪流。他们需要的是我这个人。

最近，我又开车回到我的梦中之屋。灿烂的阳光正透过那52扇窗户照射进来。的确，这是个美妙的场所，但我再也不会自寻烦恼了。

内心深处，我明白她是对的。

患难之交

乘救护飞机从菲律宾起飞的航程真是累得人精疲力竭。我们先是在日本、然后在阿拉斯加、再在伊利诺伊等各空军基地停留，直至最后降落在首都华盛顿。

我从华盛顿给住在纽约白原的亲属打了个电话。我知道，明天我就要被送往新泽西州的迪克斯堡，然后，在1967年那个7月4日的周末后再被送到费城郊外的溪谷福治总医院。

就在我挂断电话之前，我对母亲说："妈妈，你最好给迪基打个电话。"他会给我的朋友传话，告诉他们我已经从越南回国，丢了一只胳膊和一条腿。他会负起责任的。我俩是在幼年童子军相识的，也许是小学四年级吧。从那以后我们就总是顶牛。他至今还说，那是六年级的事。第二天，我母亲和两个姐妹到迪克斯堡医院来探望我，这是我们六个月以来第一次见面。我没什么可看的：体重只剩下102磅，在幸存下来的那条腿上有许多大伤口，双眼深陷进眼窝里，全身到处都插满了管子。总之，我再也不是他们在我第二次去越南前所见到的那个身高6.2英尺，体重180磅，头戴绿色贝雷帽的我了。

在我的家人离开之后，我的房间的挤满了迪克·埃利希以及由他集拢来的几位朋友。即使我当时的外貌使他感到震惊，他也没有流露出来。一年后他告诉我：

"你当时看上去就像是被单上的一条卷纹，真是显得太瘦小了。"我所能记住的，只是当他腋下夹着装有六个瓶装食品的纸匣大步流星跨过门口时，我的泪水禁不住直往下淌。当他们要离去时，我的一位朋友牛蒂说："你得准备好过劳动节，我们要把你带到长岛的家里。"对于我来说那是很遥远的事，当时我只希望能把我的疼痛止住。

在以后的两个月里，只要有可能，迪克就从老远到医院来看望我，在路上要花掉他三个半小时。其他朋友也常来。他每个星期都给我打电话。他想象不到，在我的家人和熟人面前装作若无其事之后，伏在他的肩膀上哭泣对我来说意味着什么。只要他在那里，那就意味着比什么都重要。劳动节到来时，我的朋友们按原定计划要我和他们一起去度周末。我吓坏了，我还是得离开医院这个安全地带了。于是我开始编造各种借口，但是他们来了，好歹要把我带走。

周末过得很愉快，看来生活还不是完全那么糟糕。我甚至鼓起勇气叫迪克替我把腿部残肢上的敷料换掉。他并没有畏缩。我怀疑，如果换了我，我是否也能为他这样做。

迪克开车把我送回医院。劳动节那天在路上颠簸了四个小时之后，他把车停在医院附近的一家饭店面前。我态度强硬起来，迪克假装没有注意到我的偏执，只是说："想吃点什么吗?

我饿坏了，开车回家还有好长一段路呢。"

"我不饿，"我答道，"我在车里等你好了。"

他把手放在我的肩膀上，双眼直视着我的眼睛。"瞧，尽管我痛恨那场战争，但你还是我的朋友，我为你感到骄傲。好了，让我们试试吧。你单脚跳着坐到轮椅里，我把你推到餐厅的座位前，你再从轮椅里跳出来，坐下，然后我们就吃东西，好吗？如果这令你太难受，我们离开就是了。我答应你，我向你保证，事情不会弄到你想象中那样糟的，不会完全是那样的。"

事实的确像他所说的一样，情况根本就不是那么糟糕。这对我来说无疑是又一次炮火的洗礼，是第一次跳伞，第一次交火，我没有被生活淘汰。

第二年夏天，我还继续在医院留医，但我却在海滩度过了另一个周末。那时我已经新装上了一只假臂和一条木腿。我费力地通过了到达沙滩的路。

迪克还记得，在我们还是十多岁的孩子时。我是多么喜爱作冲浪运动，所以他问我："想冲浪吗?"

"不，我想，看看书就行了。"

"冲浪会令你心烦吗?"他问道。

"那么，看来我们最好还是干吧。"

我把假臂和假腿拿掉，扶着他的肩膀，然后单脚跳进浪涛中。我一往无前。

就在那一年我迁到加利福尼亚读大学，然后又进了法学院。在后来的几年中，每当有什么事令我“心烦”时，我都像那次冲浪一样，决不退缩。我学会了滑雪，又可以跳降落伞了，并用了三个夏季环游世界。

从1979年至1981年，我经管加州自然资源保护队，那是为18到23岁的青年人作出的工作安排，在“基础训练”结束时，我总是问那些队员，他们是否看过《猎鹿人》，那些知道这部电影的人全部认为，那是一部与越南有关的电影。而我则总是耐心地向他们解释：“不对，那是一部关于友谊的电影，是一部描述那些毫不犹疑地为你做一切事情的人的电影。”

37年前我遇上了我的猎鹿人。

谢谢了，迪基。

只要他在那里，那就意味着比什么都重要。

我最难忘的人

一

那天早上我到诊所的时候，比利的太太已在那里等我。虽然多年不见，我一眼就能认得她——是个肥胖、心直口快的女人（比利常开玩笑地喊她“女王”）。

“医生说比利没几天好活了，”她告诉我，“比利要你去看看他。今天行不行？”

“当然行，”我说，“马上就走。”

听说一生多姿多彩的比利没有几天好活了，真是晴天霹雳。比利的太太在路上告诉我，他得了心脏病。她又说不明白他为什么要见我；因为他明明知道我是整形外科医生，又不是心脏病专家。

“他不肯告诉我他的葫芦里卖的是什么药。”她说。

我在她脸上看到一种从前常见的表情,对她那位捉摸不透的丈夫又恼又爱的表情。

我也不知道他为什么要找我。是为了向我这位老朋友道别吗?那他要道别的老朋友可多了!

二

车子到了纽约贫民区，我不禁想起当年认识比利的情形。我是在这个区域出生长大的，他在这里开了一个只有一张椅子的理发店，这一带热闹嘈杂，天天都有人吵嘴、打架。居民中各国人都有，有各种风俗习惯，各种纠纷。比利的理发店恍如一块美丽亲善的绿洲。

当时的理发店都少不了裸女月历，渲染犯罪和色情的杂志，他就不要这些。

“我替人理发，”他常说，“总是低着头看人家的脑袋。不过一个人总得有点可以抬起头来看看的东西。”

“我们这些小孩在理发时所见的是：蒙娜丽莎、胜利女神、东方三贤士、米开朗琪罗的大卫王。我们在他那里初次听到精妙瑰丽的诗句,因而知道了但丁和莎士比亚。”

比利是个大腹便便、圆滚滚的胖子，留了两撇浓黑的八字胡，讲起话来比手画脚，一把剪子妙用无比：可以变成乐队指挥的指挥棒，大画家伦布朗的画笔，或是莎翁名剧中决斗的长剑。

我们这些穷人家的孩子进比利的理发店时，总是蓬头垢面的，出店门时就觉得自己漂亮而有气派了，初次知道还有一个辽阔、美妙而机会无穷的世界。我们听到了伟大人物的丰功伟业以及艺坛杰作的故事，都是意味深长、令人振奋的。

如果哪家孩子没有1角5分钱理发，而头发又到了非理不可的程度，比利就会把他从街上招呼进去，给他理发，然后说：

“告诉你妈妈，下次做葡萄干甜饼的时候带一点来给我。啊，等一等，那可不止1角5！我还得找钱给你。”

小钱柜“当”的一声响——孩子手里多了一枚亮晶晶的银角子。

照他一家入不敷出、捉襟见肘的情形来说，他实在没资格这样大方。实际上，他也没能力收养托尼，当时托尼才6岁，那天夜里破旧的公寓倒坍时，他父母不幸丧生，而比利实在不忍心看这个脸色苍白的孩子眼泪汪汪地到孤儿院去。

在那个时候，每条街的孩子都有帮派，打起群架来可真凶狠，有时用砖头，有时动刀子。比利对各帮之间的明争暗斗非常清楚，一有风吹草动，他就赶去劝解，常常丢下客人，任由客人在理发椅上吹胡子瞪眼睛。原来比利有密探——也就是我们这些年纪比较小的小鬼头，谁快要打架了，马上就向他报告。他通常都可以拦阻殴斗，因为连最凶悍的孩子也尊敬他。

我们都知道比利很能干。他当时一心要劝说本区的负责人，想办法在本区造一个运动场。虽然我们始终没有得到运动场，棒球制服倒真得到了。

比利这位秃顶大胡子的矮胖子，对小孩子固然特别爱护，但对大人的困苦也很关切。他不知化解了多少冤仇，指导了多少新来的移民，他们初到这陌生的地方，一切生疏，他温和而又耐心地教他们适应这里的风俗习惯。酒鬼潘雅改过自新，就是他的功劳。

潘雅做零工赚来的钱全换成了酒。有一天，比利看到潘雅在街上踉踉跄跄，终于倒在一家门口，呼呼大睡。比利忽然计上心来，去卖了一些东西。下午潘雅醒了，摇摇晃晃地站起来，身上又脏又臭，比利便过去扶住他，带他到理发店去，给他洗头、理发、修面，请他洗澡，换上新衣服，让他站在镜子前，瞧瞧自己容光焕发的样子。

“老兄，”比利说，“你现在和港口的自由女神像一样了。”

潘雅摇摇脑袋，结结巴巴地说：

“我……我像自由女神像?”

“当然罗！”比利兴高采烈地说，“你们俩都是自由的象征。你摆脱了酒，自由了。从今以后，你就是这条街上名正言顺的自由神像，也是我的助手了。打扫店铺，开电灯，周薪5元！”

比利在潘雅的新衣上别了一枚别针，上面是自由女神像。

潘雅的自尊心恢复了，戒了酒，不久之后，当了某公寓大厦的管理员。一直到他死，不论他穿什么衣服，工作服也好，星期天穿的漂亮衣服也好，胸口总是别着那枚小别针。

三

现在我就要见比利最后一面了，我想到自己应该感谢他的地方实在太多。多亏了他，我们许多孩子才领略到美；他告诉我们，一个人只要有抱负，穷和贫民窟也挡不住上进。车子开进了旧日的街坊，我心里深深自责，为什么不早回来，让他知道我并没有忘记他。这里的变化非常大——许多新建的公寓大楼，周围有草地和树木，丑陋的旧建筑拆了；新建了好几个广阔的运动场。我知道许多变化都应该归功于比利，因为他一直在奋斗，要求种草种树，争取儿童游乐场，而且他的“老朋友”有些长大成人，还为这一带的建设出了力。

比利的太太带我进了卧室，我发现比利也变了。他变得瘦骨嶙峋，脸像瓷器一样苍白，只有乌黑欢愉的眼睛和粗大飘散的八字胡还是老样子。

“你瞧，我把医生请来了。”比利太太说。

他在床上稍稍撑起身来。

“走近一点，马克斯，让我好好地瞧瞧你。”他细细地瞧了我一阵，“咯咯咯”地笑，“你差不多没有变，记得吧，你妈最喜欢你的那些小卷发，那天我把它剪了，你才像个男孩子。”

我一时说不出话，只是握住他的手。

“马克斯，”比利说，“你是能把别人身上的疤去掉的医生，是吧?”

我点点头。

“也许你会以为我发痴了，说实话，我年轻时在西西里，坏得很，野得很。我跟人打架，动刀子，我狠狠地戳了人家几刀，人家也戳了我一刀，留下一个疤。”他又凑近些道，“马克斯，我就要去见上帝了。上帝什么都看得清清楚楚，我不愿让他看到我的疤。因为我觉得羞耻，你肯不肯把我的这个疤去掉?”

我感到无所适从，因为我想，这时候动手术，他的身体恐怕受不住。

“呃，让我看看，”我说，“疤在哪儿?”

他掀起大胡子的一角：

“在嘴唇和面颊上，看到了吧?”

我睁大眼望去，原来他蓄胡子是用来遮疤！

“比利，你上次看它，是什么时候?”

“很久了。为什么问这个，马克斯?”

“呃，因为上帝好像已经替你修饰好了。”我拿了一面镜子递给他，让他自己看清楚。

固然，老年人皮肤虚弱收缩，旧疤会无形中消失，但是我宁愿相信：这么多年来，比利做了这么多好事，刀疤跟着一点一点越变越小，终于不留丝毫痕迹。

他不肯告诉我他的葫芦里卖的是什么药。

她的猫和他的狗

早在求婚的时候，乔治提及说他讨厌猫，我当时顿感震惊。虽然此前我一直觉得乔治在各方面都无可挑剔，那一刻却不能不心生犹疑起来。如果一个人体会不了猫软软地蜷缩在他脚边，或者轻轻地躺在他膝上时那种美妙的感觉，体会不了猫叫时那令人神醉的战栗声，他又怎样体会什么是美，什么是舒适，什么是性感迷人呢?

尽管有如此致命的弱点，我还是嫁给了乔治，足见乔治在其他方面的优秀过人了。和许多妻子一样，我自以为能改变丈夫，却终于没能成功。乔治也不喜欢浣熊和松鼠，或许是因为它们会令他想起猫来的缘故吧。

我生平第一只猫叫泰米，那是一只灰白相间的野猫。我5岁那年，眼看着泰米在母亲的绿色坐椅里生下了4只小猫。它们湿乎乎的，眼睛都睁不开，却异常美丽。我给第一只小猫起名小黑，第二只小白，我已记不清第三只小猫的名字了，因为第四只小猫路娃给我的印象太深了。尽管我至今仍记得抚摸路娃锈红色的体毛时那柔软得令人难以置信的手感，我们还是留下了小黑，因为它那雪白的胸腹和爪子使我们实在无法抗拒。

几年后，我又有了尤基，尤基在日语里是雪的意思。尤基当时8周大，是一只白色波斯猫，两只眼睛一蓝一绿。

看着泰米、小黑和尤基，感觉就如同常年坐在前排看芭蕾。那是怎样的一种优雅与美丽啊!

猫不像狗那样瑕疵毕现，邋里邋遢；也不像狗那样，大模大样地走着，尾巴一甩就碰翻了桌上的咖啡。在狗的品性里，灵活优雅这一项是很少能得高分的。英语里把翻墙入室的盗贼称为狗盗，有谁听过猫盗这一说呢? 猫是我们不完美的生活中最接近于完美的东西了。“甚至最小的猫都是杰作。”达·芬奇如是说。这位大师画过不少猫，这些猫有的蹦蹦跳跳，有的悄然潜行，有的在互相扭打，有的在梳洗整妆，有的则懒洋洋地躺在那儿，可谓千姿百态。人们拥有狗往往出于实用的考虑，拥有猫则是源于审美的需求。有人说，狗是平淡的散文，而猫则是优美的诗篇。

有猫为伴是激动人心的，因为猫虽然不像某些狗那样会给人造成致命的伤害，它却是地地道道的捕猎者。看一只猫伸长了身子，尾巴一抽，像弹弓一样扑向猎物，就如同看见了猛虎遗风，哪怕那猎物只是揉成一团的铝箔。顺便说一句，铝箔是尤基最喜欢的猎物了。狗算不上天生的捕猎者，因此缺乏那种灵活与敏锐。经过训练的攻击型的狗就像是手持冲锋枪的匪徒，而猫追捕老鼠则是太极大师。

狗在人类的千年驯养中，已像扭结状的椒盐饼似的任人改造成人类所喜欢的模样了，它们差不多已被改造成没有腿的肉肠或者微微缩成膝上的包卷之类的东西了。我敢说任何一只自重的猫都不会容忍人类像人工培植西红柿那样来对待它。

狗是顺从的动物，它们任由人类改变其本性。它们穿着粉色小汗衫，由人拴着四处溜达。它们会从冰箱里取啤酒罐，也会把狗食放在鼻尖上显示其平衡能力。有人说这些本领说明了狗有多么聪明，而我却想说拒绝降低猫(人)格做这些有损尊严的表演，正说明了猫有多么聪明。它们不像狗那么容易驯养，因为它们对乞求、打滚、装死之类的把戏没什么兴趣。

狗早已淡忘了自己曾是兽群的一员，急于取悦它的主人，而猫却是彻头彻尾的自由精神的体现者，它们不会摇尾乞怜，也不会奴颜婢膝地去舔那些揍它的人的手。有人说狗是外向的，而猫是内向的；狗是社会主义者，而猫是无政府主义者。亚历山大一世、希特勒和拿破仑(有一次，他疑心隔壁房间有只猫，吓出了一身冷汗)都讨厌猫，对此我一点也不觉得惊讶。征服者惧怕的莫过于那些拒绝被征服的人(猫)了。

猫会爱你，抚摸你，给你安慰，但它永远也不会讨好你。喜欢狗的人对猫的这种自立精神感到不自在，他们害怕猫自认为高人一等的样子，而我却喜欢高人一等的伙伴，所以我喜欢猫，或许我该说，我爱它们。

如果有一天我丈夫想要一只狗的话，我会愿上帝保佑他的，但我却心归别处，给我路娃吧，在我的膝上蜷缩成一个完美的球形，喵喵地叫着。

6年前，我和安妮结了婚。安妮喜欢猫，而我却来自一个喜爱狗的家庭，尽管如此我们的婚姻还是很美满。

我们的第一只狗是由我兄弟奈德捡来的。那是一只小小的棕色杂种狗，我们叫它佩尼。我们四兄弟玩球的时候，佩尼也会在我们之间跑来跑去和我们一起嬉戏；我们情绪低落时，它会用鼻子在我们膝上磨蹭，给我们以安慰；而每当我们忽略了它时，它就会打翻厨房的垃圾箱，以此引起我们的注意。我们四个都非常爱它，以致常常在它面前泄露了我们心底深处的希求。当我们闹矛盾、起争端的时候，我们每个人都会到佩尼那儿去寻求爱和慰问，却不知在彼此间索取。

有时，佩尼会在篱笆底下掘个洞钻进去，这下我们全家可就热闹了。我们兄弟几个骑上自行车在周围一带拼命叫唤它的名字；或者和父母一起挤进小汽车，用车前灯探照每一片暗处，找寻它那小小的、熟悉的身影。如果我们没找着它，第二天早晨，它准会用爪子抓家门，而我们也会使劲儿拥抱它，直抱得它喘不上气来。佩尼总会回家的。

人类历史中出现关于狗的记载已有很多年了，一万五千年前穴居人的画中就已能同时看到狗和人的身影了。今天，狗不仅会接飞碟、捡网球，甚至在我们唱歌的时候也会跟着一起汪汪地叫。当我们冥想世界的不公时，它们会抬头看着我们，不管我们怎么想，都会表示赞同。

狗能预知地震。据说有只金黄色的猎犬曾早在主人癫痫病发作出现明显症状之前，就提醒主人要采取措施。

当然了，猫也能知道我们心里在想什么，但它们往往视而不见，漠不关心。当狗以与人关系密切著称时，猫则以其疏远冷淡、独立不羁和难以驾驭而闻名。猫的主人称这种疏远为难以捉摸，认为任何欣赏不了这种感情上的深不可测的人都是不懂猫的。我觉得我懂，这根本不是什么难以捉摸，而是对人类反感厌恶。当然，感情总是相互的。我最喜欢的猫就是那只柴郡的猫了，因为它一去不返了。

狗能使我们感觉良好，猫却令我们心里发虚，它端坐在那儿当判官。狗总认为我们是无辜的，除非有足够的证据证明我们有罪，而即使如此，也会待我们一如从前；猫则不然，它们总觉得我们有罪，除非我们能证明自己无罪，而即使如此，猫仍把我们当罪人对待。

我喜欢狗毛的不整，不喜欢猫毛的过于平滑；喜欢看狗摇摆尾巴，不喜欢猫尾巴一卷一放，就像眼镜蛇；喜欢狗叫时感情充沛的汪汪声，不喜欢猫叫时那自鸣得意令人发疯的喵喵声；狗舔你时，心存感激，就当你是个蛋卷冰淇淋，而猫用那砂纸似的舌头舔你时，就像医生在用听诊器探察病情。

多少年来，狗为我们守家、牧羊、嗅地雷、闻毒品、抓坏蛋，它们给老年人以安慰，有时甚至还被用来帮助患自闭症的儿童走出孤独。狗的英雄业绩并不亚于人类。然而，猫却从来不信奉利他主义。即使是一只体格强健的猫，我们也很难想象它会一跃而上把孩子从响尾蛇的威胁中救出来，或者跃入水中救出落水的两岁婴儿。五千年来，猫唯一的长期的职业就是抓老鼠，而这，正如一位研究猫史的专家所说，也只是为了使它们自己高兴，而不是为了我们。

不论贫富贵贱，狗总会与主人甘苦与共，狗的确是最忠心的动物了。当奥德修斯漂泊19年之后化装成乞丐回家时，唯一认出他来的就是他那只年迈的狗阿格斯。它朝主人摆了摆尾巴，死了。据说苏格兰女王玛丽被斩首时，她的长毛狗从她的衣袍底下钻了出来，据一位目击者说：“不肯与尸首分开”。

狗不仅比猫强，在很多方面甚至比人类强。“美丽却不虚荣，强健却不傲慢，勇敢却不凶残，有人类的一切美德却没有人类的陋习。”拜伦在他的纽芬兰犬船郎的墓碑上这样题写道。再有，当罗伯特·路易斯·史蒂文斯在他的书中谈到关于狗是否有灵魂，其灵魂能否进天堂这个问题时写道：“我告诉你们吧，它们的灵魂进天堂会比我们的要早得多。”直到现在，每当我想起少年时代，就会想起我14岁生日过后不久的那个春日的下午。那天，我惊讶地看着我们家那辆绿色小客车飞速地驶进了学校，母亲坐在驾驶座上，心神不宁，佩尼则在后座上。它被汽车轧死在大门旁，是我告诉奈德说，他的狗，不，我们的狗，佩尼死了。

30年过去了，我的父母仍住在那所房子里。每次回家，当我推开家门的时候，总会不由自主地想起佩尼向我跑来的身影，我总觉得佩尼死的时候一定是在回家的路上。

狗早已淡忘了自己曾是兽群的一员，急于取悦它的主人。

航海之梦

在轮船的甲板上，24岁的金发碧眼、肤色白皙的阿蜜姑娘，正站在游泳池旁边。当她环视四周的一切时，一阵喜悦涌上心头。这艘船正开向大西洋中的百慕大群岛作为期一星期的海游弋。船上除了有许多老年人外，还有为数不多的年轻人。由于时间短，又值海上旅游淡季，她已遇到了一部分度蜜月的情侣和一些单身汉。显然，他们也像她一样，平时省吃俭用，这次住在价格较便宜的船舱里。

这时，她的目光遇到了一个高高的个子、极吸引人的年轻人，他正聚精会神地坐在一个迎风的、与外面隔离的角落里看着一本书。在前天晚上的迎宾晚宴上，她曾注意到他。一见到他，她就感到自己全身有着一种说不出的冲动。而仅仅当他静静地坐着时，仿佛才流露出一种青春的风采，一种特有的炽燃的阳刚气质。

在她旁边，另一个纽约人娜妞随着阿蜜凝视的目光，呻吟地说："哦，别白白为他激动不已。他的名字叫韩瓦德，也住在纽约市。但他这次赴海旅游是为了逃脱女人们，而不是为了得到她们。"呼吸了口新鲜空气，她又说："我有个女友就在他的化妆品公司工作。她曾告诉我，几年前他在国外工作，现在是公司里一位职位低的管理员，整天被包围在一群爽快的模特儿中。但在他的私生活中，反和一些有特色的姑娘约会。他不但是一个奇妙的人，而且也是一个真正的高深莫测的人。

阿蜜看上去闷闷不乐。她思量着：自己会是个有特色的姑娘吗？她怀疑这一点。

那天下午，她绕着甲板轻快地散了散步以后，向一位个子矮小、面容憔悴的老年妇人相互笑着打了个招呼，就笨拙地坐在老人身旁，心情仍不平静地说："我叫阿蜜，才吃过两块早上留下的小面包。"

"我是爱丽斯夫人，就叫我爱丽斯吧。"

后来，阿蜜获悉，爱丽斯夫人的丈夫于两年前长眠了。他们夫妻共同度过了整整63年的恩爱生活。"在那时，每分每秒都是甜蜜时光。"她有点摇晃着说，"我们是最亲密的伴侣——哦，有时我们相互逗得对方大笑！"

离开她后，阿蜜隐入了沉思：这正是我所渴待的那种婚姻。身体结实、富有情感的韩瓦德的形象，突然炽燃在她脑海中。

这两天的生活缤纷得像五彩气球。尽管她是充满活力的小组中的一员，但她为那件事暗自烦恼。命运安排韩瓦德在她们圈子之外——一个满足的独自幸福生活着的孤独人。

第三天，当她正靠在船的栏杆上时，突然唐突地意识到他就紧挨在自己身旁。她不由得听到了自己轻轻跳动着的心音。

他温馨地转头望她微笑着说："我的五脏都是混乱了，他们不习惯这里的空气。"

"太拘束了，"她毫无表情地说，"我数出每分钟我在船上呼吸的次数，其价值我打8分满意。"

他大笑了："如果你头脑保持冷静些，看看你周围的一切，就会请求退款。"他说毕后，便掉头慢慢离去。

阿蜜嫣然一笑凝结了，一动不动地站在那儿。后来，她转过身来看见老妇人爱丽斯沮丧地朝她走来。

"您好，爱丽斯。"阿蜜问候道。

她们坐下交谈起来。

"我还没向你告诉我登船的真正原因呢。聂达尔和我是在百慕大群岛上度过了我们蜜月生活的。我想付款给轮船上的招待，在她有空时带我到那幢我们曾住过的旅馆去。”老妇人的细声有些颤抖，“我还准备在那块草坪上坐坐，那时每晚我们都在那儿就餐……”

阿蜜乐开了：“我们都是浪漫主义者。”

“我想是的。刚才我看见你和那位美男子在一起。”

阿蜜叹息地说：“对他来说，我是位单调小姐。他不了解我。”

“单调小姐？”她吃了一惊，“他是个瞎子吗？”

“对我来说，他是个瞎子。”阿蜜说。

次日晨，船靠了百慕大群岛码头。阿蜜兴奋地哼着歌儿踏上甲板。她那十人小组已被安排参加一个海滨晚会，而韩瓦德也将参加。娜妞告诉她：“我负责午餐座位的安排，我包他坐在你旁边！”

一扭头，阿蜜看见一个矮小、缩成一团的形象坐在甲板上的一张椅子里。她猛然感到一阵不安。是爱丽斯？她想，那能是爱丽斯夫人吗？

她急忙走过去，发现老妇人弯着身子弓在椅子里，好像有点萎靡不振。

阿蜜喊起来：“你怎么还不上岸呀？”

“我不想离开这会儿，”老妇人含糊地说，“那招待把感冒传染给我了。”

阿蜜呆呆地站在那儿，不知怎么办才好。一阵突如其来的恐惧感掠过她的头脑。我不能带她！她想。我不能！今天是个重要的日子，而我对她不负什么责任。

如此激烈的内心矛盾，又使她不能走开。过了一会儿，爱丽斯夫人抬起头，她的眼睛像覆有一层薄膜似的，像一只垂死的鸟的眼睛。

阿蜜看见泪珠在老人眼中滚动，她也在做着她的梦。阿蜜暗自思忖：那是比我的梦分量重得多的梦。

费了极大的努力，她提高了声音：“我来扶着您，爱丽斯！”

后来，面对着古老的旅馆，老妇人惊叹不已：“聂达尔和我就住在225室。看，我们的阳台在那上面！”走进院内，她仿佛投身于回忆的海洋中。当她们坐在那块熟悉的草坪上时，阿蜜突然有了个主意——找了个理由离开了一下。回来时，她得意洋洋地举起一把钥匙说：“这就是225室的钥匙。我把你的故事告诉了店东，他说我们能住进去。”

过了一会儿，她们步入幽暗的房间。爱丽斯夫人喃喃地述说着：“这是我们的房间。虽然你不能使过去复活——但，多么生动的那一幕幕情景又重新浮现在你的眼前！多么甜蜜，它曾使我心醉！”

阿蜜走向那关闭着的阳台门，当她将门轻轻推开后，顿时，阳光照射进室内。放眼望去，蓝色的海水上闪烁着层层碧波。

"啊，多美的景色！"老妇人呼喊着，"过去，我们手握着手就在那儿吃早餐！"

她一步步地向前走去，慢慢地抬起头，温暖的阳光照射在她头上。这时，一个奇迹出现了。透过一些奇异的变化，万般的光束，岁月被强大的回忆融化了。只见她婀娜轻盈，精神奕奕，清秀漂亮；眼睛依然深蓝，双颊光滑；她的心灵深处充满了当年的蜜月情景，爱情使她昔日的容颜再现了。

"聂达尔，"她说，"我亲爱的。"

透过她的目光，阿蜜感到一滴苦涩、悲伤的泪正刺痛着她。

回到船上，阿蜜又站在船的栏杆旁，凝视着坦荡而博大的海水。大口大口地呼吸新鲜空气。这时，她听到一种深沉的声音在她身后说："在这儿要打另一个8分。"是韩瓦德站在那儿。

"我刚才经历了一个奇特的时刻。当我在下面散步时，突然一位老妇人像只发怒的小鸡向我飞奔而来。"他强忍住笑，"'孩子，她是一心一意的！你难道视而不见吗？'她叫喊，'当你看着她时，难道你没有看出她是个出色的姑娘吗？'"他温柔地说，"然后，她告诉我，你们今天做了些什么？"他平静而真诚地凝望着她的双眼，最后补加道，"你是个令人满意的好姑娘。"

接触，阿蜜想道，接触多么使人捉摸不透！它吸引着小伙子和姑娘。多么令人激动不已。哦，谢谢您，爱丽斯！

回到船舱，注视着模糊的甲板，她仍然沉浸在一种不自觉的幸福感状态中。他们相约好在7点钟的鸡尾酒会上再相见。

真是令人惊奇的一天啊，她想道。几乎放弃了一个海滨晚会！现在，在她的思想中，又看见爱丽斯夫人在225室——仿佛神奇般茫茫地使一个姑娘变成了一个战栗着的新娘。她觉得红晕遮住了脸，当她想到自己某一天也会做个新娘子时。

闭上双眼，突然一声静静的泣声涌入她内心深处。上帝啊，让事情像那样为我发生！让我像那样去爱，并被爱。仿佛是，隐隐听见了温暖而美丽的亲吻触着她不断颤抖着的芳唇，那一刹时将成永恒。这似乎意味着她的梦幻已成为现实。

最后，她遇见了属于她自己的聂瓦德。

让我像那样去爱，并被爱。

黑镜

当罗莎丽·安德森走出农舍，来到后面走廊上，告诉马丁咖啡已经煮好时，他正在拾掇那辆旧拖拉机。马丁·菲利斯撂下扳子去洗手，他眉头急蹙，饱经风霜的脸上掠过一阵痛楚；那脸，被车祸留下的疤痕弄得坏了相。也是在同一次事故中，罗莎丽失去了双亲。不过，罗莎丽是看不到马丁的脸的：她从生下就双目失明了。

马丁一瘸一拐地走进厨房，一屁股坐在安乐椅上。车祸以来，头痛一直折磨得他精疲力竭。

罗莎丽上楼去换衣服；马丁叹了一口气，闭上眼睛。在为安德森家农场干活的这些年里，他曾亲眼看着罗莎丽由一个早熟的十三岁女孩，变成二十三岁的年轻女人。

随着纱门吱呀一响，马丁睁开双眼。

“哦，过得还好么?”进来的是牧师多诺万，他从前的同窗。这位四十岁的牧师削瘦、热情，像是带着什么使命而来。两人棋逢对手般地端量了一阵子。

“有何贵干?”马丁开口问道。

牧师不自在地挪动了一下身子：“我刚拜访过皮特斯老太太，因此，呃……我想来看看这儿有什么我能帮上忙的地方。”

“实在劳驾不起。”马丁板着脸，很快地说。他的眼睛寒光烁烁，像两块蓝色的冰。

罗莎丽走了进来，她一身淡蓝色的连衣裙，衬托得光闪闪的古铜色头发愈加鲜明了。教士把脸转向马丁，以坚定的口吻说：

“爱德华教士让我来办一件事……”

“先喝咖啡。”马丁毫不客气地打断了他的话，“罗莎丽，你是否能给多诺万牧师摘些玫瑰花带回去?他不会呆多久的。”

屋里又成了两个人。牧师说：“你很清楚我到这儿来的目的——人们都在谈论呢。”

“人们总是要找些什么东西磨牙的。”马丁愤愤地说，“请问你是来找麻烦的吗?”

牧师眉头一皱：“爱德华教士以为我可以说服你来干那件明智的事的。”

马丁瞟了一眼窗外：“车祸以后我一直在想：当时死的如果是我，而不是乔治和赛拉，那该有多好哇。”

多诺万牧师用手指尖摸着他的领口说：“我曾向上帝祈祷，给你以重新开始的更快乐更有活力的生活。”

“你的祈祷已有结果啦。”马丁说：“有一天当我坐在这里的时候，我看见罗莎丽站在阳光下弄干她的头发。使我受到震动的是，她已不再是个孩子，而是一个女人。”他微微一笑，继续说，“爱德华教士可以放心，因为我快要叫那些闲言碎语收场了。”

“我早就晓得你正是要那么做的，”牧师说。

马丁耸耸肩：“你知道，事情的原委是这样：我不愿让罗莎丽觉得我急于求成，实际上，我只是一直在寻思如何把事情办得更周全些。”

“其实这并不太难。”牧师说，“爱德华教士说她在学校里会得到很好的照顾的。”

“什么学校?”

“盲人学校呀。”

马丁大笑起来，把牧师吓了一跳。“我想的不是把罗莎丽送走，而是要娶她做妻子。”

多诺万牧师被弄得摸不着头脑。

“有什么不可?”马丁问道，“出于对乔治和赛拉的尊敬，我已经把这件事给推迟了。可六个月时间的等待，总不算短了吧?”

“你要想想年龄上的差距，”牧师颇不以为然。“既然你心情这么迫切，眼下就有位叫汤姆森的寡妇。她没有孩子，也不过三十四岁。”

“而且她还有两只能看东西的眼睛，是吧?”马丁反唇相讥。

多诺万牧师绷紧了嘴唇说：“诚然，上帝让乔治和赛拉在幸福中死去，而为你安排了生。不过假如上帝真的有意让你娶罗莎丽，那他就……”

马丁抢白道：“不正是万能的上帝点燃了男人心中的火花，让他去爱一个女人的吗?”

“但那是有具体环境的呀……”

“环境?”马丁痛苦地叫道，“请看看我吧：这张脸，只有一个瞎女人才能跟我过下去。从那次车祸至今，我哪里也没有去过，因为我受不了别人的目光；他们偷偷地瞧着我，像看一个怪物似的。人们的眼睛就像一面面镜子，我不愿见到它们——除了罗莎丽的……她看不见。只有在这双黑暗的镜子里，我才看不到我自己，我才能忘掉自己真实的面容。”

牧师用手指理了一下他那稀疏的淡茶色头发。“将会有人说，你是冲着她的财产来的。”

马丁耸了一下肩膀：“罗莎丽可是个通情达理的姑娘，她决不会去听信那些流言蜚语的。而且不管怎么说，要让这个农场扭亏为盈，怕还得好几年光景呢。”

“当然喽，”牧师说，“还有，就是她父亲的保险金。”

马丁乜斜着眼看着他，刚要反驳，因为正巧罗莎丽捧着一束玫瑰走进来，他只好把话咽回肚里。

“罗莎丽，”牧师平心静气地对她说，“爱德华教士让我跟你谈一谈呢。”

“让我先说说吧。”马丁悲伤地抗议道。

“啊，我们要谈的完全是另外一件事。”牧师向他提醒一句，又转向姑娘说道，“罗莎丽，你一定多少次地盼望能像别人一样地看东西吧？”

“有时也想。”她说罢，从桌上拣起一束玫瑰。“马丁告诉我说这些花是粉红色的。我不知道‘粉红’是什么样子，可这个字眼听起来怪诱人的。”

“现在我就来告诉你，为什么我要谈到这个问题。”牧师说，“劳伯特大夫跟爱德华教士说起，上星期他会见了一位来绿湖度假的眼科专家。他分析了你的病情，看来好像……”

“好像，好像！”马丁高声地叫起来，“为什么要给她建造起这些虚幻的希望？早在十五年前，他们就已经对她的父母说过无能为力了！”

多诺万牧师依然镇定自若：“但就在这十五年中他们发现了新的治疗技术。我们是特意为罗莎丽了解到这些的。

“那么谁来付这笔钱呢？”马丁问。

“不是有那笔保险金吗？”牧师说，“加之，既然你说这农场现在实际上并不赚钱，还是趁着价格没有跌下来之前把它处理了为好。”

“你是说把农场卖掉？”马丁直喘粗气。

牧师抚摸着一束玫瑰说：“造物的技艺如此之美妙，难道你竟忍心拒绝一个使她能看到这一切的机会么？”

马丁长吁了一口气，闷闷不乐地听着牧师向罗莎丽解释。牧师说，是否做手术，最终取决于她自己。

在罗莎丽离开的那几个星期，马丁常常靠在桥栏杆上苦苦思索着，一呆就是几个小时。他凝视着水中翻卷的漩涡，仿佛问题的答案就埋藏在里面。

一天晚上，他正在后门台阶上闲坐，一阵由远及近的汽车声使他不由得站起身来。那声音到房子跟前便戛然而止；紧接着他听到了多诺万牧师的嗓音。马丁急忙蹒跚穿过院子，藏在一片暗影里。没多大功夫，戴着墨镜的罗莎丽在走廊上出现了。直到汽车开车后，她仍站在那里，倾听着夜的声响。

“是马丁?”她轻声问道。

马丁慢慢向前走去。厨房的灯光正穿过过道照到他的面部。他盯住罗莎丽，揣摩着她在见到他的脸时会作出什么反应……奇怪，难道手术失败了?

“多诺万牧师告诉你关于我的事了么?”马丁问道。

“他只让我告诉你，不管发生什么事，他都决不插手。”罗莎丽说，“可那跟我们有什么关系?”

“有点儿关系。”他嘟哝着，“我不愿意看到这块地方被卖出去。”

“那你准备怎么办?”

“到别的农场去找活干。”他抑郁地答道。

“你害怕告诉使我你对我是怎么想的，对吗?”罗莎丽柔声细语地问。

马丁轻叹了一声。“因为我发现我很难告诉你这一切：我的相貌被毁得不成样子；比起你，我是这么衰老。”

“难道这些东西能有什么影响吗?”

“能够的，假如你的手术成功了的话。”

罗莎丽笑了。“那我就能看到你脸上一块疤在嘴边，一块在脑门上；那我就能看到你走路一瘸一拐。”她仰望夜空，“我就能看到这些星星呀、牛棚顶子上的洞呀，和那没有后轮子的旧拖拉机了，是吗?”

“你能看见了!”马丁失声叫起来。

罗莎丽握起他的手：“是的，我能看见了。”

“那你应该得到比这更好的，”失败使得他的声音模糊了，“既然看到了我这副样子，你怎么还能高兴?”

罗莎丽的指尖在他伤痕累累的脸上搜寻着。“那次事故之后，”她解释说，“我从你脚步声的变化中得知你的腿受了重伤。你找了那么多借口不在白天进城，从而我能肯定你的脸上出了问题。我叫劳伯特大夫告诉了我你的一切情况。”

“可是那些什么星星、牛棚顶，还有拖拉机……”马丁喃喃地说。

“我是通过你的眼睛看的，”罗莎丽告诉他，“用同样的方法我看到了粉红色的玻璃和许许多多别的东西。我不知道，如果没有你我将会怎样，马丁!”

马丁一把将她紧紧抱起来，他的声音变得沙哑了：

"明天早上头一件事，就是弄一块出售农场的牌子。"

我是通过你的眼睛看的。

复活的老狼

动物园要淘汰一对25岁的狼。25岁的狼是非常年老的狼了。按照以往的老做法，淘汰的方法是这样的：把笼子上的吊门打开一半，等狼探出脑袋时，安然放下吊门，夹住狼头，用铁棍狠击几下狼头，狼就会一命呜呼。

1995年墨西哥MTA有线电视台获得这个信息后，马上派人和动物园联系，签订了一份合同。原来这家电视台正要拍摄一部名叫《狼的故事》的专题片，这两条老狼正好派得上用场。

当然不再用老办法打死狼，一切得按合同办事。

这一对老狼被转移到一个可以移动的铁笼子里，这个笼子又被搬运到一块草地的中央。这块草地被一些灌木丛包围着，灌木丛之外还有一道铁丝网。这儿原本是圈养袋鼠的地方。导演要在这儿拍摄那部专题片的结尾部分：老狼之死。到开拍的时候，铁笼子会被撤走。这一对老狼出现在屏幕上时，就和在荒野里一样逼真。

这么摆布并没有引起两头老狼的反感。这对狼被囚禁了将近20年，对什么事都不大在乎了。

不过，这一次它们不得不在乎，因为按照剧本的规定，这对狼必须活活地饿死。

早晨7点光景，老狼看见管理员推着装满食物的小推车在灌木丛那边出现，立刻站了起来。它们灵敏的鼻子已经闻到了生肉的香味。它们每天能从管理员那里得到一小块好吃的生肉和一些不好吃的食物。但这一次，管理员并没有送水和食物来，小推车吱吱嘎嘎远去了，消失了，而且整整一天再也没出现。

两条狼在笼子里一声一声地嚎叫。这叫声起先是一种呼号，好像在提醒管理员别把它们忘了。后来的嚎叫是一种怒吼，在向人提出抗议。再后来，这叫声成了一种呻吟，凄厉得要命。

它们在笼子里疾走，奔突，最后虚弱地卧倒了。

傍晚时分，电视台的导演和动物园的一名专家来到了笼子边。导演请动物学家估计一下这一对老狼在断食又断水的情况下还能活多久，到什么时候能将铁笼子撤走而狼不再对摄制组的人员构成危险。动物学家的结论是3天，即使按常规供食，这对老狼的寿命也只有几十天了。

这一对老狼毕竟和人打过20年的交道，虽然听不懂人的话，但能大致猜出人的意图。它们明白人类要处死它们了。

狼是不怕死的动物，同时又是最不肯轻易死去的动物。如果这个笼子没有铁皮制成的笼底的话，它们一定会在一夜之间掘洞而逃。这天夜里，又饥又渴的老狼拼命把尖嘴从笼缝里挤出去叼食笼边的青草。吃青草至少可以稍稍减轻一点口渴的痛苦。

第三天傍晚，导演来了。他打算晚上就弄走铁笼子，录制老狼垂死的镜头。

两条老狼已经3天没吃没喝了，它们趴在笼子里，眼皮耷拉，舌头软软地拖在嘴角，全身肌肉松弛着，看上去已经奄奄一息了。导演试着用一根小木棒慢慢去接近公狼的头部。当小木棒靠近时，公狼睁开了一只眼睛。导演就在这只眼睛里看到了狼的仇恨、狡诈和残存的生命力。导演放弃了当晚录制的念头。

导演走后，从灌木丛里走来了一只大黄猫。这只从小生活在动物园的黄猫很通人性，猜到这里将会发生有趣的事情，是来凑热闹，看稀奇的。黄猫鬼鬼祟祟地绕着铁笼子走了一圈，突然冲着狼大叫了一声。两条狼只微微动了一下耳尖，连眼睛也没睁开。黄猫看出狼快死了，很高兴，很想作弄一下垂死的狼。可它一时又想不出花招，转了几圈之后便走了。虽然是垂死的狼，可散发出的狼的气味还是使黄猫觉得心神不宁。

第四天，导演又来了。他还是用小木棒去试探老狼。这一次两条狼已变得木木的了，除了腹部时不时有一点起伏外，在狼身上再难找出一丝活着的迹象来。导演决定当晚就撤笼开拍。如果狼真的死去，录制计划就会落空。

导演刚走，那只幸灾乐祸的黄猫又来到了笼子边。这一次它已想好了作弄狼的办法。它要爬到笼子顶上去向老狼拉屎撒尿。它憋着一大泡尿，存心好好戏弄一下老狼。

黄猫开始沿笼壁向上攀爬。这是猫的拿手好戏。

就在这时，公狼的眼睛突然露出一条缝，猛抬起头颅，向黄猫扑去。这是黄猫万万没料到的。公狼本想咬住猫爪，但极度的虚弱使它的动作不再准确，它只咬住了黄猫的尾巴。

黄猫惨叫着，拼命抓住铁栅栏，不让狼把它扯进笼子里。其实公狼这一扑几乎用光了力量，已经没有扯黄猫的力气了。公狼的牙齿在簌簌发抖。

母狼吃力地睁开眼睛，眼前的场面强烈地刺激了它。它拼力抬起头来，挣扎着想去帮助一下公狼。但是它没能做到这一点，它比公狼更虚弱，连头也抬不起来了。

惊慌失措的黄猫已惊吓到了屁滚尿流的地步，一泡热尿喷在公狼的头上。正是这尿液救了黄猫的命。干渴万分的公狼，急忙放开了咬着的猫尾巴，舔着不知从哪儿来的水。

黄猫狼狈地逃离铁笼子，逃到屋顶上，舔着被狼咬断的尾巴，抖了老半天。从此它见到狼皮也会吓得灵魂出窍了。

这时候，导演带着他的摄制组来到了草地上。导演派人撤掉铁笼子，让两条老狼趴伏在草地上，还叫人给两只狼喂了一点点水，好让狼稍微恢复一点活力。

公狼先睁开了眼睛，眼内闪着绿幽幽的光，充满了仇恨和杀气，盯住了对着它的摄像机。

母狼也睁开了眼睛，眼光却投向公狼。

公狼发现了母狼的举动，低下头去和母狼对视着，喉咙里还很难地发出了一点儿嘶哑的声音。母狼挪动了一下身体，把自己的头颅枕到公狼的前爪上。公狼呜咽着，吻摸着母狼的脸颊……

导演对这一对老狼的表演非常满意。专题脚本就是这么写的：历经磨难的一对老狼相依为命，在荒野中平静地躺着，渐渐失去活力……

导演高兴地说："太精彩了！太动人了！"

在水银灯下，两只老狼头枕着头慢慢闭上了眼睛，连一点点动静也没有了。大家都以为它们真的死了。

录制结束时已是深夜时分，导演带着人走了。动物园的管理人员因为困倦也没有及时处理死狼，都回去睡了。

导演回到住地，躺在床上，还在想着那一对活活被饿死的老狼。这两头老狼不可能活得长了，但如果不是拍电视，它们不会死得这么痛苦。它们被囚禁了漫长的20年，活得很痛苦，为了他的电视又死得非常痛苦。导演是个感情丰富的人，这样想着就怎么也睡不着了。

第二天一大早，导演就赶到了动物园。不知怎么的，他还想去看一看那一对死去的老狼。按照合同，摄制组还要负责死狼的埋葬事宜。

当导演走进铁丝网，穿过灌木丛，把目光投向草地中央时，他全身的毛发一下子竖了起来。

那只公狼奇迹般地复活了，而且很神气地站立在那里，眼睛里闪动着绿幽幽的凶光，嘴角沾满了紫色的血块。母狼不见了，只在公狼的脚边留下了一堆灰白色的毛和啃光了的白骨。

导演惊吓了一声。

公狼把尖嘴朝向空中，发出一声悲怆的嚎叫。

导演惊吓了一声。

公狼把尖嘴朝向空中，发出一声悲怆的嚎叫。

寒鸦的婚恋

穴鸟(即寒鸦)是一种寿命很长的鸟，几乎可以和人活得一样久(就是像啭鸟和金丝雀之类的小鸟也可以活到20岁，而且它们在15、16岁时还可以生育)。穴鸟总是在第一年订婚，第二年结婚，因此它们的婚姻生活很长，也许比人还久得多。可是不管它们在一起生活了多少年，公鸟对它的妻子还是始终一样的体贴，它会找好吃的东西喂她，深情款款地用低低的、颤抖的调子唤她。它在第一个春天订婚时是什么样子，以后一辈子就是什么样子。

你也许不相信，虽然也有别的动物一辈子只结一次婚，情形却是两样，因为它们初遇时的情火很快地就随着时间冷却了。就算始终生活在一起，也只是习惯使然。热恋时用的句子这时已完全听不见了，所有与婚姻和家庭生活有关的活动，都成了机械化的例行公事，做是做，却是一点也不带劲了。

我所熟知的许多穴鸟夫妇里面，只有一对的婚姻起了变故，不过它们也是在订婚的阶段就散伙的。变故是由一只名叫“小绿”、性格特别活泼的年轻雌鸟引起的，她的恋爱事件最后是以喜剧方式结束。

就在1928年初，我第一批养的14只穴鸟正过它们第一个春天的时候，老大绿金就和队里最美的一只雌鸟红金订婚了。红金真可说得上花容月貌，如果我是只穴鸟，一定也会选中她的。其实老二“蓝金”也曾热烈地追求过她，只是她的反应冷淡了，所以拖不久就和另一只体形粗壮的雌鸟“小红”订了婚。这一对的感情比前一对真是差远了，彼此淡淡的，看得出来是“将就”之下订的婚约。

小绿在那时候(四月初)还不解人事。一般说来，一岁大的穴鸟开始发生春情的时间各有不同，小绿是直到五月初才对公鸟发生兴趣的。她一出场真是非同小可，不但突然而且冲动得很，虽然她的身量细小，地位又低，从人的眼光看来，小绿远不及小红可爱，自然更不用说红金了，但是她却有自己的一套。她一上来就爱上了蓝金，她的爱是这样的强烈，以至于——让我先说结果吧，虽然照理讲似乎不大可能——她竟把她体形粗壮的对手打败了。

我是在看到下面的景象之后，才晓得它们之间的一场爱情纠纷免不了了。蓝金当时正安静地坐在笼门上端的横木上，让就在它左侧的小红替它梳理颈上的细毛。趁这两只鸟都没注意的当儿，小绿也挤到门口来了，她先在离它们约一码之遥的地方坐了一会儿，紧张地瞄着它们；然后就又慢又小心地偷偷挨到了蓝金的右边，也伸长了脖子替它梳理起颈上的毛来。不过她的动作非常小心，准备一有变动就逃之夭夭。

蓝金这时舒服得两只眼都闭起来了，完全没有注意到身边又多了一只侍候它的鸟儿。小红也没有看到她，因为又大又壮的蓝金正挡在她们中间，而这时蓝金身上的毛又全部松了开来，比平时显得还要大一些。这种紧张的局势又继续了好几分钟，直到蓝金无意间睁了一下右眼，于是突然之间情势大变！

蓝金忽然看到有只陌生的鸟就在眼前，自然不客气地啄了过去。蓝金的位置一变，小红自然也就看见她了，说时迟那时快，只见她猛地一跳，就已越过了她的未婚夫冲到她的对手身上来了。从她表示的愤怒和攻击的剧烈上看，我发现小红可不像我，大概早已知道小绿的用心了。

这位合法的新娘似乎非常了解情势的严重，我到现在还没见过另一只穴鸟在逐敌时像她那样凶狠恶毒的。但是她并没有成功，小而伶俐的小绿比她会飞，每次她赶完了小绿回来总会有点气急败坏。但是她刚刚才回到蓝金的身边，小绿又跟了过来，只这一点就决定了孰胜孰败。小绿一开始就打定了主意不达目的不甘休，她日复一日公开地跟踪这对夫妇，如果它们走着或飞着，她就和它们保持一定的距离，并不去打扰它们；可是一旦这一对靠在一起想要亲热一下，她就会挨近一点，等待机会也插进一脚。

滴水可以穿石，小红的攻击渐渐缓和下来了，蓝金也不再反对左右两方同时给它的温存。有一天我就发现这事有了新的发展：蓝金还是一样静静地坐着让小红替它梳理头后面的毛，小绿就在另一边，也在做同样的事。这时不知为什么，小红忽然停了剔毛的动作飞走了。

等到这只公鸟睁开眼睛的时候，它看到的是小绿，它是不是就开始啄她呢？是不是立刻起身把她赶开呢？并不！它慢慢把头转开，并且故意把后颈部分送到小绿的喙下，然后它又闭上了眼睛。

从这时开始，蓝金就越来越喜欢小绿了。又过了几天，我看见它竟然定时而温柔地喂起她来；只是每次喂她时，小红都不在场。这倒不是它有意在合法的新娘背后偷情，要这样想的话，就太把穴鸟的灵性估高了。如果小红在场的话，它喂的一定是她，可是因为小红总是不在场，它只好喂小绿了。

小绿对那只公鸟越是有把握，她对小红的态度也就越轻率，现在她根本不逃走了，因此两只鸟常常打了起来。最奇怪的是蓝金的态度，在一般正常的情况下，如果小红和任何其他的队员起了冲突，它总是勇敢地维护它的妻子。现在它却矛盾得很，虽然它还是会对小绿摆出威胁的姿势，但是再也没有真的啄过她。事实上，有次我看到它竟威胁起小红来了，当时它的窘迫和惭愧是非常明显的。这件三角纠纷结束得很突然，而且极富于戏剧性。有一天蓝金忽然失踪了，和它一起不见的还有——小绿！我不相信这两只成熟而且经验丰富的鸟会同时遭了意外，它们无疑是一起飞走的，动物和人一样也会为了感情上的冲突忧伤烦恼，所以假定这两只鸟是因为心情上的困扰不得不出此下策，倒不是不可能的事。

我未见过那些年纪较大、已婚的穴鸟夫妇发生过同样的纠纷，我也不相信以后会发生这样的事。我曾长期观察过许多对穴鸟的婚姻生活，几乎每一对都是相濡以沫到死方休。不过寡妇鳏夫一旦找到合适的伴侣，再行嫁娶的也很多。可以想像得到的，那些年老地位高的雌鸟，要再找对象自然比较困难，因此，它们的再婚率也较低。

注：穴鸟(寒鸦)：像鸦，黑色，项灰色，眼似珍珠。在树洞、峭壁和高建筑物上成群繁殖，成队翱翔。

在灵魂中，爱是一种占支配地位的激情；在精神中，它是一种相互的理解。

爸爸与饼干

随着我们的逐渐成长和父母的慢慢衰老，我们对父母的态度也随之悄悄地发生着变化，这是非常奇妙的。当我们还是孩子的时候，父母专和我们过不去。他们逼我们吃讨厌的蔬菜，逼我们早早上床睡觉，对我们的考试分数大惊小怪，还常常摆出一堆大道理……现在我们明白了，这都是因为他们真正地爱我们。我记得不久前在一次聚会上，听到这样一个故事。那位朋友是这样说的。“每天早上上班的路上我总要开车经过爸爸的房子——每天早上我都会停下来和他一起喝杯咖啡。他总是替我准备了些饼干，因为他不想我饿着肚子去上班。一天天气阴冷又下着雨，当我醒来时发现自己睡过了头，没有时间停下来去看他了，我打了个电话去解释。

“你不过来了吗?”爸爸问，我从他的声音里听出了失望。

“明天一定来，一定。”

“我钻进了车子驶向办公室，当我经过爸爸的房子时，一眼就看到了一个站在凄风冷雨中的身影，手上还拿着一个包裹，那是爸爸，他正在等我，为的是让我仍能吃上我的那份饼干……”是该向父母表示感激的时候了，谢谢父母的爱，谢谢世界上这份最淳朴的爱。

谢谢父母的爱。

总算有人爱我

许多人告诉我们，夫妻始终相爱，是因为个性契合、气味相投，或者因为他们彼此之间始终有浓厚的兴趣，因为恩深义重，因为运气好。不过其中一部分一定是宽恕和感激。那就是你并非天仙化身，但你仍旧照样爱人，并且始终被一个人爱着。

总算有人爱我

我的叔叔迈克喜欢不时把他那一代的智慧传给下一代。

譬如谈到永浴爱河，他和我婶母就是深信不疑的楷模。他们彼此相爱，愉快地共同生活，这样已经维持了大约41年。

问他有何心诀，他总是乐于告诉别人，他是追随父亲的榜样来的。“我爸爸早晨起床后总是照照镜子，说：‘你可不是什么美男子。’”

也许只是因为我厌恶人们批评别人，对青春痘之类小缺陷吹毛求疵；也许因为我知道太多的人在考虑他们的配偶是否符合他们的理想。不过我相信迈克叔叔的确有点道理。

如果你一起床就看见自己脸上的缺陷，你在早餐之前就可能因感激而产生相当良好的胃口。你一大早已经发现自己并非天仙化身，到了晚上，你很可能因为事实上还是有个人死心塌地爱你而兴奋不已。从我自己并非特别丰富的经验和我叔叔的忠告来说，“总算有人爱我”似乎是任何长期相爱的胶漆。

这种胶漆至少要包含两个要素：第一，你必须知道自己最大的缺点，可是并不认为它那么糟糕。所谓“总算有人爱”，并不是说他把你看成十全十美，而是要他接受你的瑕疵。

我知道这听起来并不浪漫。别的人也许希望收到情诗、鲜花和倾慕。不过坦白地说，倾慕会使我不自在，会使我等待露出马脚的一天。

我有个朋友离了婚，和一个对她敬若神明的男人发生感情。那是一种令她觉得飘飘欲仙的经验——持续了大约三个月。问题是，她不能在他面前对孩子大吼大叫。问题是，她不得不天天梳洗头发。她根本无法流动维持那种标准。

如果说生活中有一个常数的话，那一定是人类深怕自己不受钟爱的恐惧。因为调皮捣蛋被住而问母亲“你是不是不照样爱我?”的第一个顽童，首先发现这种不安全感。

这个孩子存在于我们每个人的心里。这个孩子每天犹豫不决，不知道在隐瞒真相的暂时安全与真相被揭穿然而照样受钟爱的冒验之间如何作出抉择。

许多人告诉我们，夫妻始终相爱，是因为个性契合、气味相投，或者因为他们彼此之间始终有浓厚的兴趣，因为恩深义重，因为运气好。不过其中一部分一定是宽恕和感激。那就是你并非天仙化身，但你仍旧照样爱人，并且始终被一个人爱着。

如果说生活中有一个常数的话，那一定是人类深怕自己不受钟爱的恐惧。

石头下面的一颗心

把宇宙缩减到唯一的一个人，把唯一的一个人扩张到上帝，这才是爱。

爱，便是众天使向群星的膜拜。

上帝在一切的后面，但是，一切遮住了上帝。东西是黑的，人是不透明的。爱一个人，便是要使他透明。

某些思想是祈祷。有时候，无论身体的姿势如何，灵魂却总是双膝跪下的。

相爱而不能相见的人有千百种虚幻而真实的东西用来骗走离愁别恨。别人不让他们见面，他们不能互通音信，他们却能找到无数神秘的通信方法。他们互送飞鸟的啼唱、花朵的香味、孩子们的笑声、太阳的光辉、风的叹息、星的闪光、整个宇宙。这有什么办不到呢?上帝的整个事业是为爱服务的。爱有足够的力量可以命令大自然为它传递书信。

啊！春天，你便是我写给她的一封信。

未来仍是属于心灵的多，属于精神的少。爱，是唯一能占领和充满永恒的东西。对于无极，必须不竭。

上帝不能增加相爱的人们的幸福，除非给予他们无止境的岁月。在爱的一生之后，有爱的永生，那确是一种增益；但是，如果要从此生开始，便增加爱给予灵魂的那种无可言喻的极乐的强度，那是无法做到的，甚至上帝也做不到。上帝是天上的饱和，爱是人间的饱和。

如果你是石头，便应当做磁石；如果你是植物，便应当做含羞草；如果你是人，便应当做意中人。

深邃的心灵们，明智的精灵们，按照上帝的安排来接受生命吧。这是一种长久的考验，一种为未知的命运所做的不可理解的准备工作。这个命运，真正的命运，对人来说，是从他第一步踏出墓穴时开始的。到这时，便会有一种东西出现在他眼前，他也开始能辨认永定的命运。永定，请你仔细想想这个词儿。活着的人只能望见无极，而永定只让死了的人望见它。在死以前，为爱而忍痛，为希望而景仰吧。不幸的是那些只爱躯壳、形体、表相的人，唉！这一切都将由一死而全部化为乌有。应当知道爱灵魂，你日后还能找到它。

爱，便是众天使向群星的膜拜。

父亲的忠告

在我大约12岁时，有个女孩子是我的对头，她总爱挑我的缺点，什么我是皮包骨，我不是好学生，我是捣蛋姑娘，我讲话声音太大，我自高自大……有一回，爸爸平静地听完我的“控诉”后，问道：“她所讲的这些是否正确？”

“差不多。但我想知道的是怎样回击！它同正确有什么关系？”

“玛丽亚，难道知道自己的实际情况有什么不好吗？现在你已知道那个女孩子的意见，去把她所讲的都写出来，在正确的地方标上记号，其他的则不必理会。”

我遵照爸爸的话将那个女孩子的意见列了出来，并奇怪地发现，她所讲的有一半是正确的。有一些缺点我不能改变，例如我很瘦；但是大多数我都能改，并愿意立即改掉它们。在我的生平中，我第一次对自己有了一个公正清晰的认识。

读中学了。有一天，朋友们商定要到附近的湖边去野炊。那天天气阴冷，妈妈叮嘱我千万别下湖。然而，当别人下水时，我也不甘落后，穿上游泳衣上了划艇。我最后划向岸边时，几个男同学开始摇晃我的船，我正准备靠岸，船翻了。为了不掉进水里，我一个大步迈上岸，不料却踩到了一个破瓶子，碎玻璃一直插到脚跟的骨头上。

我住院了，父亲来看我。我辩解道："我所有的朋友都认为下湖没关系。如果我呆在船里，就不会出事了。"但是他们都错了！"爸爸停了一会儿说，"你会发现世界上有许多人，他们自认为在对你负责。不要拒绝听他们的意见。而你只能吸取正确的，并去做你认为是正确的事情。"

在许多关键的时候，我都想起父亲的教导。由于一个偶然的机会，我来到好莱坞闯入电影界。在电影城我试遍了每一家制片厂。岁月流逝，两年过去了，我还没有找到工作。有一位导演讨厌我，他说："你的鼻子太大、脖子太长，你这副模样永远不能演电影。"我想：假如这是正确的，我对此也无能为力。对我的脖子和鼻子我毫无办法。可是，也许这意见并不对呢。我于是继续用加倍的努力来取得成功！后来，我所需要的正确意见，来自一位善良、聪慧，名叫杰罗姆·克恩的人。他对我说："你必须学会用你自己的方法去演唱。"

我想了几遍，觉得很对。它鼓舞着我，正像父亲常对我讲的那样。几个星期以后，好莱坞夜总会宣布候补演员演出节目。同以往一样，"候补玛丽"又登台了。但这次，我不试图模仿他人，我要做真正的自己。我不想施展魅力，只穿上一件普通的镶有黑边的白罩衫，用我在得克萨斯学到的唱法放开喉咙歌唱。我成功了，并找到了工作。

"你必须学会用自己的方法去演唱"。

从丑小鸭到白天鹅

小时候我长得很难看，相貌要多古怪就有多古怪，如果说在我的心中对此有任何疑问，看一下我的3个姐姐就全明白了——我是一个生活在3只美丽的天鹅中的丑小鸭，并且我们之间的差别还不仅仅限于容貌，就连性格气质都完全不同——她们高贵典雅，我却笨拙拘谨；她们落落大方，我却胆怯害羞。

我似乎总和别的孩子不大一样，我的害羞情绪是如此严重，以致一想到要在别人面前说话——实际上只是大声说话——就会令我万分紧张。

许多孩子为了摆脱家庭的束缚有时会离家出走，而我却无处可去，因此我用歌声放飞自己的心情，是音乐改变了我的性格。

从我记事起，歌声便一直飘扬在我们家里，父亲的嗓音如歌唱家纳特·金·柯尔一样圆润，在家中总能听到他演唱的小夜曲。

每周日下午我们几个姐妹和邻居的一些小孩就会听父亲教我们如何演唱多声部和声，他会一遍遍耐心地给我们示范，直到我们学会为止。

而家中并不只有父亲一个音乐爱好者，姐姐维维安每天下班回家就立刻打开电唱机，唱片中音乐声一直到她上床睡觉时才会停止，至今我仍记得她随着布鲁斯的音乐节奏尽情摇摆的样子。

然而我对音乐产生真正的兴趣，还是在我上初中以后。那是一个普通的晚上，我独自待在楼上的房间里，突然听到一阵浑厚、美妙的歌声从楼下传来，我走到楼梯口，看到弟弟朱尼尔正坐在客厅里听音乐。

“这歌是谁唱的?”我问他。

他指着身旁一堆唱片说：“是葛劳利亚·林·蒂娜·华盛顿和萨拉·沃恩。”从那时起，我被音乐深深地迷住了，我的卧室变成了我的俱乐部、我的音乐舞台、我的避难所，每天放学回家，我就会抓过一把扫帚、一个酒瓶或一把刷子——任何可以让我假装当作麦克风的东西——站在卧室的镜前唱出自己的心声。我不在乎谁听到我的歌声，我发现自己甚至希望能够被别人听见到。突然之间我不再是丑小鸭，而变为一只会唱歌的白天鹅、一位拥有众多歌迷的大歌星。

1956年秋天，我开始慢慢地钻出自己的贝壳，虽然我仍然文静而腼腆，但我却不再害怕去面对人们，在此期间发生了重大的转变——这一转变完全改变了我的人生。那时我家附近有一所教堂，原本我对其并不太在意，后来他们组织了一个唱诗班，住在附近的孩子几乎都要参加，就这样我经常要去教堂，不是为了去听神父布道，而是去练唱。差不多50多个人参加了唱诗班，就连唱歌跑调的姐姐芭芭拉也参加了。我们的唱歌诗班被命名为“青少年唱诗班”。

教堂的组织者让哈瑞特·查普曼夫人任我们的指挥，每周二傍晚她都会带我们在小教堂练歌。从第一天起我便知道自己属于这个唱诗班，我喜欢圣歌的旋律，但却是查普曼夫人温和的鼓励与支持让我产生信心，每次排练我们都能感受到她的和蔼、耐心与爱心。

正是因为查普曼夫人，我发现自己在努力尝试以前从来不曾想过的事情。一天傍晚我们正在排练一首新的圣歌，每一次唱这首歌我都会被深深地感动。后来查普曼夫人说需要一位领唱，即使现在我都不明白当时自己怎么会举起了手。

“我想我能担任领唱，查普曼夫人。”我说。

查普曼夫人惊呆了，从参加唱诗班以来，我最多只对她说过“你好”、“再见”，如此害羞的小女孩怎么会突然要求做领唱呢?

但查普曼夫人很冷静，她笑了笑，招手让我到前面去，“帕蒂，如果你认为自己行，我相信你的能力。”她说。

我紧张得竟颤抖起来，心中暗想：“我做了什么?”但还来不及等我改变主意，查普曼夫人已弹起了歌曲的前奏，我只好硬着头皮闭上双眼唱了起来，神奇的是恐惧感情随着歌声竟逐渐消失了。感觉上就好像我并不是站在全体“青少年唱诗班”的团员面前演唱，而是在我的卧室的镜前拿着扫帚把歌唱。唱到一半时我感到自己不再是教堂唱诗班中唱歌的少女，而是站在天堂的台阶前歌唱的上帝的使者。

歌声结束，屋中变得鸦雀无声，查普曼夫人吃惊地看着我，有些唱诗班的团员竟被歌声感动得哭了起来。

“帕蒂，”查普曼夫人温柔地说，“从现在起，你就是我们的领唱了。”

自我开始在唱诗班唱歌起，星期日对于我们家便成为一个非常特殊的日子，全家人都会充满活力、兴高采烈地前往教堂，而我总是第一个跑出家门的。

不久费城的西南就传开了：“‘青少年唱诗班’中有一名被圣灵‘点化’的小姑娘。”结果每次唱诗班演唱，教堂中便会挤满来听我歌的人们。

后来上高中时我最敬爱的老师艾琳•莫兰组织了一场由学生指挥、表演的艺术节演出。当时的我非常矛盾，一方面我想参加演出，另一方面又担心自己应付不了那么大的场面，毕竟在教堂中为上帝唱歌是一回事，而为全校的同学唱歌又完全是另一回事。

没有唱诗班的团员们的支持，没有查普曼夫人的鼓励，如果别人讥笑我，我可怎么办?那今后我就再没有脸去学校了。

最后终于还是唱歌的欲望战胜了我的恐惧感。然而参加选拔赛那天轮到我上场演唱时，我却站在台上一动不动，完全被吓呆了。

开始大家只是盯着我看，等着我表演节目——跳舞、讲笑话或变魔术，最后还是莫兰小姐打破了沉默，她让我放松，不要紧张，准备好了再开始表演。

我点点头，深吸了一口气，艰难地说：“我唱首歌吧。”

唱歌?多年后莫兰小姐告诉我，当时她吃了一惊，与查普曼夫人一样，她们眼中的帕蒂一向都是文静而腼腆的，平时甚至不会举手提问，她怎么能有勇气在众人面前放声歌唱呢?

我的歌唱完，评判员们竟打破了暂不宣布评判结果的惯例，立刻通知我已被入选艺术节的演出。

6个星期后我站在学校的礼堂中惊奇地看着观众全体起立，为我的歌声欢呼、喝彩，我成为全场演出的焦点，我知道这正是自己一直希望获得的热烈反响。

那次艺术节表演之后，我并没有想到事情会发展得那样迅速和顺利。没过几年，作为60年代美国最受欢迎的节奏布鲁斯演唱组的主唱，我应莫兰小姐之邀再次站在泰尔登中学礼堂的那座舞台上演唱，但这一次我演唱的不再是别人唱过的歌曲，而是我们演唱组在R＆B排行榜上名列第15名的歌曲。

此时，我不再是昔日害羞的丑小鸭，而是真正地成为一只会唱歌的白天鹅。

突然之间我不再是丑小鸭，而变为一只会唱歌的白天鹅、一位拥有众多歌迷的大歌星。

爱情的魔力

杰米华沦汀是个手段高明的小偷，其盗窃本领整个州无人可比。他的拿手好戏是撬保险柜，多么复杂精密的保险柜，在杰米的眼里都像小孩的玩具一样。他为人警觉、狡猾，所以偷盗屡屡得手。但俗话说得好，若想人不知，除非己莫为。终于有一天，他在作案时被警察当场抓获，被判了四年徒刑。

在监狱里，杰米装出一副勤勤恳恳的样子，干活十分卖力，又会奉承拍马，于是骗得了监狱长官的信任，十个月后，他得到了赦免，被提前释放。

出狱那天，杰米兴高采烈地走出了大门，望着绿色的草坪，绚丽的阳光，杰米暗暗下定决心，再不回那个该死的监狱了，上帝作证。可十个月的监狱生活，不但没有使他洗心革面，反而把他梁上君子的瘾给勾了上来，使他心里痒痒的。于是他又重操旧业，干起了撬保险柜的勾当，并且连连得手。

这样一来，警察局可倒了霉，被盗人家整天在警察局吵闹不说，上级还把局长叫去骂了个狗血淋头，没法了，局长连忙调来老侦探班·普瑞斯。说起班·普瑞斯，和杰米可算是老相识了，上次就是班把杰米捉拿归案的。

班来到现场，立即断定，一定又是杰米干的。无论是作案时间，还是作案手法，都是杰米惯用的。因为除了杰米，没人能干得这么利索。

而杰米早从朋友那得到消息，如惊弓之鸟，远逃他乡了。班扑了一个空。他暗暗发誓，一定要亲手抓住杰米，让他重尝铁窗之苦，哪怕他逃到天涯海角。

杰米逃到了叫艾尔摩的小镇，一天，杰米在大街上闲逛，听人谈论银行家亚当斯如何有钱，心中不觉一动，何不再去干它一次。

然而，一件意外的事使杰米改变了计划。

那天，杰米正在亚当斯家门口转。突然“嘎”的一声，一辆汽车在他身边一个急刹车，差一点撞在杰米身上。杰米正想发火。司机从车上走下来，打开车后门。从车上跳下一个女子，十分窈窕，金色的秀发在风中来回飘舞，特别是她那双大眼睛，明亮清澈，有一种勾人魂魄的魅力。杰米的脑子一下子“短路”了，呆呆地望着她，完全被她的风采给迷住了。

姑娘朝杰米笑了笑，道：“对不起先生，没伤着你吧?”杰米一阵慌乱，连自己也不知道说了句什么就走了。这天晚上，杰米失眠了，眼前总是浮现出那姑娘的笑容，杰米一遍又一遍地问自己：难道我爱上她了吗?他马上告诫自己，别癞蛤蟆想吃天鹅肉了，结束这场梦吧。

连着几天，杰米都把自己关在小屋里，想了很多很多。他感到自己正在脱胎换骨，杰米暗暗下了决心：一定要得到她的爱。对，首先要做一个清白的人，这样，才有资格去正大光明地追求她!

说干就干。他化名拉尔夫·斯宾塞，用自己攒下的钱开办了一家鞋店。日子过得很快，也很充实。杰米头一次感到正常人生活的可贵。

一年以后，杰米的事业发达起来，鞋店的生意好极了，远远近近的人都来光顾。而且如愿以偿，他赢得了姑娘的爱情。原来，她是亚当斯的宝贝女儿，名字叫安娜·荷尔。此时的杰米，人生中又第一次尝到了爱情的甜蜜。经过一段时间以后，杰米觉得时机成熟了。

终于有一天，他向她提出结婚的请求：“亲爱的，我们结婚吧?”安娜热辣辣的目光盯着杰米，点了点头。杰米高兴极了，抱起安娜，紧紧地搂住，仿佛安娜会飞走一般。他觉得这是他一生中最最快乐的日子：“安娜，我会永远永远地爱你!”

可是，天有不测风云。杰米万万没有想到，就在这个时候，侦探班·普瑞斯已打听到他的下落，来到了艾尔摩小镇。

这一天，杰米来到亚当斯家，并且把自己以前作案用的那个工具箱也带来了。他准备和安娜一起到小岩商业区去购买结婚纪念品，顺便将这只工具箱送给一个修保险箱的朋友。因为杰米再也用不上这个工具箱，他要开始新生活了。

亚当斯对这个未来的女婿十分喜欢。他觉得小伙子事业心强，人也正直，安娜和他在一起会幸福的，他倒了杯酒给杰米道："斯宾塞先生，时间还早，别忙，来看件东西如何?"

杰米一扭头，才看到一个巨大的保险柜立在大厅的墙角。有两个孩子这摸摸、那扭扭，好奇地看着。杰米内行地赞叹道："这的确很牢固。"亚当斯不无得意地说："是的，相当牢固，这是我刚买来的。等安上它，我就放心了。除了我，任何人休想打开他。我想，就是咱们州那个专撬保险柜的杰米也休想打开它！"

杰米没想到自己的名声传得如此之远，不觉一阵心慌，心里十五个吊桶打水——七上八下，心头浮起了一层阴影，脸色也黯淡下来。

幸好亚当斯没注意到他的脸色，仍在兴致勃勃地介绍他的保险柜："除去报警系统不说，单这密码锁，喏喏，这还有三道钢门，太坚固了。"杰米一边喝着酒，一边不住地点头。

的确，这只保险柜和其他保险柜比起来，相当先进。

安娜笑着走了过来，说："爸爸，怎么还在说您的保险柜呀，我们谈点别的好不好。"一家人在一起说说笑笑，谁也没有注意到，此时，正有一个小老头悄悄走进院子。

来人不是别人，正是班·普瑞斯。原来，班听说杰米要和情人到小岩商业区去，现正在亚当斯家里。他怕亚当斯上当吃亏，于是急匆匆地跟踪到这里，准备当面无情地揭穿他的老底，再把他投入监狱。

再说杰米挽着安娜辞别了亚当斯，说说笑笑向门外走去。班带着礼帽，手拄拐杖，站在院门口，准备逮捕杰米，他掏出手铐，刚想上前，就在这时，房间里传来亚当斯的惊叫声：

"天啊！"

杰米和安娜吃惊地转身直奔大厅，不觉也呆住了。原来，亚当斯的两个小外甥女不知天高地厚，一时玩得兴起，竟钻进了保险柜，不小心将柜门关上了！

杰米跑到亚当斯跟前，道："快打开柜门，保险柜封闭太严，里面空气不足，用不了一会儿，孩子就会闷死的。"亚当斯急得团团转，杰米在旁边喊："别急别急，您冷静地想一想，对号码，打开保险柜！"亚当斯蹲下身，双手抱住了满是汗水的头，沮丧地说："暗码还没设定好。""那定时锁呢?""定时锁没安装呢。"内行的杰米立即感到了事态的严重性了!

安娜转过头来，焦急地看着杰米。安娜觉得，危难时刻男人总是有办法的，何况在她的心目中，自己的恋人是无所不能的。此刻，她把满腔的希望都寄托在杰米身上："斯宾塞，试试看好吗?"

杰米迎着安娜的目光，默默地转身取过自己的工具箱。看来，目前是没别的办法了，只好故伎重演。他抚摸着工具箱，心里像打翻了五味瓶。自己辛辛苦苦建立起来的幸福家庭、美好未来，如果自己真的动手打开保险柜，两个孩子虽然可以得救，但自己的身份便也会暴露无遗，那些都将随风而去。可自己能让心上人失望吗?能不救两个只有等待自己去救的孩子吗?杰米回头望着安娜，安娜也正充满希望地望着他。决不能让心上人失望，决不能!于是他脱下外衣，毅然决然地打开工具箱。心里说了句：别了，幸福的生活；别了，珍贵的爱情。亚当斯一家人焦急地望着他。

把你带的那朵玫瑰花给我好吗?安娜惊讶地看着他，把花递给杰米。杰米把花放进左侧衬衣口袋里靠近心口的地方，挽起袖子。于是，那个文质彬彬的斯宾塞不见了，杰米又恢复了窃贼的本来面目。

他将那些工具一一拿了出来，开始了那再熟悉不过的工作。真是轻车熟路，不到十分钟，他便打开了保险柜，两个孩子满脸泪痕从里面跳了出来，孩子得救了。亚当斯一家围着两个孩子高兴地又哭又笑，又是亲吻又是流泪。

杰米掏出玫瑰花，深情地望着安娜，心里却异常的平静。自己毕竟以正直的人格，得到过真正的爱情，这就够了。安娜，让这朵玫瑰，伴我浪迹天涯吧!他一声不响地向门外走去，打算在亚当斯一家人尚未明白他是小偷之前，远远地离开。

真是屋漏偏遭连夜雨。在门口，班·普瑞斯挡住了他的去路。杰米心中一惊，可随即就恢复了笑容。反正自己已失去了爱情，到哪还不是都一样呢。于是他对班说："班，你终于来了，我们走吧。"他已做好了坐牢的准备，可班却出人意料地说："对不起，您认错人了，斯宾塞先生。"说完向大街走去。

原来，刚才的一幕，班看得清清楚楚。他明白，杰米变了。在这一年中，他确实已改邪归正，开始了正常人的生活。如果自己再把杰米投入监狱，只能在他的伤口上再撒把盐。于是，在良心和法律之间，班选择了良心；在道义和原则上，班选择了道义。

杰米望着班远去的背影，千言万语涌上心头，他无声地流下了眼泪。这时安娜来到杰米面前，微笑着对杰米说："斯宾塞，什么也不要说，我永远爱你!"两人

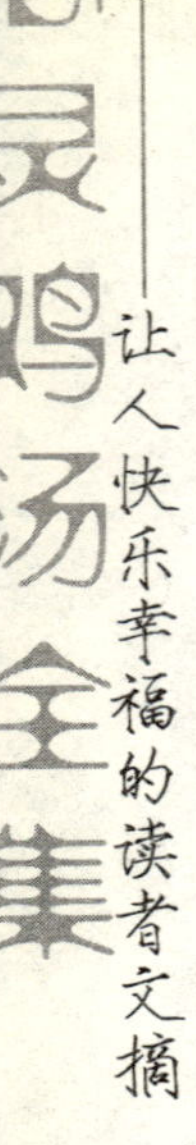

紧紧地拥抱在一起。

自己毕竟以正直的人格，得到过真正的爱情，这就够了。

姐妹情深

母亲去世的那年，父亲卖掉了我们的“避暑山庄”。记得父亲当时喊道：“来吧，姑娘们，想要什么就拿什么?”为此，我们也都挑了些心爱的东西。

我要的是一个高高的文案桌。以往母亲总爱坐在那儿，一边享受着阳光的沐浴，一边在上面写信。贝丝选了一幅有关这幢房子的油画。爱伦则挑了一个马的塑像，因为她和母亲曾一起分享过骑马的快乐。我们把这些塞满了旧信件、幻灯片和抽屉和那些充满家庭乐趣的泛黄的照片分装到十二个盒子里，每人留了四个。

记得，我当时坐在走廊台阶的最高一层，打开其中一个印有“影集”字样的箱子。在这里面，有一些父亲穿着海军服的照片。照片上的父亲很精神，也很神气。还有一张是母亲斜靠在他们第一辆小车上照的。我翻过这些照片，我们的家庭也逐渐成长：我们买了第一幢房子；小车也换成了大的。就在影集的最后一页，有一张我们姐妹三人穿着“姊妹装”的合影。

我几乎可以感觉到那挺直的皱边，可以听到为使裙摆更丰满的裙架与裙边摩擦时的沙沙声。我还记得当母亲在乡村儿童商店看到这几件裙子时是多么的高兴。当时，这些裙子中有我的尺寸，爱伦的尺寸，唯独少了贝丝的四号码子。不过售货员告诉我们可以为贝丝赶制一条一样的裙子，我们兴奋极了。因为这样我们就可以在复活节上穿上它。

装着衣服的礼盒终于送来了。我们三人围在母亲周围，看着她从盒子里拿出裙子。裙子是用一种细薄洋纱作的。白色的蝉翼纱点缀些蓝色的羊毛绒小点。裙摆和领子用淡蓝色的蝴蝶结装饰着。母亲说：“这正好与你们的眼睛相配。”

我们终于可以试穿一下，这样当晚就能在父亲面前来个时装表演。当我们穿着这绚丽的裙子旋转到餐厅里时，父亲热烈地鼓掌。而我们则优雅地拎起裙摆，向父亲行了一个完美的屈膝礼。

当我看着这张照片时，我仿佛又回到了那个复活节的星期天。初春和煦的阳光温暖地照在我们脸上。我们当时肯定反对套上外衣去教堂。因为这会压坏我们的裙子。再说，要是那样的话，又有谁会注意到我们漂亮的衣服?

随着时间的流逝，我的裙子传给了爱伦，而爱伦的裙子则传给了贝丝。但这些带有细薄洋纱小点的裙子仅仅是一系列姊妹装的开始。我记得有一年我们姐妹三人穿的是蓝色的印花棉布裙，还有一次我们每人都拥有一件黄色的无袖外套。甚至父亲从亚利桑那州出差回来，也有兴致为他的姑娘们带回几件相同的墨西哥裙。其中当然也包括母亲的。

在这些漂亮白裙子的大衣领和折皱边上，排列着一行行亮丽的丝带，几乎把裙子围成了一个荷叶。父亲让波利乐曲从留声机里放出来。我们绕着客厅欢快地旋转，而那些饰有丝带的裙子则像一只只蝴蝶，不停地拍打着翅膀。最后，我们撞在一起，咯咯地笑个不停。父亲坐在他的座椅上，笑而不语，仿佛在说："这就是我的姑娘们!"

我对第一套姊妹装的印象如此清晰，却奇怪怎么也记不起这最后的几套。也许母亲意识到我们性格逐渐不同，也许当她看到她的三个女儿变化太快，便不再给我们买姊妹装了。

现在我们已经长大成人了。我们姐妹三人生活在三个不同的地区。母亲曾摇着头迷惑地问父亲："我们怎么生了三个这么不同的女儿?"而父亲仅仅笑了笑。母亲不在的第一个圣诞节，我们以为将是苦乐掺半的。因为从我记事起，父亲总在圣诞节那天送给母亲一件漂亮的睡袍，长长的丝绸绣着花边。今年的圣诞树依旧闪烁，但已没有来自"甜蜜屋"的礼盒藏在下面。因为孩子们都在场，大家尽量表现得高兴些。但只要与母亲有点儿联系的物品，都会勾起我们对母亲的怀念。

突然，爱伦从圣诞树后面拿出三件相同的白色包装。在封面上有父亲的笔迹，写着"来自吉诺姆睡衣专卖店"。我们打开包装，露出三件完全相同的红色法兰线睡袍。

我们欢呼着，从包装纸里拉出睡衣，跑到客厅换上它们。此时，录音机里换上了父亲准备好的波利乐舞曲。我们手牵着手，即兴跳起来。随着音乐旋律的上升，我们转得也越来越快，完全不理会一旁吃惊的丈夫们和张大嘴的孩子们。

在这样的情景中，我笑了。三位成熟女人穿着三件相同的法兰绒睡裙，疯狂地旋转于一堆杂乱不堪的空盒子和包装纸之中。当舞曲在铙钹一声清脆的敲击声中结束后，我们又像当年那样撞到一起，咯咯地笑个不停。

我们的丈夫们吃惊地摇摇脑袋，当年幼的孩子们几乎前仰后扑地拥抱在一起时，他们的哥哥姐姐们大笑着拉起他们的手。此时父亲只是微笑着，好像在说“这才是我的姑娘们”。

母亲从来未意识到她开启了家庭的一个传统。

母亲开启了一个传统，就在她给我们姐妹三人买相同裙子的时候。

人性的光辉

心灵有着无尽的潜能，它可以改变人生的轨迹，请相信你自己，热爱你自己，把你的生命之火燃成一片辉煌。

人性的光辉

我很容易动情。有一次，基罗夫芭蕾舞团的“天鹅舞”落幕时，我泪如雨下。每次在纪录片里看到罗查·班尼斯达创出“不可能打破”的纪录，不到4分钟跑完1英里时，我就激动得说不出话来。我想，我一看到人们表现人性光辉的一面，便会深深感动，而他们不必是伟大的人物，做的不必是伟大的事。

就拿几年前我和妻子去纽约市朋友家吃饭那个晚上来说吧。当时雨雪交加，我们赶紧朝朋友家的院子走去。我看到一辆汽车从路边开出，前面有一辆车等着倒进那辆车原先的停车位置——这在拥挤的曼哈顿区是千金难求的。可是，他还未及倒车，另一辆车已从后面抢上去，抢占了他想占据的位置。“真缺德！”我心想。

妻子进了朋友的家，我又回到街上，准备教训那个抢位的人，正好，那人还没走。

“嗨！”我说，“这车位是那个人的，”我打手势指着前面那辆车。抢位的人满面怒容，对我虎视眈眈。我感到自己是在路见不平，拔刀相助，对他那副凶相也就不以为然。

“别管闲事！”那人说。“不，”我说，“你知道吗，那人早就等着那个车位了。”话不投机，我们很快吵了起来。不料，抢车位的人自恃体格魁伟，突施冷拳，把我打倒在他的车头上，接着便是两下巴掌。我自知不是他的对手，心想前面那个司机一定会来助我一臂之力。

令我心碎的却是，他目睹此情此景后，开着汽车一溜烟地跑了。

抢位的人“教训”了我一顿以后，扬长而去。我擦净了脸上的血迹，悻悻地走回朋友家。自己以前是个海军陆战队员，身为男子汉，我觉得非常丢脸。妻子和朋友见我脸色阴沉，忙问我发生了什么事，我只能编造说是为车位和别人发生了争吵。他们自然知道里面定有蹊跷，也就不再多问。

不久，门铃又响了起来，我以为那个家伙又找上门来了。他是知道我朝这里走来的，而且他也扬言过，还要“收拾”我。我怕他大闹朋友家，于是抢在别人之前去开门。果然，他站在门外，我的心一阵哆嗦。

“我是来道歉的，”他低声说，“我回到家，对自己说，我有什么权利做出这种事来？我很羞愧。我所能告诉你的是，布鲁克林海军船坞将要关闭，我在那里工作了多年，今天被解雇，我心乱如麻，失去理性，希望你能接受我的道歉。”

事过多年，我仍记住那个抢位的人。我相信，他专程来向我道歉，需要多大的力量和勇气，在他身上，我又一次看到了人性的光辉。

至今我还清楚地记得，那天在他向我告辞时，我又一次情不自禁地泪流满颊。

他专程来向我道歉，需要多大的力量和勇气。

人生箴言

我认为人生中不能没有爽朗的笑声。爽朗的笑是“家庭中的太阳”。我希望能有打内心里为他人的喜悦而喜悦的余裕。在这样的生活态度中，每一天都会给我们留下一些明朗愉快的东西。只看人的阴暗面的生活态度，最后只会扩大阴暗抑郁的世界，从而导致自己的失败。

我希望能在真正的自我中，始终保持不断创造新事物的创造性和为人们为社会做出贡献的社会性。在平凡的生活中仍能发现新鲜的感动和喜悦的人，可以说是使自己生活得富有创造性。我希望从风中颤动的一片树叶上也能听到光线的脉搏的跳动；我希望能培养出一颗在路旁开放的无名的野花上也能发现美的心灵。但这不能是感伤。我希望的丰富的心灵，应当充满了正义和勇气，能以强韧的生命力去冲破任何惊涛骇浪。

一味地把他人与自己相比，这种生活态度是渺小的。他人有他人的使命，自己有自己的使命。应当以这样广阔的心胸，从昨天到今天，从今天到明天，一步一步地登上进步与向上的坡道。这样的力量才是真正的青春活力。

信用这东西积累起来很难，毁坏起来却很容易。花十年时间积累起来的信用，可能会由于一时的微小的言行而丧失。仅凭雕虫小技粉饰表面的镀金，到关键的时刻会剥落罄尽。能在苦难中勇往直前地完成自己使命的人，最后总会赢得所有人的信用。即使每天做着朴实无华的、谁也看不见的工作，但能够重视它，为了自己的建设，顽强地一步一步地前进。我打内心里尊敬这样的人。

一味地把他人与自己相比，这种生活态度是渺小的。

快乐的真相

这个问题已经困扰了哲学家、精神学家和政治家们几个世纪。现在一位牛津大学教授相信他已经发现这个自然界最难探知的秘密之一：什么使我们真正快乐。

经过11年的研究后，牛津大学快乐学荣誉高级讲师麦克·阿尔及尔教授正在创作这个课题的权威性报告，以准备明年在美国出版。

阿尔及尔教授与一个研究小组经过对上千例问题的详细调查和分析，并且比较了自40年代以来他完成的一系列同样课题的调查结果。他的结论是我们没有比以前更快乐——但也没有更悲伤。

是什么使我们快乐？现在与50年以前有了很多不同。报告中最令人吃惊的发现之一是，看电视肥皂剧的人比不看的人更快乐。

“这个关于看电视的结论是最令人困惑的，”阿尔及尔教授说，“看肥皂剧的人们看上去从中得到大量的快乐。有一种看法是通过做这件事，他们成为想象中的朋友。”

据研究，除了肥皂剧之外，那些看大量电视节目的人比关掉电视的人的快乐更少。尽管这样，在工作、睡觉之后，看电视所花费的时间在现代生活中是最多的。

另外，我并不能保证快乐。只有非常穷的人的快乐是“较少”的。那些中等收入者的快乐与非常富有者相同。外出参加购物狂潮、得到可以任意支配的花销只让人感觉“很好”(而非快乐)。——油画、珠宝、时髦服饰也根本不能让我们快乐。调查结果如是说。最有价值的财产和能带来最大快乐的东西通常是没有价值的，如一些照片、纪念品和一些旧的赠品。

“满足和快乐不会随收入的增长而增加，除非你得到的超过你所受教育和工作的期待值。”

阿尔及尔教授说。

快乐最重要的保证之一，尤其对男人，是婚姻。社会中快乐最少的人是离婚的或分居的。他们甚至比独身的人更悲惨。

“婚姻能提供伙伴关系，特别是闲暇时光的伙伴关系，而且特别对男人提供大量精神上的帮助和支持。”阿尔及尔教授说，“丈夫不善于提供帮助或者做个好的听众。但他们看上去比女人更需要婚姻。”

性格外向的人是最快乐的人。他们有最好的社交技巧，更有主见，更容易与人合作，因此能更好地与他人接触。外向的人也趋向于在他们的休闲时间做更多令人愉快的事。

据报告，还有一种东西名叫“欢乐的人格”——人们快乐的个性易于被遗传，但这种个性很少被后天养成。

另外，保持一项运动或有个癖好代表着快乐。

人们在工作时比其他地方更快乐。“我同意这个观点，有更多挑战的人才有更多快乐，”阿尔及尔教授说，“很多人告诉我们，在工作中挑战越多快乐越多。”

研究显示，快乐的关键是有个亲密的亲缘关系和朋友网络。那些“孤芳自赏”式傲慢的人，是在用最简单的方式让他们自己不快乐。

据报告，还有一种东西名叫“欢乐的人格”——人们快乐的个性易于被遗传，但这种个性很少被后天养成。

快乐的真谛

在日常的生活中，我们往往见到有人乐观，有人悲观。为何会这样？其实，外在的世界并没有什么不同，只是个人内在的处世态度不同罢了。

最能说明这个问题的，是我在一家卖甜甜圈的商店面前见到的一块招牌，上面写着："乐观者和悲观者之间的差别十分微妙：乐观者看到的是甜甜圈，而悲观者看到的则是甜甜圈中间的小空洞。"这个短短的幽默句子，透露了快乐的本质。事实上，人们眼睛见到的，往往并非事物的全貌，只看见自己想寻求的东西。乐观者和悲观者各自寻求的东西不同，因而对同样的事物，就采取了两种不同的态度。

有一天，我站在一间珠宝店的柜台前，把一个放着几本书的包裹放在旁边。当一个衣着讲究、仪表堂堂的男子进来，也开始在柜台前看珠宝时，我礼貌地将我的包裹移开。但这个人却愤怒地看着我，他说，他是个正直的人，绝对无意偷我的包裹。他觉得受到侮辱，重重地将门关上，走出了珠宝店。我感到十分惊讶，这样一个无心的动作，竟会引起他如此的愤怒。

后来，我领悟到，这个人和我仿佛生活在两个不同的世界，但事实上世界是一样的，所差别的是我和他对事物的看法相反而已。

几天后一个早晨，我一醒来便心情不佳，想到这一天又要在单调的例行工作中度过时，便觉得这个世界是多么枯燥、乏味。当我挤在密密麻麻的车阵中，缓慢地向市中心前进时，我满腔怨气地想：为什么有那么多笨蛋也能拿到驾驶执照？他们开车不是太快就是太慢，根本没有资格在高峰时间开车，这些人的驾驶执照都该被吊销。后来，我和一辆大型卡车同时到达一个交叉路口，我心想："这家伙开的是大车，他一定会直冲过去的。"但就在这时，卡车司机将头伸出车窗外，向我招招手，给我一个开朗、愉快的微笑。当我将车子驶离交叉路口时，我的愤怒突然完全消失，心胸豁然开朗起来。

这位卡车司机的行为，使我仿佛置身于另一个世界。但事实上，这个世界依旧，所不同的只是我们的态度。

每个人在生活中都会有类似的小插曲，这些小插曲正是我们追求快乐的最佳方法。

要活得快乐，就必须先改变自己的态度。我想，这就是快乐的真谛吧！

要活得快乐，就必须先改变自己的态度。

浇铸一种新的人性

为了生存，我们需要同心协力，将人类所有的认知融会贯通为一个整体：我们必须努力将各种各样的知识糅合在一起；必须将各种各样的语言汇聚成一种巨大而清新的交响；必须将各种各样的人性投入熔炉以浇铸出一种新的人性。

请记住，我们的需要并非是任何私人的需要——并非是我们之中任何一个个人的需要。我们需要的不是荣誉，不是自我的满足；我们需要的是一种万众一心的巨大驱动力。有了它，我们就能造就一个伟大的人类，就能造就一个包含着个人自由在内的自由的民族。……一个人无法造就出一个崭新的民族，这要靠我们大家。为了达到这一目标，我们理应携手并肩，和衷共济。想到有这样的一个美好的目标，我是多么快乐。到了那时，将有更多的人会用自己的双手去挣脱桎梏，直至砸碎所有的锁链。

在一项伟大的事业中，我们每一个人都是自己的天使。然而，当我们没有团结在一起，以为仅凭自己孤家寡人就可以闯出一番伟大的事业时，我们就不再是天使，而是野兽了。

在一项伟大的事业中，我们每一个人都是自己的天使。

生命的意义

生命如同甜甜圈，刚出炉时味道新鲜可口，但过一段时间后，便生硬难吃；其中间的圈洞意味着生命神秘的一面，但若欠缺这神秘的圈洞，甜甜圈就不成为甜甜圈了。

生命如同吃葡萄柚一般。首先，你必须剥开柚皮，然后试咬几口，以便适应柚子的风味；当你开始享受柚子时，柚子汁却可能喷得你眼睛睁不开。

生命如同香蕉一般。开始时是生涩的，然后随着时间而变黄变软。有些人希望自己只是香蕉，另一些人则希望自己成为上等的香蕉。你必须谨慎小心，不要被香蕉皮滑倒；此外，你必须努力剥去香蕉皮，才能享受香蕉的美味。

生命如同烹饪一般，一切味道全取决于你的佐料与烹饪技巧。你可依照食谱烹饪，也无妨自由创造。

生命如同少了原图的拼图游戏一般，你无法猜测出将拼出什么图形。有时，你甚至无法确知是否拥有所需的一切拼块。

生命如同没有组合的串珠一般，任你随意组合，均可生活得有意义！

生命如同搭乘电梯一般。许多人上上下下，而有些人保持平稳。有时，你找到了电梯通道，但令你心烦的是，电梯停停开开。

生命如同玩扑克牌。有时你坐庄，有时别人坐庄，这其中包含许多牌技与运气。你下赌注，核对牌局，虚张声势，甚至提高筹码。在输赢之中，你获取许多教训，有时，你拿的牌不好却赢了，有时你拿副好牌反而输了。但无论如何，你必须持续不断地洗牌。

生命如同玩扑克牌。

花钱买欢乐

我们刚结婚的时候，为了买新房，日子过得省吃俭用，吃快餐，开旧车，搬进新居前，挤在斗室里将就着。但迁居那一天的快乐情景，却使我们终身难忘。

安妮和弗兰克有五个孩子，经济拮据，但每逢假日却一定去滑雪，为此要购置七双滑雪板、七双长靴、七副撑杆及每人的滑雪衫，还要付来回的车费等其他开销。我们都认为弗兰克一家简直是疯了。最近我又碰到他，他的孩子们都已各自成了家，“当然，我们那时过着清寒的日子。”他说，“最近，一个儿子在来信中说，他怎么也忘不了小时候滑雪时的快乐。”

一笔有限的收入有两种安排法：一种是精打细算地将衣食住行小心翼翼地考虑进去，虽然事事顾全了，但最终觉得毫无收获。另一种是把钱花在自己喜好的事情上，如果难以做到兼顾的话，还不如先满足重要的方面，而在其他方面克扣一下。有些人对于把钱花在那些有益的并能为家庭和自己的生活增加乐趣的事情上，总是犹犹豫豫，只想着攒钱备荒，放走了时光。其实他们这是只知攥紧手中的财富，却忘了去逮野地里的孔雀。

我知道有这么一对恋人，打20岁起就开始为了下辈子的生活操心。当他们的同龄人在建立小家庭、安享天伦之乐时，他俩却一个念头地买房置地，积累钱财。等他们感到可以安心成家时，女的已39岁，这些年来一直在求医问药，也没能怀上一个孩子。当然，这是一个极端的例子，但说明了一个道理，当你确信某事物能使你的生活更为充实时，不论它是一次旅行，还是一个孩子，或是别的什么，你都应该尽力去得到它。

要知道，有的东西失去了便再也难以得到。

小时候的一件事令我终身难忘。那时我父亲失业了，全家靠吃鱼市上卖剩的鱼杂碎过活。一天我在一家商店的橱窗里看到了一只带红色塑料花的小别针，顿时我便发疯般的迷上了它。

我赶忙跑回家去央求妈妈给一毛钱。母亲叹了口气(一毛钱能买一磅鱼杂碎呢)，但父亲说：

“给她钱吧，要知道用这么便宜的价钱就能为孩子买到的快乐，今后是不会再碰上的。”那时我就明白，这一毛钱所能买到的是永远闪光的金子。

当我想到我那些心满意足的朋友们时，我总为他们花钱的态度感到吃惊。他们买不起车，但可以到夏威夷去度假，住陋室，却打扮得像个时装模特儿。更有一位老兄带着四个孩子在宫殿般的豪华饭店里吃了一次茶点，就为此，全家人过了两天只吃面包、奶酪的日子。“他们以后能记得的，唯有这一顿茶点。”那位老兄这样对我解释。

钱在生活中并不是决定一切的。一个真正有价值的梦想本身就具有了使其得以实现的力量。

我有一个朋友，他的独生子在很小时就显示出音乐天赋，曲调一听便能记住，自己还能在钢琴上编歌。我的朋友为使孩子能得到最好的教育，夫妻俩竟然驱车60英里送他到邻近的一个城市去就学。为此他们付出的代价是：妻子每晚去一个图书馆加夜班；丈夫是个教师，课外在家里设馆开课以增添收入。今天他们的儿子已获得了两个音乐学院的奖学金，在几个美国最好的管弦乐队中演奏过。如果当初他父母给他请个花钱少的二、三流教师，他就不会有这样的成果了。

我想这说明了，从某种意义上看，金钱是第二位的。只要有眼光，看准了那些能使你幸福的东西，就应该不惜金钱去得到它。用你辛勤劳动挣来的一点钱，送孩子去野营或给自己买一件心爱的礼物，也许与你们的低收入不那么相称，但却提高了你生活的情趣和意义。

用你辛勤劳动挣来的一点钱，送孩子去野营或给自己买一件心爱的礼物，也许与你们的低收入不那么相称，但却提高了你生活的情趣和意义。

快乐是一种选择

每日我们似乎都被有关于快乐的普通心理学忠告所淹没，但那无情的消息却是：为了快乐，我们应该做些事情——做出正确的选择，或是有一套正确的自我观念，甚至我们的国父也把追寻快乐写进了《独立宣言》。

与此同时，还有另一种观念——快乐只是一种短暂的状态，如果我们总不快乐，必定就是有问题。

然而，更多的人们所经历的并不是一种短暂的快乐状态，快乐是一件更普通的事情：是一种被小品文作家休•普拉瑟称作是“由难以解释的问题，莫名其妙的成功与失败——很少有片刻完全的平静所组成”的混合物。

也许你会说自己昨天很不快乐，因为你与老板之间有个误会，但是就真的没有快乐而完全宁静的时候吗？没有一位陌生人问过你，是在哪儿做的如此漂亮的发型吗？……你只记得这一天过得很糟，却忘记在这一天当中，仍有很多美好的时光。

快乐就像是一位和蔼、神奇的泰丽阿姨——一位来访者，总会在你最不期望的时候到来，点上一些昂贵的名酒，而后又会消失无踪，留下久散不去的栀子花香，你无法控制她的出现，而只能在她露面时，感谢她；你不能迫使快乐的降临——但当她在你身边时，你却可以确信自己感觉得到她的存在。

当你满腹心事，在屋里来回踱步时，试着去看看日落时玻璃窗中所映照出的那火一般的城市，听听孩子们在昏暗的光线下打篮球的叫喊声，你会感觉到自己的情绪高涨，而这只因为你转移了注意力。

快乐是一种态度，而不是状态。这种态度在于你清洗百叶窗时听着咏叹调，或收拾衣柜时依然兴致勃勃，快乐是家人围坐在餐桌边吃团圆饭时，快乐就在眼前，而不在某个遥远的承诺——等我们有时间……

快乐是一种选择，当她像蓝天中往海上飘去的气球一样出现时，伸手抓住她！

快乐是一种选择，当她像蓝天中往海上飘去的气球一样出现时，伸手抓住她！

挑战自卑

生活的意义是在生命开始时的四五年间获得的；获得的方法不是经由精确的数学计算，而是在黑暗中摸索，像瞎子摸象般地只凭感觉捕捉到一点暗示后，即做出自己的解释。优越感的目标也同样是在摸索和测绘中固定下来的；它是生活的奋斗，是动态的趋向，而不是绘于航海图上的一个静止点。没有哪一个人对他优越感目标清楚得能够将之完整无缺地描述出来。

他也许知道他的职业目标，但这只不过是他努力追求的一小部分而已。例如，有一个人立志要做医师，然而这并不意味着仅是希望成为医学或病理学的专家，他还要在他的活动中，表现出他自己比别人更特殊的兴趣。从中我们便清楚地发现，这是他用以补偿自卑感的一种方法。

让我举一位因焦虑而无法与人交友，来向我求助的30岁妇女为例：她因为在职业问题上总是无法获得进展，结果仍然要仰赖家庭供给生活所需。偶尔她也会从事些诸如打字员或秘书之类小工作，但是由于命运不佳，她遇到的雇主总是想向她求爱，让她感到烦恼，使她不得不一次又一次离职。然而，有一次她找到一个职位，这次她的老板似乎对她毫无兴趣，结果她觉得受到轻视，又愤而辞职了。她已经接受心理治疗达8年之久，但效果不佳。

当我治疗她时，我追踪她童年时期的生活。她是家里的“妖”女，非常美丽，而且被宠得令人难以置信。当时，她双亲的境况非常好，因此她只要说出要求，就一定能如愿以偿。当我听到这些时，我赞叹地说：“你像公主一样地被服侍得无比周到！”“是呀，”她回答道，“那时候每个人都称我为公主呢！当我4岁时，我记得我有次走出屋子，看到许多孩子在玩游戏。他们动不动就跳起来，大声叫道：‘巫婆来了！’我非常害怕，回家后，我问家里的老奶奶，是不是真的有巫婆存在。她说：‘真的，有许多巫婆、小偷和强盗，他们都会跟着你到处跑。’”

从此以后，她便很怕一个人被留在房子里，并且把这种害怕表现在她的整个生活内容中。她总觉得自己的力量还不足以离开家，家里的人必须支持她，并在各方面照顾她。她的另一个早期回忆是："我有一个男钢琴老师。有一天，他想要吻我，我钢琴也不弹了，还跑去告诉我的母亲，我再也不想弹钢琴了。"她觉得恋爱是种软弱的象征。

这个女孩子在考虑爱情和婚姻时，也会感到软弱，结果在她从事某种职业时，如果有男人向她求爱，她便会感到惊慌失措，除了逃避，再也无计可施。当她还未学会如何应付这些问题时，她的父母相继去世，她的王朝也垮了。她打算找些亲戚来照顾她，但是事情可没有这么如意。过了没多久，她的亲戚便对她非常厌倦，再也不给予她所需要的关怀。她很生气地责备他们，并且告诉他们："让我一个人孤零零地生活，是件多么危险的事。"又过了很长时间后，她才勉强地接受孤苦伶仃的生活模式。我相信：假如当时她的家族都完全不为她操心，她一定会发疯。她达成自己优越感目标的唯一方法，是强迫她的家族资助她，让她免于应付所有的生活问题。在她的心里，存在这种幻想："我不属于这个星球。我属于另一个星球，在那儿，我是公主。这个可怜的地球不了解我，也不知道我的重要性。"再往前进一步的话，她就要发疯了，幸亏她自己还有点理智，她的亲戚朋友也还肯照顾她，所以她还没有踏上这最后一步。

我们要怎样做才能帮助这些用错误方法来追求优越感的人呢？追求优越感是每个人的共性。

懂得这个道理，我们便能对他们的所作所为表示理解，并设法帮助他们。他们所犯的唯一错误是他们的努力都指向了生活中毫无用处的一面。人类的整个活动都沿着由下到上、由负到正、由失败到成功这条伟大的行动路线向前推进。然而，真正能够应付并主宰生活的人，只有那些在奋斗过程中，能表现出利人倾向的人，他们超越前进的方式，使别人也能受益。如果我们以这种正确的方式来对待人，我们便会发现：要他们悔悟并不困难。人类所有对价值和成功的判断，最后总是以合作作为基础的，这是人类种族最伟大的共同点。我们对行为、理想、目标、行动和性格特征的各种要求，都是它们应该有助于人类的合作。我们绝不可能发现一个完全缺乏社会感觉的人，神经病患者和罪犯也都知道这个公开的秘密。这一点，可从他们拼命想给他们的生活模式找出合适的理由和把责任往别处推等行为中看出来。可是，他们已经丧失了向生活中有用的一面前进的勇气他们已经避开了真正的生活问题。而和虚无的阴影作战，以获得重新肯定自己的力量。

对一个儿童而言，优越的地位可能在于数学知识，对另一个，可能在于艺术，或者，有可能是健壮的体格。消化不良的孩子可能以为他所面临的问题，主要是营养问题。他的兴趣可能转向食物，因为他觉得这样做便能改变他的情况。结果他可能变成专门的厨师，或营养学家。

生活的意义是在生命开始时的四五年间获得的。

生活如此美好

一束束鲜花伴随着我跨过人生的一个个里程碑，而这些花是所有花中的第一束。

只为今天

我只为今天而快乐。这样便可假定亚伯拉罕·林肯所说的“多数人的快乐大致依他们的决心而定”是正确的。快乐发于内心，它不是一件外在的事情。

我只为今天设法使自己适应现状，却不是设法使一切适合自己的欲望。我顺其自然地接受自己的家庭、事业与运道，并使自己适应它们。

我只为今天而照顾自己的身体。我要锻炼它、爱护它、滋养它，不滥用它也不漠视它，使它成为一部完美的机器，以供我差遣。

我只为今天而设法强固自己的思想。我要学习有用的东西，我不要精神怠惰，我要读些需要努力、思想和专心的东西。

我只为今天而举止适度。我要尽可能仪态优雅，衣着适宜，低声说话，举动有礼，勤于称赞，却不批评，任何事情不吹毛求疵，也不企图管制或改进任何人。

我只为今天而活，为这一天而努力，并不想一次解决自己整个生命的问题。我能持续工作12小时，但若一生都得这样，就会把我吓坏。

我只为今天而订下一个计划。我要写下自己每小时期望做什么。我也许不能确实依它而行，但我总是有个计划。我要除去匆忙与犹豫这两个害人精。

我只为今天而给自己安排独处的半小时，并且放轻松。在这半小时里，有时我会想想上帝，多少使自己对自己的生命有正确的估量。

我只为今天而无所畏惧，我不害怕去快乐，去享受美丽的事物，去爱，并相信我所爱的人们也同样爱我。

我只为今天而给自己安排独处的半小时，并且放轻松。

我为什么生活

三种单纯然而极其强烈的激情支配着我的一生，那就是对于爱情的渴望，对于知识的寻求，以及对于人类苦难痛彻肺腑的怜悯。这种激情犹如狂风，把我伸展到绝望边缘的深深的苦海上东抛西掷，使我的生活没有定向。

我追求爱情，首先因为它叫我销魂，爱情令人销魂的魅力使我常常乐意为了这样的快乐而牺牲生活中的其他一切，我追求爱情，又因为它减轻孤独感——那种一个颤抖的灵魂望着世界边缘之外冰冷而无生命的无底深渊时所感到的可怕的孤独。我追求爱情，还因为爱的结合使我在一种神秘的缩影中提前看到了圣者和诗人曾经想象过的天堂。这就是我所追求的，尽管人的生活似乎还不配享有它，但它毕竟是我终于找到的东西。

我同样的热情追求知识。我想理解人类的心灵，我想了解星辰为何灿烂。我还试图弄懂毕达哥拉斯学说的力量，是这种力量使我在无常之上高踞主宰地位，我在这方面略有成就，但不多。

爱情和知识只要存在，总是向上导往天堂。但是，怜悯又总是把我带回人间。痛苦的呼喊在我心中反响、回荡。孩子们受饥荒煎熬，无辜者被压迫者折磨，孤弱无助的老人在自己的儿子眼中变成可恶的累赘，以及世上触目皆是的孤独、贫困和痛苦——这些都是对人类应该过的生活的嘲弄。

这就是我的一生。我觉得这一生是值得活的。如果真有可能再给我一次机会，我将欣然重活一次。

爱情和知识只要存在，总是向上导往天堂。

生活是美好的

生活是极不愉快的玩笑，不过要使它美好却也不很难，为了做到这点，光是中头彩赢20万卢布，得个“白鹰”勋章，娶个漂亮女人，以好人出名，还是不够的——这类福分都是无偿的，而且也很容易习惯。为了不断地感到幸福，那就需要：(一)善于满足现状，(二)很高兴地感到：“事情原本可能更糟。”这是不难的：

要是火柴在你衣袋里燃起来了，那你应当高兴，而且感谢上苍：多亏你的衣袋不是火药库。

要是有穷亲戚上别墅来找你，那你不要脸色发白，而要喜洋洋地叫道：“挺好，幸亏来的不是警察！”

要是你的手指头扎了一根刺，那你应当高兴：“挺好，多亏这根刺不是扎在眼睛里！”

如果你的妻子或小姨子练钢琴，那你不要发脾气，而要感激这份福气：你是在听音乐，而不是在听狼嗥或者猫的音乐会。

你该高兴，因为你不是拉长途马车的马，不是寇克的“小点”，不是卷毛虫，不是猪，不是茨冈人牵的熊，不是臭虫。……你要高兴，因为眼下你没有坐在被告席上，也没有看见债主在你面前，更没有跟主笔土尔巴谈稿费问题。

如果你不是住在十分边远的地方，那你一想到命运总算没有把你送到边远的地方去，岂不觉着幸福？

要是你有一颗牙痛起来，那你就该高兴；幸亏不是满口的牙痛。

你该高兴，因为你居然可以不必读《公民报》，不必坐在垃圾车上，不必一下子跟三个人结婚。……

要是你妻子对你变了心，那就该高兴，多亏她背叛的是你，不是国家。

依此类推……朋友，照着我的劝告去做吧，你的生活就会快乐无穷了。

生活是极不愉快的玩笑。

荒漠甘泉

似乎忧愁，却是常常快乐的

忧愁是很美丽的，宛如月光的美丽。她的歌声好像夜莺的鸣声，她的目光并不期望快乐。她能与哀哭的人同哭，却不能与快乐的人同乐。

快乐也是很美丽的，宛如夏晨的美丽，她的目光蕴含着童年的欢笑，她的头发上有阳光的闪耀。她的歌声像百灵鸟一般翱翔，她的脚步是一个得胜者的脚步。她能与一切快乐的人同乐，却不能与哀哭的人同哭。

忧愁沉思道："我俩是决不能合作的。"

快乐说："是啊，我的道路在充满阳光的草场上，玫瑰为我开着芳香的花朵，山鸟和画眉为我唱着欢乐的情歌。"

忧愁转过身去说道："我的道路是在黑暗的森林中。但是世上最甜蜜的诗歌——深夜的情歌，却是属于我的。"

有一个人立在她们旁边；虽然看不清楚，却知道是一位君王，她们跪倒在他面前，感到非常惧怕。

忧愁轻声说道："我看他一定是快乐的王，因为他头上戴着许多冠冕，手脚上带着胜利的钉痕。在他面前，一切忧愁都化为不熄的爱和欢乐，我愿意把自己奉献给他。"

快乐低声说道："你错了，我看他是忧愁的王，他头上戴着的是荆棘的冠冕。我也愿意把自己永远奉献给他，因为有他同在，忧愁一定比快乐更加甘甜。"

她俩同声欢呼说道："我们在他里面乃是一体，只有他能将快乐和忧愁合成一体。"

她俩手牵着手同在世上跟随他走。有时在风雨中，有时在阳光下，有时在冬日的凛冽中，有时在夏日的温暖中。"似乎忧愁，却是常常快乐的。"

奇异的红色颜料

有一位画家，发明了一种奇异的红色颜料，别的画家没有一人能模仿他。不久，这位画家死了，这奇异的红色颜料的秘诀也跟着丧失了。在他死后，人们才发现在他心口上有一个旧创伤。原来，这就是这宝贵色彩的来源。

随身带油的老人

从前有一位老人，无论走到什么地方，身边总带着一小瓶油。如果他走过一扇门，门上发出轧轧的响声来，他就倒些油在门轴上。如果他遇到一扇难开的门，他就涂些油在门闩上。他一生都在做这加油的工作，使以后的人用着便利。

人们称他为怪人，但是这位老人依然如此工作。瓶里的油倒空了再装，倒空了再装……

有许多人每天的生活中充满了轧轧声、咒骂声……他们需要喜乐油、温柔油、关切油……你身上有没有带着油呢？你应当随时带着你的帮助油，从早到晚去分给人，从你最近的人分起。也许你早晨分给他的油，可以够他一日应用。把喜乐油分给沮丧的人，对绝望的人说一句鼓励的话，哦，这是一件多么美好的事。

黑暗中的工作

在布鲁塞尔的几家著名的花边店，里面有几间特别的房间专用来纺织最精致、最优美的花边。这些房间是全黑的，只从一扇极小的窗户射进一线阳光来，恰好照在花样上面。引我们参观的人告诉说：“最上等的产品就是这样制成的。最优美的花边，都是工人坐在黑暗中织成的。”

我们不也这样么？有时环境非常黑暗，我们也不能明白自己在做什么。我们看不见自己所织的东西，看不见一点美丽一点好处。但是，如果我们勤勤恳恳工作，不沮丧，不失望，总有一天会发现我们生命中最美好的工作，是在黑暗中完成的。

你们就当安静

在各种生命力中，唯有安静最具影响力。阳光静静地普照大地，人的耳朵听不见任何声响，但是它却带给人无限的祝福和行善的能力。地球吸引力也是沉默无声的，它没有机器的嘎嘎声，铁链的铿锵声，也没有引擎轰隆的噪音，然而它却操纵着宇宙的星球按照一定轨道运行不已。夜晚，露水悄然而降，润饰每一株小草，每一片树叶，每一朵花瓣，使它们焕然一新。电的本源不是轰隆的雷响，而是无声的闪电。大自然的奥秘隐含在安静之中，巨大的力量常常无声无息地进行。

自然界的奇迹都是在静谧中酝酿。宇宙的巨轮无声地运转。我们处在这个嘈杂的时代，如果想保持圣洁，每天必须有一段孤独安静的时刻。

“饶 恕 周”

在非洲丛林有一部落流行一种风俗，就是“饶恕周”。这个“饶恕周”是在每年的旱季。这期间如果老天大发慈悲降下甘霖，村人就要彼此饶恕，放弃前嫌。并与仇敌言归于好。

有人问一个又聋又哑的人：“什么是饶恕?”他拿起笔来在纸上写道：“它就像经人践踏的鲜花所发出的香气。”

酋长和他的女儿

历史上有一段这样的记载，说是北美尼亚加拉瀑布附近的印第安族人迷信河神，为了取悦它，每年必定牺牲一位最貌美的少女送给它做新妇。人称这位女子作“瀑布新妇”。

一年，抽签选美的结果，是他们的老酋长的独生女儿中签。当族人跑到酋长的帐篷，把这个不幸的消息告诉他的时候，这位老人家仍旧吸着长管烟，一言不发。

河神娶媳妇的日期到了，他们预备了一只白色的独木舟，盛满佳果、鲜花，准备去迎接“新妇”。

在择定迎娶的时辰，这叶轻舟载着酋长美丽的女儿，给推送到河的中流，让湍急的河水把舟送入瀑布的万丈深渊！

这时，在围观的人眼前，意外地出现了另外一只独木舟，看来是从河的下游驶出的。

里面坐着的，就是那位年老酋长。

他的舟如箭般向他女儿的独木舟划去，终于给他赶上了，他紧攫住小舟不放。

父女在这生离死别的顷刻相晤，伟大的爱在四目交视中洋溢。两人紧抱在一起，让湍急的水流把他们投入雷鸣般的瀑布里。到死他们也没分离。

幸福的因素

幸福的生活不是靠环游世界的旅行和休假，而是在你能欣赏路边的小花小草。许多美丽的花朵，要内心充满主的平安与爱的人才能发现。一点一滴的小喜乐，一个接一个属灵的启迪，每天生活中一线、两线阳光——都是构成幸福的因素。

据说伦敦城里为了建造新的马路，拆去许多旧楼之后，有很长一段时期新路没有动工兴建，旧屋的地基任凭风吹雨打日晒。有批自然科学家来看这块空地，发现这块多少年来没有接触过阳光的地方，一旦和春天的空气与日光接触以后，许多野花野草生长了出来，有一些是英国别的地方从来未曾见过的，要在地中海附近的国家每年同样的时候才生长。这些拆去的旧房屋，大都建造在罗马人沿泰晤士河攻打英国的时候，花草的种子埋藏在房屋的石头砖块下，年复一年，看来永无生机，谁知一见阳光，生命立刻恢复活跃，绽开出美艳的花朵。

雾只是薄薄一层……

大自然的雾，日出便消散；灵性生活上的雾，一样停留不了多久。住在海边的人，看见浓雾，心情沉重的时候，他们会说：“很快便要雾散日出。”事实也是如此。浓雾天，向上空望去，看不见太阳，但能看见它四周的银光。环绕在它周围的雾气，逐渐淡化，这儿那儿会偶然露出一片蓝天来。云块在后面飞速地退去，不消多久，万里无云的天空便出现在眼前。清早见到雾，如果你知道雾会带来一个晴朗的天，你会减少许多的忧愁和不必要的郁闷。须知

昨夜有过一场风雨，才把雾留在后头。我们昨天偶然有过一场误会，但第二天早晨，心头依然一片茫然，又闷又沉重。为什么还要想它呢？管它天气好坏，由它

去吧，雾只是薄薄一层，不久就要消散。雾后面有个好太阳，又亮又温暖，它会把雾收去，交给我们一个好晴天。……

在各种生命力中，唯有安静最具影响力。

边走边悟

替 代

有人牙痛得很厉害，坐在院子里决定不了是不是要去看牙医。

他想应该喝一杯茶、吃一片涂了果酱的面包，他把茶和面包拿到手上，然后咬了一口面包。

没有留意到有只黄蜂停在涂有果酱的面包上。他这一咬，激怒了黄蜂，在他的牙根上重重的叮了一口。他赶快跑进屋，照照镜子，发现牙龈肿得又红又大。他涂了药，又敷上冷手巾，痛才慢慢消失。黄蜂叮的痛消失以后，他突然发现牙痛也没有了。

一位医生听了这个故事之后说：“在医学上，以痛止痛是相当平常的事。止痛的最有效的方法，是用另一种痛来抵消它。”

生命的规律是不能有空虚，要有替代。

良 方

我读过一篇讲狮子和驯狮师的文章，十分有趣。

文章说到有个年轻人到动物园找工作。他希望做一个驯狮师。这个要求已经是很不寻常，但他的理由更不寻常。他原来已经接近神经崩溃的边缘，医生告诉他唯一的治疗的方法，就是去找一份高度紧张的工作，让他可以忘记其他的恐惧。因此他才来申请这份最危险的工作。这位年轻人后来成了一位相当出名的驯狮师，他的毛病也好了。

解除神经紧张的方法，是去处理需要神经紧张才能解决的问题。

快乐

你也许听过一个国王的故事，他患上忧郁症，奄奄待毙；群医想尽办法来救他。后来想出一个方法，这就是：他若能得到国内一个十足快乐的人的一件衬衫，把它穿上，他的忧郁症就可痊愈，国王派出臣仆，在全国找寻一个完全快乐的人。

最后终于把这个人找到。他是一个流浪汉，脸孔黝黑，无拘无束，快乐万分。国王的臣仆告诉他，只要他肯把衬衫出让，什么价钱都可以给。谁知这位流浪汉穷得连一件衬衫也没有。

要得到真快乐，绝不能靠物质，而是建立在对自己、对别人的正确关系上。因为只有与他的关系正确，才能保证与自己和人和社会关系的正确。

转让

环境是由你来创造的，同一种环境可以成为祝福，也可以成为灾难。有位小学校长提到一件他一生都难忘的事。在学校的足球练习比赛中，一位男学生跌倒在地，把手臂跌断了：刚好是他的右臂。在等救护车把他送去医院的时候，他要同学给他笔和纸。同学问他：“这种时候，你还要纸笔干吗?”他回答：“你们有所不知，我的右臂既然断了，我想，应该训练自己用左手写字。”

生命的规律是不能有空虚，要有替代。

铁钉烧汤

有个旅行人在林中走得又饥又渴。正当他为没处吃喝犯愁时，忽见前面林中出现了一座小房子。他摸了摸口袋，分文皆无，只有一枚钉子。

他走到小屋前，向坐在门前的一位老妇人彬彬有礼地问候道："你好，尊敬的妇人！"老妇人冷冷地瞅了他一眼，然后用不友好的口气反问道："你想干什么？""我饿极了，"他说，"能让我在您这吃顿饭吗？"老妇人鼻子一哼："吃饭？我从早晨到现在还一点东西没吃呢！"

这会儿旅行者抬眼四下打量了一下，发现这老妇人并不穷，只是不肯给他吃的罢了。他摸了摸胡子，笑道："尊敬的夫人，您误会我的意思了，我不是想跟您要吃的，我只是想请您准许我在您这儿吃饭。我自己随身带有吃的，请您把炉灶借我用一下好吗？既然您还没有吃饭，一会儿我做好了饭，我们一起吃好吗？"

老妇人一听，脸上露出喜色，忙起身把旅行者让进了小屋。

旅行者在锅中放了水，点着火，烧了起来。当水烧开时，他从口袋里摸出那枚钉子放入锅中。老妇人被他的举动弄糊涂了，不解地问："你这是在干什么呀？""我在做钉子汤。""钉子汤？"老妇人觉得奇怪，她从没听说过世界上还有钉子汤！于是说："我可以跟你学学吗？""可以，当然可以，"他说，"注意看我是怎么做的。"他一边说，一边用勺搅动着锅里的水，"用钉子熬出的汤非常好喝，但这次可能要差一些，我已用这枚钉子做了一周的汤了。要是我有一把面粉并把它放进去，味道就会好些。"

"真的吗？"老妇人想：一会儿我和他一起喝这汤，为什么不让这汤的味儿好些呢？"我记得我好像有点儿面粉，待我看看。"说着她走进屋里，从箱子里拿出了一些上等的白面递给了他。旅行者将面粉放入锅中，继续搅动。老妇人看看他，又看了看锅里的汤。

"现在要是我有一点点肉就好了，把它放进去，那么这汤就连富人喝了都会叫好的。""是吗？我好像还有点儿肉。"

老妇人取来一片肉递给他，他把肉放到了汤里继续搅着。"现在，世界上最富有的人也会说这是他从没喝过的、最鲜美的汤，"旅行者说，"但是，假如我有一点儿奶油和一勺牛奶的话，放进去，那么这汤就就可以给国王喝了。国王的厨师告诉我说国王每天都要喝一点儿这汤的。"

老妇人听了又一次进屋取出奶油和牛奶。旅行者把它们一一放进锅里。

片刻之后，那旅行者把钉子从锅中捞出并说："现在汤好了，我们可以尽情地享用了。当然，国王在喝这汤时总是吃点面包和黄油的。"

现在，老妇人感到非常高兴。她取出面包、黄油、奶酪和蛋糕，摆了满满一桌子。

老妇人觉得从来没喝过这么好、这么美、这么多的汤。她喝了一碗又一碗，并自言自语地说："真是不可思议，这么鲜美的汤竟然只是用钉子做出来的！"

真是不可思议，这么鲜美的汤竟然只是用钉子做出来的！

照章办事

忙完了一天的事，已是深夜。我想起我应该理理发，刮刮脸。于是，我走进车站理发店，向理发师说明了来意。

"非常抱歉，"理发师殷勤可亲地微笑着，"我只能为手里有票的旅客服务。"

"店里一个顾客也没有，"我说，"是不是可以来个例外……"

"尊敬的先生，我们得遵守规定，一切都应照章办事呵！只有旅客才能在这儿刮脸理发！"说完，他把脸扭过去了。

于是我走到售票窗前："我买一张火车票。"

"您上哪儿?"

"哪儿都行。"

售票员发火了："您起码应知道您上哪儿去！"

"我根本就不打算上任何地方去，我想理发。"

“砰”的一声，售票窗子关上了。

我等了一会，又小心翼翼地敲了敲窗玻璃。“姑娘，”我竭力讨好地说，“请卖给我一张票吧！是理发店向我要车票。”

女售票员把窗子打开一条缝：“理发师要什么?”

“他要车票。他只给有车票的旅客刮脸。”我急忙重复道。

“好吧，卖给您一张去莱布尼茨的票。”她说。

我手里攥着买到的车票第二次走进理发店：“请看，这是我的车票，现在我想刮一下脸。”

“我看出来您并不打算乘车上路。”理发师微笑着说道。

“可我已经给您看过这张到莱布尼茨的车票了呀！对您来说，我就是乘客！”

“如果您为了刮脸才买车票，尽管您有车票，也不能算乘客。当然，在我们理发店您就难以达到目的！”理发师双手交叉在胸前，冷淡而有礼貌地说道。

我只好又来到售票窗前。“姑娘，”我对女售票员说，“车票也不顶事。请给我退掉吧。”

“不能退。”她遗憾地两只手一摊。

“为什么？我还没有用它乘车旅行呀！”

“如果您是为了旅行而买的车票，结果却没有乘车，那么可以退票。”女售票员笑容可掬地解释道，“一切都应照章办事。您一开始就宣称并不打算旅行，因此您无权退票。”

“也许您能代我为这张票付款?”我又找到了那位和蔼可亲的理发师，我知道理发是无望了。

“请等一下。”理发师放下手里的报纸，然后，他拿起桌上的电话。“好了。”打完电话后，他说，“您可以刮脸了……”

“总算可以了！”我高兴地喊出了声。

“……不过不是在这儿。”理发师最后一句话是：“而是在那儿——在莱布尼茨车站。”

尽管您有车票，也不能算乘客。

就试这么一天

下一次你出门去上班，满心忧虑，不知这天怎样过时，先别担忧。下定决心，采用一种全新的方式去处事待人，就试这么一天。积极乐观一点，你也许会因此而对自己的所作所为有所改观。

就试这么一天，对同事尽量友善。我会把他们当作恩人来看待，好像我能够留在这个岗位上工作，全该归功于他们，因此幸得有他们做同事。

就试这么一天，不再老吹毛求疵，挑剔别人。我会设法找出每一件事物的优点，并且找出每个跟我一起工作的人值得称赞的地方。

就试这么一天，如要纠正别人，就尽量以幽默出之，不要出语伤人；设身处地，就像要纠正的人是自己。

就试这么一天，不要求自己所做事都尽善尽美，也不再尝试打破纪录，又要快又要好。我会称职地把眼前的工作做好，不强自己之所难。

就试这么一天，当自己对工作能胜任有余，不再不停地反躬自问：我的表现跟职位和薪酬是否相称?

就试这么一天，心存感激，庆幸自己活在这个社会和时代，无须在恶劣环境下做劳累讨厌的工作。

就试这么一天，为自己有工作做、活得好而满心欣喜，庆幸自己不是在战壕里或在医院中等待动手术。

就试这么一天，不去预期别人会如何对待我。不把自己的薪酬地位跟别人比较。就是因为我是我，所以我很高兴。

就试这么一天，不计较事情“对我有什么好处”，只想到在每件事情上我帮得了什么忙。

就试这么一天，下班后不再继续想今天做了些什么，还有什么没有做。反之，盼望傍晚到来，不管完成了些什么，都感到欣慰。

这些想法都不复杂，更非天方夜谭。它们的好处是可以令你活得更有意义、更快乐。最重要的是，它们能使你心境平静，而这是你最珍贵的东西。

就试这么一天，不再老吹毛求疵，挑剔别人。

喂，不要急

我先听到声音——尖锐刺耳的汽车刹车声。随即见到有辆车显然失控，朝着我和四岁的独生子直冲而来。

我们当时站在人行道上等候过马路，那辆大黑车在离我们两三米处冲上了人行道，这情景我一辈子都忘不了。

“没有撞到我们，”我记得我当时这样说，却又好像没把握似的。然后我弯腰紧紧搂住儿子。

“妈，那车差一点就碰到我们。”儿子兴奋地说，手上还拿着那天早上在幼儿园折的纸猫。

那车这时已经停住，我走过去，看见车上坐着个60多岁的妇人，双手仍然紧握着方向盘。

“你没事吧?”我问她。意思是：你刚才心脏病猝发吗？为什么你想要我和我孩子的命?

“有人切到了我前面，”她说。

我打断她的话，说也许我们晚上都应该祈祷感谢上天。

从那天起，至今我已在院子里种了一百多株鳞茎植物，例如蝴蝶花、番红花、水仙花等等，都是早春开花的。一位爱好园艺的朋友称之为“与未来的合约”。

我已经再次告诉丈夫我爱他，也已经写了三张早就该写的谢条。我还用心思索过生活中所要冒的种种风险，细想过为什么我们总是匆匆忙忙。

那个几乎撞死我们的女人当时毫无疑问正匆匆忙忙。很可能她当时正在加速，要抢在交通灯转红之前冲过路口。

我也并非无过。我和独生子当时站在人行道上，是因为我想节省两分钟，打算就在那里跑过马路，而不多走半条街到路口的交通灯那里去。结果我几乎送掉了两条命。

我从不轻易冒险。就在那次事件发生前一个星期，我才从日本旅行9天归来。这次出门曾搭乘6架飞机，飞行了25000公里，起飞降落各6次，也就是曾有12次机会上夜间新闻节目的头条。

我想到飞行25000公里平安无事，却险些死在离家三个巷口的地方；想到我的独生子几乎陪我送命；想到我丈夫差一点就要失去两个至亲。如今我已经决定不再匆忙，慢下来，想想春天，想想院子里的花，还有我们的孩子，我们的生命，我们与未来的合约。

这次事件后的那个星期日，在教堂里，我们所唱的赞美诗引起我内心的共鸣："请让我们了解生命有限，让智慧在我们心中长存。"

请让我们了解生命有限，让智慧在我们心中长存。

这种动物叫做人

人有两条腿和两个信仰。境况好的时候，他有一种信仰，境况不好的时候他又有一种信仰，这后一种信仰就叫宗教。

人是脊椎动物，有一颗不朽的灵魂；还有一个祖国，以使他不至于太狂妄。

人是通过自然的方式产生的，然而这种自然的方式却被他认为是不自然的，并且不愿意谈及它。他被生了出来，可是并没有人问他要不要被生出来。

人是一种有用的生物，因为士兵的阵亡可以抬高股票价格，矿工的死亡可以提高矿主的利润，人的死亡可以让科学、文化、艺术跃上一个新台阶。

人除了繁衍后代和吃喝的本能以外，还有两种癖好：制造噪音，不注意听别人说话。人简直可以被界定为一种从不听别人说话的生物。如果是智者的话，那他这样做是对的：因为他所听到的很少是明智的话。人很喜爱听的是：承诺，谄媚，赞许和夸奖。当你说谄媚话的时候，不妨把你想要说的话再作三分夸张。

人对同种是苛刻的，所以他发明了法规。他自己不能做的事，其他人也当然不能做。

要想信任一个人，你最好骑在他背上；最起码在你压在他身上的这段时间里，你是有把握他不会跑开的。有的人也信赖品德。

人分成两种：

男的那种不愿意思考，女的那种不会思考。这两种人都有所谓的感觉：撩起这种感觉的最保险方式是调动人体的某些敏感部位。这种情形又让一些人分泌出抒情诗。

人是荤素皆食的生物；在北极探险的途中他们有时也吃自己的同类；但法西斯把这一切又都抵消了。

人是一种政治性的生物，最喜欢堆成团度过他的一生。任何一堆都痛恨其他的堆群，因为那是其他的；但又恨自己的这堆，因为那是自己的。这后一种憎恨被称为爱国主义。

每个人都有一个肝，一个脾，一个肺和一面国旗；所有这些器官都是缺一不可的。据说有没有肝、没有脾、只有半个肺的人；可是没有国旗的人是没有的。

繁衍行为微弱的话，人就会想出各种招术：斗牛，犯罪，运动和司法。

友好相处的人是没有的，有的只是统治与被统治的人。不过还没有能统治自己的人，因为他身上持不同政见的奴性的一半总是比有掌权癖好的另一半强大。每个人都是自己手下的败将。

另外，人还是这样一种生物：进门之前首先敲门，放糟糕的音乐，让他的狗乱叫。人有时候也会安静下来，但那时他已经死了。

人是不喜欢死去的，因为他不知道死了以后还会发生什么事。

爱的觉悟

聆听你自己，听从你深藏的渴望和最远大的抱负，听从超越自我的那个你。

听，要深沉、镇静并且思索。

爱情箴言录

给爱情下定义是困难的，我们只能说：在灵魂中，爱是一种占支配地位的激情；在精神中，它是一种相互的理解；在身体方面，它是我们对躲在重重神秘后面的被我们所爱的一种隐秘的羡慕和优雅的占有。

如果有一种不和我们其他激情相掺杂的纯粹的爱，那就是这种爱：它隐藏在心灵的深处，甚至我们自己也觉察不到。

爱情不可能长期地隐藏，也不可能长期地假装。

当我们根据爱的主要效果来判断爱时，它更像是恨而不是爱。

爱情只有一种，其副本却成千上万，千差万别。

爱情和火焰一样，没有不断的运动就不能继续存在，一旦它停止希望和害怕，它的生命也就停止了。

在爱情中有两种坚贞不渝：一种是由于我们不断地在我们的爱人那里发现可爱的新特点；另一种则不过是由于我们想获得一种坚贞不渝的名声。

青春是一种不断的陶醉，是理性的热病。

新颖的优美之于爱情，犹如花儿之于果实，她放射出一种稍纵即逝、永不复返的光彩。

大多数女人很少为友谊所动的原因是：当体验到爱情时，友谊就寡淡无味了。

在友谊中正像在爱情中一样，常常是那些我们不知道的东西比那些我们知道的东西更使我们感到幸福。

美色已逝而价值犹存，这样的女子微乎其微。

用来抵抗爱情的那种坚强有力，同样也可用来使爱情猛烈和持久；而那些软弱的人们，总是受激情影响，又几乎从不真正付诸行动。

情人们只有在他们的如醉如痴结束时才看到对方的缺点。

有一个猜忌妻子的丈夫有时倒是愉快的：他老是听到对他所爱的那个人的谈论。

当一个女子具有全部的爱情和德性时，她是需要同情的！

当我们爱得太厉害的时候，确认别人是否停止了爱是不容易的。

爱情之于那爱着的人的灵魂，犹如灵魂之于由它赋予生命的身体。

既然在爱或停止爱方面绝不是自由的，情人们就没有权利相互抱怨对方的变心和轻浮。

当人们厌倦爱时，他们很容易忍受别人的不忠，以解除自己忠诚的义务。

爱情只有一种，其副本却成千上万，千差万别。

初恋使我走上了智慧小径

上学的孩子普遍有这么一种误解，以为他们的老师小时候一定是神童。不管怎么说，除了书呆子，谁愿意长大了当老师呢?

我想向学生们表明，把我想象成小时候心甘情愿当家庭作业的奴仆是无中生有。恰恰相反，我从心底里痛恨教育。在鱼儿咬钩那当儿，我是绝对不愿离开去上学的。

结果，我的成绩有点像那醉心于股票交易的父母经常说的“下跌了”。

我上高中二年级的时候，美妙、激荡人心的事儿发生了，丘比特之箭射中了我的心。我的公主露丝的座位在铅笔刀旁边，那年，我削下的木屑足够燃起一堆篝火。

我和露丝不仅被五排桌子隔开，而且我和她之间还有50分的智商差别，她是英语第二册的佼佼者，莱丽弗女士的得意门生。

有时，露丝瞧我盯着她，便向我微笑。这使我心跳加快。她的微笑唤起了我的希望，使我暂时忘却了我们之间智力上的鸿沟。

一天，主意来了，一家超级市场的橱窗里挂着一卷百科全书仅售29美分的参考价目，其余各卷均为2.49美元，这回不容迟疑，机不可失。

我买了第一卷——开始了走向知识世界的征途。我要成为英语第二册的头号人物，以渊博的知识把公主击败，我严阵以待。

机会来了。一天，我们在快餐店门口排队，她就在我身后。“你好！”她向我问候道。我舔了舔嘴唇，问道：“你知道是生长在什么地方吗？”她有点惊奇，“不知道。”

我轻轻地吸口气，“是生活在咸水中，很难在淡水中看到。”我得赶在交款之前把所有的告诉她。“人们可以在地中海或靠近西班牙和葡萄牙的大西洋沿岸捕捉到它们。”“太棒了！”她惊叫起来。“是与鲱很相似，瘦长且呈银色，鼻子很长，嘴巴很大。”

露丝摇摇头，表示疑惑。显然，我已经给她留下深刻印象。

几天后，在一个消防演习中，我和她并步而行。“去过阿留申群岛吗?”我问她。“没有。”“也许是个好玩的地方，可我是决不会到那儿去住的?”“为什么?”她问我。“嗯，那儿的天气很坏，有差不多70个小岛不长树木，地面怪石遍布，几乎是不毛之地。”“我也会不屑一去的。”

演习结束了，我们陆续走进大楼。我乘胜追击。“阿留申群岛上的人很矮，结实，棕色皮肤，黑头发。他们以鱼，海兽为生。”

她惊奇地瞪大了眼睛。以后，她在闲聊时注意听着我的每一句话。自然地，我书看得越多，就越有信心。我无所不谈，诸如扁桃体发炎，气刹，关节炎等等。

很快，在我的伙伴中间，我便有了对资料拿手好戏的美名。在讨论格尔雷基(英国诗人及哲学家——译注)的《古老水手》时，我们遇到了“信天翁”这一词。

莱丽弗夫人问道：“有谁知道什么是信天翁?”我马上举起手。“信天翁是一种体大的海鸟，主要生活在赤道以内的海洋地区，但也可以在北太平洋看到它们的踪迹。信天翁体长可达4英尺，在所有海鸟中它展翼最宽。它在海面上觅食，寻找乌枪鱼则，由于贪食，吃饱后它就很难飞上天去。”

教室里鸦雀无声，莱丽弗夫人还没完全反应过来。我偷偷地瞟了露丝一眼，向她眨眨眼，她骄傲地微微一笑，也向我眨了眨眼。

我的成绩跳跃直上。我带着成绩单回家时，爸爸再也用不着避开我了。我废寝忘食地阅读百科全书，把所有的东西装进大脑里。

但是，我没有注意此时露丝已经和邻校一位平均成绩只有C+的棒球队员好上了。这给我很大的打击。一时间，我把学到的东西都还给书本了，忘得一干二净。我已经攒够了买第二卷百科全书的钱，可是我真想也买一支棒球棍。我觉得我受了伤害，我被出卖了。

我很快从痛苦中挣脱出来。当时的激情已经消失殆尽。但我还是潜心阅读百科全书，还有其他许多种书刊。尝到了令人陶醉的知识美酒之后，我再也离不开它了。

“浅尝辄止是件危险的事情，挖掘得深点，否则就尝不到清泉之甘醇。”亚历山大·薄柏在百科全书第十四卷如此写到。

“浅尝辄止是件危险的事情，挖掘得深点，否则就尝不到清泉之甘醇。”亚历山大·薄柏在百科全书第十四卷如此写到。

爱情与冲动

感情一时冲动是一种迫不及待的欲望，一种生理上的呼唤。

爱情则是一种炽热的友谊。她随着时间的流逝生根、长大。

感情冲动总使人有种不安全感。虽然如醉如痴，但并不真正幸福。揪心的猜疑，不解的询问，担心自己的梦幻破灭。

爱情能使人得到对方平静的谅解。她承认缺陷的存在。她使每个恋人变得高大、坚强，给对方以勇气。尽管双方两地相分，她仍温存人的心灵：我们互相属于，我们可以等待。

受到感情冲动折磨的人总是想：“我们快点结婚吧，否则一切全完了。”

爱情则悄悄地对你说：“等待吧，不要惊慌，满怀信心地为将来做准备吧！”

感情冲动总叫人疑心重重，一方不在时，另一方会以为自己被背叛，更有甚者，他还要核实一下。爱情充满了信任，她使人冷静、宽心。理解了这种信任，恋人双方都会尽量使自己更有资格享有它。

感情冲动导致人们过后抱憾终生的行动。爱情是一贴兴奋剂，她使我们的思想升华，使我们更加完美起来。

感情冲动导致人们过后抱憾终生的行动。

爱情、忠诚……

在上帝创造世界时，他就把一切生物分散安置在地上并且教会他们传宗接代，繁衍自己的子孙。给男人和女人都分土地，教给他们如何筑造窝棚，又给男人一把铲子，女人一把谷粒。“生活下去，繁衍你们的后代吧。”上帝对他们说，“我去忙自己的事了。一年以后我再来看看你们这里的情形。”

刚过一年，上帝带着大天使加夫里拉来了。那正是清晨，太阳升起的时候。他看到：窝棚旁坐着一个男人和女人。他们面前的田地里是一片成熟的谷物。而在他们旁边放着一只摇篮，摇篮里躺着个熟睡着的婴儿。那男人和女人一会儿望望天空，一会儿你看看我，我看看你，相互传情。在他们目光接触的刹那间，上帝从那目光中发现了一种他所不理解的美和某种从未见过的力量。这种美胜过天空和太阳、大地和麦田——胜过上帝所创造的一切。这种美使上帝迷惑不解，惊慌不已。

“这是什么呀?”他向大天使加夫里拉问道。

“这是爱情。”

“‘爱情’是什么意思?”

大天使无可奈何地耸耸肩头。上帝走到男人和女人面前追问他们，什么是爱情。可是，他们也无法向他解释。于是上帝勃然大怒。“好呀！看我不惩罚你们才怪！从现在起你们就要变老。一生中的每时每刻都将消磨你们的青春和力量直到化为乌有！50年后我再来，看看你们眼睛里还留存着什么东西，该死的人……”

50年后，上帝同大天使加夫里拉又来了。这次他看到，原来是窝棚的地方已盖起一幢圆木造的房子，荒地变成了果园，地里一片金黄色的麦穗，几个儿子在耕地，女儿在收麦子，孙子们在草地上嬉戏。老头儿和老太婆坐在屋前，时而望望红艳艳的朝霞，时而你看看我，我看看你，以目传情。上帝在这对男女人眼中看到了无与伦比的美和更大的力量，其中还含有一种新的东西。

“这是什么?”他问大天使。

“忠诚。”大天使答道，但还是解释不清楚。

上帝怒不可遏：“你们老得还不够快吗，该死的人？你活不多久了。我还要来，看看你的爱情还能变成什么样！”

3年以后，上帝带着大天使加夫里拉又来到这里。一看：有位男人坐在小土丘上。他的一双眼睛充满忧郁悲伤的神情，但目光中却仍然使人感到一种不可理解的美和那种同过去一样的力量。这已经不仅仅是爱情和忠诚了，还含有别的东西。

“这又是什么？”他问大天使。

“心灵的追求。”

上帝手抚胡须，离开了小土丘上的老头，举目向麦田、向火红的曙光望去：金黄色的麦穗中站着许多青年男女，他们一会儿望望火红的天空，一会儿你看看我，我看看你，相互传情……上帝久久地伫立凝视着，随后深沉地思索着离去了。

从那时起，人就成了大地上的上帝。

从那时起，人就成了大地上的上帝。

鲜花中的爱

父亲头一次送我鲜花是我9岁那年。那时，我参加了6个月的踢踏舞学习班，准备迎接学校一年一度的音乐会。作为新生合唱队的一员，我感到激动、兴奋。但我也知道，自己貌不出众，毫无动人之处。

真叫人大吃一惊，就在表演结束来到舞台边上时，我听见有人喊我的名字，而且往我怀里放了一束芬芳的长梗红玫瑰。我站在舞台上的情景至今历历在，脸儿通红通红的，注视着脚灯的另一边。那儿，我父母笑吟吟地望着我，使劲儿鼓掌。

一束束鲜花伴随着我跨过人生的一个个里程碑，而这些花是所有花中的第一束。

快到我16岁生日了。但这对我并不是一件值得快乐的事。我身材肥胖，没有男朋友。可是我好心的父母要给我办个生日晚会，这给我的心情愈发增加了痛苦。当我走进餐厅时，桌上的生日蛋糕旁边有一大束鲜花，比以前的任何一束都大。

我想躲起来。由于我没有男朋友送花，所以我父亲送了我这些花。16岁是迷人的，可我却想哭。要不是我最要好的朋友弗丽丝小声说："呃，有这样的好父亲，真运气!"我真就哭了。

时光荏苒，父亲的鲜花陪伴着我的生日、音乐会、授奖仪式、毕业典礼。

大学毕业了，我将从事一项新的事业，并且马上就要做新娘了。父亲的鲜花标志着他的自豪，标志着我的成功。这些花带给我的不仅是欢乐和喜悦，父亲在感恩节送来艳丽的黄菊花，圣诞节送来茂盛的圣诞红，复活节送来洁白的百合，生日送来鲜红的玫瑰。父亲将四季鲜花扎为一束，祝贺我孩子的生日和我们搬进自己的新居。

我的好运与日俱增，父亲的健康却每况愈下，但直到因心脏病与世长辞，他的鲜花礼物从不曾间断过。父亲从我的生活中失去了，我将我买的最大最红的一束玫瑰花放在他的灵柩上。

在以后的十几年里，我时常感到有一股力量催促我去买一大束花来装点客厅，然而我终于没去买。我想，这花再也没有过去的那种意义了。

又到我的生日了。那天，门铃突然响了。我觉得意外，因为家里就我一个人。丈夫打高尔夫球去了，两个女儿也出门了。13岁的儿子麦特一大早就跑出去玩，根本没提到过我的生日。

因此，当我见到麦特站在门口时，心里一惊。

"我忘带钥匙了，"他耸耸肩说，"也忘记您的生日了。喏，我希望您能喜欢这些鲜花，妈妈。"他从身后抽出一束鲜艳的长寿菊。

"噢，麦特，"我喊道，将他紧紧搂在怀里，"我爱鲜花!"

"噢，麦特，"我喊道，将他紧紧搂在怀里，"我爱鲜花!"

爱的力量

奥古斯特是世界银行的一位经济学家。当他唯一的儿子劳伦佐来到世上时，他和妻子的年龄已分别为45岁和39岁。这自然使他们爱子如命。1983年秋，他们一家从摩罗群岛迁回华盛顿。劳伦佐学会了攀登和游泳，活泼可爱，这年他5岁。他跟父母学会了英、法、意3种语言，同时他还学会了欣赏音乐。

后来，不知什么原因，劳伦佐开始做起噩梦来，说话吐字也不清了，还时常发脾气；听力检查证明他比正常人低了50分贝。有一次，他在学校去厕所时竟迷了路。经检查，他患了“肾上腺脑白质营养不良症”。这是一种不治之症，它逐渐破坏人的脑白质，使人变哑、变瞎和失去活动能力，最后影响呼吸，使人死去。一般情况，从发现到死亡，平均期约为两年。

一向坚强的奥古斯特夫妇方寸大乱。医生的诊断会不会错呢？他们决定研究这种病的所有资料。

奥古斯特来到国家健康研究所图书馆。他是学法律经济的，对于医学知之甚少，但为了儿子的生命，他还是要对这种病进行深入的研究。在这里他了解到，患这种病的人是因为体内甚长链式脂肪酸太高所致。饱和的脂肪酸沉积于人体细胞中，毁坏包裹神经纤维的物质髓磷脂。这是一种遗传性疾病，与X染色体有关，对男孩遗传较严重，被称为儿童期肾上腺脑白质营养不良。

奥古斯特并不向文献论述投降，他说：“我出生于一个从不承认世俗观的家庭，我们致力于研究这种疾病并不是由于我们有知识分子的好奇心和为了向医生显示什么，而是因为我们热爱我们的孩子，我们不想失去他。”

为了攻克这种疾病，奥古斯特夫妇恳请巴尔的摩肯尼迪残废儿童研究所作为“世界首届肾上腺脑白质营养不良症研讨会”的发起者，在巴尔的摩召开一个专家研讨会。他们并为此会支付了36000美元。在这次会议上，奥古斯特了解到，弗吉尼亚医学院人类遗传学和儿科副教授里佐在试管中曾利用油酸降低了甚长链式脂肪酸的水平。但专家们警告说，他用来搞试验的油酸有毒，人不能食用。这时，劳伦佐的病情更重了：听力已消失，视力衰竭，行走困难，几乎吃不了东西。他的母亲迈克拉怀抱着他，用小管喂他爱吃的东西。菲什曼医生断定，劳伦佐不会再活多久了。在打出40多个电话后，他们在俄亥俄州的一个公司终于找到了食用油酸。当第一瓶油酸运到后，迈克拉的妹妹迪尔德里自愿充当试服者。6个星期以后，劳伦佐体内的甚长链脂肪酸降低了近50%，但仍是正常人的两倍。医生们认为，劳伦佐定死无疑。而奥古斯特夫妇却发誓，为了救活他们的儿子，一定要做到能做的一切。

有一天夜晚读书时，奥古斯特从“动物试验更换食物”这一普通的事情中得到启发。他想，这油酸可以使劳伦佐的甚长链式脂肪酸水平大大降低，也许其他酸可以消除他体内剩余的脂肪酸。不久，他选定了一种叫芥酸的非饱和一价酸。1986

年3月，英国克罗达通用有限公司同意立即赶制这种药品。当这种药空运到美国时，劳伦佐已被送入了急救室。

服用24天后，劳伦佐的甚长链式脂肪酸竟变得与正常儿童一样了，健康日益恢复！奥古斯特和迈克拉就这样用爱子之心换得了回天之力，把众多专业人员困惑不解的这个医学上的七巧板拼凑成功了。

因为我们热爱我们的孩子，我们不想失去他。

爱的觉悟

近来，我在教12岁的女儿学用假蝇饵垂钓。这通常既有趣又安全，不过也有麻烦的时候，比如对付涨潮和急流，我教女儿时一点也不敢掉以轻心。

早春时节，我最中意的那片水塘便开始有蜉蝣出现。这种小昆虫身体略呈紫红，正如树木开始长出嫩叶前那种特有的赭色。为把这种颜色掺入人造蝇饵，我在用来充作蝇体的仿狐皮中加进一点紫毛。此外，我又买了些澳大利亚袋貂皮，取一块放在锅里染色。

染的时候，我站在锅的一边，女儿站在另一边。她突然问我："爱的滋味是怎么样的?"口气坦诚率真，宛若在问我水里什么时候会有白色的蜉蝣。

我俩透过锅里腾起的紫色雾气相互对视着。"有各种各样的爱。"我回答。

"比如说?"

"嗯，你可能会热恋。"我说。女儿望着我，似乎在玩味这话的意思。"另外，"我接着说，"还有别的爱。你可以爱朋友。你会同某人结婚，白头50年，到那时候，你的感情会与求爱之初大不一样，它会变得更强烈。爱的种类多着呢!"

"哪种最好?"

我看看锅里，沸滚中微微起伏的紫色表面结了一层蛛网似的泡沫。我用长叉把毛皮从锅底捞起。染液流下，滴回锅里，这声音似乎代表了我对往事的回忆和女儿对未来期望的绝妙结合。

“我喜欢那种历久不渝的爱，”我说，“不过，你喜欢哪种该由你自己决定。”

“我们春天去钓鱼，是吗?”

“当然，”我说，“去的，一定去，宝贝儿。”

一场关于爱的讨论就这样微妙地同捕钓鳟鱼混为一体，给我留下许多问号。我告诉了女儿蜉蝣和五彩虹鳟的习性，但我真正想要向她传达的是什么呢?

一次,当我起床去垂钓的那个狭长池塘时,答案突然出现了。池塘边有棵苹果树,到蜉蝣开始出没的季节,树上的花朵便倒映在水面上。鱼儿浮上来找食,使池水泛起阵阵涟漪,有时则泼刺跃出水面溅起水花。我于是投下蝇饵,在那些有鱼浮上的地点垂钓。

在这个特别心爱的地方，我度过了许多个愉快的下午。我仿佛是存在于时光之外，但同时又会产生某种回忆，以及些许透入内心的亲切感。说我此刻心境悠然自得，倒不如说我身心舒畅，生气蓬勃，满怀兴奋。我虽是孑然一人，却绝不孤独。

我想，我试图传达给女儿的正是这么一个时刻。但愿有朝一日，当她站在这同一池塘边抛下钓丝时，也会想起父女一起染毛皮、一起讨论爱情的夜晚。

一场关于爱的讨论就这样微妙地同捕钓鳟鱼混为一体，给我留下许多问号。

爱情的真火

是真正的爱情，抑或仅仅是一时的迷恋?

迷恋，是一时的欲望——来而复去的感情。

爱情，则是着了火的友谊。她在某一时期的某一天生根、成长。

迷恋的标志是一种不安全感。你会感到激动、渴望，但不会真正地快乐。

关于你所爱恋的人，虽然还有着疑问，还有一些细小琐碎的事情，而你却宁愿不去过细地查问，因为可能会破坏你的梦境。

爱情是对某些缺陷的默默的理解和慎重的接受。她是真实的；她给你以力量；她不断成长并把你战胜。

迷恋说：“我们得马上结婚。”

爱情则说：“耐心点，别慌。满怀信心地去设计未来吧。”

迷恋包含着一种性激动的成分。每当迷恋者在一起时，他们总希望在分别前发生不正当的性关系。

爱情则不是以性行为为基础的。她是友谊的成熟；她使性活动变得如此的甜蜜起来。所以在成为相爱者之前，必须先成为朋友。

迷恋缺乏信心。当他离开你时，你会怀疑他是在欺骗你。

爱情则意味着信任。你会因她而感到镇定、安全、没有威胁。他会感到你对他的信任，从而变得更值得信任。

迷恋可能引导你去做一些你后悔的事。

爱情则永远不会指导你朝着错误的方向前进。

爱情是提高。她送你到高处，让你向高处看，叫你往高处想；她使你变得比以前更好。

爱情则意味着信任。

求爱

战术训练的准备工作进入了紧张的阶段，可偏偏在这时，爱神降临到上尉彼得·库利奇科夫头上。为了获得极有魅力的奥列奇卡的爱，上尉竟学习起与连长职责毫不相干的专门知识来。既然时间很紧，库利奇科夫便决定走捷径。

他以教学参考的名义看了几部关于爱情方面的电影。影片中的一切都显得那么清楚明白，那么美妙动人，库利奇科夫决定邀请自己的意中人一同来看，以便容易和她找到共同语言。但奥列奇卡认为与其去欣赏电影艺术，还不如在自己担任图书管理员的驻军图书馆里欣赏文学作品。

库利奇科夫对文学也不马虎，如今他把希望寄托在古典作家关于爱情的描写上，想借此来达到目的。

有一天晚上，天赐良机，图书馆没有旁人，库利奇科夫怎肯错过这么个好机会，他走到借阅登记台跟前，充满感情地朗诵道："与你离别的痛苦使我衰老，你今后无论走到哪里，我都不再和你分离。"

"奥马尔·海亚姆！"奥列奇卡兴奋地说，"原来你也喜欢文学？……"

"岂止文学，连你我也喜欢！"库利奇科夫差点说出这句心里话来，但他终于窘迫地咽了回去。机会就这样给错过了。

第二次合适的机会不得不又等了好几天。但在这些日子里，上尉没有白白地浪费时间，他找到了在他看来最能表达自己心意的引文。

"亲爱的，看到我没有你就活不成的样子，你不会讨厌吧？"他还没有进门槛就用激动得发颤的声调说。

"看来您是在读拉苏尔·加姆扎托夫喽，"奥列奇卡苦笑了一下说，"您过一周再来吧。"

一周后，库利奇科夫满怀信心地来到了图书馆，但一见到奥列奇卡却又扭捏起来。他声音极小地朗诵道："我站在她面前若有所思，无力从她身上移开视线，我对她说：'您多么可爱！'心里却在想：'我多么爱你！'"

"普希金。三卷文集。莫斯科文艺出版社出版，第一卷，第421页。"奥列奇卡头也没抬一下地说。

上尉库利奇科夫感到大失所望。此刻，他终于下了决心，说："奥列奇卡！你难道就没看出来我爱你?!"

由于事出突然，奥列奇卡战栗了一下，抬起头来。她的脸上露出了恐慌的神色。

"这是谁？屠格涅夫？我没猜中吗？……"

他的回答出人意料地果断："上尉彼得·谢苗诺维奇·库利奇科夫。诗体小说，第一卷，第1页。"

奥列奇卡一切都明白了……

他以教学参考的名义看了几部关于爱情方面的电影。

“你不是最好的，但我只爱你……”

有一次，一位妇女对我说：“我丈夫在和我结婚前是一个热情而又懂得体贴的男人，他那时几乎一分钟也离不开我。可结婚以后，他却老是躺在沙发上看电视，一有球赛就把我晾在了一边。他原先像一盆火，可如今却像一个冷血动物。”

她的丈夫却反唇相讥道：“这可太好笑了！你没有在镜子里照照自己？我们结婚时你是那样可爱迷人，现在呢？简直成了个老太婆！”

如果这不是一时的气话，那么，这种既伤害感情又幼稚可笑的争吵，说明了这对夫妇都不能容忍配偶的缺点，相互之间也缺乏关心和爱护，而且彼此都已不能接受对方。这是婚姻关系中的一种极其危险的态度。

作家裘迪斯·弗罗斯特有一次曾说过大意如下的话：

什么叫迷恋？就是你觉得他像电影演员一样英俊潇洒，像诺贝尔文学奖得主那样文采斐然，像喜剧片导演那样幽默风趣，像网球明星那样身手矫健，像大科学家那样博学睿智。但什么是爱情呢？那就是当你知道他并不是上面那些人，而且还明白他存在着种种缺点时，却仍然选择了他。

“你不是最好的，但我只爱你……”这正是爱情的定律之一。

要接受对方，当然首先要接受他那使你感到可爱、可接受的部分。但同时也要接受他的所有部分即他的整体。当然，这并不意味着你一切都得随和他、听从他，然而也不能因为他的缺点和弱点而抛弃他的全部。

“你不是最好的，但我只爱你……”这正是爱情的定律之一。

芭蕾舞鞋的秘密

芭蕾舞的标志——用脚尖站立的芭蕾舞女演员。在观众看来，用脚尖跳舞轻松愉快。女演员脚上那粉红色的芭蕾舞鞋是那么优美高雅，让人想起这是一项崇高的艺术。但是，实际上，用脚尖跳舞十分困难。

那些献身芭蕾舞艺术，探索其奥秘的人并不愿意把秘密公布于众。如果揭开芭蕾舞鞋的秘密，似乎芭蕾舞之谜也就不复存在。

芭蕾舞鞋能够承受的巨大的荷重可以跟足球鞋承受的荷重相提并论，其关键在鞋尖。鞋尖不仅柔软，而且具有相当大的安全系数。即使跳起时鞋尖断裂，女演员保证不会残废。

俄罗斯著名的“格里什科”公司生产的芭蕾舞鞋从非洲到墨西哥，在30多个国家受到欢迎。芭蕾舞鞋鞋尖用生产紧身胸衣的面料，例如缎子缝制而成。“格里什科”的专家得出结论，芭蕾舞鞋最合适的颜色——桃皮色，既不刺激观众，又能安抚女演员本人，而不是通常许多国家的那样——粉红色。

芭蕾舞鞋鞋尖的最大奥秘在于使女演员得以用脚尖跳舞的“鞋盒”。“鞋盒”藏在鞋尖里。

“鞋盒”实际上是一种硬套，套住脚趾和一部分脚面。“鞋盒”不用木头、塑料、软木等材料，而由6层最普通的麻袋布或其他纺织品黏合而成。“格里什科”公司拥有胶粘剂的专门技术，让鞋尖既不太硬，又不太软，也不易折断。鞋尖手工缝制，然后连同“鞋盒”里面朝外同鞋的其余部分缝到一起。之后，鞋匠把鞋尖翻回来，用小锤把“鞋盒”弄平顺。当没有不平的地方后，让鞋在硬物上直拉起来，看看能否保持平衡。最后，让舞鞋在摄氏50度的条件下晾干，存放在室温下。一双芭蕾舞鞋准备好了！

一双芭蕾舞鞋的寿命短得令人遗憾：上场演出2～3次。“格里什科”舞鞋的记录是大剧院的独舞女演员娜杰日达•格拉乔跟基特里合作，在芭蕾舞剧《东•基霍特》里跳了9场。

为了适应不同高度的脚面，芭蕾舞鞋总共有3种型号：“瓦加诺瓦”、“埃利塔”、“富埃捷”。每种型号又分17种尺寸。此外，每种尺寸又有5种肥瘦情况。任何一个女演员可以从厚薄、大小、肥瘦不同的255种鞋中，挑选适合自己的理想的鞋。尽管如此，为了让鞋更适合自己的脚，每个女演员各有高招：一些人用小锤敲打鞋，另一些人用门挤压鞋，还有一些人用五花八门的东西垫进“鞋盒”里……

俄罗斯芭蕾舞女明星叶卡捷琳娜·马克西莫瓦娅承认，在没有足够选择的年代里，每推出新剧目，她都要花费整整一天时间来让脚适应舞鞋。还有一件事没有提到，每个女演员通常亲自动手给舞鞋缝上小丝带。通向舞台的道路打通了！

至于男演员，穿所谓的软鞋——在外行看来跟普通的布鞋差不多。其生产工艺跟女演员的当然无法相比，但也有自己的精致之处。软鞋分两种：整鞋底和分鞋底。分鞋底由两部分组成：鞋前部和脚后跟。正是鞋前部让男演员的脚穿在里面舒舒服服，自由自在。

为了适应不同高度的脚面，芭蕾舞鞋总共有3种型号：“瓦加诺瓦”、“埃利塔”、“富埃捷”。

最好的书有酸有甜

做人要有热忱，没有热忱，就没有大作为。做人要积极。态度积极的人吸引他人，态度消极的人令人敬而远之。

清风流水

人为何而生？每一个人既生于世，必有他独特的用处。

这是一位老太太教我的。她晚年因战祸而家破人亡，卖掉了大房子，只留下偏僻处的一间小茶室自住，好在茶室外围有个菜园子。

这件事发生时，老太太正带着家人在伊豆山温泉旅行。有个名叫乔治的17岁少年在伊豆山投海自杀，被警察救起。他是个美国黑人与日本人的混血儿，愤世嫉俗，末路穷途。老太太到警察局要求和青年见面。警察知道老太太的来历，同意她和青年谈谈。

“孩子”，她说时，乔治扭过头去，像块石头，全然不理，老太太用安详而柔和的语调说下去：“孩子，你可知道，你生来是要为这个世界做些除了你以外没人能办到的事吗?”

她反复说了好几遍，少年突然回过头来，说道：“你说的是像我这样一个黑人？连父母都没有的孩子?”老太太不慌不忙地回答：“对！正因为你肤色是黑的，正因为你没有父母，所以，你能做些了不起的妙事。”少年冷笑道：“哼，当然啦！你想我会相信这一套?”

“跟我来，我让你自己瞧。”她说。

老太太把他带回小茶室，叫他在菜园里打杂。虽然生活清苦，她对少年却爱护备至。生活在小茶室中，处身在草木苍郁的环境，乔治慢慢地也心平气和了。老太太给了他一些生长迅速的萝卜种，10天后萝卜发芽生叶，乔治得意地吹着口哨。他又用竹子自制了一支横笛，吹奏自娱，老太太听了称赞道：“除了你没有人为我吹过笛子，乔治，真好听！”

少年似乎渐渐有了生气，老太太便把他送到高中念书。在求学那四年，他继续在茶室园内种菜，也帮老太太做点零活。高中毕业，乔治白天在地下铁道工地做工，晚上在大学夜间部深造。毕业后，在盲人学校任教，他对那些失明的学生关怀备至。

“现在，我已相信，真有别人不能、只有我才能做的妙事了。”乔治对老太太说。

“你瞧，对吧？”老太太说，“你如果不是黑皮肤，如果不是孤儿，也许就不能领悟盲童的苦处。只有真正了解别人痛苦的人，才能尽心为别人做美妙的事。你17岁时，最需要的就是有人爱惜你，没有人爱惜，所以那时想死，是吧？大声呐喊，说你要的根本不可能得到，根本就不存在——可是后来，你自己却有了爱心。”

乔治心悦诚服地点点头。

老太太意犹未尽，继续侃侃而言：“尽量爱护自己的快乐。等到你从他们脸上看到感激的光辉，那时候，甚至像我们这样行将就木的人，也会感到活下去的意义。”

在老太太的茶室里，年轻的乔治利用假日自撰笛曲，吹奏给他的盲学生听。他把流水、浪潮以及绿叶中的风声，都谱进了乐曲。

那些盲童眼不能见，手却能写，为那首乐曲题名为：清风流水。

那些盲童眼不能见，手却能写，为那首乐曲题名为：清风流水。

备忘卡片

罗丝和我离婚的理由很简单：我健忘。我老是忘记她唯一的祖父的名字，忘记每年一度的情人节的日期，忘记每天至少要吻她7次。她的自尊心受不了，要求和我离婚。我立即答应了。我也有自尊心。

一年过去了。我又瞄了一眼钉在桌上那张纸片：“如果1995年2月14日(这是我们认识三周年、结婚二周年、离婚一周年纪念日)前罗丝还没有再婚、没有交新朋友、没有到这间屋子里来，我就向她求婚。”

现在是2月13日晚上9点。她光临寒舍的可能性不大了。我开始行动起来。

“安内特·卡比内罗·罗丝女士，我是儒勒·法兰西瓦·勒布。明天是我们结识三周年纪念日，我极为珍视我们的友情，明天上午您能否赏光到我的寒舍一叙?”

“很高兴得到您的邀请，明天中午我将到一个朋友家赴宴，上午8点我会顺路到您那儿小坐至上午11点。”

电话挂上了。我接着搬出她在热恋时寄给我的厚厚一叠信。我做了一个备忘卡片，上面详细有地记载了明天上午6点至11点可能涉及到的所有内容。房间里有一只高度介于我的身高和罗丝的身高之间的柜子，柜子顶上就是这张宝贵的纸片的安身之所。为了让我的计划更周密些，我还在柜子旁挂了一面镜子。

第二天早晨6点，两架闹钟准确地把我弄醒。我跳起来跑到柜子那儿看了一眼：“6：00—7：00，清洁自己及房间卫生。”打扫卫生确实花了我一个小时。接着我又去柜子前一趟。“7：00—8：00，到伍尔夫鲜花店买她喜欢的3朵红玫瑰，插在窗前的白色花瓶里。到利达超级市场买她爱喝的3瓶罐装胡萝卜汁。”办完这两件事正好8点。8：00，听到门铃响要去开门……”门铃响了。

我彬彬有礼地欢迎她的到来。“您的尊敬的祖父安内特·埃德蒙斯·瓦雷里先生近来身体可好?今天是情人节，您的朋友邀请您去赴宴，也许今天是您的朋友的一个好日子吧?”

她微微一笑，作了一个简短的肯定答复。我被她的微笑所鼓舞，又去了柜子前一趟。

“下个月31日是您的23岁生日，您是不是准备再请您最好的朋友迈克尔·戴丽丝·克里斯蒂安、夏克里尔·梅利尔·卡列妮和埃德蒙斯·波埃娅·苏珊聚会一次?您是不是准备请您所有的朋友都参加生日晚会呢?”

我特意在说“所有的朋友”这5个字时顿了一下。

“当然，如果所有的朋友都愿意来的话。”我备受鼓舞，又从沙发上站起来。

……

“您不停地看闹钟、照镜子、整领带，有什么事吗?”临近11点的时候，她已经爱意朦胧，而我刚刚站起身，准备到柜子前发动最后一次攻势。

我大吃一惊，结结巴巴地解释：“我想……我是有点儿热了……今年的春天来得真早，您说呢?”我猛地扯开在镜子前越卡越紧的领带。她表示赞同：“那是真的，我家的11棵桃树……”我急忙打开电风扇以证实刚才那句话。

我清楚地记得，在11点时有一件至关重要的事情必须做。但是罗丝方才那一问把我吓坏了。

我知道罗丝的目光不会从我脸上移开，可我的眼睛还是鬼差神使地朝闹钟瞄了一眼。差一分11点。我迅速把堆满笑容的脸转向罗丝，但她却正顺着我刚才的目光朝闹钟看去。幸好罗丝并没有起身。毕竟还差一分钟。尽管大脑不太同意，双腿还是又一次坚定地站起来，摇摇晃晃朝柜子走去。

当我不顾一切地走到柜子前时，却发现柜子顶上的那张纸片不见了！那张该死的纸片被该死的电风扇吹到该死的柜子后头去了。

我不由自主又露出一年前在罗丝面前健忘时的一副蠢相：张着嘴，两眼糊糊涂涂地转圈，挠着头。我几乎要跪下来请求她的饶恕了。

11点，罗丝走了。

我筋疲力尽地搬开那只柜子。备忘卡片沾满灰尘静静地躺在那儿。纸片上的最后一行写着：

“11：00，如果罗丝对我的表现足够满意，我就要冲上去吻她7次，并跪下来向她求婚。”

被她的微笑所鼓舞，又去了柜子前一趟。

电话隐秘

隔壁的电话又响起来了。这是一种沉重地、缓慢地拨动电话号盘声。在我过去居住的公寓里，留给我印象最深的就是这种电话拨号声。它响得很有规律，一天两次，像钝锯拉木头的声音，孤独、固执。

怀着好奇的心情，有一天，我敲开怀特太太的房间，她已经年近九旬，枯瘦如柴，整日穿着一件绣着花边的粉红睡衣。每天清晨，有人在门前送上当天报纸和她电话预订的食物，又拎走她放在房门口的垃圾。她独自居住在这里已近30年，固执地不愿搬进养老院里去。

她用放大镜仔细地阅读报纸，然后再把上边的新闻轶事说一遍。遇到天灾人祸，无论发生在世界上哪个角落，她都要为那个地方的芸芸众生祈祷一番。

“你知道，孩子，年轻时我随丈夫走过大半个世界，那里的人都是我的朋友。”

她是一名基督徒，只是已无法亲自去教堂做礼拜。

像她这样一位风烛残年的普通妇女，对世界事物的洞察力与参与欲望真是令人惊讶。

可是，这部已不多见的生锈般的座机式电话又意味着什么呢？后来我发现了这里面的秘密。

这部电话机对她有着特殊意义，每天给她女儿打一次电话，报一个平安，说一声“哈罗”。

但十有九次，那边并没人回答。在美国人人忙碌，家中老人是最先被遗忘的人物。即使这样，怀特太太也十分珍惜这每天一次的机会，像小孩子吃糖含在嘴里慢慢融化一样，使甜味存留得尽可能长一些。而这种声音，特殊的延绵厚重的响声，也传给左邻右舍一个信息：我并不真的孤独，真的，我每天都有地方可打去电话。

曾经在大学校报上看到这样一份广告：“可爱的小老妇欲与身高1.83米、棕眼、小名亚德的学生通信。”下款写着一个简单的字：“妈”。

谁也不知道那位名叫亚德的学生是否与妈妈通信。但据一位美国朋友猜测，十有八九是妈妈的一厢情愿。可他又说，有一绝招可使亚德马上给妈回信，就是广告上再加一句：“现有美金500元寄给你，只是不知地址。”

看我有些将信将疑，她才说：“我就这样做过。”

像她这样一位风烛残年的普通妇女，对世界事物的洞察力与参与欲望真是令人惊讶。

沙漠之旅

中国有句名言：“行千里路，读万卷书。”其义可作种种解释。而我将其随意释为：行千里路无异于读万卷书。

对我这样的平凡人来说，读万卷书是无法做到的，而行千里路却绝非困难，因为现在已是航空发达的时代了。那么，我踏上旅程，将旅行当作读书，这世界便成了一部巨大的书了。

为什么说旅行无异于读书呢？不言而喻，旅行与读书同样能使人的微小世界得到扩展。旅行可以使人猛悟“井底”之狭窄，世界之宽阔。

人，无论居于何处，实际上都是井底之蛙，无一例外。

我曾几次到过沙漠。一听到旅行这两个字，不知为何脑海中总会浮现出无际的苍穹和浩瀚的沙漠，并且我还将自身置于沙漠之中。我就是这样迷恋上莽莽黄沙并开始沙漠之行的。

为什么沙漠对我有如此强大的诱惑力呢？我自己也莫名其妙，也许沙漠对我来说是一种彻底的“反世界”吧。

确实，沙漠和我们日本国土相隔甚远。在和什哲郎著名的《风土》一书中，将世界分为三大类型：季风型、牧场型、沙漠型。据史料记载，生息在季风型国土上的日本人曾远涉重洋登上阿拉伯半岛。这些日本人坚信：人间处处有青山。而这里却是一片无垠的黄沙，环眺四方，哪里有一座青山！他们惊愕不已。

看惯青山的人乍一来到漫无边际的沙漠，当然会惊愕，因为那里唯有莽莽的黄沙和高渺的天穹。然而，当我在黄沙的世界度过了几日后，黄沙开始对我窃窃私语了。奇怪的是，此时我却感到我们居住的季风型的国土以及人们在那里的生活竟成为“反世界”了。

沙漠中没有任何东西。当习惯了空无一物的环境时，反而对我们生活中有那么多东西会感到奇怪——难道身边没有那么多东西人就活不成了？也许有些东西纯属多余。被多余的东西所围困，只会使人为它们付出额外的精力，从而削减宝贵的人生的意义……

且慢。只保留生活的必需品不就导致虚无主义了吗？生活必需品和一些与生活相关的东西实际上不就是文化吗？所谓文化，说起来不就是人类所创造的财富的总和吗？而肯定沙漠不就意味着否定文化吗？

然而，请再想一想，我们是否将那些多余的东西抱得太紧了？多余的东西固然属于文化，但在多余的东西中，什么是有意义的，什么是无价值的，难道没有必要重新分析一下吗？

沙漠世界使我产生了这种反省。沙漠对于生活在现代文明社会中的人们好似一面魔镜。每当我置身于沙漠之中，都要仔细体会一位探险家的箴言：“沙漠是这样一种地方：踏入之前忧心忡忡，迈出之时毫无遗憾。沙漠之中空空如也，只有涉足人的自身反省。”

我就是为了反省自身才去沙漠的。

沙漠绝不是人们所想象的那种浪漫之处，也不是童话世界，那里没有在月光下漫步的王子和美貌的公主。沙漠是无情的世界，那里白昼炎热，黑夜酷寒，动辄风沙大作，天地昏昏。当我这个井底之蛙刚刚踏入黄沙世界时，总是后悔莫及，为什么偏偏到这种地方来！

然而，这种后悔不久变为反省，最后又成为希望，这是对生存的希望。

在此意义上，我觉得沙漠才是最浪漫的地方，沙漠是个童话的世界。原因何在？因为我感到“反世界”之旅是再浪漫不过的了。如果说童话世界是一种奇特的世界。那么沙漠不正是这种奇特的童话世界吗？

“行千里路，读万卷书”——如何解释“行千里路”呢？我认为其义是：到奇特的国度去发现自己，在后悔之余要看到希望，并且亲身感受人类世界的辽阔无比，气象万千、丰富多彩。

正因如此，行千里路与读万卷书乃异曲同工也。

人，无论居于何处，实际上都是井底之蛙，无一例外。

噢，喜怒无常的大海

前面就是大海，她是那样恬静、友好、好客。当你走近海滩时，那轻轻的浪声越来越大，一层层海浪冲上沙滩，好像对你发出阵阵欢迎声。

你听到了小海浪们相互追逐、推搡、滚打时的喧笑，看到了他们在嬉水时的笑脸。

大海接待了你，她的温暖拥抱着你，都市生活的疲乏在此一扫而光。大海让你同她的孩子们——小海浪们一起嬉戏，甚至把他们送到你面前。孩子们友好地把你拖下去，又送上来，使你浑身喷洒着水，感到心旷神怡，与自然融为一体。

你意识到太阳已在天空高高升起，你不情愿地踏上了回家的路。大海此刻仿佛在说："再来啊，我们喜欢你！"

大海对你的诱惑力太大了：你听到了远处大海的呼唤。黄昏时分，你又一次走向沙滩。但是大海的呼唤似乎大了一些，也刺耳一些了。你加快了脚步，大海的咆哮声越来越大。

这时你已经看不到层层浪花向你友好地打招呼。浪很大，一直奔腾呼啸着跑到你的脚下。清晨那些可爱的小波浪们像是着了魔似的，突然间变得老气横秋、面目可憎，他们奔腾而来，互相冲撞着，发出阵阵谩骂声。

大海又一次把她的孩子们送到你面前，银色的水沫在你脚下，来得匆忙，去得缓慢，他们巧妙地引诱着你，想使你着迷。你不安地退出沙滩。

太阳落山了，天空升起了一轮冷月。这时大海藏起了野心，送上来巨响狂涛后的海浪，它们泛着金属般的闪光，像魔鬼一样在暗暗发笑，海浪越来越近，好像在发誓说："哼，等着吧，下次再收拾你！"

你走了，身后的大海因为没能捕获到你而发出阵阵懊恼声。当你入睡时，听到大海贪婪的咆哮声或者是捕获到一个粗心大意的猎物而发出的狞笑。

第二天早晨，大海又恢复了友好平静的姿态，她那些欢笑着的孩子们在她胸前跳跃着。她真的就是昨晚的那个大怪物？难道大自然在向人们展示她的两副面孔——既是保护者又是破坏者?!

第二天早晨，大海又恢复了友好平静的姿态，她那些欢笑着的孩子们在她胸前跳跃着。

君子交易

我往返办公室的路上常常经过一块油漆简陋的指示牌。黄底上漆了粗大的红字，简单写着"桃子——任摘——一公里半"。有一天，和丈夫一起开车出去的时候，我终于忍不住说：“我们去找找看。”

一路驶去，不到半公里，又碰到另一块黄色的“桃子”指示牌，有个红箭头指向右边。

“没有一公里半嘛。”我说完才注意到原来有一条小泥路从大路岔开。上了小路，又看见小些的指示牌，只有红箭头，指示我们到田里去。

车子一路开去，我们看见篱笆上歇了一只红尾鹰。走近了，鹰掠过我们头上，发出尖锐刺耳的声音，飞走了。

“这只鸟一定是望风的。”我打趣说。

我们来到田的另一边，这才发现另一个红箭头，指示我们顺着乡下人叫做“猪尾巴”的小径开到树林深处。小径上每过一个转弯，或者似乎前无去路处，总有另一个指示箭头。

整整是一公里半的地方，有条黄狗欢迎我们，好像一直在那里等着似的。我们在树荫下把车停好，旁边有辆小拖车，还有两条狗，几只猫，桃树一望无际。屋里似乎没人。

附近有张木头桌子，上面放了好些篮子和一张招贴，上面画了果园地图，还写着：“各位朋友，欢迎光临，桃子五块钱一篮。钱请放在下面的狭槽里。摘多摘少不拘。”

“我们怎么知道打哪里下手呢？”我丈夫问。

“唔，”我高声说，眼望着狗，“你们这几个家伙要摘桃子吗？”狗叫起来了，跳来跳去，然后冲到前面领路。这里的例行手续显然就是这样了。

我们跟着狗到树林里去，树上长满熟了的桃子。我奔到一棵树前面，我丈夫到另一棵树旁边，两个人后面都跟着一条狗。篮子装满了，我们往回走，新朋友领路。

我们把篮子放进冷却器。我取出皮夹子。一只大得我从来没见过的虎猫在放钱的狭槽一旁睡着了。“你说猫会点数目吗？”我问。

“照今天我们看到的情形，”我丈夫回答说，“猫恐怕还会找钱呢。”

我们拍拍那几条狗，跟它们道别。这时有辆汽车开到。“你们住在此地吗？”驾驶的人问。

“不，可是它们会指点你们怎么做。”我说，头向狗猫那边点点。

那人细读招贴上的指示，随即拎了一只篮子，跟着边叫边跑的狗到果园去了。

我们开车慢慢离去，回头一望——好一个淳朴的乐园。

我们开车慢慢离去，回头一望——好一个淳朴的乐园。

我为什么喜欢读书

当把这个问题提给一位从事写作的人时，我们首先想到的是他会这样说："我喜欢读书是因为我喜欢写作！"

但实际上那个读书仅仅为了写作的人，不过是一个"邮差"，或者一个尾巴主义作家，而非真正地道的作家。如果在他之前没有别的作家，那就绝对不会有他这位作家；如果在他之前没有一位说过什么的人，那他也就不会有什么东西能说给读者听。

不，我绝不是为了写什么才阅读，也不是为了增加估计中的年岁。我爱读书只是因为在这个世界我只有一个生命，而一个生命对我来说是不够的，一个生命不能把我心中的全部动因都激发起来。

阅读——而不是别的，可以给我比一个人的生命更多的生命，因为它从生命的深处增加了生命，尽管它并不能在岁限上延长它。

你的思想是一个思想。

你的感觉是一个感觉。

你的想象是一个想象——如果你限制了自己的想象的话。

但是，你若借助你的思想与另一个思想相会，借助你的感觉与另一种感觉相会，那么，事情就不止于此了：你的思想变成了两个思想，或者，你的感觉变成了两种感觉，你的想象变成了两个想象。

绝不仅仅如此！由于这一相会，你的思想变成了数百个有力度、有深度、有广度的思想。

一个思想是一条被分开的小溪。

但许多相会在一起的思想，则是融会全部溪流的大海。这二者的区别，正如广阔的天际和汹涌的波涛同狭窄的堤岸和有限的轻波之间的区别。

很多问题，也许表面上或标题上有所不同，但你若将其归到这个本源上来，那最遥远的也像最切近的了。

例如，昆虫的天性和宗教哲学有什么关系呢？

宗教哲学与一首抒情诗和一首讽刺诗有什么关系呢？

这首诗或那首诗与一段复兴史或一场革命有什么关系呢?

一个人的生平与一个民族的历史有什么关系呢?

从表面上看，许多事情风马牛不相及。

但实际上它们都是一种生命的物质，都是从一眼泉中涌出的溪流，还要归回到那里去。

昆虫的天性是对生命初始的一种研究。

宗教哲学是对生命永恒的一种研究。

抒情诗或讽刺诗，是一个人的生命在爱情和报复时的两块燃烧的木炭。民族的复兴或革命，是千百万人心中生命波涛的汹涌澎湃。伟大的个人的生平，是一个生命在其他生命的展示。

所有这些都在同一个大海中相会。它们把我们从溪涧引向浩瀚的大海。

在我阅读时，我并不知道自己是在寻求这一切，也不知道这一爱好是从这一愿望中产生出来的。

但是我喜欢阅读了。我从我们所读的东西中发现了这一广泛的联系。由于这一联系，阅读有关一只蝴蝶的书和阅读有关麦阿里和莎士比亚的书这二者是彼此接近的。

我不喜欢书，因为我是生活中的一个隐修者。

但我又喜欢书，因为一个生命对我来说是不够的。一个人尽管可以吃，但他绝不可能吃下比一个胃的容纳量还要多的食物；尽管可以穿，但他绝不可能穿比人体所能穿的还要多的衣服；尽管他可以行走，但他不可能同时在两个地方落脚。然而，当他的思想、感情、想象增长时，他就能把许多生命集于一身，就能成倍地扩充自己的思想、感情和想象，正如彼此交换的那种爱情的成倍增长，亦如两面镜子间叠映出的那张像那样层出不穷。

宗教哲学是对生命永恒的一种研究。

有酸有甜

第一次寒流总是最难以忍受的。在打着哆嗦穿衣服的时候，我就思量，要是我能在每年的十一月初左右把全家都搬到南方去，到外边去一直待到春天再回来，那该多好啊！

但是，接着我便决定，要是在堪萨斯待到感恩节后，我也无所谓。我喜欢看冬季的悄悄降临，喜欢看最后一片树叶掉落，还喜欢看那萧瑟的景色坚韧地紧紧裹着大地。在佛罗里达我一定会因为看不到家乡十一月里寂静寒冷的黄昏而感到若有所失——来去匆匆的人们把头缩在衣领里，一个个默不作声，神情黯然，不过倒并不是绝望，而是一种既来之则安之的心情，像一缕青烟那么平静。

感恩节过后，在圣诞的装饰物被构建起来后，我很可能会决定，等到新年的第一天过后我再离开家乡。走在购物的人群当中，透过轻飘曼舞的细雪看那光辉夺目的橱窗，真是别有一番情趣。这和穿着泳装过圣诞的气氛可能不大一样。我们姑且过完新年，然后再来一次短期旅行吧。

我知道接着会有什么结果。那时，要不已经是春天的话，春天也即将来临了，接着，商行出售春耕种籽的分类价目表潮涌而至。一月很快就会过去，二月是一个短月，再下来，伴着啼唱的知更鸟、茸茸的絮柳和正在吐露的幼芽，三月接踵而至。

然而，设想一下我离开家乡而在春天回来。从茂密的棕榈林和木兰花丛中回来，看见黑色的枝干上长出一片细长淡绿的叶子，我会感到一阵激动吗？春天是开放的季节，她把自己从冬天的束缚中解放出来。温暖和生机的复归使人们充满欢欣。

但是，假如根本没有冬天。一个对冬天一无所知的人，他怎么会去热爱春天呢？要是你从来没有见过冰封的溪水，你哪里会有看到欢快溪流时的惊喜呢？

没有黑夜就没有白天，没有悲哀就没有欢乐，同样，没有冬天也就没有春天。

没有黑夜就没有白天，没有悲哀就没有欢乐。

暴风雨的启示

闷热的夜，令人窒息，我辗转不寐。窗外，一道道闪电划破了漆黑的夜幕，沉闷的雷声如同大炮轰鸣，使人悸恐。

一道闪光，一声清脆的霹雳，接着便下起瓢泼大雨。宛如天神听到信号，撕开天幕，把天河之水倾注到人间。

狂风咆哮着，猛地把门打开，摔在墙上。烟囱发出低声的呜咽，犹如在黑夜中抽咽。

大雨猛烈地敲打着屋顶，冲击着玻璃，奏出激动人心的乐章。

一小股雨水从天窗悄悄地爬进来，缓缓地蠕动着，在天花板上留下弯弯曲曲的足迹。

不一会，铿锵的乐曲转为节奏单一的旋律，那优柔、甜蜜的催眠曲，抚慰着沉睡人儿的疲惫躯体。

从窗外射进来的第一束光线报道着人间的黎明。碧空中飘浮着朵朵的白云，在和煦的微风中翩然起舞，把蔚蓝色的天空擦拭得更加明亮。

鸟儿唱着欢乐的歌，迎接着喷薄欲出的朝阳；被暴风雨压弯了腰的花草儿伸着懒腰，宛如刚梦中苏醒；偎依在花瓣、绿叶上的水珠闪烁着光华。

常年积雪的阿尔卑斯山迎着朝霞，披上玫瑰色的丽装；远处的村舍闪闪发亮，犹如姑娘送出的秋波，使人心潮激荡。

江山似锦，风景如画，艳丽的玫瑰花散发出阵阵芳香！

绮丽华美的春色呵，你是多么美好！

昨晚，狂暴的大自然似乎要把整个人间毁灭，而它带来的却是更加绚丽的早晨。

有时，人们受到种种局限，只看到事物的一个方面，而忽略了大自然整体那无与伦比的和谐的美。

有时，人们受到种种局限，只看到事物的一个方面，而忽略了大自然整体那无与伦比的和谐的美。

平 静

我相信，我们内心的平静和我们在生活中所获得的快乐，并不在于我们身处何方，也不在于我们拥有什么，更不在于我们是怎样的一个人，而只在于我们的心灵所达到的境界。在这里，外界的因素与此并无多大的关系。

大约300年前，当弥尔顿双目失明后，他就发现了这一真理：“思想运用以及思想本身，能将地狱变为天堂，抑或将天堂变为地狱。”

以拿破仑和海伦·凯勒的生平为例，就可以证明弥尔顿的话是何等的正确：拿破仑拥有了一般人梦寐以求的一切——荣耀、权力、财富等等，然而他却对圣海琳娜说：“在我的一生中，从来没有过快乐的日子。”而海伦·凯勒是个又盲又聋又哑的残疾人，可她却说：“生活是多么美好啊！”

我活了50多岁，如果问我在生活中学到了什么的话，那么，我的回答就是：“除了你自己，没有任何人和任何事物可以给你带来平静。”

除了你自己，没有任何人和任何事物可以给你带来平静。

最好的书

有一位纽约的交易所经纪人，由于做既冒险又有厚利可图的卖空投机而忘了及时给他的第三任太太物色礼物。这位太太是他在一年之前的今天娶来的，她是一笔颇为可观的财产的未来继承人。经纪人进退两难地问他的女秘书，他在赶回家之前还能买些什么。

“一只新式白金手表怎么样?”女秘书建议道。经纪人惋惜地摇摇头。“不行。过圣诞节的时候已经给她了。”

“那么送一只金的打火机吧。”

“真糟糕！她也已经有了。”这是他忧虑重重的回答。

“或者送一本书吧?”

“一本书?”精明能干的投机商犹豫不决地说，这时候他的目光透过窗户投射到对面的摩天大楼上，这是制造商托拉斯公司的希腊庙宇式的银行宫。摩天大楼的墙上有一块用一人高的字母拼成的广告牌，它向人宣扬这样一个简单明了的哲理：“最好的书——你的银行存折！”

“一本书？真该死，她也已经有了！”

最好的书——你的银行存折！

雨 中

开车后不到一小时，雨下得更大了。我放慢车速，和前头的车稍稍拉开一点距离，只见前边的尾灯在大雨中影影绰绰……刚巧碰上路口亮着红灯，我打了个大呵欠，揉揉双眼。

严格说来，现在我是违章的。我正带醉驾车，虽然只是喝了两三杯斟得不算满的啤酒。自从三年前夏天患肝痛以来，我差不多戒了酒。但是，遇到今晚这种情况，需要到饭馆那种地方去商量点事儿什么的，就得凑凑兴，不得不陪着喝上两杯。

戒酒后，每逢这种场合，我都主动充当高级出租车司机的角色，用自己的车送上司回家，颇得上司欣赏。今晚也同样，这不，刚刚把部长送回家了。本来，开车时，我满以为只喝了一点啤酒，那点醉意马上会消失的，不料，部长刚一下车，驾驶座上只留下我一个人时，全身骤然瘫软下来。不，我没醉，大概是太疲劳了吧。

我在中坚商社担任部长助理，在持续不断的慢性经济萧条中，终日疲于奔命。公司业务不景气，公司内部甚至传出风声，说要裁减职员。儿子哲夫明年即将考大学，现在正是紧要关口。我已年过四十，如果被裁下来，那可太糟了。因此，我拼命地干着。

车从大马路拐向我家所在的方向。街上阒无人迹。这没什么可奇怪的，雨这么大，加之又已过十一点。随着家的临近，我的睡意越来越浓。

我朦朦胧胧，漫不经心地将车向狭窄的十字路口左侧拐去，突然，车灯光柱的前端浮现出一个黑影。我慌忙紧急刹车，可是已经迟了。车明显地震动了一下，无力地停了下来。

我愣住了，过了好一会才摇下车窗，把头伸到雨中。我悄悄向后望去，沉沉夜色中只见一个人倒在后轮和保险杠之间。一把伞正好盖住了他的身体，其余什么都看不见。我下意识地去开车门，手刚摸到门柄，又僵住了。

霎时，各种想法像走马灯一样在脑海中转动起来。我又看了看那倒着的人影，那人似乎在轻轻蠕动着。我飞快地摇上车窗。周围依旧空无人影，路旁的房子里也没人出来。我重新握住方向盘，踩下油门。“酒后驾驶”、“打盹驾驶”，两个讨厌的词眼涌上心头。总而言之，要让警察知道就麻烦了。毫无疑问，责任该由我负……

我离开那儿，莫名其妙地绕远道回到了家。我定定神，按了门铃。里面响起了妻子直子的脚步声，门开了。

“啊，你回来了，我还以为是哲夫呢！”

“哲夫？他出去了？这么大的雨?!”

“是啊，他说收音机的电池没电了，到自动销售机那儿去买几节。我让他明天再去，可是……”

我突然不安起来，莫非……我又回忆了一下刚才那人影的样子。衣着什么的都没看见。伞呢？那伞倒确实是把大黑伞，可也算不得特殊，不能说是特征。直子和我说话，我心不在焉地应答着，一个劲儿竖着耳朵听门铃响没响，可是，传入耳膜的只是哗啦啦的雨声。

过了一会儿，电话铃响了。我的掌心猛地沁出了一阵汗来。直子出去接电话。

“这么晚了，谁还打电话来？喂，喂，我是宫田。嗯……嗯……啊?”

直子的声音突然高了起来。

我撞了自己的儿子，然后逃走了。虽然电话通知说没有生命危险，但我怎么也打不起精神自己开车。我安抚着激动的直子，要了出租汽车。十分钟后，车向医院驶去。三四分钟后，便到了久保田外科医院。我们被带到急救病房。哲夫正躺在床上，和坐在旁边椅子上的巡警谈着话。

听护士说，还算幸运，哲夫伤不重，左腰部分被车身擦肿了，右肘被保险杠狠撞了一下，断了，流了好多血。为了安全，今晚暂时让他住院观察。

“你还没回忆起那车子的特征吗？再想想看。”

巡警正在询问哲夫。我的心突地一下抽紧了。

“那是一瞬间的事，加上当时我疼极了，糊里糊涂的。”

我松了口气，太可怕了。

“说得也是啊。但是，把人压了，还逃走，实在太卑鄙了。明天也行啊，要想起什么线索，请和我联系。”

巡警留下这句话，走出了病房。我和直子一块儿把他送了出去。回到病房，哲夫已坐了起来。

“能坐起来吗?”

“不要紧。口真渴啊！接待室有自动销售机，给我买点儿汽水吧！”

“我去吧。”

我正想抬脚，直子已抢先一步走出了门。我害怕单独和哲夫呆在一块儿，含糊地嗫嚅着：“

稍等一下……”便想到走廊上去。这时，哲夫开口了。

“爸爸！”

“嗯?”

“那辆车的事儿。”

“嗯。”

“是辆白色的‘红焰’牌。”

“……”

“1975年型的。”

“……”

“车号是7604。”

“哲夫！”

那是我的车！哲夫什么都知道，可他什么都没说。

“真糟糕，天太黑，我没认出你，所以，把你扔在那儿……幸好伤不重。你没说出我，实在太对不起你了。”

这时，我第一次正视哲夫的眼睛，我一句话都说不出了。

“我买了柑子和葡萄……”

直子回到病房，她像是看到了什么异样的东西，极不自然地打住了话头，沉默下来。

哲夫看着我，他的视线犹如绵绵不绝的冷雨，立即，我感到一股彻骨的寒气，仿佛全身内外被淋得透湿一般。我呆呆地伫立着。

我已年过四十，如果被裁下来，那可太糟了。

看着湖

一大早沁凉的风就暗暗催送时间拨弄湖水的声音，恍惚熟悉却难理解的唏嘘；雨若也加入，把湖搅得不宁，我们也不来了。湖上迷蒙，假如是雾，可把湖罩得凄迷。迷糊或清醒，我们任何时候来，湖都慷慨招待。

心境晴朗，我们又到湖旁。总是晚起的日头答应在五点一刻醒来。日头比谁都爱水，昨天黄昏我们还在上班它就一声不响坠入湖的另一边睡了。现在要起来，唯恐着凉，先点点火烧几片云衔接天跟湖。水不害怕滚，都尽量保持冷静。看来五点十分一切都已准备就绪，它却还缠着水。赖了两三分钟后才眯着眼睛抛出橘色的染发，浮散在水平线上；摊开成彩绘溶释后，才冉冉探头露脸。开始还矜持绯红，越往上升越不害臊，装模作样，竟奢丽起来了。脸全都亮出时，圆润闪耀得刺目。瞬间，几只水鸟惊叫起来，飞入风浪的和声里；高亢、清脆、优柔三重奏，婉婉转转送给日头听，渐远渐稀。

漾漾传来湖水和日头的交谈。谈的究竟是什么，习习推挤着阳光又和湖水厮混在一起的微风不见得懂，徒填满我们的耳朵，还自作主张约定湖水向沙滩涌来韵律。湖水朝石灰石岸冲，冲不动，冒出白厉厉的獠牙，噬不裂，自己却碎了。石灰石是多年前从远地运来的，久已附生着水藻引诱鱼给人钓。人就是这样，口口声声说爱湖，却不准水扩展，围造岸按捺住湖。

人占领了这里后无端替湖担忧，甚至安排些柳，风吹都不走。也不知是湖依依挽留，还是柳婀娜拖曳湖，互相体贴真够幽美的，却还嫌单调；既造桥又摆亭，简直把庭园都搬来了；非但要给人瞧不停，而且故意和鱼过不去，养些天鹅、鸳鸯之类，滋扰得湖都不能悠闲。

有空却闲不住的日头已豪放亮相了，烧不灼，就光临湖上潋滟泛着光波，波动我们的思绪。

思潮中浮起法国精神分析学者拉康说的：并无单纯的观看；我们观看的永远不是我们要见的，因为每个凝视都隐含欲望，带着遐想，然而我们只单纯想看我们见得到的湖而已。不必想就都存在的是纷争的人间，挤满诡谲，一凝视就感到恐怖。面对坦荡的湖，我们呼吸清爽，可各自掬捧思想的浪花，或交换情愫的亮光。有许多话可说时，湖盈盈和谐配音。有话不说时，湖盈盈填补沉默的旋律。旋律过去不必我们思虑。我们不想探究湖的性格，毕竟娴静和粗犷都是自然的，自然就好。不想湖水洗涤阳光，还是阳光喜欢晃荡；不想风嬉戏湖，把水撩弄得痒个不住，还是湖和风有缘相会，无缘平静；也不想风找湖胡闹，还是湖糊里糊涂起哄；更不想鱼游得累不累，只要不被诱惑，自然不咬着钩不放而可活久些。反正我们不愿用人的观点翻译湖景。湖总是无谓地操练不懈，我们只是边漫步边舒展筋骨，感到恬适自在。

自然，为了生存鸟类常来盘旋。一只水鸟不愿随波飘摇，快到沙滩时就飞离了。沙滩上还散布着很多没被我们践踏的鸟爪印，湖水忙着和阳光打交道，也不来扫；而我们又莫名其妙赖在这里，水鸟宁可调侃浪也不肯来歇歇。偶尔踩到贝壳，不知潮汐何时送来的。拾回去可当做湖凝固的声音欣赏，但留着或许还可给一些不相识的小生物当家。什么都不取最清爽了，我们拿不起阳光，就留在沙滩上瞩望。

见到救生看台上写着：“救生员在此，游泳责任自负。”看出摆在这里很多年了，但不管什么时候来，我们从未看见过救生员。有一次它被暴风雨推倒。还是我们扶起的，无人守着的看台早已发呆成了多余的风景，其实自然生死自负，鱼游泳最怕救生员了。不会游泳的日头也不要人救，径自升得比看台还高。一只乌鸦聒聒叫着，要烦死高高在上的日光。我们踩到自己的脚印时，已快六点了，想起也该去工作了。我们一离开，两只水鸟就飞到看台，默默看着湖。

我们一离开，两只水鸟就飞到看台，默默看着湖。

青春的光芒

使朋友成为自己的良师益友，融交谈的愉悦与学习的益处于一炉。多与善解人意之人交往，你的话别人听来击节叫好，听别人的话你会受益匪浅。

与青春对话

一流的人不背叛

我以结交众多世界一流人士为荣。这些人对交谈的内容，不说谎、不利用、言行一致。从某一个层面来看，为贡献社会交换彼此的意见，这心灵的交流最为尊贵、强韧。

他们的人生必拥有深厚的信念和哲学。他们努力贯彻正确的人生观，谦虚为怀，力图贡献。

在同一层次上，和这种登峰造极的人不谋而合，就是理想的友情。当人类失去这样的友情时，将坠入永远的黑暗当中。

这是真正伟大的人的排名

曾听说，在19世纪，法国总统受邀参加一位大富豪所举行的晚宴，到场后发现，总统的席次竟然是第十六位，排名第一位的是铁路工程师，第二位是文学家，第三位是化学教授。

一位来宾问主人为何如此安排，主人回答："这是真正伟大的人的排名，所谓伟大，是指那人不可或缺，不可取代。"就是说，排名第一的工程师是因为他身怀世界最尖端的技术，谁也不能取代。第二三位也是一样；但是，总统却并非他才能当。

好人的周围集结好人

很多时，朋友对自己的影响远远超过父母或其他人。结交有上进心的好友，也会使自己争上游。在钢铁大王卡耐基的墓碑上刻着这样一段话："一个集结了比自己更优秀的人于四周的人，长眠于此。"这也是他的人生观吧！

结论是，要“结交益友”，只有自己先成为“益友”。物以类聚，好人的周围会集结好人。

物以类聚，好人的周围会集结好人。

青春赋

青春不是人生某一时期的标志，它是指人应有的心理状态。要永葆青春，既要有坚强的意志、丰富的想象和激荡的热情，还必须有战胜胆怯的勇气和决不向困难妥协而敢于去冒险的希求。人不是因岁月的流逝而老朽，当理想之火泯灭的时候，人生的“暮年”就开始了。岁月的流逝会在皮肤上刻下皱纹，而热情的消失则在心灵上留下痕迹。担心、疑惑、不自信、恐慌、绝望——这些东西正是夭折精神之树的元凶。无论是到了古稀之年的老人，还是尚未成熟的少年，在人们的心目中，他们应该有对奇迹的憧憬，对人生乐趣的寻觅，对竞赛的追求，以及对灿若群星的事物和思想的感知；还要有不屈不挠的斗志和像孩子期待即将出现的事物般的好奇心……

人与他的信念成比例地年轻，与疑惑成比例地衰老；与信心和希望成比例地年轻，与恐惧和绝望成比例地衰老。

谁能够从自然界、人类社会或神灵那里悟到美丽、喜悦、勇气、高尚、力量……谁就富有青春的活力。

当失去所有的梦幻，心灵的花蕊被悲观之雪和沮丧之冰覆盖的时候，他就真正地“衰老”了。这样的人，只有去乞求神灵的怜悯。

人与他的信念成比例地年轻。

干性女人和油性女人

在没有讨论干性女人和油性女人之前，我要先声明：我是一个偏向干性的男人。过去我对研究犯罪学十分狂热，对亚里士多德和龙勃罗梭的学说，浸淫甚迷。谈干性女人和油性女人，多少有些昔日的观点残留下来。

我知道在触及这个问题的时候，会有吃力不讨好的反应，不管是干性女人或油性女人，都很不可能承认自己属性的弱点部分。爱美是人的天性，加以女人通常都比男人缺乏肚量，所以她们大都宁愿迷信自己是个十全十美的女人。

因恋爱而结婚的夫妇，在新婚的初期大家都爱极尽美言之能事，形容是“情投意合”云云。

我个人的感觉是，情投意合不应该广被剽窃，如果一个干性男人和一个干性女人结为夫妇，那么除非其中的一个(不论是男的或女的)能有超人的理智和容忍精神而外，悲剧恐怕是很难避免的。

要是一个油性男人和油性女人结合呢？我想，那是一对活宝。

现在，我不打算设身处地地站在女人的一边来说话。我完全是以一个正常的男人的角度来看女人的。

当然，把女人大致区分为干性和油性两种类型是有欠科学的。您不妨把它当笑话来谈。

所谓干性女人，就是那种瘦瘦干干，似乎挤不出水分来的那种女人；所谓油性女人，就是那身材饱满，白白胖胖的那种女人。

我谈干性女人和油性女人，主要的用意是让那些正打算物色终身伴侣的男人们，有个比较，因为，女人的外表生态和她们的性格是有莫大关系的。这虽未必是颠扑不破的铁律，却有绝大多数的成例。

干性女人有男人的阳刚气质，富进取心，有勇气敢担当，倔强而好胜；油性女人则恰好相反，她们是温柔体贴，乐观安逸，平易随和，为人处世，不求有功但求无过。

油性女人水分多，不会像干性女人那样多愁善感，易升燥气。

例外的事情并不是没有，我们可能都见过娇媚无力的美女，轻飘飘懒洋洋，叫人不胜怜惜，我们也可能都遇到一些五百斤油型的“航空母舰”，动不动就脸红脖子粗，气冲牛斗，大发雷霆的女流。

咱们中国人有句俗话说：“小人心里算盘多。”同样的道理，瘦瘦干干的女人总比白胖胖的女人不好侍候。

干性女人因为具有阳刚气质。所以也就不大服膺中庸之道，她们以为，纵使不成女中豪杰，也应多彩多姿，油性女人则不然，从好听一面说，她们是安于现实，实际上，她们不是怀抱享乐主义，就是游戏人间，安分一点的，就干脆混混沌沌，迷迷糊糊地顺应生老病死的天演法则，度其一生。

在男人眼中，多数喜欢油性女人，女人是水做的。所以女人应该是温柔的驯从的。他们怕张牙舞爪的女人，因为那是没有弹性的，不美的。

我个人的意见是，干性女人和油性女人既然都是女人，就都同样值得男人去注意和重视。当然，如果干性女人能够处处警惕，掩盖锋芒，以幽默代替讽谑；而油性女人则不妄自菲薄，不以附庸自视，稍微培养进取之心，那么，女人都将更可爱。

有一点必须补充的是干性男人最好避免和干性女人结合，干柴烈火，光是燃烧，不打紧，怕的是会爆炸毁灭。

要是一个油性男人和油性女人结合呢？我想，那是一对活宝。

男女之别

你知道吗？约有三分之二至五分之四的酗酒者都是男性。十个丈夫之中，只有一个会继续与酗酒的妻子生活；但十个妻子之中，却有九个会继续与酗酒的丈夫生活。

——这不过是男女之别的其中一个例子，其余的例子则是：

◆暗疮：长暗疮的男性比女性多，因为男性睾丸激素水平较高，刺激皮脂腺产生皮脂，堵塞毛孔，引致感染。

◆阻止罪案：研究显示，遇贼时反抗的女性比男性多25%。

◆哭泣：男性在哭泣时双眼会水汪汪的，而女性在哭泣时会诉说并且喉咙哽咽。

◆爱侣的死：男性时常害怕爱侣会被杀或自杀，而女性则常常害怕爱侣会遭遇意外或年老死去。

◆作决定：女性作决定的速度比男性快。

◆做梦：男性做的梦多数与陌生人及暴力有关，他们梦见男性的次数是梦见女性的两倍。即使做梦见的女性，也多半是与性爱有关的。

女性的梦境通常是在户内，或者是在一些熟识的环境。梦境的气氛大多是友善的，除非是正值月经之前——这时候的女性在做梦时会觉得懊恼、厌烦及紧张不安。

◆支配别人：入学前的男孩比女孩更爱支配别人。中学时期的男孩子也比女孩子爱支配别人。成年后婚姻生活越长久，妻子就越成为支配者。

◆忍耐力：女性比男性更能挨饿和抵受精神压力。

◆谈恋爱：约有25%的男性在第一次约会时就爱上对方，但女性到了第四次约会，才有15%爱上对方。

◆友谊：男性在年轻时会交很多朋友，但女性过了中年之后才会有更多朋友。

◆谣言：大多数对成年人所作的调查都显示，男性和女性爱搬弄是非的程度是一样的。

◆失眠：患失眠的男性数目是女性的两倍。

◆直觉：女性比较懂得鉴貌辩色，从对方的面部表情、动作及声调了解言下之意。神经与精神科专家韦柏医生估计，这可能是由于女性脑部在左右两部分连接得比男性紧密，能将接收到的讯号迅速地来回传递，反复思考。

◆婚姻与罪行：犯罪的单身男性比已婚男性多，而犯罪的单身女性则比已婚女性少。

◆婚姻与快乐：声称快乐满足的已婚男性几乎是单身男性的两倍。但已婚的女性却比单身女性更常表示不快乐，不管有了孩子与否。

◆记忆力：女性的记忆力似乎比男性好，尤其是对那些与她分别了一段时间的人。

◆流产：流产的胚胎大多数是男性。

◆过重：一般男性的体重都比标准超出二十至三十磅，而女性就平均超重十五至三十磅。不过，超重的女性比超重的男性多。

◆歌喉：走音的男性比女性多。

记忆力：女性的记忆力似乎比男性好，尤其是对那些与她分别了一段时间的人。

孤独时，我们跳舞

巡游船满载着乘客，已度过3天的愉快旅行。在我前面的过道上，一位身躯娇小的妇女在散步。她双肩耸起，白发苍苍，留着短式发型。

从轮船的通讯舱传来熟悉的曲子——《跳起比根舞》。这时奇妙的事情忽然出现了。没有意识到身后有人的那位妇女开始手舞足蹈起来。她，捻着手指，着快速而优雅的舞步——回步、拖步、滑步。

她舞动着，一直到了餐厅的门口，然后停了下来，恢复了自己庄重的神态，走了进去。

这一情景多次浮现在我的脑海里。现在当我的生日——我已到了大多数人不再相信我还可以跳舞的年龄——到来时，我又想到了它。

年轻人常常以为我这种年龄的人不会再跳舞，不会再有罗曼蒂克或梦想。他们认为，我们到了这种年纪，应该是皱纹累累，腰身肥硕和头发灰白。

他们没有看到别人内心世界的全部，因为人们已习惯把我们看成是聪明而怪癖的老家伙，举止威严的老妇人。

从未有人知道，我还是一个在绿叶葱葱的波士顿郊区长大的瘦弱小女孩。我的家庭充满欢乐活泼的气氛。母亲是一个大美人，父亲永远性情温和。在我的心灵深处，我仍然觉得自己是这个家庭中最小的孩子。尽管我的双亲久已去世，我们姊妹4个中现在有3个还活着，但这么想也无关紧要。

40年前，我离开了波士顿，但在感情上我依旧是一个新英格兰人，我仍然是一个渴望爱情的小姑娘、追求社会尊敬的青年人，但我把这些告诉谁呢?

现在我经常会见专家，参加会议，或坐在微机旁写文章。没有人会想到我曾经梦想成为一名记者——从一个首都到另一个首都，生活得轻松愉快，以敏锐的洞察力和独家报道的内幕消息，引起一些政府的震惊。

我们都像过道上的那位年迈妇女，在她心底仍回荡着那首曲子的旋律。我们像所有如同我们曾经生活过的生命一样，外表上我们是成年人，但本质上我们还是哈哈笑笑的孩子、羞羞答答的少年、充满梦想的青年人。

生日来了又走了，但在内心深处，我们仍然可以倾听到《跳起比根舞》的曲子。

孤独时，我们跳舞。

孤独时，我们跳舞。

一现的光芒

她是个14岁的女孩，一个独女，三天前还在练习做啦啦队队长，接着就突然得了脑膜炎。现在，在一个明朗的夏日，尽管我们有的是医学本领和先进技术，她的脑子已没有了生命。她母亲——一个单亲——和她外婆，坐在她床沿，等待她咽气。

护士和我把病床四周的帘幕拉上，我又把呼吸器关掉。我们守在房间两边。那母亲抚摸孩子的头，外婆捉住她的手时，我则瞧着她们和那个时钟。为了某些原因，不知怎的我的眼泪开始滚滚而下。

我目睹过许多死亡，虽然我总是恰如其分地表示同情，但通常不会流泪。但现在，我发觉自己为那个陨灭的生命而哭泣，为那母亲将会体验到无法形容的寂寞而哭泣；为那外婆失去了再下一代而哭泣。但同时，我也为自己的孩子——两个健康的男孩——而哭泣。我看着女孩死去时，我也哀悼我的孩子将来某日免不了的死亡。我现在把他们的一部分死亡铭记在心里。

垂死的儿童给切断呼吸器时，生命往往是极不愿意地离去的。但这女孩的呼吸节奏却很平和地消逝。她从生到死的转变过程是安静而不干扰别人的。

后来驾车回家途中，我想到自己的孩子。他们前一天晚上会为我采摘山莓。妻曾告诉过他们我喜欢吃鲜山莓当早点。没有什么比它更好吃，但(像所有真正珍贵的东西一样)也没有什么比它更不经久。我决定停下来到店里买一套球拍和网球，以答谢他们和庆祝他们仍然在生。

我家在乡下，四周有许多生物，所以死亡也就屡见不鲜，而对我们饲养的金丝雀来说，尤其如此。我们饲养它们是因为喜欢它们的歌声和美丽，而不是因为它们耐养。我们有个习惯：

一只鸟死了之后，我们便假装把它变成星星。我们走到院子旁边，把那小鸟身躯掷入空中，让它落在毗连的麦田里。那鸟儿毫无声息地消失在高大的麦子里。当晚吃饭时，我们谈到那女孩，我们那3岁的孩子问是否已把她变成星星，我告诉他我们已经把她变成星星了，等睡觉的时候会指给他看。

那天夜里，我梦见女孩的母亲和我把她带到我们的院子旁边，然后把她摇来荡去。我们把她抛到麦田里，就像抛金丝雀一样，她在半空中无声无息地消失了。我霍然惊醒，挺坐在床上，然后走进孩子的房间里，亲吻他们的额头，替他们盖好被。我万分感激那女孩。

她的死亡教导了我如何生活。

她的死亡教导了我如何生活。

年轻

年轻，并非人生旅程中一段时光，也并非粉颊红唇和体魄的矫健。它是心灵中的一种状态，是理性思维中的创造潜力，是情感活动中的一股勃勃朝气，是人生春色深处的一缕清新。年轻，意味着甘愿放弃温馨浪漫的爱情去闯荡生活，意味着将超越羞涩、怯懦和欲望的胆识和气质。而60岁的男人可能比20岁的小伙子更多的拥有这种胆识和气质，没有人仅仅因为时光的流逝而变得衰老，只是随着理想的毁灭，人类才出现了老人。岁月可以在皮肤上留下皱纹，却无法为灵魂刻上一丝痕迹。忧虑、恐惧、缺乏自信才使人佝偻于时间的尘埃之中。无论是60岁还是16岁，个个都会被未来所吸引，都会对人生竞争中的欢乐怀着孩子般的无穷无尽的渴望。在你我心灵的深处，同样有一个无线电台，只要它不停地从人群中，从无限的时空中接受美好、希望、欢欣、勇气和力量的信息，你我就永远年轻。一旦这无线电台坍塌，你的心便会被玩世不恭和悲观绝望的寒冰酷雪所覆盖，你便衰老了——即使你只有20岁，但如果这无线电台始终矗立于你的心中，捕捉着每一个乐观向上的电波，你便有希望死于年轻的80岁。

年轻，意味着甘愿放弃温馨浪漫的爱情去闯荡生活。

少 女

少女是上帝存在的主要证据。除了全能的上帝，谁也不可能创造出少女。如果没有少女，世界根本就没有必要存在。

上帝热爱少女，让她变成天使；魔鬼热爱少女，让她诱惑男人；男人热爱少女，让她任意胡闹——于是世界变得如此精彩，于是文明变得如此灿烂。

每个男人背后，必有一个母亲——爱他；

爱他的母亲，曾经是少女。

每个男人面前，必有一个少女——他爱；

他爱的少女，将要做母亲。

因为爱一个母亲，他爱一切少女；因为爱一个少女，他爱一切母亲。

少女是一切美好事物的起源：她要什么，她的情人就给她什么；不存在，就创造。少女是一切历史变迁的缘起：她要怎样，她的情人就由她怎样；不然，就拉倒。

少女是一切艺术杰作的原因：她一撒娇，她的情人就欢笑：一欢笑，就灵感蜂拥。少女是一切聪明智慧的因缘：她一任性，她的情人就苦恼；一苦恼，就大彻大悟。

莎士比亚说：“凡是女人生的男人，谁不会爱女人？”我想问，凡是爱女人的男人，谁会不爱少女？但是男人爱少女，不是在他爱的少女变老以后，去爱另一个少女——这个少女自有别的少年去爱，没有你老男人什么事，否则就是为老不尊，必将成为少年们的公敌。一个懂得爱的男人，是在爱上一个少女之后，终其一生努力使这个少女成为永远的少女。这样的话，即使这个男人自己已经成了糟老头，他的爱妻依然是精神上的少女。只有得到了真正的爱情的少女，才能成为永远的少女。因此，少女最大的心愿，就是得到真正的爱情。

每个男人背后，必有一个母亲——爱他。

女人的魅力

为了获取美，一个女人必须自负，必须坚信自己的美丽。

美的各部分的罗列，并不等于美本身。理想的部位、完美的比例，只能让人想起冷冰冰的大理石塑像，它没有思想，也没有个性。相反，有时你会看到一个长相一般的女人，你却觉得她是美的。她把你吸引住了，你看到她就感到愉快，甚至羡慕。这是什么原因？就是因为她的“自负”，她对自己的美丽的自信。事实正是如此，如果某位女人觉得自己是美的，她就会因美的愉悦而容光焕发，即使对她的身体与化妆大可挑剔，你仍得承认她是美的。真的，我认为没有一种力量能比对美的自信更能使女人显得美丽。

自信的涵义我们都熟悉。有时它表现在一个沿着长街从容漫步的女人身上，尽管她并不特别漂亮，却吸引了我们的目光；有时它表现在一位身居高位的男人身上，虽然他名重一时，仍然亲切和蔼、平易近人。我认为，自信意味着勇气与自制之间的平衡，真正的自信必然表现为淳朴无饰与真挚坦诚。

可以通过了解自己来建立自信。自信不会出自十全十美，它来自对事物的洞察、对问题的了解。自信源自实践。如果做了一件成功的事，你就充满自信，知道下一次该怎么干了。

就美而言，如果我们想具备自信，那么首先必须承认：应对我们的外表和感觉负责的是我们自己，而不是别人。

美人与普通人之间的差别就在于修养。一个美丽的年轻女人若是没有修养，随着时光流逝，她会很快人老珠黄；相反，一个容貌一般的女人若有修养，时间无疑会使她更加美丽。

我想起了我居住的瑞士贝根斯托克的一对老夫妇。那是一个星期天的早晨，我看见他俩手挽着手缓缓而行，可能是去教堂。丈夫因年老而显得身躯伛偻。但他们的装束整洁而讲究，显然这是他们最好的衣服，那男人的上衣领子上还佩着一朵花。我暗暗对自己说：“这，就是终生的修养。”我觉得他们是令人羡慕的。因为他们对生活细节的关注显然给他们带来莫大的愉快。

优雅与风格是时装追求的最高目标。

优雅意味着永存的美丽与雅致。我的侄女总穿奇装异服，如乞丐裤什么的，上身穿一些稀里古怪的玩意，那模样就像收获时节的农人。人们年轻时，什么都想试试，成天跟在别人后面跑，追逐所谓的潮流。直到最后，她开始寻找适合她自己的打扮，开始认识到永不过时的外表才是真正的追求目标，这时，便是她欣赏和追求优雅的开始。

优雅的时装总是舒适的。法国作家和诗人杰思·卡克特尤说过：“优雅是一种让人不惊诧的艺术。”这对时装同样适用。格莱丝·凯丽身上流露出来的优雅气质绝不会被她的衣服所掩没，因为，那衣服并不十分注目，她的装束从来不让人惊诧。掌握了优雅，便是成熟女性的生活乐趣之一。

你要用衣服来表现自己的个性，风格将从中起重要作用。如果说优雅是协调，那么风格就是个性。

有些妇女通过戴一顶帽子，扎一条头巾，或者别出心裁地佩挂一副项链来表现自己的风格。

体现风格可以是异想天开的，也可以是轻松有趣的，只要能表现自己的个性，什么都不妨试一试。有时，你可用机智的配合来体现自己的风格，比如上身穿一件豪华的丝绸衬衣，而下面则穿一条蓝色的斜纹布工装裤。在任何情况下，体现风格都不取决于昂贵的开销。

时尚总是在不断变化的。正如考克·契纳尔所说：“所谓时髦，就是那种很快就不时髦的东西。”

我在购买时装时认真考虑这四个因素，它们是：质量、生活方式、色彩和表现自我。

质量好并不等于价格贵，它是指衣服的质地、剪裁、色彩和线条须符合一定的标准。一件衣服如果缝制粗糙，质料低劣，不管它价格多贵，它也不会给你增色，而且不耐穿。你不如买一件质量好的衣服，虽然贵些，但寿命却长得多，而且你穿上它就感觉良好。质量好的衣服都裁剪得稍大些，目的是为了显示布料自然的线条与起伏。而紧衣服穿上身那布料就没法动弹，这正是廉价衣服的特点。

我们需要的衣服应该是舒适宜人，脱穿方便，看起来又不是那么刺眼的。应该把置装费用在你常穿的衣服上。如果你是在家里打发日子，那你就得花钱一些有吸引力的便装。那样，你早晨一穿上它就感觉愉快，并让你在忙忙碌碌的一天时间里都保持这种感觉。

大多数女人最终会发现有几种颜色她们特别喜欢。当你发现与你相配的颜色的衣服，那就别放过。黑色是我最喜欢的颜色之一。我觉得穿上黑色衣服总使我感到自信和优雅。我用一条彩色围巾来点缀我的黑衣服。我从银幕上看到自己穿红色或白色的衣服也很吸引人。看来，单一的、醒目的颜色最适合我。实际上，面容生动的女人穿单一的颜色效果总是十分好。

衣服是人们之间传递信息最直接的手段之一。我们都通过时装向外界显示我们自己，准确反映了我们的个性。有一次在聚会上，我看到一位女人穿着一件叉口一直开到大腿的火红色衣服，领口也开得极低，如果她对这身打扮镇定自若，那也挺不错，可她偏偏不是。整个晚上，她都在考虑如何应付外界的反应，这怎么让她自在得了。

克拉克·盖博眼中的光彩，凯瑟琳·赫本的勇气，玛丽琳·莫罗锋的娇媚……他们的这些素质吸引了我们，就好像某种魔力。这种我们难以抗拒的力量，就是魅力。

魅力包含技术、真诚和神秘感。

人们之所以愿意围着有吸引力的女人转，是因为她使一切都充满乐趣。不论是林间散步，电话交谈，还是正式的聚会，她都能使每一时刻充满生机。一位有魅力的女人总能记住别人的生日，总会给别人写一封漂亮的感谢信，总是以她自己的方式体谅人。魅力可以通过给生病的朋友送一件礼物而直接表现出来，也可以通过邀请人们骑自行车这突发奇想的做法而显露出来。有时，它还像表示认识对方的微微一笑那样微妙。那么，这个难以捉摸的魅力究竟来自何处?当某人从事电影演员工作，也会学到一些基本的知识，如举止、外表、姿势等。不管你那特有的吸引力是什么，它都会因为魅力的技术因素而得到加强。但是，魅力中除了技术的因素，更多是艺术的因素。

真正的魅力是真诚的自我表露。有时，某种大胆与羞怯，甚至像踏错舞步这样的小举动都会具有魅力，因为这些举动全是出于内心，是绝对真诚的，它让我们看到某人的心灵。当你把自己独有的一面显示给别人，魅力就随之而来。

最后一个因素是：除了真诚与技术，魅力还得有神秘感。魅力的神秘来自无言之境。这可以是某种神色，某种手势，某种比眼中所见的更多的意兴。

一个很小的举动就能使人们的关系融洽起来。一开始它们是一种技术，由于真诚，然后就成为我们的习惯，最终，它会转变为我们独特的、神秘的魅力。

一旦我们走出青春期的幻境，我们就不需要那种英俊无比、富有魅力、充满圣徒气质的男人了。那些正坐在你餐桌对面的男人，那些你正想与之见面的男人，由于各种不可思议，难以言说的因素，他决不会比那理想男人逊色，他才是你真正理想的男人。

我认为，爱情容不得无情的细察，如果我们总是对它考验、检查、比较，将之无情解剖，我们的爱情就会变得孱弱，最终消逝。

我们若是想仔细剖析问题，那么我们先得认识到爱情并不是温室里的花朵，它是在大自然中偶然萌发的。说它是精心培植的玫瑰，倒不如说是一朵野花，它是羞怯、朴素的。它应能激发灵感和愉悦，但不应被奉作神明。如果我们将它移植，过分地照管，时时干扰，它也许会夭折。而宽容的态度和温暖的环境倒能使它怒放，让我们惊喜。

作为爱侣，你可不能忽视小节。小处的魅力与亲切正是爱情的重要之处。当你赢得了对方的心后，你常常会忘记这一点。当你把爱情视作当然，再也不想为对方做些什么，你们的关系就会紧张起来，而幸福也就迅速消失。

世界上没有一种美能同有自知之明的美相比，能同客观地承认自己而带来的恬静相比。

你要用衣服来表现自己的个性，风格将从中起重要作用。如果说优雅是协调，那么风格就是个性。

小小绅士（外一则）

前些日子，正值水果冰激凌大降价，一个十岁男孩走进一家饭店的咖啡厅，坐在一张桌子旁。女招待放了一杯水在他面前。“一份水果冰激凌多少钱?”

"50美分。"女招待答道。

小男孩把钱从衣袋里拿出来，数数他有多少钱。"一盘冰激凌多少钱?"他问。

几个人正站着等空台子坐。女招待显得有点不耐烦，态度恶劣地答："35美分。"小男孩再数数那些硬币，他说："我就要一盘冰激凌吧。"女招待端来冰激凌，放了账单在桌上，然后走了。男孩吃完冰激凌，付了账离去。一会儿，女招待回来收拾桌子，此时她感到嗓子发干，难以相信眼前的一切：吃完的碟子放在干净的桌面一边，还有2个5分硬币和5个1分硬币——给她的小费！

同情的眼神

许多年前，在弗吉尼亚北部，一个很冷的晚上，一位老人等待骑手带他过河，他的胡须挂上的霜已在冬天结成冰。

他听见马沿着冰冻的路面奔跑着逐渐远去的均匀的蹄声。当几个骑手路过时他忧虑地看着他们。他让第一个骑手走过而没有让自己引起他的注意。第二个，第三个都这样过去了。当最后一个骑手来到老人坐的地方时，老人已像一个雪人。老人看着骑手的眼睛，说："先生，您不介意带一个老人过河吧？我已经找不到路了。"

骑手拉住马答："当然，上马来吧。"看到老人被冻僵的身体不可能起身，他下马帮助老人。骑手带着老人不仅过了河，还把他带到了目的地。

当他们来到温暖的小屋前时，骑手好奇地问："老先生，我注意到您让几个骑手走过而没有请他们带你。然而我来，您即刻请求我，我觉得奇怪，这是为什么？在这样寒冷的冬夜，您情愿等待和请求最后一个骑手。如果我拒绝，您怎么办?"

老人慢慢地从马上下来，直视骑手的眼睛说，"我在这里已经有些日子了，我想我更了解当地人。"老人继续说，"我看见了他们的眼睛，立即知道他们并不关心我的状况，请求他们帮助是没有用的。在您的眼神里，我看到了友善和同情。我知道，您善良的品德使我有机会在我需要时得到您的帮助。"

一席暖人心的话感动了骑手。"我非常感谢您刚才所说的，"他告诉老人，"我以后绝不会因自己的事太忙，而忽略其他人需要友善和同情。"

说完，托马斯·杰弗逊掉转马头向白宫归去。

我以后绝不会因自己的事太忙，而忽略其他人需要友善和同情。

赞扬的魅力

百老汇的一位喜剧演员有一次做了个梦：自己在一个座无虚席的剧院给成千的观众表演——讲笑话、唱歌，可全场竟没有一个人发出会意的笑声和鼓掌。

"即使一个星期能赚上十万美元，"他说，"这种生活也如同下地狱一般。"

事实上，不只演员需要鼓掌。如果没有赞扬和鼓励，任何人都会丧失自信。可以这样说：我们大家都有一种双重需要，即被别人称赞和去称赞别人。

赞扬人也是一种艺术，不但需要合适的方式加以表达，而且还要有洞察力和创造性。一位举止优雅的妇女对一个朋友说："你今天晚上的演讲太精彩了。我情不自禁地想，你当一名律师该会是多么出色。"这位朋友听了这意想不到的评语后，像小学生似的红了脸。正如安德烈·毛雷斯曾经说过的："当我谈论一个将军的胜利时，他并没有感谢我。但当一位女士提到他眼睛里的光彩时，他表露出无限的感激。"

没有人会不被真心诚意的赞赏所触动。耶鲁大学著名的教授威廉·莱昂·弗尔帕斯经历过这样一件事：有一年夏天，天气又闷又热，他走进拥挤的列车餐车去吃午饭，在服务员递给他菜单的时候，他说："今天那些在炉子边烧菜的小伙子一定是够受的了。"那位服务员听了后吃惊地看着他说："上这儿来的人不是抱怨这里的食物，便是指责这里的服务，要不就是因为车厢内闷热大发牢骚。19年来，你是第一个对我们表示同情的人。"弗尔帕斯得出结论说：人们所需要的，是一点作为人所应享有的关注。"

在这种关注之中，真诚是最为重要的。因为只有真诚才能使赞语具有效力。做父亲的劳累了一天后回家，当他看到自己的孩子将脸贴着窗子正在等待和注视着自己的时候，便会感到自己的灵魂沐浴在这甜蜜的甘露之中。

真诚地赞扬别人，能帮助我们消除在日常接触中所产生的种种摩擦与不快。这一点在家庭生活中体现得最为明显。妻子或丈夫如能有心经常适时地讲些使对方感到高兴的话，那就等于取得了最好的结婚保险。

孩子们总是特别渴望得到别人的肯定。一个孩子如果在童年时代缺少家长善意的赞扬，那就可能影响其个性的发展，甚至还可能成为一种终生的不幸。一位年轻的母亲讲了一件令人深思的事：

我的小女儿经常淘气，而我不得不常常责骂她。但有一天她表现得特别好，没有做一件惹人生气的事。那天晚上，我把她安顿上床后正要下楼时，突然听到她在低声哭泣。我不禁问她出了什么事，她一边哭一边问道："难道我今天不是一个很乖的小姑娘吗？"

说话和善——适用于所有人与人之间的关系。我小时候住在巴尔的摩，邻近的街区新开了一家药店，而帕克·巴洛——我们的经验丰富和久有声望的药店主，对此感到非常气愤。他指责他的年轻的对手卖次药，毫无配药方的经验。后来，这个受到攻击的新来者为此事向法院起诉。他去请教一个律师，这位律师劝告他说："别把这件事闹得满城风雨了，你不妨试试表示善意的办法。"

第二天，当顾客们又向他述说帕克的攻击时，他说："一定是在什么事上产生了误会。帕克是这个城里最好的药店主之一，他在任何时候都乐意给急诊病人配药。他这种对病人的关心给我们大家树立了榜样。我们这个地方正在发展之中，有足够的余地可供我们两家做生意。我是以巴洛医生的药店作为自己的榜样的。"

赞扬人也是一种艺术。

万幸

有人告诉查乌尔，大学里最优秀的女生娜塔莎爱上了他。查乌尔听到这个消息后，站在镜子前面，久久地仔细端详着自己。从镜子里望着的他，是一副无精打采的面容，两只大耳朵，一个冰山船的大鼻子，还有满脸的青春疙瘩。"对不起，这么难看的脸，她能看上吗？"查乌尔不由自主地把娜塔莎和自己相比着，自我批评地耸耸肩膀想道。娜塔莎是三年级学生，长得很漂亮，很讨人喜欢，所有尊重自己的男生都在追求她。他也在暗地里追求她。为什么在暗地里呢？因为他没有抱任何希望。竞争者太多了，条件都比他强得多。现在这么出乎人意料之外，她竟会爱上他！

“拿我的容貌来说，不用化装，就可以走上马戏团舞台。”查乌尔伤心地叹了口气，越来越嫌自己长得丑。“也许她喜欢我的内在气质？”但是这个结论也没能站住脚——他认为还是他自己最了解自己。

查乌尔一会儿怀疑这个，一会儿怀疑那个，心里十分痛苦。最后，他想道：“是不是她只需要有处房子呢？现在的姑娘可精着呢，对她们一定得特别小心。等结完婚，她抢走一半房子就离了，再跟一个漂亮的小伙子住在我的那一半房子里。不对，这件事肯定不对劲儿。”

他没敢去冒这个险。

12年后，他偶然与娜塔莎重逢。娜塔莎还像以前一样苗条好看，和蔼可亲地对他微笑着。她已经当上了候补博士，学会了开汽车，每年夏天都亲自开汽车载全家人出去旅游。

娜塔莎对他凄然一笑，说道：

“你知道么，以前我爱过你，现在仍旧爱你……”

“老天爷啊，真是万幸，我没跟她结婚。”查乌尔轻松地吁了一口气，心中默默地想，“我当时的感觉没有错。这算什么呢？和丈夫在一起生活了这么多年，居然还爱另外一个男人。

太可怕了！”

你知道么，以前我爱过你，现在仍旧爱你……

温暖

那是很久以前的事了，在战后的布达佩斯。

那时，我是个大学生，穷困潦倒，经常挨饿，身上的衣服已经成了破布片。正是天寒地冻的冬季。有一天——我站在车站等候电车。北风无情地肆虐，像是要吹走我身上的全部热量。我缩在破外套里不住地发抖。不知等了多久，好像很长很长时间，电车终于来了。车厢里已经塞满了人，而我总算还是挤了进去。上了车冷得就不那么可怕了，可后背还是冰凉冰凉的。

电车开动了。我发现身旁站着的是一位少女，看上去她的处境和我一样。车厢不断地摇摆，车上的人们不停地蠕动、我和她被挤得紧紧地挨在一起。过了一会儿，慢慢地，几乎是下意识地，我们都转过身去，她的后背轻轻地贴上了我的后背。也许她的背部也是冰凉的吧?

我不由得产生了一种奇异的、难以忘却的感觉。一股热流浸透了我那几乎冻僵了的脊背，周围的一切都不存在了，好长时间里，我只感觉到这天意般的温暖，是它正把我从可怕的寒冷中解救出来。

时间静静地流逝。电车仍在不停地摇晃着，驶过了一站又一站。我们紧紧相依，忘掉了一切。当我第一次环顾四周时，才发现车厢里已经没有几个人了，只有我和她依然伫立在中间，背靠着背……

世间再好的梦也要醒的。果然，我感到，她正冉冉离去。我默默地望着她的身影，她也回过头来看看我，用一双漂亮、热情、褐色的大眼睛对我说着再见，随后，她下车了，消失在寒冷的夜色里……

今天，当我乘上电车旧地重游时，这段往日的情景又浮现在脑海里。哦！那位遥远、陌生、温柔的姑娘啊，如今你也该是满头白发了，你是否已经找到了一位你愿意温暖他一生，而他也能给你以无限报偿的伴侣呢?

时间静静地流逝。

天空从哪儿开始

走出心灵的踌躇，用真诚感动上帝，用信念战胜不幸。生活中最重要的是：不要怕做人。这样，就知道天空开始的地方……

美丽的邻居

我对隔壁那位年轻的寡妇，怀有一份深深的爱慕之情。我把这份纯洁的感情埋在心底，就连我最亲密的朋友——纳宾，也不知道我的心事。

可是，爱的激情，就像山上的溪流，不能停留，它要找到一个缺口倾泻而下。我开始写诗了。

真是巧得很，我的朋友，纳宾，此时也如痴如狂地作起诗来。他的诗体很旧，内容却永远是新的。无疑，那诗都是为心上人做的。我问他："老朋友，她是谁呀？"

他笑着说："这个连我也还不知道哩！"

说真的，帮纳宾改诗倒使我感到十分痛快。我像母鸡替鸭子孵蛋一样，把按捺在心中的激情一倾而出，他那几首抑扬的诗，经我大胆地修改，变得更加情真意切了。

为此，纳宾惊诧地说："这正是我想说而又表达不出来的呀！"

我说过，我对那女人怀有的是一份深深的爱慕。

有时，纳宾会头脑清醒地说："这诗是你作的，写上你的名字拿去发表吧。"

我说："哪里的话！我只是随便改改罢了。"

我不否认，我常常像天文学家观察天空一样，呆呆地望着隔壁的窗户。

终于有一天，我真是不敢相信自己的眼睛。那是一个炎热的夏天的下午，我看见那美丽的邻居站在那里仰望天空，那乌黑发亮的眼睛显得忧虑不安。那是一双渴望的眼睛啊！那淡淡的愁思，就像一只归心似箭的鸟儿，然而它的归宿不在天上，却在心间。

看着她那心事重重的神态，我几乎不能自制。我于是决定做宣传工作，号召破除寡妇不能再嫁的旧习俗。

纳宾开始和我争论了。他说："寡妇守节意味着一种纯洁的美德，如果寡妇再嫁，不就是伤风败俗了吗？"

我没好气地说："可你要知道，寡妇也是有血有肉的人，她们也有痛苦，有欲望。"

我知道纳宾有时顽固得像头牛，要说服他是一件不容易的事。可这次却出乎意料，他若有所思地叹了口气，然后默默地点了点头，赞同了我的意见。

大约一周过去了，纳宾对我说，如果我肯帮助他，他愿意首先和一位寡妇结婚。

我真是高兴极了，热情地拥抱了他，并说无论他结婚要多少钱我都支持他。于是他把恋爱的浪漫史告诉了我。

我这才知道，一段时间来，他暗暗地爱上了一位寡妇。发表纳宾的诗——倒不如说是我的诗的那几本杂志居然传到了那位寡妇手里，是那几首小诗在起作用。

我说："告诉我她是谁？不要把我看作情敌，我发誓，我决不给她写诗。"

"你胡说些什么呀？"纳宾说，"我又不是怕和你竞争。我冒这么大的风险真不容易，好在现在一切都好了。告诉你吧，她住在19号，就是你的邻居。"

如果说我的心是铁锅炉，也要被这突如其来的"铁水"溶化。我说："这么说，这是归功于那几首小诗了？"

纳宾说："不错，这你也知道，我的诗做得并不错嘛！"

……

我暗暗地诅咒，可是，我诅咒谁呢？咒他？咒自己？我自己也不知道！

我说过，我对那女人怀有的是一份深深的爱慕。

最好还是写信

腼腆的人要时常地写写信，否则，羞于启齿，就会坐失良机。这一点不假。我是那种极爱打电话的人。打打电话对不好意思当面讲话的人最适宜。这是摆脱困境的一种方法，然而还有更好的办法：那就是写信。

当你的朋友工作了一天之后。在门前信箱内看到装着你的一封亲笔信，这该是多么上乘的礼品啊！当然，信不必写得冠冕堂皇，而要真心实意，即使第二天，她也会再看几遍："科丽，我时常想念着你，每当我想到你，我的心中就充满了欢乐。"

所以说，害羞的人最好还是坐下来写写信。可在信中会面，开怀畅谈，让别人了解自己，虽隔天涯海角，恰似近在咫尺，开诚布公。坦诚相见，抒发自己的心声。

写信首先要克服没写信的负疚心理。你不欠任何人的信。书信不过是一种礼品，当你因未收到回信而感到的那种奇耻会使你难以提笔，即使写了，也不过是一封兴致索然的信，“我因没写信而感到难过，不过我可真忙啊”，等等。不要这样想，有些信是必须写的，如：收到礼品后的感谢信，或得知某友人毕业后的慰问信等。如果你不想失去朋友，这类信件就一定要及时。

坐下来几分钟，在你的面前放上一张信纸，回忆一下你的亲朋好友，回想着你们之间最后一次会面的情景。当时你的朋友看上去怎样，你都讲了些什么，还有什么没讲，当他成为你真正的朋友时，就这样去写吧。

不要考虑什么语法，文体，只是告诉我们你最近的情况，到过什么地方，见到过什么人，他们讲过些什么，你是如何想的。

当你感到写得不太满意时，不要撕碎信纸——变换一下你的思路。出点儿错也没关系。接着写下去，你写得越放开，信会写得越好，义愤，倒霉，爱情——无论你脑海中有什么，统统都可以在信中倾吐。写信也是一种发现。每当你写完“永远属于你的”或“紧紧地拥抱，吻你”后，你会发现你以前写给你的好友的信中就没有提及的一些事。

你的朋友可能会把你的信束之高阁，或许几年以后再看——但信的价值会与日俱增。也许40年后的今天，你朋友的儿孙们会从小阁楼上翻出这封信来看看，古老的80年代的珍品会使他们突然清晰地窥视到我们这一代人所了解的世界。那时，可以说，你创造了一件艺术品，使他们从内心中感受到我们这一代人的人情味。

害羞的人最好还是坐下来写写信。

悬 念

有一天，舒拉坐电车去体育场。车子上，有个大学生模样年轻小伙子正在给他的同伴讲故事，故事的内容深深地吸引着舒拉。

故事是这么说的：

一个有钱的英国人非常喜欢小鸟，这天，他去动物商店，要营业员帮他挑一只最好的鹦鹉。

于是营业员便建议他买那只停在横杆上的鹦鹉，商店开价是一万元。营业员介绍说，这只鹦鹉训练有素，是目前同类中独一无二的，如果拉一拉拴在它左腿上的绳子，它就会朗诵名诗，如果拉一拉拴在它右腿上的绳子，它就会高唱圣歌。“太好了，太好了！”英国人听到这里，忍不住连连拍手叫好，他毫不犹豫地掏出钱，把这个鹦鹉买了下来。英国人兴高采烈地带着鹦鹉走出商店，突然又转回身来问营业员：“如果我同时拉两根绳子呢？”

年轻小伙子正说到兴头上，这时候电车正好进站，他的同伴便急急忙忙把他拉下了车。

故事的结局会是怎么样的呢？这个悬念把舒拉搅了整整一个晚上，但他最终却什么也没有想出来。

后来卫国战争爆发了，舒拉在守卫列宁格勒的部队服役。这天，在战斗间歇中，一个战友对舒拉说：“喂，伙计，我给你讲一个有趣的笑话。有家商店出售一只珍贵的鹦鹉，它的两条腿上各拴着一根绳子，拉左边的那根，它就朗诵名诗，拉右边的那根，它就高唱圣歌……”

战友这番话把舒拉的好奇心又重新吊了起来。“后来怎么样？”舒拉急不可待地追问道。那个战友刚想说下去，营长派人来叫他，他走了。这个战友自此再也没有回来，他在执行任务时牺牲了。

战后，舒拉被抽到巡回演出小分队。在加里宁演出期间，有一次，演出间歇时马戏团的报幕员说：“喂，我给你讲一个有趣的笑话：一个商店里出售一只两条腿上分别拴着一根绳子的鹦鹉……”“结果怎么样？”舒拉的心简直要跳出来了，他不等报幕员说完，就急着追问结果。可是天下偏偏就有这样的巧事，报幕员要上场去报下一个节目了。而且说出来谁也不会相信，就在报幕的时候，这个报幕员突然心脏病发作，被送进了医院，第二天就转到莫斯科去了，直到巡回演出结束，他一直没有回来。

原来是一个普普通通的小故事，但由于这一次次近乎传奇的讲述经历，使它披上了一层神秘的色彩。事隔三年，故事的结局始终是一个深深的悬念，缠绕在舒拉的脑海里。

三年后，舒拉因公出差又来到加里宁，有人告诉他，那个报幕员现在在加里宁电台工作。

办完公务，离开加里宁的前一天，舒拉来到了电台。推开办公室的门，那报幕员立即叫了起来："噢，天哪！我这是看见了谁呀？"舒拉赶紧摆摆手："安静，安静！别太激动，要知道你有过心脏病。"

那报幕员拉舒拉坐下，给他倒了一杯水，问道："你好吗？"舒拉咽了口唾沫，顾不得寒暄应酬，开口就问："腿上拴着两根绳子的鹦鹉后来怎么样了？"

"什么鹦鹉？"报幕员丈二和尚摸不着头脑。

"就是那个故事，一个英国人在商店里买鹦鹉……"

"噢——"报幕员笑了，"当那个有钱的英国人问营业员，如果同时拉鹦鹉腿上的两根绳子，鹦鹉会怎样时，那只鹦鹉说话了：'笨——蛋，那我不就从杆子上掉下来了吗？'"

那只鹦鹉说话了："笨——蛋，那我不就从杆子上掉下来了吗？"

最好的消息

阿根廷著名的高尔夫球手罗伯特·德·温森多有一次赢得一场锦标赛。领到支票后，他微笑着从记者的重围中出来，到停车场准备回俱乐部。这时候一个年轻的女子向他走来。她向温森多表示祝贺后又说她可怜的孩子病得很重——也许会死掉——而她却不知如何才能支付起昂贵的医药费和住院费。

温森多被她的讲述深深打动了。他二话没说，掏出笔在刚赢得的支票上飞快地签了名，然后塞给那个女子。

"这是这次比赛的奖金。祝可怜的孩子走运。"他说道。

一个星期后，温森多正在一家乡村俱乐部进午餐，一位职业高尔夫球联合会的官员走过来，问他一周前是不是遇到一位自称孩子病得很重的年轻女子。

"是停车场的孩子们告诉我的。"官员说。

温森多点了点头。

“哦，对你来说这是个坏消息，”官员说道，“那个女人是个骗子，她根本就没有什么病得很重的孩子。她甚至还没有结婚哩！温森多——你让人给骗了！我的朋友。”

“你是说根本就没有一个小孩子病得快死了？”

“是这样的，根本就没有。”官员答道。

温森多长吁了一口气。“这真是我一个星期来听到最好的消息。”温森多说。

你是说根本就没有一个小孩子病得快死了？

我的医生朋友

我的心脏突然犯了病，于是去看我的一个医生朋友。他给我作了一番认真仔细的检查之后，给我开了一种药：“服用这种药后，可能会出现头疼。不过，你不必大惊小怪。”

果然，我的头疼得要命。医生十分得意。

“我事先提醒过你。”他微笑着对我说，“我曾多次发现过这种症状。”

说着他给我开了一种止疼药。吃过之后，头疼消失了，可胃却开始疼起来。

“太好啦！止疼药用过了量，就会使消化系统紊乱。好吧，我给你开一种对症的药。”

服了这药后，我的手上出现过敏反应。

“这种现象我倒是不曾料到。”我的医生朋友承认道，“不过没有关系。我给你开一点抗组胺血片。”

服用药后，过了两个星期，过敏反应倒是消失了，可我的右眼肿了起来。

“太有意思了！”医生说，“我是第一次发现这种药的效果会反映到眼睛上去。”

他给我开了眼药膏。抹上药膏后，我的左耳听不见了。

“这绝对不是因为眼药膏的缘故。”医生朋友企图说服我，“我还未发现任何一个病人有过类似的症状。我只好给你打一针了。”

打过针后，我的牙剧烈的疼起来。

“我知道会这样的。”我的朋友高兴地说，“毫无疑问，这种针药会对牙齿有影响。”

牙疼得这样厉害，我不得不采用一种最普通的、尽人皆知的办法——一瓶烈性酒——去治它。可喝完最后一杯之后，我渐渐失去了平衡，两腿一软，重重地跌倒下去，摔断了一条腿。

“太出人意料了！”医生看着我打上石膏的腿，惊叹道，“牙疼竟会导致腿瘸！医学史上从未有过这样的先例！”

他若有所思地看了我一阵，又说：“你的病太独特了！你想想，一切都是从心脏病开始的，而最后的结果……你也看见了……如果不把这一切详细地写下来，我将会犯一个不可原谅的错误。”

于是，他一字不漏地把治疗过程记录下来，作为他的博士论文……结果，他获得了教授专业职称。

“太出人意料了！”医生看着我打上石膏的腿，惊叹道，“牙疼竟会导致腿瘸！医学史上从未有过这样的先例！”

奇异的团聚

19岁的苏珊·夏弗兰懂事以来老觉得自己有点与众不同。她有一个梦，一个不断困扰着她的旧梦，那是个关于“一位相貌、言谈和举止都与自己毫无二致的人”的梦。每当她从梦中醒来，那关于自己非同寻常的感觉就会愈发强烈，难以排遣。

苏珊为此曾去请教过精神病医生，医生的结论是：这与她自幼被领养有关。苏珊对医生的诊断不屑一顾，因为她明白，她的养父母“在她身上倾注给予了她所需要的全部的爱和帮助”。这是的的确确显而易见毋庸置疑的。

一个偶然的机会，苏珊终于揭开了其中的蹊跷。

1991年9月3日，她成了纽约州苏利凡县社区学院的一名大学生。安顿好住宿后，她便开始在校园里四处走动。

突然，几个学生走过来亲热地拍起了她的肩头：“喂，安妮，你怎么了?”

苏珊抿着嘴灿然一笑：“还可以，可我不是安妮。”

“嗬，你不是——你开什么玩笑!”

第二天，咄咄怪事接二连三地出现。“事情变得越来越不可思议，真让我啼笑皆非，神魂颠倒。小伙子跑来和我拥抱，口口声声叫我安妮。”苏珊回忆说：她出示了自己的汽车驾驶证，以此证明她是苏珊•夏弗兰，可他们仍然将信将疑。

第二天夜晚，一位名叫迈克•多姆尼兹的男学生走进我的房间。他双眼直勾勾地盯住我，犹如是在梦幻之中。随后他问：“你是被领养的吗?”我点点头，他又打听我的出生年月，我告诉他是1972年9月12日。“什么地方?”“长岛犹太山医疗中心。”他一把拽住我的胳膊说，“跟我来，我给你看几张照片。”

他领着她冲进另一幢宿舍，手忙脚乱地找出一张他的好友安妮•加兰德与他一块照的照片。

苏珊霎时如坠五里烟云之中，简直不知了东南西北。“我见到的就是我自己的照片呀!”她战战兢兢地说道，“就像我自己在照镜子，毫无疑问，那就是我。我瞠目结舌，手足无措。”

迈•多姆尼兹告诉她：安妮是前一年进校的，后来转到她家附近的另一所大学学习。她的家在纽约长岛的新海德公园。说完他就拿起电话开始拨号。

电话通了，迈克兴奋地对着话筒嚷道：“嘿，安妮，这里有个人同你长得一模一样!”随后他要苏珊与安妮通话。苏珊说：“安妮，我想你是我的孪生姐妹。”由于安妮毫无思想，一时竟答不出话来。

两人当即约定周末会面，可是后来苏珊等不及了，“我告诉迈克，‘我必须今晚就见到她!’我俩立即登车启程，三个小时后抵达了加兰德家。”

他们于凌晨两点敲响安妮的家门。“那是令人终身难忘的一瞬，”苏珊说起当时的情景依然激动不已。门一开，我脱口喊出：“啊，我的上帝——同时看见另一个我也在喊，‘啊，我的上帝!’我用手摸摸脸蛋——一眼瞥见另一个我也在摸脸蛋。我转动身体，留意到另一个我也在转动。一切都是那样不约而同，分毫不差，如同哑剧演员事先排练好了的表演一样，

天衣无缝，惟妙惟肖。我们拉住手，然后紧紧地拥抱在一起，流下了快乐的眼泪。”

在加兰德家的起居室里，姐妹俩很快注意到她们其他的相似之处。两人使用的

是同一种牌号的化妆品，并都喜爱意大利食品和抒情摇滚乐。

星期日，苏珊和安妮又一次在长岛相会，畅叙各自的生活经历，两人的智商都很高，但在同一时期里，学业上却都不能应付自如。她们曾在1987年和1988年分别求助过精神病医生，皆被告知病根在于领养；二人对此的回答也都是“胡扯！”令人饶有趣味的是，她们俩人都不谋而合地钟情于比自己年纪小的小伙子——分别与一位18岁的小伙子确立了严肃认真的恋爱关系。她们在体育上也很相投，喜好游泳，打网球，甚至连游泳打网球的姿势、步伐和战术都如出一辙。“我发现每当我遇到麻烦时，安妮也遇到；”苏珊说，“当我从困境中解脱出来时，她也一样，真叫人难以置信！”

这仅仅是开始，令人惊愕不已的事还在后面。当孪生姐妹奇异团圆之事不胫而走后，长岛《新闻报》的记者闻风而来。

当我从困境中解脱出来时，她也一样，真叫人难以置信！

小孩与小偷

这是一个高大、瘦削、灵敏的小偷，从头到脚穿戴一身黑色。他熟练地打开窗门，悄悄地潜入房间，用手电筒向地上扫射了一下，从一堵墙闪向另一堵墙，在一个米黄色的、装饰着动物和沃尔特·迪士尼的人物图案的小柜前停了下来。他踮起脚轻轻地向前走去。经验告诉他，人们总是把贵重的物品放在最出人意料或最不显眼的地方，认为这样可以迷惑小偷。衣柜面上放着一张字条，字迹歪歪扭扭，是小孩写的：

“小偷先生，”小偷借助手电光，看着字条上的字，“我看了电视新闻节目和听了爸爸、妈妈的议论，得知近来本市这个地区发生了许多偷盗事件，您很可能会在某个晚上光临我们家。我想请您千万别拿走我的长绒毛小熊。我在生病，它是日夜陪伴我的小伙伴，因为我既不能去公园，也不能上街跟其他小朋友一块玩。右边第二个抽屉有我的储钱罐，罐里一直存放着别人给我的礼物钱。如果您喜欢，就把它拿去吧！小路易斯。”

看完字条，小偷的双眼都被泪水湿透了。回忆像闪电似的掠过他的眼前：他小时候珍藏的一切玩具中，最心爱的是用厚纸皮做的穿蓝色礼服、扣金色纽扣、戴军用帽的士兵。他想起自己躺在破旧的床上，抱着厚纸皮士兵睡觉的情景。他从口袋里掏出一张钞票，要留给这个小孩。

小偷小心翼翼地打开右边第二个抽屉，把手伸进去寻找储钱罐。……他再次哭了，不过这次哭是一阵剧痛引起的：一个弹簧捕鼠器打断了他的四根手指。这时灯光自动亮了，报警器也响了。

小孩在床上快活地笑起来。小偷这才发现，小孩既没有害病，也没有什么长绒毛小熊，有的只是智力过人的当代其他孩子一样的聪慧、机敏，以及对电子知识的通晓。

右边第二个抽屉有我的储钱罐，罐里一直存放着别人给我的礼物钱。如果您喜欢，就把它拿去吧！小路易斯。

报 酬

为路易斯维尔城的街坊修整草坪，是我14岁那年暑假里的一条生财之道。不过，不同的主人向我付酬的方式各有不同。就说巴罗先生，该他掏钱的时候，不是说身边没有比50美元再小的票子，就是说手头的支票本暂时用光了，要不，索性好几天见不到他人影儿。

一天傍晚，我路过他家时，被他热情地叫住了，他让我进屋子坐坐。他说：“我应该……不过……”

“没关系的。”

“银行在我的账上出了点小差错，不久就会搞清楚的。呃，我想，你也许愿意在我这里挑一两本书看看，作为一种补偿？”

说着，他找出了封面为红黑两色的一本厚书。

“《正义永存》，巴特著，它怎么样？”我问道。

“哦，这该由你告诉我了，下星期，好吗？”他说。

那天一回家，我就开始读这本《正义永存》。才翻过几页，就被深深的吸引住了。我捧着它读个通宵。

一个星期后，我来到巴罗先生的住处，一个劲地说那是一本好书。“那就送给你了吧。我再给你找一本别的。”这次，他递给我的是玛格丽特的一本关于人类学的经典之作。

殊不知，这本书使我迷上了人类学！35年后的今天，当我在达特茅斯学院教授人类学的时候，我才知道，那年夏天，巴罗先生实在是给了我最高的报酬——要是他也和别的人一样只为我的劳动付几个小钱，那么我的人生历程可能就完全不一样了。

“《正义永存》，巴特著，它怎么样？”我问道。

水　兵（外一则）

两名水兵刚完成了一次远洋航海，便回到了他们乡村的家，并决定在那里的一家酒吧喝上几盅。酒醉饭饱之后，他俩走上大街，想找点什么逗乐的事情做做。但是，这儿是个宁静的地方，不曾有什么乐事发生，因而他们找不到什么开心事可做。

可到后来，当他俩站在那家酒吧外面的集市上时，他们看见了一个村童，正朝他们慢慢走来。这男孩手里牵着一头驴。这两名水兵决定跟他开个玩笑。

“喂！”其中一个水兵对男孩说，“你哥哥和你一起散步时，为什么他脖子上还得套根绳呢？”

“不让他当水兵。”男孩立刻答道。

愿望

有一对夫妇很穷。他们一直盼望能有新衣服穿，有好饭吃。丈夫好吃，他特别喜欢吃薄煎饼。

一天晚上，一位老妇人来到他们家，告诉他们说，请他们说出三个愿望来。愿意是什么都可以。

正值晚饭时分，丈夫刚吃完了一小块面包，肚子仍然很饿。他说："但愿我现在能有一张大薄煎饼吃！"

突然，一张煎饼出现在他的盘子里。

"你真是个傻瓜！"他妻子嚷着，"你该愿望有满屋子精美食品，可你只愿望有一张煎饼。

我愿望那张煎饼挂在你的傻鼻子上！"立刻，那张煎饼粘在了他的鼻子尖上。

接着，夫妻俩就开始相互指责："是你的过错！"丈夫喊道。"不，是你的过失！"妻子答道。他们该怎么办呢？那张煎饼仍粘在他的鼻子尖上。

"呕！"妻子喊道，"但愿这一切都不曾发生！"

顷刻间，煎饼消失了。丈夫还在嘟哝着："我还饿，我多么愿望现在能有些煎饼吃！"

可是，三个愿望已完，当然什么也不会有了。

这男孩手里牵着一头驴。

天空从哪儿开始

我遇见他是在雨后的马路上。他有点瘸，一条腿的膝盖处有擦伤，血已经凝结，像一块火漆封印。一双扁平的、磨偏了跟的凉鞋像一只乌龟。他手里攥着根绳子，绳子的另一头拴着一块抹布。抹布在潮湿的马路上拖着，简直无法猜想它是干吗用的。

“你这是块什么抹布?”我走到跟小男孩并排时，问道。

“这不是抹布，”一个很低的声音应道，“这是降落伞。”

“降落伞?”

我仔细看了看，原来灰抹布是个小伞衣，而绳子是几根拧成辫儿的吊绳。我问小男孩儿：“你为什么在这么湿的地上拖着它?”

“嗯……”他嘟囔了一句，抬起眼睛。

一双大大的深色眸子盯住我，它们放出晶莹的亮光，就像雨后出现在叶子上、房檐上、道路上的那种闪光。我几乎看不到他的眼白——只有瞳孔，它们在研究我。

“你从房顶上把它抛下来的?”我冲溅满泥污、湿漉漉的降落伞点点头。

“不，从窗户。”

“那负荷是多少?”

“负荷?”他疑惑地看了看我，“我自己……跳下来的。”

“降落伞对你来说太小了。”

“我到哪儿去弄大的?”此刻他嘲笑地看着我，好像看一个不懂事的孩子，“用床单可不行，我因为一个枕套已经挨了一顿揍……”

我注意到，伞衣的边上晃悠着一些绦子，湿漉漉的，细细的。降落伞的确是用枕套做的，原本是白色。小男孩儿领会了我评判似的眼神。

“小的也可以跳……如果有天空。”他为自己的降落伞辩解。

“如果有天空?”我重复了一遍。

“要知道我是从一楼跳的，那里没有天空。”小男孩儿解释道。

“那么五楼有天空吗?”

“我还没从五楼跳过……暂时。”

我斜了一眼他那粉红色火漆封印的膝盖，感到一股可怕的寒意，就像通常站在悬崖边上或者大桥栏杆边上感觉到的那样。我用手搔了一下后脑勺，就在这时我捕捉到他大大的深色眸子盯住我的目光。

“你从来没跳过降落伞?”他问我，像问一个跟他差不多大的孩子。

“没有，”我也像一个跟他差不多大的孩子那样回答，而且在这个小同伴面前感到某种类似羞愧的东西。于是，不经意地说：“我那时用伞跳过。”

“我试过了，”小男孩儿理解地点点头，“伞总是朝外翻。”

我想起来，我的那次“跳伞”就是这样结束的，于是暗自高兴。

“是啊——是啊，因为伞我还挨训了。”

“什么事都要挨训。”小男孩儿说完，用凉鞋蹭着路面。

有一段时间我们默默地走着。我感觉到小伞兵的优越感，很想弄明白它从何而来。可能，这个小男孩儿有如此的力量就是因为他没有那些随年龄来到成年人身上的恐惧?

大概我走得太快，因为从背后听到了熟悉的低嗓音：“慢点走!”

“腿疼?”

“不是，鞋总掉。”

我回过身，他站在马路上，正在往下脱一只湿漉漉的扁凉鞋，在小男孩儿的手里凉鞋更像一只乌龟壳。

“穿上。”我说。

“最好这样。”小男孩儿回答并脱下另一只。太阳从稀薄的、喘息的乌云后面露出了脸。它晒得厉害，马路上出现了淡蓝的蒸气。我穿着皮鞋，也许，赤着脚走在冒蒸气的马路上会很舒服。枕套做的降落伞还是老样子拖在我的同伴身后。

“你想干什么?”我盯着降落伞问。

“再跳一次……只是没有天空它不起作用。”

“天空从哪儿开始?”

他什么也没有回答，扬起头向上看了看。天空湛蓝湛蓝的，它在缓缓地流动，但残留的乌云却流得很快，像是顺流而下。小男孩儿目送着乌云，他的目光滑过树梢，滑过屋脊，目光越来越低，最后落在小小的降落伞上。

小男孩儿蹲下身，从地上捡起溅满泥污的伞衣。他拧了拧，马路上淌下污浊的水流。他拧降落伞就像大人拧衬衣那样，然后把它往肩上一抛。这个动作表明：还没彻底完蛋，枕套做的降落伞可能还有用。

“回头见。”他说了一句就快步往回走。

他那种坚毅的表情让我不安：他是不是要上楼顶往下跳啊，好再试试只在天空中起作用的降落伞?

“站住!”我喊了一声。

他不情愿地站住了。

“你去哪儿?”

他在我的声音里听出恐慌，但仍然我行我素：“我没时间，伊格瘳克在等我。”

“你不从……房顶上跳啦?”

“降落伞是湿的。”

他感觉到我在害怕，但他没有想到我在为他担心。他认为，我只是在害怕，自己吓自己。大大的眸子嘲笑地眯缝起来，显得更加明亮。

我突然悟到天空是从哪儿开始的了，不是从房脊上，也不是从白云飘浮的蓝天，它开始于离地面很近的地方——一层楼或者肩膀的高度。它开始于无畏的心中并可穿越至乌云或星斗，就看心灵把它提升到何处。

“伊格瘳克在等着呢。我走了,好吗? ”他不耐烦地搔了搔膝盖并用胳膊肘夹住凉鞋。

我点了点头，他就快步沿着斑点点缀的马路走去了，马路上面颤动着的淡蓝色蒸气正在渐渐干燥起来……

我也默默地跟着他走起来，为的是要牢牢地记住：天空从哪儿开始。

我也默默地跟着他走起来,为的是要牢牢地记住:天空从哪儿开始。

真糟糕

“请把这个给我。”

我手指着一块生日蛋糕。并不是自夸，这是高档货。

老板点头说：

“想要多少蜡烛?”

“40支。”

“噢，夫人过生日?”

“嗯……”我有点不好意思，老板莞尔一笑。

我走出这家店，忍不住微笑起来。为了买这块蛋糕，我把仅有的零用钱全都倒出来了，你应该知道我对你的爱有多深厚。

我走进家门招呼一声，女儿与儿子就迫不及待地迎上来。

“一切按照计划进行着。至少30分钟内不会回来。”

“好。”

“爸爸，装饰一下高的地方吧!”

“行！这是蛋糕，小心拿着。”

装饰好了。孩子们高兴得满面生辉。一切都极其顺利。

"回来了!"注视着外边的儿子报告说。

把所有的灯关掉，大家都屏住气。我下意识地握紧手里拿着的西洋爆竹。

在一片漆黑中我想道:我老婆这个女人,化妆太浓,喜欢隐瞒年龄,嗓门过大显得粗俗，说不上有什么优点。那么，我现在怎么这么兴致勃勃呢……啊，回来了。

"我回来了……没人在家吗?"

开门声，摸索着找电灯开关，咔哒一声灯亮了。

"祝你生日快乐!"

爆竹劈里啪啦地响着，房间里装饰得五颜六色，桌上放着蛋糕，女儿忙着点插在蛋糕上的蜡烛。

妻子目瞪口呆。她这时的神情真可爱，啊，我是不是喜欢她的神情?

"简直像是一出戏。"

她嘟哝着好像感动到极点。她这种讨人嫌的话又让人觉得可爱。她激动得满脸起皱，浓妆都给糟蹋了。

"别哭了，快把蜡烛吹灭吧。"我温情地说。

"你……"妻子端详了半天蛋糕，突然回过头来对我大喝一声:

"你，多买了一枝蜡烛!"

你，多买了一枝蜡烛!

小白桦

每当秋天来临时，大家开始谈论说，大自然中许多事物安排得不尽如人意，我们的严冬太长，太久，夏天比冬天短得太多，而春天又一闪而过。一个15岁的小男孩，护林人的孙子瓦尼亚•玛丽亚文很喜欢我们的谈话。他常到我们村中来，有时带一筐白蘑菇，有时跑来就是做客，听听谈话，谈谈《环球》杂志。

有一天，瓦尼亚带来一棵连根挖出来的小白桦。

“这是送给您的礼品，”他说着脸红了，“把它栽到木箱里，放在暖和房间里，它一冬天都是绿的。”

“你为什么挖它呢？怪人！”鲁维姆问道。

“您不是说，您惋惜夏天短嘛，现在您在冬天里也可以看见夏天了。”瓦尼亚回答说。

我们从板棚里找出一只木箱，把它装满了土，把小白桦移了进去。箱子放在最暖、最亮的房间里靠近窗户的地方。过了一天，小白桦耷拉下的枝条又挺了起来，显得欢快无比，甚至它那些叶子当风儿吹进屋里时也欢快地喧嚣起来。

园中秋天已经到来，然而我们的小白桦的叶子仍然是绿的、艳的，我们没有看到它有什么枯萎的迹象。

夜晚，不知不觉初寒降临，清晨5点左右我醒来。

我穿上衣服，走进园中，没有风，但是什么都掉了，叶也落了，一夜之间白桦树叶已黄到顶尖，落叶纷纷。

我走进房间，突然发现，小白桦一夜之间也发黄了，而且有几片落叶正静静地躺在地板上。

房间里的温度拯救不了小白桦，过了一天它整个凋零了。

大家都很伤心，对夏天的唯一留念也消失了。当我们给林务员讲起，我们怎样试图挽救小白桦的绿叶时，他笑了。他说：“这是规律，是大自然的规律。如果树不把身上的叶子在冬天抖掉，那它们也会死于其他许多原因：死于雪的重压，死于冬季严寒，死于干旱，死于入秋时树叶里积满的对于树木有害的盐分。”

我们把小白桦栽到园中篱笆下，将它的黄叶夹到《环球》杂志的各页中间风干。

我们就这样结束了这场在冬天里想保留夏天的尝试。

园中秋天已经到来，然而我们的小白桦的叶子仍然是绿的、艳的，我们没有看到它有什么枯萎的迹象。

嫩香蕉

尽管这样的事在哪儿都可能发生，而我与嫩香蕉的偶然相遇却是在巴西内地的一段陡峭山路上。我的老式吉普车正费力地驶过景色绚丽的乡间，突然水箱漏水了，这儿离最近的汽车修理厂也得有十英里路。引擎热得过度了，无奈只得在下一个村子停下车来。这个村子的所有成员就是一家小店和一片稀疏零乱的房屋。村子里的人都围上来看“热闹”。热水从水箱外壳的三个洞中喷射出来，像三条细细的溪流。

“这很好修！”一个男人说着就派一个男孩子跑去拿些嫩香蕉来。他拍拍我的肩膀，让我放心，说一切都会好的。

“嫩香蕉！”他神秘地一笑，所有的人好像都赞同他的办法。

我一边同村民们聊天，一边思忖着嫩香蕉的妙用。向他们询问这个问题的话，就显得我太无知了。所以我只是谈论这一地带的风景：四周高高耸立着的是那些巨大的石块，宛如里约热内卢出产的圆锥形糖块一般。

“看见那边那块高的了吗?”自愿帮助我的那个男人指着一块特别高、带有哥特式建筑尖顶的黑石头问道，“那块石头标志着世界的中心！”

我望了望他，看他是否在戏弄我。但是，他的表情非常严肃，并非有戏弄我的意思。他也仔细地望着我，看我是不是领会了他的“英明论断”的重要性。此时此刻，我非得多少表示一下对他的论断的认许不可了。

“世界的中心?”我反问一句，尽量表现得对此感兴趣。

他点了点头说：“绝对中心，这儿的人没有不知道的。”

就在这时，那男孩带着嫩香蕉回来了。那人把一只香蕉一切两半，然后把切口的一面紧贴在水箱漏洞处的外壳上。香蕉一碰上发烫的金属外壳就化成了一种胶水，片刻就把漏洞堵上了。见我吃惊的样子，他们个个忍俊不禁。他们帮我把水箱重新灌满水，又另外给我一些香蕉带上。一小时后，经再次使用嫩香蕉，水箱终于和我一起到达了目的地。

“是谁教你用嫩香蕉的?”那儿的修理工笑着问。我告诉了他村子的名字。

“他们没让你看标志着世界中心的那块石头吗？我祖父是从那儿搬来的，”他接着又说，“那是绝对中心。这一带的人都知道！”

我，作为一个美国大学生，几乎对嫩香蕉没有注意过，只是把它当作一种成熟时令尚未到来的水果罢了。然而，在这条山路上，我却突然意识到：在这以前嫩香蕉是一直存在的，那个村里的人们对嫩香蕉这一妙用的了解也由来已久了；而我本人成熟的‘时令’却与它——嫩香蕉联系在一起了。与嫩香蕉的这次偶然相遇使我领略了这些人的特殊才干以及嫩香蕉本身的特异的潜在功能。

至于标志世界中心的那块岩石的重要性我是费了点力气才搞通的。起初，对于他们的断言我不相信，因为我以为世界中心是在新英格兰的某个地方。不管怎样，我的祖父是那儿的人嘛。可是，现在我的看法改变了。我们经常所说的中心是指：一个特定的地方，在那儿我们知道别人、别人知道我们；一切事物都与我们休戚相关，我们既有身份又有生活乐趣：家庭、学校、城市、本土。

在这件事中我得到的教益是一个非常浅显的概念：每个地方对居住在那儿的人们来说都具有其特殊意义，而每个地方又都标志着世界的中心。这样的中心数目之多是数不胜数的，无论哪一位学生还是哪一位旅行者都不可能一一经历。但是，一个人一旦开始了对第二个中心的经历，他观察事物之间互相关系的能力就会增强，而他的终生阅历也就开始了。

世界文化如同浩瀚的大海，充满了你意想不到的、具有特殊价值与意义的嫩香蕉。它们在那儿天长日久逐日成熟，也许正耐心地等待着人们到来，与它们相遇。实际上，嫩香蕉正期待着我们每一个人离开自己心目中的世界中心，去体验其他的地方。

世界文化如同浩瀚的大海，充满了你意想不到的、具有特殊价值与意义的嫩香蕉。

金翅雀

一家三口人正在不声不响地吃饭，孩子突然开口说：“我找到了一个鸟窝！”

母亲抬起头，瞪大了黑黑的眼睛。父亲像往常一样心不在焉，连听也没有听到。也许是为了回答母亲询问的目光，也许是为了引起父亲的注意，孩子又重复了一句：

“我找到了一个鸟窝！”

父亲总算抬起沉重的眼皮，也开始聚精会神地听儿子说话。

孩子高兴了，指手画脚地讲起来。他说，今天下午赶着羊回家的路上，看见一只金翅雀从一棵大白松树树冠里飞出来。他看呀，看呀，在浓密的树枝里搜寻，终于在高处一根树杈上发现有一团乌黑黑的东西。

母亲把儿子的话句句吸入心田，还用整个心灵吻着可爱的宝贝。父亲则又开始吃饭了。孩子没有在意，接着讲下去。他说，把羊拴在一棵树枝上，开始往松树上爬。父亲又抬起疲倦的眼皮，和母亲一样提心吊胆地听着，几乎屏住了呼吸。

孩子一直往上爬。巨大的松树又粗又高，他那纤细的身子紧紧贴在树皮上，慢慢往上挪动，每一次都要分两次进行。先用胳膊抱住，接着两条腿尽量往上蜷，最后才停下来，四肢牢牢抓住坚硬的树皮。用了很长时间才爬上去，中间不得不在结实的树杈上休息三次。现在只能靠手，因为前面都是脆弱的新枝了。

父亲和母亲都惊呆了，谁也没有吱声。就这样，两个人战战兢兢、一声不响地让儿子爬到树上、爬上树冠，用两只天真的眼睛看到鸟蛋——窝里仅有一个鸟蛋。

听到这里，父母的心脏都停止了跳动，完全忘记了儿子在什么地方，似乎还在高高的树巅，紧挨着天际，完全忘记了他脚踏在地上，无须两只胳膊小心翼翼地攀附着树枝。突然，两个人看见孩子身子一斜，从高处，从松树顶上栽下来，掉在硬邦邦的地上，看来是必死无疑了。

但是，孩子无意中表明，他站在树巅，完全不曾意识到飘在空中、面临深渊的可怕，并且也没有掉下来。倒是发生了另外一件事。拿起鸟蛋以后非常高兴，情不自禁地吻了它一下。蛋壳得到孩子嘴唇上的这点热气，突然从中间裂开了，里面露出一个还没有长羽毛的金翅雀。

说这件怪事的时候，孩子的表情天真无邪，如同复述从邻居那里听来的《出埃及记》的故事一样。随后，他满怀怜爱地把小鸟放到毛茸茸的鸟巢里，从树上下来了。

现在，他心境坦然，非常高兴——发现了一个鸟窝！

晚饭吃完了，屋里气氛严肃，谁也没有开口。后来，一家人回到暖烘烘的壁炉旁边，看着里边燃烧的橄榄木时，父亲和母亲才交谈了几句。他们的话说得晦涩难懂，孩子没有猜透。何必要知道他们说些什么呢？他只想把那只还没有长出羽毛的小鸟的形象深深保存在记忆之中。

现在，他心境坦然，非常高兴——发现了一个鸟窝！

日常生活中的奥秘

泰戈尔说："我原来以为大家都是不相识的，醒来才知道，大家原是相亲相爱的。"有善心，用善言，然后才能结得善果。

秘密花园

一个星期前，卡罗琳打电话过来，说山顶上有人种了水仙，执意要我去看看。此刻我正在途中，勉勉强强地赶着那两个小时的路程。

通往山顶的路上不但刮着风，而且还被雾封锁着，我小心翼翼，慢慢地将车开到了卡罗琳的家里。

“我是一步也不肯走了！”我宣布，“我留在这儿吃饭，只等雾一散开，马上打道回府。”

“可是我需要你帮忙。将我捎到车库里，让我把车开出来好吗？”卡罗琳说，“至少这些我们做得到吧？”

“离这儿多远了？”我谨慎地问。

“3分钟左右，”她回答我，“我来开车吧！我已经习惯了。”

10分钟以后还没有到，我焦急地望着她：“我想你刚才是说3分钟就可以到。”

她咧嘴笑了：“我们绕了点弯路。”

我们已经回到了山路上，顶着像厚厚面纱似的浓雾。值得这么做吗？我想。

到达一座小小的石筑的教堂后，我们穿过它旁边的一个小停车场，沿着一条小道继续行进，雾气散去了一些，透出灰白而带着湿气的阳光。

这是一条铺满了厚厚的老松针的小道。茂密的常青树罩在我们上空，右边是一片很陡的斜坡。渐渐地，这地方的平和宁静抚慰了我的情绪。突然，在转过一个弯后，我吃惊得喘不过气来。

就在我的眼前，就在这座山顶上，就在这一片沟壑和树林灌木间，有好几英亩的水仙花；各种各样的黄花怒放着，从象牙般的浅黄到柠檬般的深黄，漫山遍野地铺盖着，像一块美丽的地毯，一块燃烧着的地毯。

是不是太阳倾倒了？如小溪般将金子漏在山坡上？在这令人迷醉的黄色的正中间，是一片紫色的风信子，如瀑布倾泻其中。一条小径穿越花海，小径两旁是成排的珊瑚色的郁金香。仿佛这一切还不够美丽似的，倏忽有一两只蓝鸟掠过花丛，或在花丛间嬉戏，她们品红色的胸脯和宝蓝色的翅膀，就像闪动着的宝石。

一大堆的疑问涌上我的脑海：是谁创造了这么美丽的景色和这样一座完美的花园？为什么？为什么在这样的地方？在这个荒无人烟的地带？这座花园是怎么建成的？

走进花园的中心，有一栋小屋，我们看见了一行字：

我知道您要什么，这儿是给您的回答。

第一个回答是：一位妇女——两只手，两只脚和一点点想法。第二个回答是：一点点时间。

第三个回答：开始于1958年。

回家的途中，我沉默不语。我震撼于刚刚所见的一切，几乎无法说话。“她改变了世界。”

最后，我说道，“她几乎在40年前就开始了，这些年里每天只做一点点。因为她每天一点点不停的努力，这个世界便永远地变美丽了。想象一下，如果我以前早有一个理想，早就开始努力，只需要在过去每年里每天做一点点，那我现在可以达到怎样的一个目标呢？”

女儿卡罗琳在我身旁看着，笑了：“明天就开始吧。当然，今天开始最好不过。”

明天就开始吧。当然，今天开始最好不过。

一美元

一位犹太人走进银行贷款部，大模大样地坐了下来。

“请问先生，您有什么事情需要我们效劳吗？”经理一边小心翼翼询问，一边打量着来人的穿着：名贵的西服，高档的皮鞋，昂贵的手表，还有镶宝石的领带夹子……

“我想借点钱。”

“您想借多少？”

“1美元。”

“只借1美元?”经理惊讶得张大了嘴巴。“难道他在试探我们的工作质量和服务效率?”于是便装出高兴的样子说：“只要有担保，无论借多少，都可以。”

“好吧，”犹太人由豪华皮包里取出一大堆股票、国债及其他债券放在经理的办公桌上，“这些做担保可以吗?”

经理清点了一下：“先生，总共50万美元，足够了。不过先生，您真的只借1美元吗?”

“是的。”犹太人面无表情。

“好吧，年息6%，一年后归还，我们就把这些股票和证券还给您……”

“谢谢!”犹太富豪办理完手续，起身离去。

一直冷眼旁观的银行行长从后面追了上去，“我是这家银行的行长，我实在弄不懂，您拥有50万美元的证券，怎么只借1美元呢?”

“既然您如此热情，我不妨把实情告诉您，我是到这儿办件事的，可这些票证放在身上不太安全，而几家金库的保险箱租金又太昂贵了。所以嘛，就把它们以担保形式存放在贵行，而这最多也不过交6美分的利息……”

您拥有50万美元的证券，怎么只借1美元呢?

最后一美元

20年前那个雨雪霏霏、北风烈烈的季节，刚刚中学毕业的我，带着对音乐的狂热，只身来到纳什维尔，希望成为一名流行音乐节目主持人。

然而，我却四处碰壁。一个月下来，口袋里差不多已空空如也。幸而一位在超级市场工作的朋友用那里准备扔掉的过期食品偷偷接济我，我才勉强度日。最后，我只剩下一美元，却怎么也舍不得把它花掉，因为上面满是我喜爱的歌星的亲笔签名。

一天早晨，我在停车场留意到一名男子坐在一辆破旧不堪的汽车里。一连两天，汽车都停在原地。而那名男子每次看到我都温和地向我挥挥手。我心里纳闷，这么大的风雪，他呆在那儿干吗?

第三天早晨，当我走近那辆汽车时，那名男子把车窗摇下来。我停住脚步，和他攀谈起来。

交谈中，我了解到，他是到这里应聘的，但因早到了三天，所以无法立即工作。口袋里又没钱，只好呆在车里不吃不喝。

他忸怩片刻，然后红着脸问我是否可以借给他一美元买点吃的，日后再还我。然而，我也是自身难保。我向他解释了我的困境，不忍看到他失望的表情而转身离去。

刹那间，我想起口袋里的那一美元。犹豫了片刻，我终于下了决心。我走到车前，把钱递给了他。他的两眼顿时亮了起来。“有人在上面写满了字。”他说。他没有留意那全是亲笔签名。

那一天，我尽量不去想这珍贵的一美元。然而时来运转，就在当天早晨，一家电台通知我去录节目，薪金500美元。从那以后，我一炮打响，成为正式节目主持人，再不用为吃穿用度发愁。

我再没见过那辆汽车和那名男子。有时候，我在想他到底是乞丐，还是上天派来的使者。但有一点是清楚的，这是我人生中的一次至关重要的考试——我通过了。

那一天，我尽量不去想这珍贵的一美元。

吃美金的洋娃娃

我对玩具公司素无偏见和恶意，我认为他们和我们一样有选择生活的权利。他们以自己特有的方式给我们的年轻一代带来快乐，为这个国家成千上万的人们提供就业机会，他们为这个社会做了许多有益的事情。但是，当他们屡屡侵犯我，并且企图使我破产时，我再也不能保持沉默了，我必须把事情真相公之于众。假如全美国每一个4岁至12岁女孩的父亲们都遇到我这种境遇，那他们都得申请破产，同时去申领救济金。

4个月前，我们7岁的女儿要买一个波碧洋娃娃(这是美国很有名的一种洋娃娃，“波碧”为注册商标——译者注)。我当时想这个洋娃娃和其他洋娃娃并无区别，因而很高兴地掏了10美元95美分，尽了一次做父亲的责任。

波碧买回家了，我也很快忘了这事。直到有一天，女儿回家对我说：

“波碧需要一件长睡衣。”

“你妈咪也需要一件。”我回答。

“可那只要10美元，商品供应单上有的。”女儿哭了。

“什么商品供应单?”

“波碧带回来的那张。”

我接过附在洋娃娃包装盒里的那张单子，哦，上帝！他们用意何在？他们让你只花10美元95美分买一个洋娃娃，却让你花更多的钱为它买衣物。单子上开列了约两百种时装，从溜冰裙到貂皮夹克，一应俱全。女儿说一个女孩在她的同伴中的地位，取决于她的波碧洋囡有多少衣服。

我带着女儿又去了那家商店，花了20美元给她买套衣服，花了45美元打扮她的波碧。

过了一个星期，女儿从外面玩耍回来对我说：“波碧想当空中小姐。”

“那你就让她当呗。”我说。

“那她得要一套制服，爹哟！只要8美元50美分。”

我给了她8美元50美分。

波碧没当多久空中小姐，又改行当了护士(8美元)，之后又去当了夜总会歌手(15美元)，最后决定当职业舞蹈演员(12美元)。

又过了些日子，一天，女儿走进我的房间，“波碧很孤独。”她低声说。

“那让她参加女生联谊会吧。”我说。

“可她喜欢凯恩。”

“谁是凯恩?”

她把商品供应表递给我，上面清清楚楚写着：凯恩，个子与波碧相当，小平头，英俊小伙，乙烯塑料做成，手脚可以活动。

“如果没有凯恩，”女儿哭着说，“波碧长大会成为一个老处女的。”

我们只好又去了那家商店，为波碧买回来凯恩(11美元)，为凯恩买了一套晚礼服(18美元95美分)，一件雨衣(9美元)，一件毛巾布浴袍和一把电动剃须刀(9美元)，还有一套网球衫(6美元)，一件睡衣(5美元)和几套单排扣西装(49美元)。

为了那个波碧宝贝，我们很快就花去了600美元。我真担心这还没完。

终于有天晚上，女儿宣布了一个令我震惊的消息："波碧和凯恩准备结婚了。"

"谁来筹办婚礼呢?"我小心翼翼问道。

"爹哟，他们得有房子住。你看，这是他们的'梦幻新居'。"

"37美元95美分?"我吼道，"他们为什么不能像你的其他洋娃娃那样住进柜子里?"

女儿眼泪像断线的珍珠，"他们想像人一样生活，他们是夫妻。"

好了，现在波碧和凯恩幸福地结婚了，住在他们的梦幻新居，衣橱里挂着价值3000美元的新衣服。我想这总该结束了吧！可是就在昨天，我们的女儿兴冲冲地跑回来通知我，米琪(10美元95美分)——那家玩具商店的最新推介，将很快降临波碧和凯恩的小家庭，得赶紧给她准备衣服了，她还没什么可穿呢！

得赶紧给她准备衣服了，她还没什么可穿呢！

早餐

我每想起这件事心中总有一种愉快、满足之感，说来也怪，连最小的细节至今仍历历在目。

我曾多次追忆这件事，而每次都能在记忆中的朦胧处想起一个新的细节，这时，那种美妙温馨的快感就油然而生。

那是凌晨时分，东边的山峦仍是一片蓝黑色，但山背后却已晨曦微露，一抹淡淡的红色渲染着山峦的边缘。当这缕红色的光往高空移升时，它的色泽越变越冷，越淡，越暗，当它接近西边天际时，就逐渐和漆黑的天空融为一体了。

天很冷，虽然算不得刺骨严寒，但也冻得我弓背缩肩，拖拽着双足，把两手搓热后插进裤兜里。我置身其中的这座山谷，泥土现在呈拂晓时特有的灰紫色。我沿着一条乡间土路往前走，突然看见前方有一座颜色比泥土略淡的帐篷，帐篷旁，橘红色的火苗在一只生锈的小铁炉的缝隙中闪烁。短而粗的烟筒喷出一股灰色的浓烟，烟柱向上直直升起，过了好一会儿才在空中飘散。

我看见火炉旁有位年轻妇女，不，是位姑娘。她身穿一件褪色的布衣裙，外面罩着一件背心。我走近后才发现她那只弯曲着的胳膊搂抱着一个婴儿，婴儿的头暖暖和和地包在背心里面，小嘴正在吮奶。这位母亲不停地转来转去，一会儿掀开长锈的炉盖以加强通风，一会儿拉开烤箱的门，而那婴儿一直在吮奶。婴儿既不影响她干活，也没影响她转动时轻捷优美的姿态，因为每个动作都准确而娴熟。从铁炉缝隙中透露出的橘红色的火苗把跳动着的黑影投映在帐篷上。

我走近时，一股煎咸肉和烤面包的香味扑面而来，我认为这是世界上最令人感到愉快和温暖的气味。这时，东边的天空已亮起来，我走近火炉，伸出手去烤火，一触到暖气，全身立刻震颤一下。突然帐篷的门帘向上一掀，走出个青年，后面跟着一位长者。他俩都穿着崭新的粗蓝布长裤和钉着闪亮的铜纽扣的粗蓝布外套。两人长得十分相像，都是瘦长脸。

年轻的蓄着黑短髭，年长的蓄着花白短髭，两人的头部和脸部都是水淋淋的，头发上滴着水,短髭上挂着水珠,面颊上闪着水光。他二人默默地站在一起望着逐渐亮起来的东方,他们一同打了一个哈欠,一同看着山边的亮处。他们一回身看见了我。

“早。”年长的那位说。他脸上的表情既不太亲热也不太冷淡。

“早，先生。”我说。

“早。”青年说。

他们脸上的水渍还没完全干，两人一同来到火炉边烤手。

姑娘不停地干活，她把脸避开人，聚精会神地干手里的活。她那梳得平平整整的长发扎成一束垂在背后，干活时，发束随着她的动作甩来甩去。她把几只马口铁水杯、几只铁盘和几份刀叉放在一只大包装箱上，然后从油锅里捞出煎好的咸肉片，放在一只平底大铁盘上，卷曲起来沙沙作响的咸肉片看上去又松又脆。她打开生锈的铁烤箱，取出一只正方形的盘子，盘子上面摆满用发酵粉发得松松的大面包。热面包香气扑鼻，两位男人深深地吸了口气，年轻人低声说：“耶稣基督！”

年长的人回头问我：“你吃过早饭吗?”

“没有。”

“那就跟我们一起吃吧。”

这就是邀请了，我同他们一块走到包装箱旁，围着箱子蹲在地上。青年问道：“你也去摘棉花吗?”

“不。”

“我们已经摘了12天了。”

姑娘从火炉那边说：“还领到了新衣服呢。”

两个男人低头瞧着新衣裤，一同笑了。

姑娘摆上那盘咸肉，大个的黑面包，一碗咸肉汁和一壶咖啡，然后自己也蹲在纸箱旁。婴儿的头部暖暖和和地包在背心里面，还在吮奶，我听见小嘴吮奶时的咂咂声。

我们都在自己的盘子上放满面包和咸肉，在面包上浇上肉汁，在咖啡杯里放了糖。那位长者把嘴填得满满的，细细咀嚼了很久才咽下去。于是他说："全能的上帝，真好吃！"接着他又把嘴填满。

年轻人说："我们吃了12天好的了。"

这里，每个人都在狼吞虎咽，都把再次放在自己盘子上的面包和咸肉又一下子吃得精光，一直吃得肚里饱饱的，身上暖暖的。热咖啡把喉咙烫得火辣，但我们把剩在杯底的咖啡连同渣子一块儿泼在地上后，又把杯子斟满。

曙光现在有了色彩，但这种发红的亮光反而使天空显得更寒冷。那两个男人面对东方，晨曦把他们的脸照得闪闪发亮。我抬头望了一会儿，看见老者的眼球上映着一座山峦的影子和正爬越过那座山峰的亮光。

两位男人把杯里的咖啡渣泼在地上，一同站起身。年长的人说："该走了。"

年轻人转向我，"你要是愿意摘棉花，我们可以帮个忙。"

"不啦，我还得赶路。谢谢你们的早饭。"

长者摆了摆手，"不用谢，你来我们很高兴。"他们俩一同走了。东方的天际这时正燃起一片火红的朝霞，我独自顺着那条乡间土路继续向前走去。

事情就是这些，它之所以令人感到愉快是显而易见的。但它本身具有一种无与伦比的美，因此，我每次回忆时总有一股暖流袭上心头。

我每次回忆时总有一股暖流袭上心头。

日常生活中的奥秘

1. 有一天，一阵大雪过后，拉里望着窗外，问他父亲，鸟儿怎么能够落在潮湿的高压电线上而不受电击呢？他爸爸正确地解释了这个问题：

a. 所有的高压电线都有绝缘的表层，可以防止电击；

b. 鸟爪上有一种酶可以防止电击；

c. 鸟没有接触直接与地面相连的任何东西。

答案：c是正确的。因为电流只有当电路被接通时才流动。鸟在高压电线上是安全的，除非它展翅接触到附近的树木。如果鸟翅触到树木，就会产生一条电流经鸟身流动到地面的通道，把电路接通而把鸟击死。通常，像玻璃或陶瓷这样的绝缘体能避免电流通过电极到达地面。

2. 罐头食品公司的管理员要求本杰明把大些的浆果从小的里面拣出来。本杰明轻轻地摇晃盛放浆果的柳条篮子，他发现，那些大的浆果：

a. 滚到上面；

b. 沉到底下；

c. 呆在原处。

答案：a是正确的。因为，摇晃柳条篮子时，在浆果之间及其下面会产生小小的空间，像筛子筛东西一样。由于只有小的浆果填补那些小空隙，于是它们都沉到下面，而把大的浆果挤到上面。

同样的原理可以解释为什么园丁常常为那些看来无处不有的石头搞得头痛。由于每天温度的变化，引起大地轻微的运动，从而出现了空隙，这样泥土和小石块滚到下面，渐渐地把大石块推到地面上来。

3. 安德逊一家就要吃完野外午餐，此时，雷暴雨大作，安德逊先生赶紧让全家躲进汽车里，因为，他知道：

a. 闪电或许很少击中移动的目标；

b. 橡皮轮胎可使汽车有效地绝缘；

c. 汽车的钢铁车身可让任何电荷安全地离开车子上的乘客。

答案：c是正确的。

汽车的钢铁车身像一个防护笼。电荷通过车身的表面，从车身经过拱形的一段短距离，然后通向地面，使车里面的乘客安然无恙。

4. 当电台的气象员预报有雨和大风时，萨莉看了看她的气压表，发现气压表的读数正在升高，这就意味着很可能：

a. 将有好天气；

b. 气象员是对的，将有坏天气；

c. 不可能预测天气。

答案：a是正确的。

气压表是测量气压的仪器，它的读数的变化可以表明最近的天气情况。

气压越大，空气越重，读数越高。高气压可阻止空中的水蒸气凝结成云。所以当萨莉看到气压表读数在升高时，她知道，气象员可能预报错了。

5. 尼尔斯正在铁路道口等候火车经过，他发现，当火车向他驶过来时，这列行进中的火车

汽笛声听起来很高，而当它经过身边时，音高又似乎变弱了，这是为什么呢？

a. 来自驶过来的机车的声波被压缩在一起，使得声音听起来比较高；

b. 声音具有高低不同的单调，这单调取决于声音先进入我们的右耳或左耳；

c. 是驶过身边的火车的噪音所产生的一种错觉，单调的高低保持不变。

答案：a是正确的。

从开过来的机车所听到的声波间的距离被压缩了，就好像一个人正在关手风琴。这个动作的结果产生一个明显的较高的单调。当火车离去时，声波传播开来，就出现了较低的声音——这种现象被称为“多普勒”效应。

检查机动车速度的雷达测速仪也是利用这种多普勒效应。从测速仪里射出一束射线，射到汽车上再返回测速仪。测速仪里面的微型信息处理机把返回的波长与原波长进行比较。返回波长越紧，前进的汽车速度也越快——那就证明驾驶员超速驾驶的可能性也越大。

6. 1月份的一天早晨，哈里醒来，发现房子里很凉，只有华氏55度，为了让房间里快点暖和起来，他把定温器调到90度，心里考虑，一旦温度达到68度，他再把它调回原处。他的举动将产生以下结果：

a. 使房间能像他所希望的那样，很快地热起来；

b. 把电热炉的度数调得过高，使房间不能很快暖和起来；

c. 不如把定温器调到68度，房间会热得更快些，否则，就会热得慢些。

答案：c是正确的。

定温器工作起来就像简单的开关转换器，而不像加速器。不能通过把定温器调到超过预定的温度以加快房间的预热速度。一旦它开始工作，电热炉就以恒定的速率加热，直到定温器达到预定的温度，就自动关闭。

7. 在一个寒冷的冬天，苏珊默默地思考着四季自相矛盾的怪事。她刚刚在一本书中得知，地球在1月比7月距太阳要近些，她感到迷惑不解，为什么夏天不比冬天冷呢？

a. 太阳在夏季比冬季光照更为强烈；

b. 地球地轴的倾斜度比地球本身距太阳的距离对四季的影响要大；

c. 这本书所阐述的是错误的，实际上，冬季地球距太阳远。

答案：b是正确的。

地球的轨道略呈椭圆，这使地球这颗行星在1月份比7月份距太阳约近300万英里。然而，在温暖程度上的差异是微不足道的。

是地球南北地轴的倾斜度决定了四季。冬季，北半球转变角度，偏离了太阳，因此，太阳能由于被分散到较大的地面而减弱。夏季，当北半球又向着太阳倾斜时，太阳能又被集中到一个较小的地面。我们可以通过用手电筒照射一本书来观察这种现象。当书的一端偏离手电筒光线时，手电筒的光线散开并减弱，当书向着光线倾斜时，光线聚成了圆圈。

实际上，冬季地球距太阳远。

为快感而创作

“您为什么要搞摄影呢?”人们经常问我。

“因为有人送我一架相机。”我曾这样作答。

的确，如果我14或许是15岁生日那天收到的礼物不是相机的话，我也许会成为一名喜剧演员、电影编导，或是作家什么的吧。但是对这样直截了当的提问，大白话式的回答反使人们觉得你是在敷衍了事，所以我又给了个“形而上”的答复：“为了截住流逝的时间。”其实这证词式的回答并未道出真正的“初衷”。

今天，当我面对这些旧作再次自问“当时为何要步入摄影艺术殿堂”时，我想动机只有一个，那就是“快感”；表现形体的快感；光线令人如痴如醉的快感；以时空和所见为精神食粮去创作的快感。贯穿我的整个创作过程的是：冲动——不由自主——无意识——有意识——完成作品。

在我的生命旅程中，我注定要回顾，我会长时间地逆行回归到那逝去的时光。这是不是未老怀旧情亦浓呢？说真的，我摄影就是为了获得那种快感，哪怕这欢愉稍纵即逝，哪怕留给我的是无边的乡愁。

“摄影是门艺术吗?”有人问。

我总是斩钉截铁地回答说：艺术本身并不存在，存在的是艺术家。这些艺术家们不是为艺术而创造艺术，他们只为某种快感，即使是苦中作乐也心甘情愿。他们“欲壑难填”，因此不得不创作。

任何一个创作或多或少都有技术上的难度，其关键在于如何满足人的知觉感受。心为形役，形为心设。

“一尊不能引起人们抚摸欲望的雕塑，不是成功的雕塑。”布朗库西曾如是说。

好的摄影作品同样引起人们抚摸的欲望——当然是用眼睛摸。在摄影乐趣中，我还有另一种喜悦，那就是与摄入镜头的景物“融为一体，唇齿相依”的感受。

我童年时很孤独，但孤独也是一座不错的熔炉，我觉得青春无悔。我在苏格兰，在加利福尼亚的死亡谷搜寻空旷的荒漠，为的是重温孩提时代所体验到的那种孤独和童趣。正是摄影使这种过去的忧伤在这里得到了升华。

我步入摄坛已有40年了，但比起那些25岁就思想僵化的人，我还很年轻。

逝者如斯夫，来者犹可追！

在我的生命旅程中，我注定要回顾，我会长时间地逆行回归到那逝去的时光。

先知

友谊

于是一个青年说，请给我们谈友谊。他回答说：

你的朋友是你的有回答的需求。

他是你用爱播种、用感谢收获的田地。

他是你的饮食，也是你的火炉。

因为你饥渴地奔向他，你向他寻求平安。

当你的朋友向你倾吐胸臆的时候，你不要怕说出心中的“否”，也不要瞒住你心中的“可”。

当他静默的时候，你的心仍要倾听他的心；

因为在友谊里，不用言语，一切的思想，一切的愿望，一切的希冀，都在无声的欢乐中发生而共享了。

当你与朋友别离的时候，不要忧伤；

因为你感到他的最可爱之点，当他不在时愈见清晰，正如登山者从平原上望山峰，也加倍地分明。

愿除了寻求心灵的加深之外，友谊没有别的目的。

因为那只寻求着要泄露自身的神秘的爱，不算是爱，只算是一个撒下的网，只网住一些无益的东西。

工　作

你工作为的是要与大地和大地的精神一同前进。

因为惰逸使你成为一个时代的生客，一个生命大队中的落伍者，这大队是庄严的，高傲而服从的，向着无穷前进的。

在你工作的时候，你是一管笛，从你心中吹出时光的微语，变成音乐。

你们谁肯做一根芦管，在万物合唱的时候，你独痴呆无声呢?

你们常听人说，工作是祸殃，劳动是不幸。

我却对你们说，你们工作的时候，你们完成了大地深远的梦之一部，他指示你那梦是从何时开头的。

而在你劳动不息的时候，你确实爱了生命。

在工作里爱了生命，就是通彻了生命最深的秘密。

你们也听见人说，生命是黑暗的，在你疲劳之中，你附和了那疲劳的人所说的话。

我说生命的确是黑暗的，除非是有了激励；

一切的激励都是盲目的，除非是有了知识；

一切的知识都是徒然的，除非是有了工作；

一切的工作都是空虚的，除非是有了爱。

当你仁爱地工作的时候，你便与自己、与人类、与上帝联系为一。

工作是眼能看见的爱。

倘若你不是欢乐地却厌恶地工作，那还不如撤下工作，坐在大殿的门边，去乞求那些欢乐地工作的人的周济。

倘若你无精打采地烤着面包，你烤成的面包是苦的，只能救半个人的饥饿。

你若是怨望地压榨着葡萄酒，你的怨望，在酒里滴下了毒液。

倘若你像天使一般地唱，却不爱唱，你把人们能听到白日和黑夜的声音的耳朵都塞住了。

婚 烟

你们一块儿出世，也要永远合一。

在死的白翼隔绝你们的岁月的时候，你们也要合一。

噫，连在静默地忆想上帝之时，你们也要合一。

不过在你们合一之中，要有间隙。

让天风在你们中间舞荡。

彼此相爱，但不要做成爱的系链：

只让他在你们灵魂的沙岸中间，做一个流动的海。

彼此斟满了杯，却不要在同一杯中啜饮。

彼此递赠着面包，却不要在同一块上取食。

快乐地在一处舞唱，却仍让彼此静独，

连琴上的那些弦子也是单独的，虽然他们在同一的单调中颤动。

彼此赠献你们的心，却不要互相保留。

因为只有“生命”的手，才能把持你们的心。

要站在一处，却不要太密迩：

因为殿里的柱子，也是分立在两旁，

橡树和松柏，也不在彼此的荫中生长。

孩 子

你们的孩子，都不是你们的孩子。

乃是"生命"为自己所渴望的儿女。

他们是凭借你们而来，却不是从你们而来，

他们虽和你们同在，却不属于你们。

你们可以给他们以爱，却不可给他们以思想。

因为他们有自己的思想。

你们可以荫庇他们的身体，却不能荫庇他们的灵魂，

因为他们的灵魂，是住在明日的宅中，那是你们在梦中也不能想见的。

你们可以努力去模仿他们，却不能使他们来像你们。

因为生命是不倒行的，也不与昨日一同停留。

你们是弓，你们的孩子是从弦上发出的生命的箭矢。

那射者在无穷之中看定了目标，也用神力将你们引满，使他的箭矢迅速而遥远地射了出去。

让你们在射者手中的弯曲成为喜乐罢；

因为他爱那飞出的箭，也爱了那静止的弓。

爱

当爱向你们召唤的时候，跟随着他，

虽然他的路程艰险而陡峻。

当他的翅翼围卷你们的时候，屈服于他，

虽然那藏在羽翮中间的剑刃许会伤毁你们。

当他对你们说话的时候，信从他，

虽然他的声音也许会把你们的梦魂击碎，如同北风吹荒了林园。

爱虽给你加冠，他也要将你钉在十字架上。他虽栽培你，他也刈剪你。

他虽升到你的最高处，抚惜你在日中颤动的枝叶，

他也要降到你的根下，摇动你的根底的一切关节，使之归土。

如同一捆稻粟，他把你束聚起来。

他舂打你使你赤裸。

他筛分你使你脱去皮壳。

他磨碾你直至洁白。

他揉搓你直至柔韧；

然后他送你到他的圣火上去，使你成为上帝圣筵上的圣饼。

这些都是爱要给你们做的事情，使你知道自己心中的秘密，在这知识中你便成了“生命”心中的一屑。

假如你在你的疑惧中，只寻求爱的和平与逸乐，

那不如掩盖你的裸露，而躲过爱的筛打，而走入那没有季候的世界，在那里你将欢笑，却不是尽量的笑悦；你将哭泣，却没有流干了眼泪。

爱除了自身外无施与，除自身外无接受。

爱不占有，也不被占有。因为爱在爱中满足了。

他是你的饮食，也是你的火炉。

电话的魅力

最近我发现，一个活生生的顾客竟不是一架电话机的对手。

“您打算要买些什么吗？一位百货公司女售货员微笑着对我说。

“我想——”

“对不起，电话铃响了。”售货员匆忙去接电话。终于，她放下电话筒，向我走了过来。没等走上两步，又一阵“丁零零”声，售货员也转了180度。我颓然离去。

这天晚饭后，我开始进行我的试验。丈夫和三个儿子都懒洋洋地躺在会客室的沙发上看电视。

“今天有什么新闻？”我问他们。一连四个“没有”。回答的口气带着不同程度的冷漠。我上了楼，拉过电话机，拨完号，把话筒搁在一边。厨房里传来电话铃声，并且有人去接了。

我也拿起电话筒。

“喂！”话筒里传来了我14岁儿子的沙哑声。

“吉姆，我是妈妈。”我正告道。

“你在哪里?”

“楼上电话机旁。今天在学校你是怎么过的?”

“嗯……，今天开始田径训练了。我的项目是低栏赛跑。我跑了五次800米，每圈80秒钟。跑第五圈时，我摔了一跤。”

“天哪！你摔了一跤?”

“其实没什么，只伤了点皮。”

“我打这个电话的原因之一，是想提醒你去洗碗。”

“我现在才明白——我不该接这个电话。让杰丽和萨姆去洗，好吗?”

“他们另有任务。在叫杰丽和萨姆来听电话之前，先让你爸爸来接电话。”

在叫杰丽和萨姆来听电话之前，先让你爸爸来接电话。

成功的关键

坚持不懈对生活很重要，选择需要果断地思考，如果有成功，那一定是你自己成功。

我坚信，我是自己的救世主

9年前，医生告诉我说，我脑部那个长了十几年的良性肿瘤已骤然变为恶性。他们说那肿瘤无法开刀切除，我大概只可以再活3个月。

那时是圣诞节前一星期。我没有回家过节，而是坐飞机来到了这家在美国数一数二的医院。

节日的喜庆气氛使这个可怕的消息显得有些荒诞，令人难以相信。可是诊断是由这样著名的医院作的，又不由你不信。

我回到旅馆，把咖啡厅里的小肉桂包吃光。然后我仔细衡量自己的境况：现在34岁，正在撰写我写作生涯中第一部重要著作——画家杰克森·波洛克的传记。奇怪的是，虽然在我看来我的生命才刚过了一半，令我最难过的不是我将要英年去世，而是这部写了一半的书没法完成了。

那天稍晚的时候，我才发觉自己真是个傻瓜。那个坏消息一定搞错了。不是说关于肿瘤的结论错了，因为那些扫描图我也亲眼看过；错的是那个说我必死的结论。

他们说我只可以再活3个月。那是什么意思？是不是跟盛牛奶的纸盒上标示的保鲜限期那样？如果我好好保养，能不能多撑些时候？

我把电视当作镇静剂，治疗我沮丧的情绪。忽然间，我豁然醒悟了。气象预报员面带歉疚的笑容报告说："明天最好把雨伞准备好。"我明白了。我的医生跟气象预报员一样，他们的预测是根据经验作出的，而不是根据铁定的自然规律。气象预报员说"明日有雨"，指的是有百分之九十的可能性有雨，仅是可能性而已。

我的肿瘤从一开始就令人莫名其妙。有好长一段时期，医生只能无奈地耸耸肩，说我的肿瘤是"自发的"，意思是"我实在弄不懂你怎么会得这个病"。

后来我才想起，我的病是1971年读大学的时候开始的。有一次，我不小心头撞到了游泳池池底，事后头痛了几天，但除此之外我没有别的异常感觉。大约3年之后，我的双脚开始隐隐作痛。我去看足病专科医生，他怀疑我生了摩顿氏神经瘤——一种常常在妇女脚部发现的肿瘤。我问医生这病是怎么来的，他耸耸肩，自发的。

我的病情一天天恶化，到我进法学院攻读时，我几乎动一动就痛，每跨一步，握一次手，或者打个喷嚏，都痛得难受。X射线照片显示我的骨架有数十条细如头发的缝隙。原因何在？自发的。

一位医生查出我的肾脏“渗漏”磷质，说我得了“磷酸盐性多尿症”。我因为血液中磷质不足，无法正常地生成新骨。那就是骨裂和疼痛的缘由。但渗漏的原因是什么呢？自发的。

后来我因为耳痛去看医生，医生无意中找到了罪魁祸首——中耳里的一个小瘤。多年以来，尽管我全身的骨头都急需磷质，这个小瘤却一直在分泌某种物质“哄骗”我的肾脏把磷质排出体外。如此说来，我双脚的疼痛是头部的肿瘤引致的。我开刀切除了肿瘤，以为问题就此完全解决了。谁知那竟是多次假痊愈的第一次。

4年后，我觉得眼角有轻微麻木的感觉。这小小的症状有多严重呢?医生替我做了电脑X射线分层扫描检查，发现这个“小症状”很严重。原来的肿瘤复生了，而且比以往更大。原先的瘤是楔在耳道里的，现在这个瘤却依偎着脑组织，像母鸡身下的蛋。我又动了一次手术，症状再一次消失了。

又过了4年。这时我已在撰写波洛克的传记。一天，我去参加圣诞节宴会，端起一杯果汁甜酒举到唇边的时候，那深红色的酒竟顺着下巴淌到衬衫上去了。原来我的右脸麻痹了。

几天后，我在旅馆房间里吃小肉桂包，看电视上的气象预报，考虑如何与命运一搏。同一天，我开始了一个至今尚未停止的学习过程。在动笔写波洛克的传记以前，我和这本书的联幌撰写人决定四出采访，广泛搜集资料，设法尽量多了解这位画家。我们找到了各种各样独特有趣的新资料。为什么我不用同样的做法去对付这个致命的怪瘤?

我计划的第一步是去找寻国内乃至世界上所有善于医治我这种病的一流医生。医生所服务的医院是否有名、他们曾就读于什么学校、治疗过哪些名人，我全不计较。我关心的只是：他们是否治疗过我这种病。

幸好，5年来外科技术突飞猛进，那个在过去“不可开刀”的脑瘤现在奇迹般地“可以开刀”了——至少在一位合适的医生手中是可以开刀的。我找到了这样的医生：弗吉尼亚大学的维恩科·多兰克。

多兰克医生对脑部我生瘤的那个部位施行手术的次数，比世界上任何一位外科医生都多。他解剖过数以百计的尸体，根据经验发明了一种巧妙的方法，可深入过去无法达到的死角去动手术。经他开刀的病人差不多全部活了下来，我后来也成了其中之一。

这番经验告诉我，医学“奇迹”总是从对症投医开始的。我从个人经验中更体会到，找寻一位这样的医生是件艰难的工作。当你得了致命的病，你也许会拒绝相信奇迹，或者准备认命，觉得寻找一位合适的医生好似大海捞针，是毫无意义的事。无怪乎许多病人虽然有权或者有机会自己选择医生，却都放弃了。

但是，在那些虽被判定必死无疑却不想死的人看来，生存的机会是永远存在的。

《美国医界精英》一书就是这样诞生的。我联络全国各地的一流医生，请他们推选各自专业领域中的佼佼者。每当我得到一个可望替我治病的医生的名字，我就打电话去咨询，或者坐飞机去求诊，要不就把扫描图寄去。我请教过澳洲一位血管瘤专家，瑞典一位放射外科专家，以色列一位神经外科专家，以及美国各地数十位专家。

后来我终于找到了纽约的神经放射外科专家萨达克·希拉尔医生。他建议用栓塞法——一种可以使血管瘤缩小的疗法。手术后几星期，扫描图显示肿瘤缩小了一半，麻痹的右脸也大部分复原了。我继续工作，把波洛克的传记写完，后来还得到普利策传记文学奖。

在那些虽被判定必死无疑却不想死的人看来，生存的机会是永远存在的。

从罗丹得到的启示

我那时大约二十五岁，在巴黎研究与写作。许多人都称赞我发表过的文章，有些我自己也喜欢。但是，我心里深深感到我还能写得更好，虽然我不能断定那症结的所在。

于是，一个伟大的人给了我一个伟大的启示。那件仿佛微乎其微的事，竟成为我一生的关键。

有一晚，在比利时名作家魏尔哈伦家里，一位年长的画家慨叹着雕塑美术的衰落。我年轻而好饶舌，热烈地反对他的意见。“就在这城里，”我说，“不是住着一个与米开朗琪罗媲美的雕刻家吗？罗丹的《沉思者》、《巴尔扎克》，不是同他用以雕塑他们的大理石一样永垂不朽吗？”

当我倾吐完了的时候，魏尔哈伦高兴地指指我的背。“我明天要去看罗丹，”他说，“来，一块儿去吧。凡像你这样赞美他的人都该去会他。”

我充满了喜悦，但第二天魏尔哈伦把我带到雕刻家那里的时候，我一句话也说不出。在老朋友畅谈之际，我觉得我似乎是一个多余的不速之客。

但是，最伟大的人是最亲切的。我们告别时，罗丹转向着我。“我想你也许愿意看看我的雕刻，”他说，“我恐怕这里简直什么也没有。可是礼拜天，你到麦东来同我一块吃饭吧。”

在罗丹朴素的别墅里，我们在一张小桌前坐下吃便饭。不久，他温和的眼睛发出的激励的凝视，他本身的淳朴，宽释了我的不安。

在他的工作室，有着大窗户的简朴的屋子，有完成的雕像，许许多多小塑样——一只胳膊，一只手，有的只是一只手指或者指节；他已动工而搁下的雕像，堆着草图的桌子，一生不断的追求与劳作的地方。

罗丹罩上了粗布工作衫，因而好像就变成了一个工人。他在一个台架前停着。

“这是我的近作，”他说，他揭开湿布，现出一座女性正身像，以黏土美好地塑成的。“这已完工了，”我想。

他退后一步，仔细看着，这身材魁梧、阔肩、白髯的老人。

但是在审视片刻之后，他低语着，“就是这肩上线条还是太粗。对不起……”

他拿起刮刀、木刀片轻轻滑过软和的黏土，给肌肉一种更柔美的光泽。他健壮的手动起来了；他的眼睛闪耀着。“还有那里……还有那里……”他又修改了一下，他走回去。他把台架转过来，含糊地吐着奇异的喉音。时而，他的眼睛高兴得发亮；时而，他的双肩苦恼地蹙着。他捏好小块的黏土，粘在像身上，刮开一些。

这样过了半点钟，一点钟……他没有再向我说过一句话。他忘掉了一切，除了他要创造的更崇高的形体的意象。他专注于他的工作，犹如在创世之初的上帝。

最后，带着舒叹，他扔下刮刀，一个男子把披肩披到他情人肩上那种温存关怀般地把湿布蒙着女正身像。于是，他又转身要走，那身材魁梧的老人。

在他快走到门口之前，他看见了我。他凝视着，就在那时他才记起，他显然对他的失礼而惊惶。“对不起，先生，我完全把你忘记了，可是你知道……”我握着他的手，感谢地紧握着。也许他已领悟我所感受到的，因为在我们走出屋子时他微笑了，用手搀着我的肩头。

在麦东那天下午，我学得的比在学校所有的时间都多。从此，我知道凡人类的工作必须怎样做，假如那是好而又值得的。

再没有什么像亲见一个人全然忘记时间、地方与世界那样使我感动。那时，我醒悟到一切艺术与伟业的奥妙——专心，完成或大或小的事情的全力集中，把易于松弛的意志贯注在一件事情上的本领。

于是，我察觉我至今在我自己的工作上所缺少的是什么——那能使人除了追求完整的意志而外把一切都忘掉的热忱，一个人一定要能够把他自己完全沉浸在他的工作里。没有——我现在才知道——别的秘诀。

一个人一定要能够把他自己完全沉浸在他的工作里。

铭心的记忆

托尼·尤克脸涨得通红，觉得浑身不自在。为什么老师总是盯着他？她的嘴唇还似乎不满意地蠕动着。

托尼才10岁，非常崇拜他的老师汉森太太，一个脸上总是挂着宁静微笑的身材修长的妇女。有一次当着全班同学的面，她抚摸着他的头，告诉他，他知道这个问题的答案，只需稍微想一想。托尼绞尽脑汁，终于想出了结果。从那时起，取悦于她成了他生活中重要的事。现在，出了什么事？他什么地方做错了？

放学后，托尼心事重重地在街上溜达着。他在一家商店的橱窗前停下来，打量着自己：带补丁的衣服，露脚趾的网球鞋。这不是他的错，这是1932年冬，整个美国都处于大萧条之中。

托尼的父亲生于乌克兰，原来在一家钢铁厂工作，由于大萧条而被暂时解雇了。托尼的母亲为人家糊墙纸，1个房间1美元，这成了6口之家的主要经济来源。

第二天中午，托尼正准备回家吃午饭，汉森太太突然出现在他身边。“跟我来，托尼，”她命令道。托尼的心一沉，心想可能是要叫我去校长办公室。

汉森太太走上大学街，街上有一家旧货店。她走了进去，托尼跟在后面。“坐下，”她以不容置疑的口吻对托尼说。托尼坐了下来。

“你能找一双适合这个男孩穿的旧鞋吗？”她问。店员让托尼脱下他那双网球鞋，量了量他的脚，然后很抱歉地说他们没有合适的鞋。“那就要一双黑色的长统袜。”汉森太太说着把手伸进了钱包。托尼忧郁地低下头，看了看伸在鞋外的脚趾。走出旧货店，托尼本想回学校，可是汉森太太一句话也不说就朝另一个方向走去，托尼不得不跟在后面。他们进了一家百货店。这次店员拿出了一双崭新的黑色高帮皮鞋，汉森太太笑着点点头。托尼瞥了一眼付款单——那是一笔他从未看到过的大数目。他们拿着鞋盒子进了一家饮食店，汉森太太给自己要了一块三明治，给托尼买了一碗汤。

我永远不会忘记这一切，托尼对自己说。回到学校，他坐在衣帽室的地板上，换上了他的新袜子和新鞋子。

不久，学校被迫关闭了。学生和教师们各奔他乡。托尼还没找到合适的机会向他的老师表示谢意，他敬爱的老师就离开了学校。

后来，托尼以优异的成绩高中毕业，在关岛的海军陆战队服役，获得柴心勋章。再以后，他成了一名工程师，先在北太平洋铁路公司工作，随后去了柏林村北方公司。他结了婚，有4个孩子。他还建立了一个义务献血组织，并连续26年在学校和医院里义务演出。

1970年，托尼患大面积心绞痛。躺在病床上，他又想起了他的老师。他想知道他的老师是否还活着，住在哪儿。他知道他还有一桩心事没办完。

1984年8月，托尼·尤克，已经62岁了，并是3个孩子的祖父，给明尼波里教师退休基金会写了封信。几天后，汉森太太的女儿给他回了电话。她说，她就住在附近，她的母亲早在15年前就退休了，现移居南加利福尼亚。

“Hello”，他立刻听出了他老师的声音。

“汉森太太，我是托尼，托尼·尤克。”他觉得他声音颤抖，简直说不出话来。

当他解释完他打这个电话的原因之后，汉森太太说：“托尼，很抱歉，我记不得你了。我接触过的贫困的孩子太多了。”

“没关系”，他安慰她。他告诉她，说他准备飞往加利福尼亚去与她共进晚餐。

“噢，托尼，那开销太大了。”汉森太太说。

“我不在乎。我想这么做。”托尼说。

9月28日，托尼飞往圣地哥。在那里他租了辆小车，买了一束玫瑰花，沿着海岸线行进，最终找到了汉森太太的家。84岁的汉森太太穿着盛装在门口迎接了他。她的白发刚刚烫过，眼睛里闪着明亮的光彩。托尼奔过去扶着她的双臂，轻轻地吻了她。“噢，托尼”，汉森太太兴奋地说，“玫瑰是我最喜欢的花。”

托尼带着汉森夫妇到了乡村俱乐部，在那里他们追忆着50年前的往事。托尼讲述了怎样收集血液和在学校和医院里为孩子们演出。“当我做这一切的时候，”托尼说，“我常常想起你和你买的鞋子。看，是你决定了我的一生。”

几个星期后，托尼收到了汉森太太寄来的一张精美的明信片，上面有她的手书：在我的一生中，我收到过很多从前的学生寄来的贺词和感谢信。但这次与你相聚是我一生中最辉煌的时刻。”

我常常想起你和你买的鞋子。看，是你决定了我的一生。

为小事而生气的人生命是短促的

英国著名作家迪斯雷利曾经说过：“为小事而生气的人生命是短促的。”对这句寓意深刻的名言，法国作家莫鲁瓦作过下面的解释：“这句话可以帮助我们忘却许多不愉快的经历。我们常常为一些不令人注意、因而也是应当迅速忘掉的微不足道的小事所干扰而失去理智。我们生活在这个世界上只有几十个年头，然而我们却为纠缠无聊琐事而白白浪费了许多宝贵的时光。试问时过境迁，有谁还会对这些琐事感兴趣呢？不，我们不能这样生活。我们应当把我们的生命贡献给有价值的事业和崇高的感情。只有这种事业和感情才会为后人一代代继承下去。要知道，为小事而生气的人生命是短促的。”

这儿有一个哈里·埃默生博士讲述的非常有趣的故事，一个有关森林之王胜败兴衰的故事。

在科罗拉多河畔的一个山坡上有一株死去的大树。据生物学家估计，这株大树屹立在那儿已有400多年历史了。当初哥伦布在圣萨尔瓦多登陆时它已存在。在漫长的岁月中，它曾先后遭受过14次雷电的袭击；四个多世纪以来无数次的雪崩和风暴它都傲然挺过了。它巍然耸立在山上，不曾畏惧过一切强暴，可是在一群很不起眼的昆虫的攻击下，它却倒下了！这些昆虫穿透它的树皮，蛀空它的树心，用它们微弱的、然而不间断的进攻最终彻底瓦解了它的战斗力。一株参天的巨树，一株几百年来雷电劈不死、飓风刮不倒、任何东西摧毁不了的巨树，终于被一群小得可怜的、我们用手指头轻轻一压就会成烂泥的虫子征服了。

我们难道不也跟这株饱经风霜的森林之王一样吗？我们不也能经受住生活中各种风暴、雪崩、雷电的袭击，而却让忧郁“昆虫”蚕食我们的身心和情绪，而最终失却我们强壮的体魄吗？这些忧郁“昆虫”也都是用手指轻轻一压就会成为烂泥的区区小物啊。

即使像鲁迪埃德·基普林(英国作家)这样的非凡人物，有时也会忘记上述名言。因为他曾经向他的舅子起诉，造成了美国佛蒙特州历史上最有名的家庭不和案。曾有人专门对这个耸人听闻的案子著书立说，书名就叫《佛蒙特州基普林的家庭之争》。

事情经过是这样的：基普林跟佛蒙特州的一个名叫卡罗琳·巴勒斯蒂的姑娘结了婚。婚后，基普林便在该州的布拉特利博罗市修了一幢非常漂亮的房子，然后搬到那儿住下来度过他的垂暮之年。他的舅子比特·巴勒斯蒂是他最要好的朋友，他俩工作休息都常在一块儿。

后来基普林买下了巴勒斯蒂一块地皮，并互相说定：巴勒斯蒂有权收割这块地上的青草。可是有一天巴勒斯蒂看见基普林正把这块草地改建成花园，这可把他气炸了，当即出言不逊，骂将起来。基普林也不示弱。于是佛蒙特这块草地之争便结下了两个朋友之间的冤仇。

几天之后，基普林骑着一辆自行车在路上碰见了他的舅子巴勒斯蒂。后者坐在一辆双套马车上挡住了去路，硬要基普林下自行车让他过去。就因为这么一点小事，基普林丧失了理智，发誓要到法院去告他舅子。一场耸人听闻的案子就这样发生了。新闻记者们从各大城市向布拉特利博罗蜂拥而至。消息传遍全世界。基普林从这次官司中得到了什么呢？一无所获。相反，他还不得不按照法庭审判，他跟他的妻子一起永远离开他在美国的这幢住宅!就因为这么一点区区小事，就因为园子里的一些青草，带来了这许多怨恨和痛苦，这又何必呢？“要是你能保持内心的平静，而不管他如何有负于你就好了!”写书的作者这么写道。

两千多年前的古雅典政治家伯里克利斯就曾说过：“请注意啊，先生们，我们别太多地纠缠于小事了!”这一警言同样也适用于今天的人们。

请注意啊，先生们，我们别太多地纠缠于小事了!

忧愁，可有排遣之良方

我永远也忘不了马里恩·道格拉斯给我讲的一段经历。他说，他和他的妻子接连两次遭受巨大不幸。头一次是他们视为掌上明珠的5岁女儿的死亡。他们真不敢相信还有继续生活下去的希望。“1年之后，上帝又重新赐给了我们一个女儿，”道格拉斯说，“可是不到五天，这个孩子又死去了。”

这连续两次打击实在太残酷了。“我简直悲痛欲绝。”这个经历过严峻考验的父亲对我们说，“我睡不着觉，吃不下饭，成天精神恍惚，几乎都快发疯了。我失去了生活的信心。”最后他只得去求教于医生。有的医生建议他服安眠药，有的劝他去旅行。各种办法他都试过了，可是没有一样管用。“我觉得我的整个身躯仿佛正被一只钳子越夹越紧，根本不能自拔。”道格拉斯说。凡是有过类似经历的人，都能理解他的这种内心痛楚。

“幸好上帝给我留下了一个4岁的儿子，是他把我从痛苦的深渊里解救了出来。一天下午，当我正坐在那儿沉浸于内心悲痛的时候，我的儿子过来对我说：‘爸爸，你能替我做只船吗?’我哪里还有心思做船！但我儿子却缠住我不放，最后我只好答应了。这个玩具我花了大约3个钟头。船做好了，我也从这3个钟头里第一次领略到了几个月来从未感到过的精神轻松！

“这一发现使我大为震惊。我终于明白，摆脱麻烦的最好方法是找事情干。干事情需要计划，需要动脑筋，追忆痛苦往事的时间自然也就没有了。在我给孩子做船的那几个钟头里，我真的感觉到战胜了忧虑。我决心打现在起就找事情干。

“第二天我便开始在家里忙乎起来。我从这个房间跑到那个房间，到处寻找需要干的事，并把它们一一列上清单。显然有数十件东西需要修理：书架、楼梯、窗台、百叶窗、门把手、锁、滴水的龙头等等。说来也许不会令人相信，在两周时间里，我竟发现有242件急切需要料理的事情！这两年来，清单上的大部分事情我都一一办完了。此外，我还干了许多有意义的其他工作。我的生活过得非常充实。我每周两次去参加成人夜校，同时也参加许多公益活动。我现在是教育局主席，经常出席各种会议。我帮助红十字会筹款，也替其他慈善事业募捐。如今我忙得再也没有时间去忧虑了。”

没有时间忧虑，这也同样是温斯顿·丘吉尔的经验之谈！在战争期间他有时每天工作竟达18个小时。当有人问他是否对其重大的职责感到压抑的时候，他回答说：“我太忙了，我根本没有功夫去发愁。”

查理·凯特林是一家世界著名的发动机总厂研究室副主任。可是在他刚接受任务的那些日子里，他家里贫困不堪。他不得不用一个贮藏草料的顶棚作他的试验室。为了养家糊口，他把妻子替人教钢琴课挣得150美元都花光了。后来为缴人寿保险，他还欠下了别人500美元。我问他的妻子在那段时间里是否感到不安。他的妻子回答说：“我心都焦碎了，晚上连觉也睡不着。但我的丈夫反而没事，他心里只有工作，哪还顾得上焦虑呢?”

伟大的科学家巴斯德曾经说过，图书馆和实验室是最安静的地方。为什么说那儿最安静呢?因为那儿的人全部潜心于自己的学习和工作,个人的烦恼已经置之度外了。科学家中很少有人患神经分裂症。对这种“精神享受”,他们实在支配不出时间。

工作可以排解苦闷和忧虑是有其科学依据的。这一依据就在于一条心理学上的基本原则：任何人的大脑不可能同时考虑一件以上的事情。我们不能一方面满腔热情、兴致勃勃地投身于一件有趣的工作，与此同时却又始终为另一件不快的事而烦恼。人的情绪是相互排斥的。这一简单的道理，使得在战争期间的精神病科医生有可能创造许多奇迹。要是士兵因为经历战斗而患上了人们所说的“心理变态症”，医生们便可以用“活动性治疗法”把他们病治好。

要认识这一真理并将其见诸于行动，并不要求人们具有多么高深的学问。战争期间我曾遇见过一位来自芝加哥的家庭妇女，她向我讲述说，他们的儿子一天去珀尔港参军去了。对她的这个独生儿子的无限担忧,几乎毁坏了她的健康。他现在在哪儿呢?他该不会出事吧?他是不是已经上了前线?他会不会负了伤,甚至已经阵亡?

我问她后来是如何征服这些忧虑的。她回答说：“我的方法是找事情干。我到一家大商场当上了售货员。这项工作果真奏效。一上班就忙得我团团转：顾客们簇拥在我周围问这问那，什么价格呀，尺码呀，颜色呀等等。我没一刻闲暇思考其他事，心里只有眼前应尽的职责。忙碌一天之后我已腰酸腿痛，晚上再也没有心思考虑别的事了。下班回家吃罢晚饭，我一上床便立即进入了梦乡。从那以后我既无时间又无精力替儿子担忧了。”

约翰·考珀·波伊斯说：“只有当人们醉心于他必须完成的任务的时候，某种出自自信的惬意和忘我精神带来的快乐才有可能平静他的神经。”

世界著名的冒险旅行家奥莎·约翰逊也跟我讲过她设法排遣忧伤和苦闷的经过，当她和马丁·约翰逊结婚后，丈夫把她从堪萨斯州的故乡城市查纽特带到亚洲婆罗洲岛上的原始森林。在长达25年的漫长岁月里，这一对来自堪萨斯州的夫妇涉足于整个世界，给世人拍制了许多反映正濒临绝境的亚非野生动物的影片。后来他们返回美洲到处旅行演讲，放映拍制的影片。当他们从丹佛市乘坐飞机去西海岸的时候，飞机不幸撞到一座山上，马丁·约翰逊当即身亡。奥莎按医生的话说，她将永远被禁锢在她的病床上。然而4个月之后，奥莎坐上手扶轮椅，又重新作起报告来了。她的每次演讲座无虚席。就在那张病人的椅上，她作了数以百次计的报告。当我问她为什么要这样做的时候，她回答说："我不想让自己有时间去感受痛苦和悲伤。我必须热衷于我的事业，否则我会感到绝望。"

哥伦比亚大学教育学系教授詹姆斯·墨塞尔先生说得好，"最容易遭受内心不安的袭击而充满其俘虏的时间，是人们下班之后而非工作之中。工余时的思想犹如脱缰的野马，可以任其驰骋，想入非非，稍有放肆便不可收拾。这时候人的思想，就好比空载运行的马达。它飞快地旋转，很有可能把轴承磨破，甚至造成自身毁灭。"

请别做那些无谓的思考吧！立即行动起来，投入紧张的工作！这样，你的血液就会沸腾，你的头脑就会清醒，你那奔放的活力就会把愁闷驱散。工作吧，这是世界上最便宜而又最有效的药方！

只有当人们醉心于他必须完成的任务的时候，某种出自自信的惬意和忘我精神带来的快乐才有可能平静他的神经。

成功的关键

一

一位电台广播员在她的30年职业生涯中，曾遭辞退18次，可是每次事后她都放眼更高处，确立更远大的目标。

由于美国大陆的无线电台都认为女性不能吸引听众，没有一家肯雇用她，她就迁到波多黎各去，苦练西班牙语。有一次，一家通讯社拒绝派她到多米尼加共和国采访一次暴乱事件，她便自己凑够旅费飞到那里去，然后把自己的报道出售给电台。

1981年，她遭纽约一家电台辞退，说她跟不上时代，结果失业了一年多。有一天，她向一位国家广播公司电台职员推销她的清谈节目构想。

“我相信公司会有兴趣，”那人说。但此人不久就离开了国家广播公司。后来她碰到该电台的另一位职员，再度提出她的构想。此公也夸奖那是个好主意，但是不久此公也失去了踪影。最后她说服第三位职员雇用她，此人虽然答应了，但提出要她在政治台主持节目。

“我对政治所知不多，恐怕很难成功。”她对丈夫说。丈夫热情鼓励她尝试一下。1982年夏天，她的节目终于启播了。她对广播早已驾轻就熟。于是她利用这长处和平易近人的作风，大谈7月4日美国国庆对她自己有什么意义，又请听众打电话来畅谈他们的感受。

听众立刻对这个节目发生兴趣，她差不多一举成名。如今，莎莉·拉斐尔已成为自办电视节目的主持人，曾经两度获奖，在美国、加拿大和英国每天有800万观众收看这个节目。

“我遭人辞退了18次，本来大有可能被这些遭遇所吓退，做不成我想做的事情，”她说，“结果相反，我让它们鞭策我勇往直前。”

二

成功的人态度积极，旁人也会感觉得到，于是都乐意帮助他们实现梦想。

他叫乔·巴普，母亲是裁缝，父亲是穷工匠，他在纽约市贫民区的学校半工半读念完高中。他热爱戏剧，非常渴望能去看一场百老汇的表演，但是买不起门票。他凭着无穷的精力和意志，当上了电视台的舞台监督。不过他希望为那些像他那样永远买不起门票去看百老汇戏剧表演的人创作一些戏。他办了一个剧团，先是在教堂的地下室演出，后来租了个露天圆形剧场来表演。剧团初期演出莎士比亚的戏剧，很受观众欢迎，却没有剧评家来观看。他想，要是没有宣传，又怎会有人肯捐助演出经费呢？

因此有一天，他找上了《纽约时报》，指名要见戏剧评论家布鲁克斯·艾金生。艾金生的助手亚瑟·吉尔布说他要见的剧评家当时正在伦敦。

“那我就在这里等艾金生先生回来。”他坚决地说。吉尔布于是请他道明来意。这位工匠的儿子激动地说他剧团的演员如何优秀，观众的掌声如何热烈；又说他的观众大多数是从未看过真正舞台剧的移民，如果《纽约时报》不写剧评介绍他的戏，他就没有经费再演下去了。吉尔布看到他这样坚决，大为感动，同意那天晚上去看他的戏。

吉尔布到达露天剧场时，天上乌云密布，中场休息时，滂沱大雨把舞台浸湿了。他一见吉尔布跑开去避雨，就赶上去说："我知道剧评家平常是不会评论半场演出的，不过我恳求你无论如何破个例。"

那里夜里，吉尔布写了一篇简短介绍，对那半场戏颇多好评，又提到剧团急需资助。第二天，就有人给剧团送去了一张750美元的支票。在1956年，这笔钱已足够剧团继续演出这场戏，一直到夏季结束。艾金生从伦敦回来后，去看了这场戏，并在他的星期天专栏里大赞这出戏。

没多久，乔·巴普就开始在纽约各处经常免费演出莎士比亚名剧。他于1991年去世，死前一直是美国戏剧界深具影响力的人物。他曾经说过，他坚持不懈是因为他深信戏剧对人们生活很重要。"如果你不相信这一点，那么就此放弃算了。"

三

成功的人都知道，坚定不移涉及到抉择，而抉择则涉及风险，正如一位58岁的农产品推销员所发现的。

他以不同品种的玉米做实验，设法制造出一种较轻、较松的爆玉米花。他终于培育出理想的品种，可是没有人肯买，因为成本较高。

"我知道只要人们一尝到这种爆玉米花，就一定会买。"他对合伙人说。

"如果你这么有把握，为什么不自己去销售?"合伙人回答道。

万一他失败了，他可能要损失很多钱。在他这个年龄，他真想冒这样的险吗?

他雇用了一家营销公司为他的爆玉米花设计名字和形象。不久，奥维尔·瑞登巴克就在全美国各地销售他的"美食家爆玉米花"了。今天，它是全世界最畅销的爆玉米花，这完全是瑞登巴克甘愿冒险的成果，他拿了自己所有的一切去做赌注，换取他想要的东西。

"我想，我之所以干劲十足，主要是因为有人说我不能成功，"现在84岁的瑞登巴克说，"那反而使我决定要证明他们错了。"

成功的人态度积极，旁人也会感觉得到，于是都乐意帮助他们实现梦想。

超越生命的障碍

你一定行

如果在46岁的时候，你在一次很惨的机车意外事故中被烧得不成人形，14年后又在一次坠机事故后腰部以下全部瘫痪，你会怎么办？再来，你能想象自己变成百万富翁、受人爱戴的公共演说家、洋洋得意的新郎倌及成功的企业家吗？你能想象自己去泛舟、玩跳伞、在政坛角逐一席之地吗？

米契尔全做到了，甚至有过之而无不及。在经历了两次可怕的意外事故后，他的脸因植皮而变成一块彩色板，手指没有了，双腿特别细小，无法行动，只能瘫在轮椅上。那次机车意外事故，把他身上65%以上的皮肤都烧坏了，为此他动了16次手术。手术后，他无法拿起叉子，无法拨电话，也无法一个人上厕所，但以前曾是海军陆战队的米契尔从不认为他被打败了。他说："我完全可以掌握我自己的人生之船，那是我的浮沉，我可以选择把目前的状况看成是倒退或是一个起点。"6个月后，他又能开飞机了！

米契尔为自己在科罗拉多州买了一幢维多利亚式的房子，另外还买了房地产、一架飞机及一家酒吧，后来他和两个朋友合资开了一家公司，专门生产以木材为燃料的炉子，这家公司后来变成佛蒙特州第二大的私人公司。

机车意外发生后4年，米契尔所开的飞机在起飞时又摔回跑道，把他的12条脊椎骨全压得粉碎，腰部以下永远瘫痪！"我不解的是为何这些事老是发生在我身上，我到底是造了什么孽，要遭到这样的报应？"米契尔仍不屈不挠，日夜努力使自己能达到最高限度的独立。他被选为科罗拉多州孤峰顶镇的镇长，以保护小镇的美景及环境，使之不因矿产的开采而遭受破坏。米契尔后来也曾竞选国会议员，他用一句"不只是另一张小白脸"的口号，将自己难看的脸转化成一项有利的资产。

尽管面貌骇人、行动不便，米契尔却开始泛舟，他坠入爱河且结了婚，也拿到了公共行政硕士学位，并持续他的飞行活动、环保运动及公共演说。米契尔说："我瘫痪之前可以做1万种事，现在我只能做9000种，我可以把注意力放在我无法再做的1000件事上，或是把目光放在我还能做到的9000件事上，告诉大家我的人生曾遭受过两次重大的挫折，如果我能选择不把挫折拿来当成放弃努力的借口，那么，或许你们可以从一个新的角度，来看待一些一直让你们裹足不前的经历。你可以退一步，想开一点，然后你就有机会说：'或许那也没什么大不了的！'"

记住，"重要的是你如何看待发生在你身上的事，而不是到底发生了什么事。"

派蒂，向前跑！

派蒂·威尔森在年幼时就被诊断出患有癫痫。她的父亲吉姆·威尔森习惯每天晨跑。有一天戴着牙套的派蒂兴致勃勃地对父亲说："爸，我想每天跟你一起慢跑，但我担心中途会病情发作。"

她父亲回答说："万一你发作，我也知道如何处理。我们明天就开始跑吧。"于是十几岁的派蒂就这样与跑步结下了不解之缘。和父亲一起晨跑是她一天之中最快乐的时光；跑步期间，派蒂的病一次也没发作。几个礼拜之后，她向父亲表示了自己的心愿："爸，我想打破女子长距离跑步的世界纪录。"

她父亲替她查吉尼斯世界纪录，发现女子长距离跑步的最高纪录是80英里。当时读高一的派蒂为自己订立了一个长远的目标："今年我要从橘县跑到旧金山(400英里)；高二时，要到达俄勒冈州的波特兰(1500多英里)；高三是的目标在圣路易市(约2000英里)；高四则要向白宫前进(约3000英里)。"

虽然派蒂的身体状况与他人不同，但她仍然满怀热情与理想。对她而言，癫痫只是偶尔给她带来不便的小毛病。她不因此消极畏缩，相反的，她更珍惜自己已经拥有的。

高一时，派蒂穿着上面写着"我爱癫痫"的衬衫，一路跑到了旧金山。她父亲陪她跑完了全程，做护士的母亲则开着旅行拖车尾随其后，照料父女两人。

高二时，她身后的支持者换成了班上的同学。他们拿着巨幅的海报为她加油打气，海报上写着："派蒂，跑啊！"(这句话后来也成为她自传的书名)。但在这段前往波特兰的路，她扭伤了脚踝。医生劝告她立刻中止跑步："你的脚踝必须上石膏，否则会造成永久的伤害。"

她答："医生，你不了解，跑步不是我一时的兴趣，而是我一辈子的至爱。我跑步不单是为了自己，同时也是要向所有人证明，身有残缺的人照样能跑马拉松。有什么方法能让我跑完这段路?"医生表示可用粘剂先将受损处接合，而不用上石膏；但他警告说，这样会起水泡，到时会疼痛难耐。派蒂二话没说便点头答应。

派蒂终于来到波特兰，俄勒冈州州长还陪她跑完最后一英里。一面写着红字的横幅早在终点等着她："超级长跑女将，派蒂·威尔森在17岁生日这天创造了辉煌的纪录。"

高中的最后一年，派蒂花了四个月的时间，由西岸长征到东岸，最后抵达华盛顿，并接受总统召见。她告诉总统："我想让其他人知道，癫痫患者与一般人无异，也能过正常的生活。"

人定胜天

有一所位于偏远地区的小学校由于设备不足，每到冬季便要利用老式的烧煤锅炉来取暖。有个小男孩天天提早来到学校，将锅炉打开，好让老师同学们一进教室就能享受到暖气。

但有一天老师和同学们到达学校时，发现有火舌从教室冒出。他们急忙将这个小男孩救出，但他的下半身已被严重灼伤，整个人完全失去意识，只剩了一口气。送到医院急救后，小男孩稍微恢复了知觉。他躺在病床上迷迷糊糊地听到医生对妈妈说："这孩子的下半身被火烧得太厉害了，能活下去的希望实在很渺茫。"

但这勇敢的小男孩不愿这样就被死神带走，他下定决心要活下去。果然，出乎医生的意料，他熬过了最关键的一刻。但等到危险期过后，他又听到医生在跟妈妈窃窃私语："其实保住性命对这孩子而言不一定是好事。他的下半身遭到严重伤害，就算活下去，下半辈子也注定是个残废。"

这时小男孩心中又暗暗发誓，他不要做个残废，他一定要起身走路，但不幸的是他的下半身毫无行动能力。两只细弱的腿垂在那里，没有任何知觉。出院之后，他妈妈每天为他按摩双脚，不曾间断，但仍是没有任何好转的迹象。即使如此，他要走路的决心也未曾动摇。

平时他都以轮椅代步。有一天天气十分晴朗，妈妈推着他到院子里呼吸新鲜空气。他望着灿烂阳光照耀的草地，心中突然有了一个想法。他奋力将身体移开轮椅，然后拖着无力的双脚在草地上匍匐前进。

一步一步，他终于爬到篱笆墙边；接着他费尽全身力气，努力地扶着篱笆站了起来。抱着坚定的决心，他每天都扶着篱笆练习走路，一直走到篱笆墙边出现了一条小路。他心中只有一个目标：努力锻炼双脚。

凭着钢铁般的意志，以及每日持续的按摩，他终于能用自己的双脚站起来，然后走路，甚至能跑步。

他后来不但走路上学，还能和同学们一起享受跑步的乐趣，到了大学时，他还被选入田径队。

一个被火烧伤下半身的孩子，原本一辈子都无法走路跑步，但凭着他坚强的意志，葛林·康宁汉博士，跑出了全世界最好的成绩。

重要的是你如何看待发生在你身上的事,而不是到底发生了什么事。

一张创造奇迹的唱片

1921年，我刚满13岁。一天，我从弗雷斯诺市中心骑自行车回家，车上捎着一架胜利牌手摇留声机和一张胜利牌唱片。

那架留声机在1935年我去欧洲旅行时，把它送给了基督教救世军。可是，那张唱片我始终保存着。我对它怀有一种特殊的感情。

我之所特别喜爱它，是因为每当我听这张唱片的时候，就想起当初我挟着留声机和唱片走进家门的情景。

留声机花了我10元钱，唱片0.75元，两样东西都是全新的。钱是我当电报员挣到的头一个星期的工资。买完这两样东西，还剩下4.25元。

母亲刚刚从古根海姆工厂回家。从她脸上的神色可以看出；她干的活儿是装小瓶的无花果罐头。我知道，罐头食品工最不愿意装这种小瓶的罐头。因为装小瓶罐头干上一整天只能挣1.5元，最多不会超过2元钱；要是装大瓶的罐头，就可以挣到3～4元钱。这个数目在那个年头是相当可观的。

我抱着留声机满心欢喜地走进家门。母亲看了我一眼，从眼神中流露出她那天干的是装小瓶罐头的活儿。不过，她没说话，我也没吭声。我把留声机放在客厅的圆桌上，又将唱片取下来，正反两面检查一遍。这时，我觉察到母亲正在注视着我。就在我摇动留声机的曲柄时，她终于开了腔，语调又温和又客气。我心中有数，这意味着她对眼前的事并不赞许。

“威利，你在那儿摆弄的是什么玩意儿?”

“这叫留声机。”

“你从哪儿弄来的这架留声机?”

“百老汇大街上的克莱·谢尔曼商店。”

“是他们送给你的?”

“不，是我买的。”

“你花了多少钱，威利?”

“10元钱。”

“10元钱对咱们这个家来说可不是个小数目。也许这钱是你在街上捡的?”

“不,这钱是我给邮电局送电报挣的第一周的工资,还有这张唱片花了0.75元。”

“那么你从第一周的工资里拿回来养家的——付房租、伙食、添衣服——共是多少钱?”

“4.25元。我每周工资是15元。”

这时，唱片已经放到留声机上。我刚要把机头放在转盘上，就在这时，我突然觉得最好别再摆弄下去，还是逃走为妙。于是，我撒腿便跑。后廊上的纱门砰的一声，我跑了出来，紧接着又砰的一响，母亲追了上来。

当我围着房子奔跑时，我意识到两件事：首先，那是个美丽的夜晚；其次，莱文·凯马尔扬的父亲——一位非常严肃的人，正站在马路对面的家门前愣神儿瞧着我们，兴许还有点惊讶。毫无疑问，塔库希·萨罗扬和她儿子围着房子跑绝不是为了锻炼身体，更不是进行什么体育比赛。那么，他们究竟为什么要跑呢?

出于睦邻关系，在我要跑回客厅时，我向凯马尔扬先生行礼致意。一进客厅，我急忙把机关放在唱片上，然后赶紧躲进饭厅。从饭厅里，我既可以观察到音乐对母亲所产生的效果，在必要时还可以逃到后廊上，再跑到院子里去。

母亲刚回到客厅，唱片的音乐开始从留声机里传了出来。

有那么一会儿功夫，母亲对音乐似乎根本不理会，还要继续追赶我。

突然她停住脚步，也许只是为了喘口气，也许是在听音乐——当时我说不准。随着音乐继续演奏下去，我不能不注意到母亲要么是累得跑不动了，要么就是确实在听音乐了。过了片刻，我发现她的的确确在倾听了。我看着她来到留声机旁，而不再追赶我。我们家有6张藤椅，还是1911年我父亲活着的时候留下来的。只见她搬了一张到圆桌边，坐了下来。这时我注意到母亲脸上的疲劳和恼怒的神情已化为乌有。我站在通往客厅的过道里，等唱片一完，我走到留声机旁，从唱片上抬起机头，把机器停了下来。

母亲没有看我，只是说道：“好吧，我们把它留着吧。请你再放一遍。”

我连忙摇了几下曲柄，把机头放回到唱片上。

这一次，当唱针走到唱片尽头的时候，母亲说："教教我怎么让它转。"我做了一遍给她看。然后，她亲自动手把唱片放了一遍。

不用说，音乐确实很动听。可是，就在一刹那前，她还为了我把一周的工资大部分扔在一件可笑的废物上而大发雷霆哩。后来，她听到了音乐，从中得到启示。是这种音乐感受使她明白了：钱不仅没有白白扔掉，而是花得很值得。

她一连把唱片放了六遍。而我一直坐在饭厅的桌子旁边，浏览着克莱·谢尔曼商店的女售货员免费赠送的一份唱片目录。然后，她说："你就带回家这一张唱片？"

"嗯，它反面还有另一首歌呢。"

我走到留声机旁，把唱片翻过来放上。

"另一首歌是什么！"

"呃，歌名叫《印度之歌》。我还没有听过。在铺子里，我只听了第一面，歌名是《巧巧桑》。您想听听《印度之歌》吗？"

"请你放一遍吧。"

就这样，当家里的其他成员回家时，就看见母亲坐在藤椅上守着留声机在听音乐。

难道那张唱片不值得我永远保存吗？不应该受到我格外地珍爱吗？它几乎一下子就把母亲拉进艺术的境界里去。并且，据我所知，它标志着一个转折点，从那以后，母亲开始意识到：她儿子把某些东西看得比金钱——甚至可能比衣、食、住还重是正确的。

过了一个星期，母亲在吃晚饭时向大家提出，到了该拿出一些家用钱再买一张唱片的时候啦。她想知道有哪些唱片可买。我拿出目录，把上面列的名字念了一遍，但这些名字对她来说毫无意义。于是，她叫我到商店去挑一张"赫拉沙里"的唱片。

42年后的今天，当我重新听这张唱片、力图猜测其中的奥妙时，我认为是那班卓琴的节拍打动了母亲的心。琴声直接在向母亲诉说，仿佛在向一位情投意合、相互了解的老朋友倾诉衷情。与单簧管配上的班卓琴产生一种使人回忆过去、正视现在和展望未来的效果。它奏出了一个日本姑娘遭受美国水兵遗弃的心声。双簧管奏出了故事的内容，萨克斯管表现出忍气吞声的呜咽。

从那以后，只要家里人攻击我性格孤僻，母亲总是耐心地替我辩护，等到她实在按捺不住而发火时，她就朝他们大声嚷道："他不是生意人，谢天谢地。"

母亲开始意识到：她儿子把某些东西看得比金钱——甚至可能比衣、食、住还重是正确的。

难忘的体罚

也许，在这个世界的其他地方同样也有威信极高而能使所有学生都敬畏如神的老师，但肯定不会有哪位老师会像在我们镇上呆了30多年的弗洛斯特女士那样，差不多成了全镇老少的严师，让大家都服膺于心。我不知道她是如何走进众人的心底的，至于我，那是因了一次难忘的体罚：挨板子。

那是一次数学考试。试前，弗活斯特女士照例从墙上把那块著名的松木板子取下来，比试着对我们说："我们的教育以诚实为宗旨。我决不允许任何在这里自欺欺人，虚度时日。这既浪费你们的时间，也浪费我的时间。而我早已年纪不轻了，奉陪不起——好吧，下面就开始考试。"说着，她就在那张宽大的橡木办公桌后坐了下来，拿起一本书，径自翻了起来。

我勉强做了一半，就被卡住了，任凭绞尽脑汁也无济于事。于是，我顾不得弗洛斯特女士的禁令，暗暗向好友伊丽莎白打了招呼。果然，伊丽莎白传来了一张写满答案的纸条！我赶紧向讲台望了一眼——还好，她正读得入神，对我们的小动作毫无察觉。我赶紧把答案抄上了试卷。

这次作弊的代价首先是一个漫长难熬的周末。晚上，又翻来覆去难人入眠；才迷糊过去，又被噩梦惊醒——连卧室墙上那些歌星舞星们的画像似乎都变成了弗洛斯特女士，真让我心惊肉跳！早就听人说过，教室里一只蚂蚁的爬动也逃不过弗洛斯特女士的眼睛，这么说，她现在只是故意装聋作哑罢了。思前想后，我打定主意，和伊丽莎白一起去自首。

周一下午，我们战战兢兢地站到了老师身边："我们知道错了，我们以后永远不做这种事了，就是……"(没说出口的是"请您宽恕！")"姑娘们，你们能主动来认错，我很高兴。这需要勇气，也表明你们的向善之心。不过，大错既然铸成，我们必须承受后果——否则。你们不会真正记住！"说着，弗洛斯特女士拿起我们的试卷，撕了，扔进废纸篓。"考试作零分计，而且——"看到她拿起松木板子，我们都惊恐得难以自持，连话也说不囫囵了。

她吩咐我们分别站在大办公桌的两头，我们面面相觑，从对方的脸上看到自己的窘态。"现在你们都伏在自己身边的椅背上——把眼睛闭上，那不是什么好看的戏。"她说。

我抖抖索索地在椅背上伏下身子。听人说，人越是紧张就越会感受到痛苦，老师会先惩罚谁呢?

“啪”的一声，宣告了惩罚的开始，看来，老师决定先对付伊丽莎白了。我尽管自己没挨揍，眼泪却上来了：“伊丽莎白是因为我才受苦的!”接着，传来了伊丽莎白的呜咽。

“啪!”打的又是伊丽莎白，我不敢睁开眼睛，只是加入了大声哭叫的行列。

“啪!”伊丽莎白又挨了一下——她一定受不了啦!我终于鼓起了勇气:“请您别打了,别打伊丽莎白了!您还是来打我吧,是我的错!——伊丽莎白,你怎么了?”

几乎在同时，我们都睁开了眼睛，越过办公桌，可怜兮兮地对望了一下。想不到，伊丽莎白竟红着脸说：“你说什么？是你在挨揍呀!”

怎么？疑惑中，我们看到老师正用那木板狠狠地在装了垫子的座椅上抽了一板：“啪!”哦，原来如此!

——这便是我们受到的“体罚”,并无肌肤之痛,却记忆至深。在弗洛斯特女士任教的几十年中,这样的体罚究竟发生了多少回?我无从得知。因为有幸受过这种板子的学生大约多半会像我们一样:在成为弗洛斯特女士的崇拜者的同时,独享这一份秘密。

这便是我们受到的“体罚”，并无肌肤之痛，却记忆至深。

过几天再说

多年来，我老想清理我的文件——那些塞满了书橱、壁架和堆在地上、大厅里甚至厨房里的一沓沓字纸。至少有15年，我心里一直对自己说：“再不能这样拖下去了,我必须把东西收拾好。”

昨天早上,我终于动手了。我劝服妻子带孩子们到海滩玩一天,我自己则一口气工作到午夜。我本想通宵干下去,只是我已把家里弄成了一团糟,必须踮着脚才能走动。我打开冰箱门，却惊见里面放的是我的运动衫、袜子和几件木工用具。我将它们取出欲转移另外的地方，不慎和书橱碰个正着，撞得堆放在最高层的一大沓书掉下来，纷纷砸在我的头上和脸上。

晚上，我的头肿起了包，鼻子贴了橡皮膏，左眼已几乎看不见了。我在客厅中央踩着一只拖鞋，脚下一滑，扭伤了足踝。我不明白为什么拖鞋会在那里。我早注意到拖鞋是到处跑的东西，剪刀也是。它们只是一个喜欢展露自己；而另一个则喜欢躲得无影无踪。

最令我气恼的是，我花了那么多力气，却没有什么成绩。我本想把所有的字纸看一看，选出要留的，因此我搬动了大堆的文件夹、旧报纸和纸箱，看看下面和里面是什么。谁知这竟是个严重的错误：两小时后，我的字纸体积比原先增加了3倍。未到中午已无处可坐，我想到街口的咖啡室去舒口气，但房门由于被堆放着的东西堵住而打不开了。

于是我改变战术，决定一次只处理一件事情，从就在眼前的一个捆着的纸箱着手。我解不开绳结，想找剪刀又找不着，倒很方便地找到了一只拖鞋。我心头火起，一下把它抛出了窗外。最后我用厨房里的菜刀割断绳子，打开了纸箱：只见里面装的是结账单、剪报、信和一块甜饼。

我正要把这整箱的东西抛进垃圾箱，突然，我想，万一政府忽然认为我有一笔税款未交，我该怎么办？我可以想象我面对税务员说我已把所有的结账单扔了。我简直不敢再想下去。

所剪的报是六十年代的，都是些极有趣的文章，我想留待日后阅读。但那一天尚未来临，事实上，可能永远也不会来临。不过，我还是决定继续保存那些剪报，也许子女们有一天会看的。

我想抛掉那些旧信，只保存邮票。如果我不重读那些信，也许我真的要那么做了。可是当我随便看看时，不料越看越有趣，最后我决计还是保存的好。

时至下午，我又检查了两沓文件，除了一张1970年的账单外，竟找不到一张可以丢弃的纸片。而就在我从一个文件柜走到另一个文件柜之际，又踩着了另一只拖鞋而使身子闪了一下，我立刻把它抛出窗外，让它去追随它的“伴侣”。

接着，我强打精神，把那张1970年的账单和那块甜饼丢进了废物篓，把所有的纸箱和一沓沓东西放回原处，午夜时分，家里看来差不多还是老样子。我筋疲力尽地停止了工作，妻儿们也回来了。

“我累得要命！”我对妻子说。

“哦，你做什么了？”

“我明天再告诉你。”我说，“现在不想再说这件事。”

“你再也猜不到我们在房子前面的街上捡到了什么。”她欣喜地说道，背后的手好像拿着什么东西。

“我的拖鞋。”我哽咽着说，险些忍不住流下了眼泪。

再不能这样拖下去了，我必须把东西收拾好。

受宠若惊

在开车前往海滨小舍度假途中，我在心里发了个誓，要在未来的两个星期里努力做一个爱妻子的丈夫和爱孩子的父亲，彻底地体贴他们，无条件地爱。

这个念头是我在车上听一位评论员的录音时想到的。他先引述了《圣经》上一段关于丈夫体贴妻子的话，然后说道：“爱是一种意志的行为。一个人可以自己决定要不要去爱。”我必须承认我是个自私的丈夫——承认我们的爱已经因为我对妻子不够体贴而褪了色。在许多小地方我的确是这样：责骂艾芙琳做事慢；坚持看我要看的电视节目；把明知道艾芙琳还想看的旧报纸丢了出去。好了，在这两星期里，这一切都要改变。

当真改变了。从我在门口吻了艾芙琳一下、并且说“你穿这件黄色新毛衣可真漂亮”起，便改变了。“啊，汤姆，你居然注意到了。”她说，神情既惊讶又愉快，也许还有一点迷惑。长途开车之后，我想坐下来看书，但艾芙琳建议到海滩上去散步。我本想反对，但随即想到，艾芙琳已单独在这里陪了孩子一个星期，而现在她想和我单独在一起。于是，我们便到海滩上去散步，让孩子们自己放风筝。

时间就这样过去了。一连两个星期，我没打过电话到华尔街我任董事长的投资公司；我们到贝壳博物馆去参观了一次，虽然我一向最怕去博物馆，但这回却很感兴趣；有一次我们要赴宴，但因为艾芙琳化妆而迟到了，我却一句话也没说。整个假期轻松而愉快地一晃就过去了。我又发了一个新誓，要继续记住体贴她。

但我的这次试验出了一个纰漏，艾芙琳和我至今一提起这件事便不禁失笑。在海滨小舍的最后一个夜晚，当我们正要上床就寝时，艾芙琳突然神情哀伤地望着我。

“你怎么啦？”我问。

"汤姆，"她说，声调凄惨，"你是否知道了一件我不知道的事?"

"这话怎讲?"

"嗯……几星期前我做过身体检查……医生……他对你说过什么关于我的话没有? 汤姆，你待我太好了……我是不是快要死了?"

我一下子就全明白了，随即大笑起来。"不，亲爱的。"我说着把她抱在怀里，"你并不是快要死了……是我才刚开始活呢!"

你并不是快要死了……是我才刚开始活呢!

一件婚纱裙

这是战争年代里我所经历的事，每每回想起来都令我激动不已，使我更加热爱周围的人们，珍惜今天的生活。

长时间的战争使越来越多的人陷于贫困，我的家也是一样。终于有一天，一直最大限度抑制和隐瞒着自己的绝望的妈妈，叹着气说："孩子，我们再也不能没有面包而仅靠干果生活了。"

每一天，战争都带来许多可怕的不幸和痛苦，许许多多的家庭都失去家庭生活的支柱。我的姐姐斯卡纳和我就是在没有父亲的情况下长大的。自然，所有生活的负担也就完全落到我的妈妈——一个年轻寡妇的身上。在似乎回想什么的时候，妈妈想出了一个办法。"我那件婚纱裙——我结婚的纪念，生活中最幸福日子的纪念。好了，它能做什么用呢? 孩子……"她坚持把长裙给我，让我同姐姐到一个叫诺日斯罕的地方去换粮食。

这时，我感到非常惶然和困惑，不知对她说些什么。起先，我打算紧紧地拥抱和亲吻母亲，但是，母亲的失声恸哭令我震惊。她告诉我，在我出发前不准哭泣。我尽量像一个大人那样，保持着镇静。

妈妈相信，只要她拿一杯水洒在我们走后的路上，就能给我们带来好运。

“祝你们一路顺风。斯卡纳，我恳求你，一定要照顾好你的弟弟。”母亲哽咽道，“把婚纱裙换成你们可以换成的任何东西。”

“换成你们可以换的任何东西”，这意味着如果不能换到粮食，我们就不应该回家。

出了诺日斯罕东站，姐姐和我去了离车站最近的村庄。在那里，我们遇到一个非常善良和蔼的妇女，并去了她的家里。

斯卡纳拿出了包裹，然后说:“这就是我们带来的东西，也许您会喜欢它，我们必须把它换成粮食。”

“噢，它太精致漂亮了。”房主一边说，一边仔细地翻看着婚纱裙，“如实告诉我，它被穿过吗？它的主人在哪儿？”

她不停地把婚纱裙在两手之间翻来倒去，眼睛一刻也没有离开它，并自语道:“如果允许的话，我想试穿一下，看它是否合身。”这位妇女一穿上它，整个屋子看起来顿增光彩，就像一个漂亮的新娘穿着专门为她缝制的结婚礼服走进房间一样。

我努力去想象我妈妈做新娘时的情景，这件婚纱裙穿在我妈妈身上时会这样光彩照人，这样的合身吗?最大的可能是，当我的妈妈试穿它时，也这样站在镜子的前面，满怀幸福地欣赏自己。我还想到，我将像它的原样那样，把它保存下来，让它像原来这样崭新、雅致，在我儿子结婚时，我会向他讲述这件凝结着长辈深情的婚纱裙的经历，然后，按照传统，我将把它交到我的儿媳妇手中……这时，那位妇人打断了我的思绪。她说:“孩子，我可以给你一袋大麦、玉米和小米。”

斯卡纳和我同意了。这位妇人从厨房拿出一个厚实的平底盒子递给我。我把盒子中的粮食分成两半，把一半装进了口袋，看到这个情形，斯卡纳笑了。

火车很快就要到了，我们不得不离开。于是，我们扛起我们的东西，与热情的女主人真诚道别。离开女主人的房子不远，我们听到了女主人颤抖，不安的声音:“亲爱的，等一等，别走!”我非常恐慌，担心她是否已经改变了主意。

当她走到我们身边时，焦急地说:“孩子，说句心里话，请你们拿着这件婚纱裙连同粮食回家吧。告诉你们的妈妈，在诺日斯罕你们也有个妈妈，这是她送的礼物。如果这里能够和平，我的丈夫和儿子能从战场上平安地归来，我宁愿变得穷一点。”

我几乎要放声大哭了，斯卡纳也非常感动。于是，她用带着颤抖的声音说:“祝你们好运，愿你们所有的期望都变成现实。”

妇人紧紧地拥抱和亲吻了我们……向她道别后，我们急匆匆向车站赶去，一路上谈论着这个善良的乡村妇人。

祝你们好运，愿你们所有的期望都变成现实。

天堂回信

理解是人际关系中的灵丹妙药，它可以解决许多问题，它可以让彼此的心得到沟通，心与心之间电流畅通，握手比较有力，对视的目光坦诚。

峭壁下的奇迹

1989年5月27日，星期六。美国科罗拉多州西南部的古老矿城特鲁莱德城外洛基山上空是一片蔚蓝的晴天，西部各地的岩壁攀登者都被吸引到这儿，来到13，000英尺的山峰上磨砺他们的登山技能。

34岁的凯蒂娅也来了，她曾开办过一所登山学校，现在是位急救护士。与她同来的是里克·哈奇。里克34岁，是位推销员，也是登山爱好者。奥斐峭壁的难以攀登是出了名的。它的正面是花岗岩，向前突出有几百英尺高，其上只有一些可以支撑得住一个攀登者体重的手坑。到下午二时半，凯蒂娅已攀登完毕。里克在爬着最后一段距离，她则把他的绳子系牢在地面上，但她并没有觉察到一阵狂风正以每秒50米的速度扫过崖顶。

“石头！”里克突然发出急促的警告，她一下子警觉起来。里克已经平伏着身体紧贴在花岗岩上，躲避着石崩。垃圾筒大小的巨砾正在峭壁上轰然坍下，在凯蒂娅身前身后纷纷炸裂。

凯蒂娅跳起来疾速跑到左边。说时迟那时快，随着劈啪一声巨响，一块巨石从奥斐山崖的正面崩弹开来，猛砸在凯蒂娅的左腿后部。那冲击的力量一下子把她抛到离地五英尺的空中，像车轮般翻滚着，鲜血喷溅而出，在她身体周围飞散。

凯蒂娅坠落在一块锯齿形的山嘴上，感到左腿像火烧般疼痛。她向身下望去，一下子瞥见两根断了的骨头从膝盖下伸出来，她的半条腿没有了。里克迅速爬过来，这时凯蒂娅四处张望寻找她的断腿。她发现断腿就近在她身体左侧，与膝盖之间仍然有一块一英寸宽的皮条和肌肉条相连。

凯蒂娅猛然间意识到：我可能因此而死掉。作为护士，她知道一旦腿动脉开了口，流血致死那是只消数分钟的事。她驱散这些念头，集中精神考虑如何活下去的问题。

凯蒂娅强忍着剧痛，小心翼翼地将那截几乎与躯体完全分离的下肢捧起来，清理着。它摸上去很古怪——软软的，暖暖的，感觉不到那是属于自己身上的东西。

里克此刻正在她身旁，眼睛里充满了恐惧。

“我们需要用止血带把腿绑住。”她叫喊着。

里克爬过碎石堆，取来一些他曾用来爬山用的尼龙带子。

“等一等，”凯蒂娅说，检查着伤口。“这仅仅是静脉沁出的血。”希望从她心中涌起：我的动脉一定是被扯出来挟在大腿里面掐断了，她想，我得要让膝盖保持有血流通。

体重160磅的里克长得瘦长结实，体质强壮，他把凯蒂娅抱了起来。

“别担心，”他说，“我不会离开你，我会自始至终帮你渡过这个难关。”

里克一边挣扎着走下山间小径，一边强制着自己不去注意凯蒂娅那可怕的断腿。那断腿紧抓在凯蒂娅手中，离他的脸只有八英寸远。

凯蒂娅看见他脸上掠过害怕的神色，就说：“里克，如果我休克或昏倒了，你需要做这些事……”她向他作了详细的说明，希望能分散他心中那种认为她将死在他怀里的念头。

他们走到一个四分之一英里长，布满石砾的陡峭山坡，即使没有什么累赘，这样的地形也是很难越过的。里克把约15英尺左右该走的每一步都预先在脑海中排练一次。

他终于精疲力竭了。汗水混合着凯蒂娅的血湿透了他的衬衣。他的心跳加速，又因为地势高而气喘吁吁。这是他体力耗费最大、最为艰难的一次经历。然而只要他一想到怀中这位女性的坚忍刚毅，就能鼓起更大的勇气驱策自己向前迈进。

到三时半左右，里克走出了山间小径，另一位目击那场石崩的登山者正在那儿，身边有辆卡车，里克把凯蒂娅举上了车子后部。卡车飞速驶过公路，每一下颠簸都使凯蒂娅遭受像电击般传遍全身的痛苦。里克竭力宽慰她，同时让她的腿保持成一直线，好让那还连在一起的肌肉不被撕断。20分钟后，在特鲁莱德区医药中心，值班护士帮着里克把凯蒂娅放置在急救台上。

一些刚刚才接受培训的护士，从未见过这么严重的伤势。当凯蒂娅看到他们吓得脸色灰白，就担当起指挥员。“我是急救护士。现在你们即将要着手给我进行静脉注射。”她伸出双手，紧握拳头以便使血管暴露。用“16号针头，在肘弯前注射。注入掺有乳酸盐的林格溶液，越快越好。每隔五分钟你们得要给我量一次血压。”

凯蒂娅需要先进的医药治疗，医生决定把她送到格兰庄逊的圣玛丽医院——凯蒂娅工作过的一间医院。此时医生所能做的工作，就只是在她的大腿上加个套箍，因为一旦那里的动脉松驰下来敞开了断口，凯蒂娅几分钟后就会送命。

这一个小时之内凯蒂娅的情况稳定。随着最初的震扰渐渐消失，神经末梢变得较为敏感，疼痛更为加剧了。“喊叫一下吧，没关系的，凯蒂娅。”周围的人鼓励她说。但是她仍是不哼一声。

大约下午五时，她被小心地安置上了空中救生直升飞机。在飞往圣玛丽途中，凯蒂娅一直在考虑下一步该采取的措施。看到里克和自己在一起，她很高兴。

飞机到达目的地，急救室工作人员作好了外科手术准备。当戴维·费希尔大夫赶来时，凯蒂娅看着他的眼睛问道："你能保全我的腿吗?""不，"他说。"那么截肢位置取到膝盖以下。"

费希尔大夫没有回答，但是在手术中他意外地发现那截下肢是温暖的，腿的两部分都有可修复的动脉。"这一位年轻女士很幸运，"他对同事们说，"她还有机会再用自己的腿走路。"

几个小时以后，里克又坐在凯蒂娅手术后住的特别病房中。又过了几小时，当凯蒂娅苏醒过来时，她一时间竟想不起身在何处，所为何事。当疼痛袭来时，那可怕的回忆复活了。一阵不祥的预感使她打了个寒噤，低头向脚下望去，脚趾头是整整十个！"看哪！"她欢快地说，知道自己又有了一个拼搏的机会。

凯蒂娅每天得有两次泡在漩涡浴中清洗伤口。接下来的几个月期间，先是在圣玛丽，后来是在丹佛，经受了半打手术，修复那失掉的肌肉和皮肤。医生还从她的右腿取了一段血管来造她左腿的动脉。这期间，里克每天昼夜24个小时都和她在一起。

凯蒂娅装上了一个类似腿支架那样的金属框架。每天她都得强行把支架延伸一毫米，让柔软的肌肉组织、神经、动脉、静脉和皮肤在骨头生长的同时得到伸展拉紧。

所有这一切努力都不能说必定保证生效，然而她的腿和脚已经有了感觉，也就是说，有了希望。

在整个阶段中，里克，一个她几乎不了解的人，一直伴随在她的身旁。她留医的头四个星期内，他就在她床边的一张椅子上过夜。在她床头上，总会有一株白玫瑰。这一切令她想起他在山间小径上说过的话："我会自始至终帮你渡过这个难关。"

我会自始至终帮你渡过这个难关。

天涯海角的华尔兹

多年以前，我参加了美国的一个志愿者考察队，来中国进行稀有野生动物的编目工作。考察结束后，我和队友琼想多去几个地方看看。琼指着地图说："去这里怎么样?"我耸耸肩说："为什么不?"于是我们就出发了。

这儿是热带雨林区，热如蒸笼，蚊虫肆虐。在这样的地方旅行，其艰苦程度可想而知，需要有相当的勇气和胆量。在古代，中国人曾认为这儿就是世界的边缘了。我们颠簸了整整两个白天一个晚上，最后总算到了那个乱石嶙峋，荒无人烟的海滩。

离海边不远有一个小村庄，那儿有一座小屋，既是家舍，又是饭店，甚至还是一个小型动物园。这在中国农村很常见，但这一间显得格外低矮、破旧。只有一间屋，里面只有一张桌子、一张床，还有几个装蛇的笼子。

这屋里的女主人是一个80岁的老太太，她和一个年轻的妇人一起立刻给我们看她们养的蛇，从笼子里一条一条拿出来，问我们要吃哪一条。我们打手势说，天太热了，我们没什么胃口，蛇太大，吃不完就太浪费了。路边一只觅食的老母鸡似乎也是这家养的，于是我们询问地指着那只鸡。老太太点点头，菜谱就算是定下来了。

20分钟后开始上菜，我们再次惊叹中国农民"变魔术"的本领，他们可以从几乎是一无所有中变出花样繁多的饭菜。照例先是喝那神奇的中国汤，接着是几碟风味不同的蔬菜，点缀着一些鸡肉片。当然还有米饭和一壶又一壶热气腾腾的茶，而当时的温度在38℃以上。

吃饭的时候，那老妇人一直对我热情地笑，并用一把很奇特的扇子替我扇风。我从来没有见过那样的扇子，整个儿用棕灰色的羽毛做成。这屋里除了一只老旧的怀表，这把扇子似乎是唯一值钱的东西了。于是我尽力不去称赞它，因为按中国人的习惯，凡是客人赞赏的，他们总是慷慨相赠。

老妇人灿烂地笑着，忽然紧紧地拥抱我，然后把扇子放到我手里，又拥抱了我一次。我很吃惊，不知自己做了什么，竟受到如此热情的款待。

老妇人看见我困惑的样子笑得更开心了，仿佛我做了什么，令她格外欣喜。而我还是不明白究竟是怎么回事。

既然她这样热情，我们吃完饭就多坐了一会。自从我一踏进这间屋子，我就被这满面笑容、满怀喜悦的老妇人深深打动了，我不想那么快离开。

老妇人开始用结结巴巴的英语跟我们交谈，显然她已有几十年没说英语了。我们费劲地听着，猜测她的意思，慢慢地我们听懂了她的话。她说："你们来到这儿，我太高兴了，我想起了很久很久以前的事情。"

老妇人说我们是她30多年来第一次见到的西方人，她忆起了往事。她的父亲曾是一位知名的外交官，她的童年生活幸福而且优越，她学习英语，并常跟父母到世界各地旅游。

她沉浸在对往事的回忆中，眼前发出明亮的光彩。有一次她随父亲在香港参加一个社交聚会，那儿有很多外国人，舞厅里回荡着动听的乐曲，英俊的男人和优雅的女人在跳华尔兹，衣香鬓影，轻歌曼舞，彩灯闪烁，对这个年轻的中国女孩来说，这简直是天底下最美妙、最动人的情景。她相信，将来有一天她也会像那些高贵优雅的女人一样翩然而舞，她知道一定会的。

然而，她长大后，中国不再是一个可以跳舞的地方。她婚后不久，就爆发了内战，烽火遍地，山河破碎。接着1937年日军入侵，八年抗战后又是解放战争。

解放后，她因为是国民党军官的家属而被遣送到这个海岛，在这个荒凉的地方一住就是几十年，靠给过路人做饭为生，有时还能捕到几只野兽卖点钱。

她讲完了她的故事，笑了，没有一点悲苦和怨恨。

"你感到遗憾吗？"我们小心翼翼地问。

"只有一个遗憾，"她笑着说，"就是没学会跳华尔兹。"

她的回答是我们没有料到的，一时竟相对无言。经过了这么多年的坎坷和磨难，她的精神世界显然早已超越了生活中的苦难与艰辛。我隔着桌子向她伸过手去，轻轻地问她："还想学华尔兹吗？"

她脸上浮现出喜悦兴奋的神采。她说："你一进门，我就想起了那次舞会上跳华尔兹的外国女人。"

我们站在小屋当中，桌子和床之间大约有5英尺的空间。"让我想想，"我抱歉地说，"想想该怎么跳，怎么领舞。"

我们摇摇晃晃地开始跳，我哼着施特劳斯的圆舞曲，不时踩到她的脚。但不久我们就跳得流畅自如了，我唱得更大声了。《蓝色的多瑙河》的旋律在这天涯海角的低矮小屋中回荡。老太太肥大的裤子飘起来，像旋转的裙子，她似乎飞离了这荒凉的海岛，又变成了那个年轻美丽、充满梦想的姑娘。

一曲跳完，我们都有点气喘吁吁。为了记住这难忘的时刻，我们拍了很多照片，我们要告辞了，我想留点纪念品给这可爱的老太太，但找不出合适的东西。我的小风扇电池快用完了，对她没什么用；我的淡紫碎花的手帕太显眼，怕给她惹麻烦。我找遍全身，想尽可能地答谢她热情的款待。最后我们拥抱道别。

我回美国后不久，遭遇了一连串的打击：婚姻破裂、母亲去世、经济拮据，我搬到了一个陌生的城市，远离亲朋好友的熟悉的环境。我常常哀伤怨叹，为了我失去的一切。

在我悲观绝望的时候，我就会想起海岛上的那个老妇人。她给我勇气和力量，让我度过了多痛苦哀伤的日子。

现在我生活在太平洋的岸边，隔海遥望中国，有时我仔细听，仿佛能听到施特劳斯圆舞曲的旋律。

那位老妇人的照片——我们的合照——就挂在我的墙上，我们的手相握在一起。我们来自两个完全不同的世界，偶然相遇，在一间破旧低矮的小屋里跳起了华尔兹，由此我懂得了什么是真正的勇气和坚强。我将永远珍藏这难忘的记忆——天涯海角的华尔兹。

你们来到这儿，我太高兴了，我想起了很久很久以前的事情。

天堂回信

1993年10月的一个清晨，朗达·吉尔看到4岁的女儿戴瑟莉怀中放着9个月前去世的父亲的照片。“爸爸，”她轻声说道，“你为什么还不回来呀?”

丈夫肯的去世已经让她痛不欲生，但女儿的极度悲伤更是令她难以忍受，朗达想，要是我能让她快乐起来就好了。

戴瑟莉不仅没有渐渐地适应父亲的去世，反而拒绝接受事实。“爸爸马上就会回家的。”她经常对妈妈说：“他现在正上班呢。”她会拿起自己的玩具电话，假装与父亲聊天儿。“我想你，爸爸，”她说，“你什么时候回来呀?”

肯死后朗达就从尤巴市搬到了利物奥克附近的母亲家。葬礼过去近两个月，戴瑟莉仍很伤心，最后外祖母特里施带戴瑟莉去了肯的葬地，希望能使她接受父亲的死亡，孩子却将头靠在墓碑上说：“也许我使劲听，就能听到爸爸对我说话。”

后来有一天晚上，朗达哄戴瑟莉睡觉时，戴瑟莉说：“我想死，妈妈，那样我就能和爸爸在一起了。”

“上帝呀！帮帮我吧，”朗达祈祷着，“告诉我该怎么办。”

1993年11月8日本该是肯的29岁生日。“我们怎么给我爸爸寄贺卡呀?”戴瑟莉问外祖母特里施。

“我们把信捆在气球上，寄到天堂去怎么样?”特里施说。戴瑟莉的眼睛立刻亮了起来。

她选了一个画着美人鱼的气球，图案的上方写着“生日快乐”。以前戴瑟莉经常和爸爸一起看美人鱼的录像。

在墓前摆放鲜花时，戴瑟莉口述了一封给爸爸的信。“生日快乐，我爱你，想念你，”她说着，“但愿你在天堂能收到这个气球，在我一月份过生日时给我写回信，好吗?”

特里施将那段话和她们的地址记在了一张小纸卡上，裹上一层塑料，最后戴瑟莉放飞了那只气球。

将近一个小时，她们就看着那个闪亮的光点慢慢地越飘越远、越变越小，戴瑟莉却兴奋地喊道：“看啊，爸爸收到我的气球了！”才不过几分钟，那气球就不见了。“现在爸爸要给我写回信了。”戴瑟莉说着向汽车走去。

在一个寒冷、微雨的11月的早晨，在加拿大东面的爱德华王子岛上，32岁的维德·麦金农准备出去打猎。他是一位森林管理员，与妻子和3个孩子住在美人鱼镇上。

但那一天他没有去经常打猎的地方，而突然决定去两英里外的美人鱼湖。在岸边的灌木丛中，他发现杨梅树丛的枝条钩住了一只银色的气球，上面印着美人鱼的图案，线的顶端系着一张包着塑料的小纸条，已经被雨浸湿了。

回到家，维德小心地将潮湿的纸条摊开晾干。妻子唐娜回来时，维德给她看了气球和纸条，上面写着：“1993年11月8日，生日快乐，爸爸……”通信地址是加利福尼亚利物奥克。

“现在才11月12日，”维德说，“仅仅4天这只气球就飞越了3千英里！”

“而且你看，”唐娜说着将气球翻了过来，“气球上印着美人鱼的图案，又正好落在了美人鱼湖边。”

“我们应该给戴瑟莉写封信，”维德说，“也许我们命中注定要帮助这个小姑娘。”

在沙勒特镇的书店里，唐娜·麦金农买了一本改编的《小美人鱼》。圣诞节过后几天，维德又买回了一张生日卡，上面写着：“给我亲爱的女儿，温馨的生日祝福。”

1994年1月3日，唐娜坐下来给戴瑟莉写了封信，然后将信夹在贺卡中，与书装在一起寄了出去。

1月19日的傍晚，麦金农夫妇的包裹到了，那时朗达和戴瑟莉已经回尤巴市了，特里施决定第二天再送过去。

那天晚上特里施看电视时，怀着好奇心，她打开了包裹，先是看到一张贺卡，上面写着：“给我亲爱的女儿……”

第二天清晨6点45分，哭红了眼睛的特里施将汽车停在朗达的门前。特里施说：“戴瑟莉，这是送给你的，”特里施将包裹放在她手里，“是你爸爸寄来的。”

“代你爸爸祝你生日快乐，”特里施念道，“我想你一定会奇怪我是谁。其实一切都是从我丈夫维德11月去打野鸭的那一天开始的。你猜他发现了什么？是你寄给爸爸的美人鱼气球……”特里施停了一下，发现戴瑟莉的脸颊上闪烁一颗泪珠。“天堂里没有商店，但你爸爸希望有人能帮他给你买一份礼物，所以他就选中了我们，因为我们就住在一个叫做美人鱼的镇上。”

特里施继续读着：“我知道你爸爸一定希望你能快乐，而不要为他伤心；我知道他非常爱你，并会一直注视着你的成长。爱你的：麦金农夫妇。”

特里施读完看着戴瑟莉。“我知道爸爸不会忘记我的。”孩子说。特里施眼里含着泪水，搂着戴瑟莉又读起了麦金农夫妇送的那本《小美人鱼》，这个故事与肯给戴瑟莉读过的那本有些不同，以前那本讲的是小美人鱼后来幸福地与英俊的王子生活在一起，而在这一本中，邪恶的女巫割断了小美人鱼的尾巴，杀死了她，3个天使将她带走了。

特里施读完，担心悲惨的结局会使外孙女伤心，但戴瑟莉却快乐地用双手托住了脸颊。“小美人鱼进天堂了!”她喊道，“爸爸送给我这本书，因为小美人鱼就像爸爸一样进了天堂!”

2月中旬麦金农夫妇收到朗达的来信：“1月19日收到你们寄来的包裹时，我女儿的梦想实现了。”

以后的几个星期中，朗达母女经常与麦金农夫妇通电话。3月份时，朗达与戴瑟莉飞往爱德华王子岛探望麦金农夫妇。两家人穿着雪地鞋一起到湖边维德发现气球的地方。朗达和戴瑟莉都沉默不语，好像肯就在她们的身边。

如今戴瑟莉每次想要和爸爸说话时，就会打电话给麦金农夫妇，只有这种方式能安慰她幼小的心灵。

“我们都对我说：‘气球能落到那么远的美人鱼湖边，简直太巧了，’”朗达说，“但我知道是肯挑选了麦金农夫妇将自己的爱带给戴瑟莉，她现在懂得了父亲的爱会一直陪伴着她。”

她现在懂得了父亲的爱会一直陪伴着她。

古堡的秘密

法国北部的中央有个叫文丹姆的小镇。镇子里有座古堡，它的大门上了锁，百叶窗紧紧闭着，花园也已经荒芜。人们告诉我，这个城堡属于德·梅里特伯爵夫妇。许多年来，从外表上看，他们夫妇都相处得和谐平静。古堡空了之后，文丹姆的居民便再也没有看到过他们。后来，德·梅里特先生死在巴黎，他的妻子则像一个白发的幽灵，居住在很远很远的一块领地上。

有一天，我发现我下榻的那家旅店的女仆罗萨利曾经做过伯爵夫人的侍女，便求她让我对这个古堡有更多的了解。她终于同意了，向我揭开了这个古堡的秘密。

那是一个平静的家庭。先生有点刚愎自用，对人苛刻；但夫人却极其温柔，对丈夫百依百顺。甚至在那年夏天，当夫人偶染小恙而先生为了不受打扰一个人搬到楼上的卧室，她也毫无怨言。也许，对她来说，能独处一室倒是一种解脱吧。她那间宽敞的卧室在古堡的底层，下面是缓缓流过的小河，对面是一座美丽的花园。卧室的一端有个壁炉，另一端立着一个大衣橱，里面挂着夫人的各色衣服。

夫人生病期间，伯爵便在俱乐部玩纸牌或者谈论政治，这样度过每一个夜晚。那时候，文丹姆镇来了很多西班牙人——被拿破仑皇上假释的战俘。女仆罗萨利特别注意到一个英俊的西班牙贵族青年，他离群索居，从不与人交往。每天傍晚，他都要做一次长时间的散步。有个马夫甚至还看到夜已很深了他还在古堡附近的小河里游泳。

伯爵晚上从小镇回家，每次都是径直走向自己的卧室。可是，秋天的一个深夜，他从俱乐部回来，却朝他妻子的房间走去。当他来到卧房门外时，好像听到了妻子的衣橱门很快地被关上的响声。可当他走进房门时，她却站在壁炉前。

"您回来迟了，"夫人平静地说。正在这时，罗萨利从前厅走了进来，刚才关衣橱门的当然不会是她了。罗萨利在先生的脸上看到了先是怀疑，尔后是愤怒的表情。她听到了先生冷若冰霜的声音："夫人，有一个人在衣橱里。"

他的妻子十分肯定地回答："没有，先生。"

他朝衣橱走去，可是夫人把他叫住了。"假若你在那里面找不到什么人，那么，我们之间的一切就该从此完结了。”她告诉他。

他不怀好意地看着她说：“好的，我先不打开它。听着：您灵魂的救世主，对您来说该是够重要的了。您发誓那里面没有人，我就答应您这扇门可以让它关着。”

他摘下了她的十字架——那种不常见的西班牙式的紫檀木带银丝链的十字架。夫人颤抖着把手放在十字架上，轻声地说：“我发誓。”

“去叫你的女仆来吧”。他命令她。

罗萨利进来了，他对她说：“去把泥水匠戈雷伏罗特叫来，让他带上泥刀，还有修马厩剩下的砖头和灰浆。”

吓坏了的罗萨利匆匆地去执行他的命令。当她把那疑惑不解的泥水匠带进来以后，伯爵马上命令他说：

“立即在衣橱门前砌上一道墙。这件事做好之后，只要你不多嘴。你永远不必担心缺钱花。罗萨利也是一样。”

他监视着泥水匠的工作。过了一会儿，夫人叫罗萨利去取一条披巾，她的冰冷的手抓住了侍女的手指。

“告诉戈雷伏罗特，不管怎样留下一个口不要砌。”她低声地说。

四周一片寂静，只有泥刀嚓嚓的响声。墙慢慢地变高了。当砌到快平橱顶的时候，戈雷伏罗特趁主人把脊背对着他的时机，用泥刀把衣橱顶上的玻璃击碎了。里面有一双充满恐惧的深灰色大眼睛。

破晓时分，墙砌好了，伯爵叫来他的侍从。

“我妻子病了。”他说，“我不能离开她，你把三餐饭都送到这里来。”

伯爵寸步不离地在妻子房里呆了20天。在头几天内，衣橱里一度传出过微弱的气息声。这时，处在半昏迷状态的夫人哭了起来。但是，伯爵却阻止她说出本当要说的话。

“您宣过誓说那里面没有人。这，就已经够了。”

之后，卧室除了夫人悄悄的哭泣声，就再也听不到别的任何声音了。

您宣过誓说那里面没有人。这，就已经够了。

探险者的一课

我那个不准离开前院的孙子贾森，已是无影无踪，——10岁的孩子总是这样。我叫了几声，没人回答。我坐到草坪上的折椅里准备读书，发现那架长梯子平躺在车道边的大树下。根本不需要歇洛克·福尔摩斯，贾森肯定是在树上，只是不巧把梯子碰倒了。看来他暂时还不想下树来，更不想让我知道他的窘境。我本可以过去把梯子重新摆好，但忽然想起孩提时的一件事。过了50多年，我突然明白了它的含义。

雷蒙德·卡丁在许多人眼里是个可爱的乡下人。我记得他走在佛蒙特州诺斯菲尔的街上的样子：一位满头白发，衣着讲究的绅士。他与我有过一次短暂的交往，那时我正是贾森这般年纪。

我可以自由地在镇里到处乱跑，父母禁止我去的地方只有佩因山脚下废弃的采石场。但那是一个吸引人的地方，到处淌着浅绿色的水，并布满了碎石堆起的小坡，小白杨树从石缝中长出来，攀着它们能轻易地爬上这些小坡。矮树丛中不时可发现生了锈的采石机。

一个夏天的下午，我跟着一群大孩子去那个地方。他们走离了通往采石场的被人踏出的小路，然后扔下了我。我爬过一根根伐倒的树干，穿过缠人的荆棘丛，找了一个多小时还没找到原先的小路。太阳很低，已过了晚饭时间，父母大概在着急了。我惊慌起来，就坐在一棵树下，用声音表达了我的苦恼。

当我止住声喘口气时，听见有人在吹口哨。我立刻就找到了吹口哨的人。他正坐在小路边的一段树干上，削着一根细树枝。

“哈罗！”卡丁说道，“出来散步吗？天气真好。”

我点点头：“我只是想来考察一下这个旧采石场。不过现在我得回去了。”

“要是你愿意稍等一会儿，”卡丁说，“我想和你一同回镇上去。我快要完成这个柳哨了，做好了送给你。”

他把柳哨递给我，然后站起来。伴着清亮的哨声，我们一起顺着小路走下山坡。

现在当我坐在这草坪上的折椅里时，我第一次明白了那是一个多少不寻常的友善举动。那个人听到我的哭声，明白这是一个小男孩迷了路。出于一种情感，他不愿充当一个救援者的角色，而是坐在一旁吹口哨，使我能够找到他。他尊重一个小男孩的自立感。

我从折椅里站起来，把停在大门前的旅行车开进车道，停在大树底下——那是它平时停放的地方。然后我拿起梯子；拿着它绕过房子，将它放在屋后。当我回来时，贾森已坐在我的折椅上了。

“你到哪儿去了?”，我问。

“探险。”他说，“我是个小童子军，你知道吗?”

“我知道。”我说。

我惊慌起来，就坐在一棵树下，用声音表达了我的苦恼。

小丑的眼泪

一

孩子们，孩子们，圣诞夜的前一天上演的马戏开演了。大地上覆盖着厚厚的积雪，所有的屋檐下都挂着耀眼的冰凌，但是马戏团的帐篷里却既温暖又舒适。帐篷里不但像往常一样散发着皮革和马厩的气味，而且还弥漫着葱姜饼干、胡椒花生以及圣诞枞树的芬芳。

327个孩子和他们的父母在观赏马戏表演。今天下午，这些小男孩和小姑娘们是他们父亲所在工厂的客人。早在11月份，厂主就说过：“今年我们工厂很走运。因此大家一定要好好庆祝一番今年的圣诞节，要比往年隆重。我建议我们大家一起去看马戏。有孩子的人把孩子也带着。我也把我的三个孩子带去。”

因此，与324个孩子一起，厂长的两个女孩和一个男孩，也正坐在他们的父母身旁。盼望已久的圣诞节庆典像预料的那样盛况空前。

接着，马戏表演开始了。

这对孩子们来说是最引人入胜的。他们满心喜悦地坐在巨大的帐篷里。当黑色的矮马跳舞时，他们欣喜若狂；当雄狮怒吼时，他们毛骨悚然；当穿着银白色紧身衣的漂亮女郎在半空中荡秋千时，他们惊恐得大叫。

啊，小丑出场了！

他刚在跑马道上跌跌绊绊地出现，孩子们就欢快地扯开他们的嗓门尖叫起来。从那一刻开始，人们就连自己的说话声都听不见了。孩子们大笑着，帐篷在他们的笑声中颤抖。他们笑得那么厉害，以至眼泪蒙住了视线。

这个小丑可真了不起！他的滑稽表演是那样扣人心弦，连厂长都张大了嘴巴。在此之前，还从来没有人看到过厂长张嘴吸气哩！

这小丑根本不说话。他用不着说话就妙趣横生。他在孩子们面前表演着他们想看的哑剧。他一会儿装小猪，一会儿装鳄鱼，一会儿装跳舞的熊。装兔子的时候，他简直滑稽极了。

突然,这个年迈的著名小丑紧张起来。他发现一个头上扎着红蝴蝶结的小姑娘。

小姑娘和她的父母坐在紧挨跑马道的第一排。她是一个长着聪明俊秀的面庞的漂亮姑娘，身上穿着一套节日的蓝衣服。坐在她身旁的父亲在笑，母亲也在笑，只有这个扎着红蝴蝶结的小姑娘不笑。在327个孩子中，只有她一人不笑。

年迈的小丑想：亲爱的，让我来试试，看我能不能把你也逗笑!于是他又专为这个坐在第一排的小姑娘卖力地表演起来。

年迈的小丑从没有表演得如此精彩。

然而……无济于事。那姑娘仍然毫无笑意。她瞪着滚圆而呆滞的眼睛看着小丑，连嘴角都没有动一下。她真是个迷人的小姑娘，只是她一点也不笑。

小丑莫名其妙。过去，他的每一次插科打诨都知道什么时候观众开始笑，什么时候停止笑。

因此他的逗乐总是恰到好处。他与观众能够进行融洽的交流。这场为孩子们做的表演对于他来说是很轻松的，因为孩子们是天真无邪的观众，可以与他们轻而易举地交流感情。但是那个小姑娘却高深莫测。

年迈的小丑正在模仿兔子，他突然感到一阵不知所措的悲戚和束手无策的恐惧。他真想中断表演。他觉得，如果坐在第一排的那个小姑娘还是那样瞪着他，他就无法再继续表演了。

于是他走到小姑娘面前，有礼貌地问：“告诉我，你不喜欢我的表演吗?”

小姑娘友好地回答：“不，我很喜欢。”

“那么，”小丑问，“其他的孩子都在笑，你为什么不笑呢?”

“请问，我为什么应该笑呢?”

小丑沉思后说：“比如说，为了我。”

姑娘的父亲想插嘴，但小丑向他做了个手势，表示希望姑娘自己回答。

“请您原谅，”她回答，“我不是想使您难过，但我确实不觉得您可笑。”

“为什么?”

“因为我看不见你。我是瞎子。”

二

当时，整个帐篷里像死一般的寂静。小姑娘沉默而友好地坐在小丑对面。小丑不知道该说什么好。他就这么呆站了很久。

母亲解释说：“爱丽卡从来没有看过马戏！我们给她讲过不少关于马戏表演的情况。”

“所以这一次她无论如何要来。她想知道马戏究竟是怎么回事！”父亲说。

小丑郑重地问：“爱丽卡，你现在知道马戏是怎么回事了吗?”

“是的，”爱丽卡高兴地回答，“我当然已经都知道了。爸爸和妈妈给我解释了这里的一切。我听到了狮子的怒吼和小马的嘶鸣。只有一件事还不清楚。”

“什么事?”小丑虽然明白，但还是问道。

“为什么您那么可笑?”扎着红蝴蝶结的爱丽卡说，“为什么大家对您发笑?”

“是这样。”小丑说。马戏场里又是一阵死一般的寂静。过了一会儿，著名的小丑像要作出重大决定似的，鞠了一个躬，说道：“听着，爱丽卡，我向你提一个建议。”

“请说吧。”

“如果你真想知道我为什么可笑……”

“当然想知道。”

“那么好吧。如果你的父母方便的话，明天下午我到你家里去。”

“到我家里?”爱丽卡激动地问。

“是的。我将表演给你看，同意吗?”

爱丽卡高兴得直点头。她拍着双手喊：“多好啊！爸爸、妈妈，他到我们家来！”

小丑问明地址后说：“6点钟怎么样?”

“行!”爱丽卡说，“啊，我多高兴啊!”

小丑伸手了摸了摸她的头发，深深吸了一口气，就像一个刚从肩上卸下千斤重担的人。他向观众喊道：“女士们，先生们，表演继续进行。”

孩子们鼓起掌来。他们都对瞎眼的小爱丽卡十分羡慕，因为这个伟大的小丑将去拜访她……

三

当夜大雪纷飞，第二天仍然下个不停。5点半钟时，爱丽卡家里的圣诞树上蜡烛通明。小姑娘摸遍了桌子上摆的所有精美礼物。她吻了吻父亲，又吻了吻母亲。但是她总在不停地问："你们认为他会来吗？你们认为他真的会来吗？"

"当然，"母亲说，"他亲口答应的。"

他准时到达。起居室的座钟正在打点。

她握着他的手，激动得结结巴巴地说："真……真……真太好了。您真的来了！"

"当然，我答应过的。"小丑说。他向她的父母致意，然后把他给爱丽卡的礼物交给她。那是3本盲文书。爱丽卡已经读过一些盲文书籍，她十分高兴又得到3本新书。

"可以给我一杯香槟酒吗？"年迈的小丑说。他把香槟喝完，牵着爱丽卡的手，把爱丽卡安顿在圣诞树前的沙发上，自己在她的面前跪下。

"摸摸我的脸，"他说，"还有脖子，接着是肩膀，然后还有手臂和腿。这是第一步。你必须准确地知道我是什么样子。"

小丑既没戴面具，又没穿戏装，完全没有化装。他自己没有把握他的试验能不能成功。

"好了吗？"他终于问。

"嗯。"爱丽卡说。

"你知道我的长相了？"

"清清楚楚。"

"那好，我们开始吧！"小丑说，"但是请不要让手离开我。你要不停地摸着我，这样你才能知道我在干什么。"

"好的。"爱丽卡说。

于是年迈的小丑开始表演。他把他在马戏团表演的全套节目从头做起。父母相互紧握着对方的手，站在门旁看着。

"现在小熊在跳舞。"年迈的小丑说。当他模仿熊跳舞时，爱丽卡细嫩的小手抚摩着他，但是她的面容仍然呆滞不变。

虽然这是他毕生最困难的表演，但是小丑一点也不畏缩。他又开始学鳄鱼，然后学小猪。渐渐地，爱丽卡的手指从他的脸上滑到了肩上，她的呼吸急促起来，嘴巴也张开了。

仿佛爱丽卡用她的小手看到了其他孩子用眼睛看到的东西。她在小丑装小猪的时候哧哧地笑起来，笑得短促而轻柔。

年迈的小丑更有信心地表演起来。爱丽卡开始欢笑了。

“现在是兔子。”小丑说，同时开始表演他的拿手好戏。爱丽卡大笑起来，声音越来越响。

她高兴得喘不过气来。

“再来一遍，”她兴奋地喊，“请再来一遍!”

年迈的小丑又装了一遍兔子，一遍又一遍。爱丽卡还是没个够。她的父母面面相觑，爱丽卡还从来没有这么快活过。

她笑得气喘吁吁。她高喊：“妈妈！爸爸！现在我知道小丑是怎么回事了！现在我什么都知道了!这真是世界上最美的圣诞节啊！”

她细小的手指仍在跪在她面前的老人脸上摸来摸去。

突然，爱丽卡吃了一惊。她发现这个伟大的小丑哭了！

心灵感悟

她发现这个伟大的小丑哭了!

洞里的孩子

一

1986年4月24日，这一天阳光灿烂，气候温暖。唐·钱伯斯带着仅22个月的克里斯和4岁的塔雷在外面的沙箱里玩耍。那天轮到谢里尔·钱伯斯在自己家开的家具店里做账，而唐同孩子们一起留在新泽西州科尔茨内克的家里。正当谢里尔回来时，电话铃响了，唐就急匆匆低着头跑进屋里去接电话。谢里尔搬着食品走进了屋里，塔雷跟在她后面。

唐透过御风暴的外重门望去，只见刚学会走路的克里斯爬出沙箱朝着田间小路走去，那条路才400米长，直通大路。“他朝那边走了，”唐对谢里尔说。然而当她跑到外面时，克里斯已经不见了。

她沿着房子四周边找边喊：“克里斯，克里斯。”唐也来寻找了。他对谢里尔说，“先得弄清楚他不是在车道上跑，我去谷仓后面看看。”

当谢里尔跑过前面的草场时，她觉得好像听到了克里斯的声音。不过她有点迷惑不解：这声音好像是来自地下。接着她在地上发现了一个洞，直径大约一英尺，就在她的脚边上。从洞的深处，传来一声声沉闷的叫喊声：“妈妈！妈妈！”

“唉呀，我的上帝，他在洞里！”听到谢里尔的这声尖叫，正在谷仓附近寻找的唐顿时感到一阵头晕，他立时意识到发生了什么事。

原来这年早些时候，钱伯斯家周围挖了一些洞，以检测一下农场周围土壤的结构。挖洞期间，谢里尔和唐是一直不让孩子出门的。他们以为到4月中旬，探查已经结束，沟和洞也都已填平了。

唐用最快的速度跑回家里取来了手电筒。朝洞里一照，他完全呆住了。在大约12英尺深的下面，只见到克里斯蓬乱的头顶。他的脑子转得飞快：他伤了没有？我怎样才能够到他？他想试着用绳子和钩子钩住孩子的圆领长袖运动衫把他拉上来，但很快就意识到克里斯是紧紧被夹在洞里——好像是用榔头敲下去一样。

二

几分钟以后，三名科尔茨内克的警察就赶到了现场。汤姆斯·哈特曼中士和贾里德·墨菲俩人从巡逻车尾部的行李箱中取出一根绳子，指望克里斯会抓住绳子，他们就能把他拉上来。

“抓住绳子，克里斯，”哈特曼催促着。谢里尔在他们身边安慰着儿子，“妈快要把你弄上来了。”她尽力不让自己哭出来。绳在在他手上晃动，她看见他的小手在动。“快抓住绳子，克里斯，快。”然而克里斯抓不住，他毕竟太小了。

这时，其他救援人员——科尔茨内克消防部门，地方急救队，州警察局以及护理人员——都赶到了。但是宝贵的时间却在流逝。克里斯掉下去时手臂是朝上弯着的。这样在他的面前只有一只小口袋那么大的空间。抢救人员都知道，任何用力的动作——不管来自上面的，还是孩子本身的——都会弄下碎土，而把他活活埋掉。他们把氧气管扎在一根杆子上，小心翼翼地放到克里斯的头顶上方。这样至少可以赢得一些时间。

谁也不知道这洞有多深，假如他再往下掉，洞底下是否会有水把他淹死呢?作为预防措施，哈特曼和墨菲放下了一个套圈，试图扣住克里斯的手腕，以防他再往下滑。

问题明摆着，要想不伤害克里斯的生命，唯一的办法就是在这个洞边上几尺远的地方再挖上一个洞，然后朝克里斯的下方横向再挖一个洞。这样才能把他救上来。在消防队员拿起铲子忙乱地挖掘的同时，唐发狂地打电话给每一个他认为也许有反铲的人。他的手抖得十分厉害，几乎没法打电话。

最后他拨通了邻居亚当·迪安家的电话，他父亲有一部反铲。虽然15岁的亚当不会操纵那机器，但是他能驾驶这辆车子。当他驾驶着那部反铲来到一英里半以外的钱伯斯农场时，已是晚上7点1刻了。现在他们有了一部反铲，然而令人哭笑不得的是在众多的救援人员中，竟没人会操纵那机器。

三

在十二英里以南的沃尔乡里，承包商沃伦·布里克曼正在家中休息。他的无线电搜索接收机正调在当地出现紧急情况时报警的频率上。突然他听到这条消息：急需重型装备，以营救掉入井孔里的遇难者。他立即起身，朝科尔茨内克疾驶而去。在亚当·迪安驾驶的反铲赶到那儿不久，布里克曼也赶到了。

当他获知受难者是一个孩子时，他愤怒到了极点，手指着搁在一旁的反铲，嚷道："你们还在等什么?" "我们正设法想找到一位会摆弄这该死的玩意儿的人。"一个救援者回答说。

"那你们就一直朝着它看好了!"布里克曼反驳道。

布里克曼操纵起反铲，仔细、精确，就像在做一例脑外科手术。他把反铲停在适当的位置，使得铲子无论如何都距那井孔三英尺以远，即使在吊杆伸至最长时也是如此。他们打算从救援沟里用手朝克里斯掉下的井孔方向挖洞，从他下面穿通，再逐渐向上以够着他。

为了防止救援沟本身出现坍陷，现场的工程师命令把沟支撑住。谢里尔和唐冲到车库里去拿一些备用木料。唐甚至还从墙上拉下几张胶合板。接着当地的房地产代理人带着更多的木料赶来了。抢救者要什么尺寸，唐就把木料锯好给他们。

布里克曼挖至12英尺深以后，就关掉了机器。通常他只需10分钟左右就能挖好这样一条沟，而这次好像是在蛋壳上行走，竟然花了45分钟。

抢救人员把一架梯子放到沟下。杰克·怀特，达伦·埃利奥特，这两位来自蒙茅斯堡的身强力壮的消防队员主动要求作最后的冲刺。地面上的抢救者把深度最后又检查了一遍，确定他们处在孩子的下面后，怀特和埃利奥特就动手了。他们肚皮贴着土，挥动着铲子奋力挖着。

两人轮流挖了十分钟。当长柄铲子显得很不顺手时，怀特喊着要一把小一点的挖掘工具，就像在花园里使的泥铲。谢里尔和唐把厨房全翻遍了，可仍没找到合适的工具。于是他们只好先用汤勺挖。后来唐在谷仓里找到了一把铁锹，把柄砍去了一部分。

在井孔上方，哈特曼和墨菲在担心，因为洞里的温度大约只有55华氏度，而且还很潮湿。克里斯如果睡着的话，就更易导致体温过低而冻坏。为了不让他睡着，他们不断地对他讲话，叫他放心。他们再三向孩子保证，很快就会把他救出来。但是只有天晓得克里斯听到了多少或听懂了多少，因为他是没法抬头向上看的。抢救人员听到的回答就是他的哭喊声，其中能听懂的只有"妈妈"两字。

突然是一阵长时间的沉默。"说话啊！孩子，就为我说一声吧！"哈特曼绝望地朝洞里吼道。

他朝沟里的抢救人员看了看，挥手示意他们加紧干。沟底下，蒙茅斯堡的消防队员已经加快了速度。他们明白时间是非常的紧迫。

轮到怀特在逐渐伸长的洞里挖了。当他在黑暗中一点一点地挖着前面的泥土时，手中的工具突然向前伸了出去。就这样他到达了那边，抓住了一只小旅行鞋。克里斯发出了一声尖叫。

这尖叫是怀特所听到的最美妙的声音。

怀特用手把洞口弄大一些，再把克里斯腿周围的土弄松。这时孩子的身体又在往下掉。怀特只好一只手托着他，一只手继续挖。接着埃利奥特换下了怀特，并对他说，"我们必须尽快把他弄出去。我数到三，你就使劲把我向外拉。"

怀特跪在洞底，抓住同伴的皮带。埃利奥特作了一次飞快的祈祷，抓住克里斯的踝关节，高声地数着。当他被往后拉时，他感到猛地一阵挣扎，接着手滑脱了。"我没抓住他！"他高声叫怀特不要再拉了，接着再扭动着身子爬回洞里去。在黑暗中摸索了一阵后，他才弄清楚克里斯的腿已进了为救他而挖的洞，而身子却还在竖井里。

埃利奥特把手伸至洞口，轻轻地围在克里斯的腰上，再一次发生了拉的信号。怀特再一次把他往后猛拉。一下子，浑身是泥的小男孩就滑出来了。倒有点出人意外的容易。在某种意义上说，这是孩子的新生。

克里斯很快被从埃利奥特手中递到了怀特手中，又立即被送上梯子。当他出现在抢救现场的聚光灯下时，观看的人群中顿时爆发出一阵欢呼声。尽管他的双手发紫，鼻子里，嘴巴里和耳朵里都塞满了泥，但是他活着。

克里斯被安置在等候着的救护车里的热辐射灯下，飞快地被送往西边12英里以外的费里霍尔德的医院。已是晚上9点了。克里斯在那黑暗、潮湿的洞里呆了两个半小时多。为了救他已用掉了15钢瓶氧气。

1986年6月1日是克里斯两周岁的生日。他的父母在农场举行了生日宴会，以答谢在那天晚上抢救克里斯的人们。这一天，健康、任性的克里斯活跃得很，好像到处都有他的身影。当他终于把一样寓意着能带来好运的马蹄形东西套在头上时，不知怎么搞的，从帆布吊床上掉了下来。他同那些健康好动的两岁小孩没什么两样。

他同那些健康好动的两岁小孩没什么两样。

困陷在冰川

位于安克利治市东南90公里的珠嘉奇国有森林公园里，有一片蓝□□的冰凌。上面满布窟窿、裂缝，绵延2.5公里，叫做白龙冰川。

1986年10月26日，那是一个阳光明媚的星期天。下午3点30分，24岁的玛丽安·史密斯偕同26岁的男友乔尔·肯尼森到公园郊游。随同前来的还有丘克和弗吉妮娅·朗弗诺夫妇，以及他们的两个年幼的孩子。

玛丽安打算去冰川高坡上拍几张照片，便开始在那呈20度的冰坡上小心地寻路爬行。虽然穿着旅行鞋，冰面积压得很硬，看来是不会打滑的。

距山脚大约90米高的地方，玛丽安坐下来，冰川迷人的景色尽收眼底。白龙冰川的两侧，各有一座1200米的高峰拔地耸立，显得寒凝、晶莹。年复一年，冰层像叠罗汉似的累积起来，巨大的裂缝在朦朦胧胧的冰面时隐时现。往往在几天里，甚至几小时内，便有冰隙出现和消失。这一天，在玛丽安脚下约40米的地方，便有一条这样的冰缝，宽约2到3米，横亘在冰山脚下。

玛丽安拍了几张风景照，发现冰面被太阳晒热，好像更光滑了。为了安全起见，她决定坐在冰坡上慢慢下山。

突然，只觉得自己像在空中跳伞一样，在冰面上又是下滑又是打转转。她疯狂地伸出手去，见到什么就抓，以求从加速下落中停下来。

“救命呀！”她看见下面隐隐约约有一条冰缝张着可怕的大嘴巴时，声嘶力竭地叫了一声。滑近裂口参差不齐的边缘时，她一眼看到个男青年。她的身子像风磨似的朝他滚滚而来，那副痛苦的样子使他一下子在路上愣住了。

“抓住我！”她恳求着。但已经来不及了。她栽入空间，进了冰川裂开的大口，像台球似的在裂口内的两壁来回碰撞。坠到深处，她两眼一黑失去了知觉。

首先赶到冰隙的，是丘克·朗弗诺和埃里克·萨克斯。萨克斯是个伞兵救护队员，来自设于安克利治的尼尔门多夫空军基地，现正在休假。丘克一直站在冰穴的对面，亲眼看到玛丽安滚下来。他飞快地跑到现场，在冰穴边趴下来，小心翼翼地伸出头去。“我的天！”他嘟哝了一声。往深渊里窥望，只见她的身子塞在9米深处两壁的中间。头和膝靠近蜷曲着，面朝下，两腿和双脚在脑袋的上方，两只胳膊死气沉沉地悬垂着。丘克担心出现了最坏的后果：她是不是折断了颈椎？她已经死了？

在空军服役的5年里，埃里克·萨克斯已协助抢救过42人。看过之后，他心知事态严重，而且是非常的严重。那天下午早些时候，他曾听到冰川像一只野兽叫痛那样在嘶吼、呜咽。他担心该地区不稳定，也就是说，这冰隙可能冷不防一下闭合拢来的。他还知道，随着她温暖的身体周围的冰开始熔化，玛丽安会掉得更深，掉到完全看不见，达不到的深处去。

“喂，”埃里克对丘克说，“我是在救护队受过训练的。我们要找到所需的器材，而且一分一秒都很宝贵。如果她醒过来了，要稳住她的心。我现在去叫人协助。”

刚刚和弗吉妮娅一同赶到的乔尔，决定和埃里克一块儿，而不愿站在一旁干瞪眼。他俩朝两公里外的停车场跑去。

玛丽安眨眨眼，用手指在身子周围试探。脑袋像擂鼓似的隆隆作响。开始还不知自己在哪里，不论摸到哪里都是湿漉漉、滑溜溜、冷冰冰的。慢慢地，纷乱的脑海里透出了那个可怕的记忆——自己是从高坡上坠下来，栽进了裂口的。她听得见上边有丘克的声音。

“丘克！你在哪儿呀？”她喊着。

“就在这儿，玛丽安！你受伤没有？”

“我的头上粘糊糊的，怕是在流血。好痛哟！”

“一切都会好的。我们就来救你。”

“天哪！”她尖叫起来，“我在往下滑呀！”她感到把双肩和头部挤得很紧的冰松了。她用双腿顶住两壁，对自己说：稳住，这样才不会再往下落。

丘克眯缝着眼睛朝黑洞洞的裂口里看。他喊道：“你还没有滑多远。”正如埃里克说过的，他不得不分散她的注意力。“玛丽安，跟我讲一讲话。就说说乔尔吧。”没有声音。

“你和他认识有多久了?”

“七……七年了。”

她的思绪飞回到他们相会的那家滑雪旅馆。当年她17岁。那天是圣诞节。然而，现实猛然间又回到她的心里。我不想死，我还要活！她想拚命地转过头来，但毫无办法，只有面朝着无底深渊。

“你和乔尔是怎样认识的！”丘克问，“玛丽安，跟我讲讲吧！”

“我的头太疼，”玛丽安终于说话了。

丘克的嗓子喊哑了，已说不出话来。

“我坚持不了多久了，”玛丽安喃喃着。

丘克恼怒地扭头瞪着西沉的太阳。他问自己：要是天黑前不能把她救出来，那怎么办？突然乔尔爬到丘克的身边。“玛丽安!亲爱的，我来了，”他喊着。埃里克打电话叫救护队的时候，他就跑回来了。

马尔科和维姬·拉多尼克同麦克·米勒一起攀登冰坡。正要结束这愉快的一天，忽听到一阵阵呼救声。“快叫人啦!”有人在叫，“有个女的掉进冰缝里了。快来人带登山器材来!”

一忽儿，他们已赶到那个冰凌的深渊。麦克是石油钻井队的一个班长，最近刚学完一个创伤急救教程，于是自告奋勇下去救人。他用一根50米长的绳子穿进一个坐具，并用冰螺杆把绳子固定在裂口上缘，然后翻身降下去。

下降5米时，他的身子在狭窄的两壁间紧紧地塞住了。麦克身高1米85，重80公斤，是再下不去了。他望一望玛丽安，心知她已面临体温过低的危险。玛丽安身上穿得少，在寒冷而潮湿的地方呆久了，丧失的热就会多于产生的热。先是头昏欲睡，定向障碍，接着是死亡。他必须马上采取措施。他喊道：“玛丽安，我放一根绳子下来。”他在绳头上附了一把钳子，希望她能把牛仔裤或夹克衫同绳子夹在一起。但绳子总是从她那冻僵的手指里滑落。

现在埃里克已经赶回冰隙边。见麦克不能再往深处下降，埃里克套上一副登山器具，也下降到裂缝里。

二人研究着她的位置情况，宝贵的时间一分一秒逝去。后来，埃里克想到一个办法。他对玛丽安说：“我现在降下来，设法用绳子套住你的脚脖子。你尽可能地把脚往上伸吧。”麦克被拉上去多拿些绳子，埃里克以一个潜水的姿式往下爬。他心想：太狭窄了。

埃里克把头侧在一边慢慢下移，强行钻下那个漏斗状空间的深处。两壁挤得太紧，他的肋骨都疼起来。他尽量把1米73、70公斤重的身体收缩，只是很小口地换气，以免胸廓外展。突然，他停止下降：裂隙里隐约出现了一种响声。他担心地想：是不是冰层在移动?冰隙的两壁就要合拢了么?

他拚命一点一点地继续爬行，浑身的肌肉都绷紧了。又靠近1.5米。现在，沉闷的空气令他感到窒息。他的声音几乎难以听清："玛丽安……"

"你在哪儿?"她问，"离我还有好远嘛?"

"3米左右。把你的脚往上翘。"

埃里克感到面部和两耳麻木了。他克制着那种令他瘫痪的有限空间恐怖感，全部精力集中在面前的那只白色运动鞋。他用右手摆弄绳子，把一个圈儿往下面悬吊。近了……更近了。

埃里克紧盯着下面那只白色登山鞋。他在心里问：另一只鞋在什么地方?本希望用绳圈套住两只脚，看来不行了，别无选择。"把脚翘上来稳住，玛丽安。"

他轻轻晃动绳子向右飘移不到1厘米，又移动不到2厘米。"套住了!好啦，玛丽安，他们要把我拖上去一段，以便给你让路。然后就拉你上去。"

从玛丽安坠入黑洞洞的冰窟到现在，已经过去1个多钟头。阳光消失殆尽，气温降至冰点以下。

玛丽安十分恐惧地想着：他们还在等什么哪?她听到上面人们在争论。

有人说："拉上来她的腿关节会脱臼的。"又有人道："不能等了，必须尽快采取行动。"

上面众说不一，玛丽安可是急死了，就大声喊道："你们一致行动吧。"

最后她听见乔尔说："玛丽安，我们要使劲拉了。预备……"

她感到一股很强的拉力。"停下!"她尖声叫了起来，"我的头!你们整死我了!"

绳子松驰了，玛丽安感到精神上的紧张又缓解了。她使劲儿闭上眼睛，竭力不去理会难以忍受的寒冷。

思绪回复到她念大学的日子。还有一天晚上，爸爸对她说："你是个死里逃生的人。"那天她驾驶汽车绕一个弯道前进。时速只有55公里，但路上砾石很多。汽车失去控制，翻了个仰面朝天。她和一个乘车的人都被摔在公路上。她躺在坚硬的泥地上，心中默默道："我能够挺得住的。"朋友也活下来了。但还是玛丽安的父亲打来长途电话，给了她精神支柱："汽车还可以买，但你却只有一个。你还活在世上，这才是不幸中的万幸。"现在她心里也想：那一次活下来了，这一次还可以活下来的。只是要坚持住!

时间一分一秒地过去。下午5点以后玛丽安就开始感到头昏、无精神。突然，埃里克的呼唤声又一次隐隐传来。

"玛丽安……你注意听着。"她尽力去听那些词语。"我就要下来，另放一根绳子，你得抓住它把两只腕子套进去。”

用第二根绳子和已经套住她脚脖子的那根，营救者们也许能把她拖出去。

埃里克又一次头朝下降落，来到玛丽安上方4.5米处。他竭尽全力再往下面钻。他督促自己说：只有3米了，可以下得去的。他有气无力地说了一声：“玛丽安，抓住绳子。”

玛丽安的神志更加模糊了。她向自己命令道：要清醒!现在坚持不住，你就没命了。她用僵硬的手指四下摸索，去抓那根绳子。她忍着剧痛把绳圈套在一只手上，并用另一只手抓住绳子。

“好了，向上拉吧，”埃里克叫着。玛丽安忍住了一次战栗，告诫自己道：再疼也得忍住，只要能够出得去，不管怎样都行。

营救者们有节奏地一次一次向上拉，但玛丽安的身子就是一动不动。埃里克朝上边喊道：“她是呈一个角度卡住的。我们得拉着她来回移动，就像钥匙在锁眼里那样。”

拉绳子的人们又努力一回。埃里克先对一个组下令“拉”，然后又叫另一个组，如是三番五次进行。

“玛丽安，你得把胸部收小一点。”埃里克叫着，“把气都吐出去。”

两根绳子拉紧，像跷跷板似的来回运动着。终于，玛丽安猛一下被拉动了，就像一个塞紧的软木跳出了瓶口。两壁脱落的冰块似雨点般在她身子四周下落。

“拉!快拉!”埃里克大叫，“她现在活动了。”

玛丽安用最后一点力气抓着绳子，只觉得身体在冰隙里上升。她的身边回荡着营救者们鼓励的喊声。一忽儿，在她被放到担架上的时候，终于呼吸到了阿拉斯加夜晚清新的空气。

乔尔拉上一条毯子直至她的下巴。他吻着她，说：“宝贝儿，你就会好的。感谢上帝。”

她被直升机送到在安克利治的天佑医院，在那儿经过4天重点观察。她遭受了体温过低、脑震荡、多处撕裂伤和出血。

一天，住院的玛丽安觉得手被捏了一下，耳畔一个男低音响起，把她惊醒。原来是埃里克·萨克斯上士。

他轻声说道：“你挺勇敢。希望你明白。”

她答道：“我勇敢，那是因为你和其他人都很勇敢。我们一块儿战胜了困难。”

我勇敢，那是因为你和其他人都很勇敢。我们一块儿战胜了困难。

读你已迟

特奥·埃林霍恩是个前线士兵，已成了一场早已输了的战争炮灰。1942年12月30日，这一年行将结束。特奥·埃林霍恩所在的德军在斯大林格勒被包围了。他再不能得到任何消息，那里只有战斗，为了生存的战斗。

这个金发青年蹲在战壕里。前线离他只有500米远。来自那斯斯堡的延斯已死在他身旁。斯大林格勒的大炮在不停地演奏死亡曲。炮弹落在特奥·埃林霍恩和死了的同伴身旁，把他掀入冰冻了的泥潭里。

斯大林格勒，除夕之夜，零点30分。他心里还有一些希望。他的希望就是他参战前爱上的姑娘伊尔姆加尔德。他手里还剩下一个战地用的信封和最后一枚邮票。他要给她写信，给他的希望写信。铅笔头把美好的想法写在灰色的纸上："亲爱的伊尔姆加尔德，你心中还有一小块地方给我吗？"他第一次向她表白说，"我早就把你印在我的心里了。"

也许特奥·埃林霍恩在第二天夜里就死了，也许在第三夜死了。可以肯定的只有一点：这位来自坎彭的年轻人再也看不到他的故乡了，他永远也不能拥抱伊尔姆加尔德了，他再也不会收到他所希望的回音了。

50年后，德意志电视二台当代史编辑部主任吉多·克诺普在莫斯科档案馆找到了这封信。这是德国士兵在斯大林格勒大战中写的300多封信中的一封。德意志电视二台找到了其中46封信的主人。他们是这些士兵的女友、女儿、母亲和兄弟姐妹。

此时，伊尔姆加尔德年已71岁，白发苍苍，面颊粉红，穿了一件有小蝴蝶结的衬衫，像电视广告中的一位老奶奶。当她收到特奥·埃林霍恩长达4页的信时，激动得哭了。她每看一页纸就需要近一刻钟的时间。她边哭边回忆说："是的，当时……是的，如果我知道他是那么爱我的话，我们会成为美满的一对的！"当她把信读完，重新把它放在桌子上的时候，双手颤抖着。

他第一次向她表白说，"我早就把你印在我的心里了。"

计程车上的乘客

我在纽约市开计程车，有28年3个月零12天之久了。你现在如果问我昨天早餐吃的是什么，我可能说不出。但是有一个乘客我却记得非常清楚，终生也不会忘记。

那是1966年春天一个星期一的早晨，阳光普照。我的车子在约克大街上走来走去找顾客。但是天气太好，要乘计程车的人不多。在68街纽约医院对面，我碰上红灯，停车等候，这时我看到一个穿得很体面的人从医院的台阶上急步下来，举手叫车。

正在那时，绿灯亮了，后面那部车子的司机不耐烦地按喇叭，我也听到警察吹哨子要我开走，但是我不打算放弃这个客人。终于那人来到了，跳进汽车。他说“请去拉瓜迪亚机场。谢谢你等我。”

我心里想：真是好消息。星期一早上，拉瓜迪亚机场很热闹，如果运气好，我可能有回程乘客。那就够满意了。

我照例猜想乘客是个怎么样的人。这个人喜欢说话吗？会一声不发吗？抑或只是埋头看报？过了一会儿，他开口跟我攀谈，问的再平常不过：“你喜欢开计程车吗？”

这是一个很普通的问题，我也给他一个很普通的回答。“也不错，”我说，“糊口不成问题，有时还会遇到有趣的人。可是如果我能够找到一份工作，每星期多赚100元，我就会改行。你也会吧。”

他的回答引起了我的兴趣：“如果要我每星期减薪100元，我也不会改行。”

我从来没有听过人说这样的话。“你是干哪一行的？”

“我在纽约医院的神经科做事。”

我对我的乘客总感到很好奇，并且尽量向人讨教。许多时候在行车的时候，我都跟乘客谈得很投契，也时常得到做会计师、律师、水管匠的乘客好好指点我。也许这个人真的喜欢他的工作，又也许只是因为在这春日早晨他的心情很好。不过我决定了请他帮忙。我们很快就要到达飞机场了，我于是不顾一切对他说了出来。

“我可以请你帮我一个大忙吗？”他没有开口。“我有一个儿子，15岁，是个很乖的孩子。他在学校里成绩好。今年夏天我们想叫他参加夏令营，他却想做暑期工。可是15岁的孩子，如果他老子不认识一些老板，就不会有人雇佣他。而我就一个老板也不认识。"我停了一下。"你有可能帮他找一份暑期工作吗？没有酬劳也行。"

他仍然没有开口。我开始觉得自己很傻，实在不应该提出这个问题。最后，车子开到机场大厦的斜路时，他说："医科学生暑期有一项研究计划要做，也许他可以去帮忙。叫他把学校成绩单寄给我吧。"

他伸手到口袋里找名片，但是找不到。他问我："你有纸没有?"

我把装午餐的牛皮纸袋撕下一块来。他写了几个字，然后付车资走了。我以后就没有再见到他。

那天晚上，我和家人围坐在晚餐桌旁，我从衬衫口袋里掏出那小块纸来，洋洋得意地说："罗比，这可能会帮你找到暑期工作。"他高声读出来："弗雷德·普鲁梅，纽约医院。"

我太太说："他是医生吗?"

我儿子说："这是开玩笑吗?"

经我不断唠叨，哄骗，大声叫嚷，最后还威胁不给他零用钱，罗比才在第二天早上把成绩单寄出。

两个星期后，我下班回家，见到儿子满面笑容。他递给我一封用很讲究的凹凸信纸写给他的信，信纸上端印着"纽约医院神经科主任弗雷德·普鲁梅医学博士"一行字。信叫他打电话给普鲁梅医生的秘书，约个时间晤谈。

罗比得到了那份工作。做了两个星期义工之后，他每星期获得40元工资，一直到暑期结束为止。他跟着普鲁梅医生在医院里走来走去，做些小差事，这虽然微不足道，但他穿着白色实验工作服，自觉也很重要。

第二年夏天，他又到医院去做暑期工，这一次责任稍微重些了。中学快毕业时，普鲁梅医生很周到，替他写了一些推荐信给几所大学。罗比最后获得布朗大学录取，我们高兴极了。

第三年夏天，他又到医院去做暑期工作，渐渐对行医产生了热爱。大学快毕业时，他申请进医学院。普鲁梅医生又替他写推荐信，推许他的才能和人品。

罗比获得纽约医院录取。取得医学博士学位之后，做了四年妇产科实习医生。

计程车司机的儿子罗伯特·斯特恩医生后来成了纽约市哥伦比亚长老会医疗中心的妇科住院主任医生。现在，他自己开业行医。

有人会说这是命运，我想这确是命运。可是这证明了寻常的偶遇也会带来无穷的机会，甚至寻常到像驾驶计程车载客人走一程路。

寻常的偶遇也会带来无穷的机会。

沙丘上的陌生人

我记得，那是七月的一个早晨，和往常一样，盛夏的燥热还未降临，一切都是那样宁静和明亮。我当时13岁，皮肤晒得黑黑的，头发也蓬松凌乱，有点清高，也免不了有点孤独。冬天，我得穿上鞋子和别的孩子一样去上学。夏天，我就住在海边，无忧无虑，自由自在，浮想连翩。

这天早晨，我在村庄上游的一个旧码头把小船拴好。在那儿有时候可以在碧绿的河水中看见身带斑纹的羊齿鱼游来游去。我一动不动地蹲在河边。忽然间听到头顶上有人说："你能用鱼钩钓鳄鱼吗?能用绳子压住它的舌头吗?"

我一惊，抬起头来看见一张清癯苍白的脸，还有一双在我看来极为特殊的眼睛。倒不是眼睛颜色的特殊，而是目光中包含着那么丰富的情感：温厚、幽默、关怀、机警，还有"深邃"，我觉得这个词用来形容这目光是最合适不过的了。但是用什么来形容他那似愁非愁的神态呢?

他看出我吓了一跳，就说："真对不起。大清早就念《圣经》里的《约伯记》是不是太早了点?"他点头数着船舱里的两三条鱼，问我："你可以教我钓鱼吗?"

平常，我对陌生人总是存有戒心，但只要是喜欢钓鱼的人，那就很难"视同陌路"了。我点点头，他爬进小船。"也许我们应该自我介绍一下。"他说，"不过话又说回来，也许不必。你是个愿意教人的孩子，我是个愿意学习的老师，这样介绍就够了。我叫你'小朋友'，你就叫我'先生'吧。"

我的生活就是阳光、海水，这样的话听起来可有些怪。不过这个人很吸引人，笑容可掬，我也就不计较别的了。

我递给他一根手钓钱，告诉他怎样把招潮蟹穿在钩上作诱饵。羊齿鱼吞食诱饵时，他察觉不到，所以他的诱饵总是白白喂了鱼。钓不到鱼，他好像也不在乎。他告诉我，他在码头后面租了幢旧房子，"我需要躲避几天，不是躲警察什么的，只是躲避亲戚朋友们。你可别对别人说看见我了，行吗?"

我很想问问他是哪儿的人，他语调清脆，与我听惯了的乔治亚柔软腔调大不一样。可我没问。既然他说他是老师，我就问他教什么课。

他说："在学校的课程表上，别人把它叫做'英文'，不过我喜欢把它叫做'魔术课'——专门研究语言的奥妙和魔力。你喜欢语文课吗?"

我说我一向不在那上面费脑子。我提醒他开始退潮了，水流太急，不能再钓鱼。再说也到吃早饭的时候了。

"对。"他收起他的钓线说，"这些天我总是忘了吃饭呀，时间呀。"他皱着眉，爬上码头，似乎有点吃力，"呆会儿你还来河边吗?"

"我可能在退潮时来捉虾。"

"顺便来找我吧!我们可以谈谈语文，然后你可以教我捉虾。"

我果真又去找他了。一段邂逅相遇的友谊就这样开始了。直到今天，我也不明白是怎么回事，也许是因为我第一次结识了一个在感情上相互平等的成年人。在语言和思想上固然他是老师。但是海风呀，潮汐呀，大海里无数的小生命呀，是我的小天地，在这方面我可比他强。

从那以后，我们几乎天天在一起，听任海风潮汐的摆布，或者依我一时兴起，随处漫游。有时，上溯银波泛泛的溪间，看甲鱼在堤岸上跑，看蓝鹭亭亭玉立。有时，徜徉在海边沙丘之间，周围长着婀娜的海燕麦，白天有野山羊在那里吃草，晚上有大海龟爬行。我指给他看：鲻鱼在什么地方回游，比目鱼在什么地方隐藏。我发觉：他不能过分劳累，甚至起一次锚都累得筋疲力尽。不过他从无怨声，总是在滔滔不绝地讲话。

他讲的话，我多半儿都忘记了。不过有一部分还记得清清楚楚，好象一切都发生在昨天，而不是几十年前。我们在离岸不远的地方抛下锚，把鱼钩甩到波浪里钓海鲈。小船像一只性急的猎狗，在浪尖上打转。"节奏，"他说，"生活充满了节奏；语言也需要节奏。不过你得先训练自己的耳朵。倾听静夜里的涛声，你可以体会其中的韵律。看看海风在干沙上留下的痕迹，你可以体会到句子里应有的抑扬顿挫，你懂得我的意思吗?"

我实在不懂；不过也许内心深处有所领悟。反正，我总是静静地听着。

有时候我听他朗读他带来的书：吉波龄和柯南道尔的作品，还有丹尼森的《亚瑟王之歌》。他常常停下来，重读他自己欣赏的某个警句或者某一行。在一天，他在《亚瑟王之死》里发现了一句"骏马悲嘶"，就对我说："闭上眼睛，再把这句慢慢地念出来。"我照他说的做了。"你有什么感觉？""令人心颤。"我老老实实告诉他。他乐了。

不过他教的魔术并不限于语言。即使一些我司空见惯的东西，他也能使我感到兴奋不已。他指着一堆堆的云问："你看见了什么？色彩缤纷？这还不够，要找尖塔、吊桥；找龙、飞狮、千奇百怪的野兽。"

有时他抓起一只八爪狂舞的怒蟹，照我教的方法，小心地捉住后脚，说："假设你自己就是这只蟹吧，用那麦秆似的眼睛你看到了什么呢？你这些张牙舞爪的脚触到的是什么？你的小脑袋里想的是什么？试试看，有五秒钟就够了。不要把自己当作男孩儿，而是一只蟹！”于是我新奇地凝视着那只狂怒的蟹，觉得受这个怪念头的影响，本来心安理得的自我也渐渐发生了动摇。

日子就这样过去了。我们出游的次数越来越少，因为他动不动就感到累。去码头的时候，他搬了两把椅子和一些书，但并不怎么读。他看我钓鱼，看海鸥盘旋，看海水打着漩涡流过，似乎就心满意足了。

突然，我的生活蒙上一层暗影：父母亲要我到夏令营去住两个星期。那天下午，在码头上我问我的朋友，等我回来时他会不会还在这里。他温和地回答我：“但愿还在。”

可是他走了。我还记得在旧码头，我站在被太阳晒得暖暖的木板上，呆呆地望着那门窗紧闭的旧房子，回忆往日欢乐的旧梦，怅然若失。我跑到杰克逊的杂货店——那里的人消息最灵通，去查问那位教书先生究竟去哪里了。

“他病了，病得很重。”杰克逊太太说。“医生打电话叫他的亲戚来把他接回去了。他给你留下点东西，他知道你会找他的。”

她递给我一本书，是一本薄薄的诗集：《火焰与阴影》，作者是从未听说过的莎拉·蒂丝代尔。有一页书角折着，上面一首诗的旁边有个铅笔做的记号。我现在还保存着这本书，那首诗题名为《沙丘上》：

假如人死了生命还存在，
这褐色海滩会理解我的心意。
我将重来，像大海一样永恒而多姿，
不变的，是大海的绚丽。
如果生命短暂，使我冷漠，
不要抱怨，我将化作火焰升天。
我已安息，如果你还把我想念
请站在海边沙丘上，把我的名字呼唤。

不过，我从来没有站在沙丘上呼唤他的名字。一来我根本不知道他的名字；其次我也太怕羞。并且很长时间里，我几乎把他全然忘记了。但是，当我被一个充满音乐感或魔力的句子打动的时候，或者当我抓起一只张牙舞爪的青蟹的时候，或者在金光灿烂的天空看见一条云龙的时候，我就情不自禁地想起了他。

请站在海边沙丘上，把我的名字呼唤。

永远也不晚

多年来，我在业余时间里总喜欢参加各种竞赛活动，偶尔也建议朋友们去试一试，因为它可以带来许多惊喜。我有一位老朋友住在内不拉斯加。她看到我获奖的摄影照片时说："唉，我这一辈子是不会有这份福气了，我这种人是获不了什么奖的。""你为什么不改变一下你对生活的看法呢?"我提议说，"有时你得自己找点事儿做，而且要想办法干成。"我的这位朋友从不打长途电话，所以接到她的电话时，我大感惊奇。"你猜怎么了?"她在电话中喊道，"我决定要改变一下自己。我在一个商店橱窗中看到一个竞赛海报，我就报了名。比赛中我可真是尽全力想要赢"，说到这她激动得有些上气不接下气了，"他们刚才打电话说我得了100美元的大奖。"最后她又加了一句，"我能付得起电话费了，而且我要告诉你，你这招还真挺灵的。"不知你是否注意到，物以类聚，事业和生活中的失败者总是愿意去找失败者，他们常常凑在一起，同病相怜。我的信条是，如果你想成功，就要去接近成功者；如果你想身心健康，就不要与只想着疼痛与痛苦的人混在一起。我在大学的课上，常鼓励学生们去寻求自己的梦想，对任何事情都充满热情，最重要的是对自己有信心。

对任何事情都充满热情，最重要的是对自己有信心。

相信自己，即使没有人相信你

还记得4分钟跑1英里的故事吗？这个故事从古希腊时代就开始了。据说，当时的人们为了达到这个速度，有的奔跑者尝试着喝下了真正的虎奶，还有的人居然让狮子去追赶奔跑者，以为这样就能使他跑得更快。然而，这些都没有用。于是，人们便断言，这是人类不可能达到的目标。这种认识延续了几千年，人们几乎都相信，在4分钟内跑完1英里是人的生理条件所不能承受的，因为人类的骨骼结构不行，肺活量不够，空气的阻力又太大……理由有成千上万条。

然而有一个人，他独自证明了所有科学家、教练员、运动员以及在他之前尝试过但没有获得成功的数以万计的人都错了，他就是罗杰·班尼斯。奇迹中的奇迹是，当罗杰突破了4分钟跑完1英里的目标后，立刻就有另外37人打破了这一纪录；而一年后，能在4分钟内跑完1英里的运动员已经达到了300个！

几年前，我站在纽约1英里跑的终点上，亲眼目睹了参加比赛的13名运动员都达到了4分钟跑完这一路程的速度；换言之，即使是跑得最慢的选手也做到了这个在数十年前被人们认为是不可能的事。

这到底是怎么回事呢？训练技术并没有获得突破性的进展，人类的骨骼也没有在一夜之间获得了改善，但是，人们的态度却发生了改变。

想一想石匠吧，他在一块岩石上凿打了100次，可能不会在石块上留下多少痕迹；但在第101下时，那石块却分裂成两半了。这当然不仅仅是那最后一凿的缘故，而是先前他的每一次凿打都在发挥着作用。倘若你定下了一个目标，你就应该能够完成它。谁能够断言你干得不比你的对手更顽强、更漂亮、更出色而且更有才华呢？就是有人说你不行，那也没有关系。关键在于，而且这是最关键的，你必须相信你自己能行。

在罗杰之前，人们只相信专家，而罗杰却相信自己……他为此而改变了所有人的态度。从某种意义上来说，是改变了整个世界。如果你也能相信你自己，那么你就能达到你想达到的任何目标。因此，不要退缩，在任何时候都不要。

不要退缩，在任何时候都不要。

有几分傻气又何妨

我老在想我的朋友南施。她穿着她儿子的"少棒队"上衣，戴着棒球帽，出汗的手握着球棒，站在本垒上。第一个球投来，她挥棒太早；第二个球投来，她挥棒太迟；她三棒被罚出局——球季的每一场比赛都是如此。

南施打的是垒球，因为她做事的机构有个垒球队。尽管她的体育素质极差，她却应同事之邀请，同意参加球队。南施说，她的同事都喜爱她敢于尝试，"并不会因为我打得糟而瞧不起我。"我喜欢像南施这种人。他们想做什么就做什么，不怕被人笑话。

他们就是那种虽然正手反手都不高明，可是仍然上场打网球的人。

就拿艾美利来说吧，她的法语糟透了，却参加了廉价十日游飞往法国。虽然有人告诉她，说法国人瞧不起法语说得不流利的人，但她却偏要在博物馆，在咖啡馆，在香舍丽榭大道，到处跟人说话。人们耸肩笑她，但她不在乎。甚至她满口说的是法语，而那个法国人却客气地问她会不会说法语时，她也一点儿不在乎。

丢脸吗？艾美利一点儿不觉得。

因为艾美利发现很多法国人对她的法语耸过肩膀后，便很友善地和她交谈，欣赏她那股兴高采烈的劲儿，佩服她的机灵活泼，赞许她的努力精神。有些人不像南施和艾美利。他们永远拒绝学任何新的技术，因为他们不喜欢做一个初学者。他们宁愿缩小选择范围，限制自己的乐趣，生活于狭窄的天地，也不要出片刻的洋相，做一时的傻瓜。若干年前，我选修了某些心理课程，班上的同学都是男生，而且都是医生。我虽然对所学的有满肚子的意见和问题，可是我总等下课以后，才偷偷摸摸地把那些话向着教师耳语。

我怕当着那些学问渊博的同学的面发言，那会泄露出我那可怜的底细，我实在怕自己出丑。幸亏有个同学救了我，他劝我参加班上的讨论。我开始发言，发现自己学到的东西比以前多多了。也许同样重要的是，我发现我也自有见地。

我终于认清，我们想从现在的境地转到新境地，便必须冒出丑露拙之险。我们不妨记住这句法国名言："一个平生不干傻事的人，并不像他平时自信的那么聪明。"

一个平生不干傻事的人，并不像他平时自信的那么聪明。

荣誉无价

一句话可以影响一个人一的生，可以改变人的一生。可以用语言创造人生的机会，可以用语言积累保存生活的财富。人与他听说的话总是紧密联系在一起的，人所说的话能够代表他的形象和心灵，一个人把话谈好了，也就把人做好了。

如愿以偿

坐在联合火车站的检票室内，我能看清走上台阶的每一个人。

我左侧杂志亭的主人托尼研究概率学，因为他喜欢赌赛马。他宣布根据他的理论可以算出，如果我在这儿再工作120年，我就会看见世界上所有的人。

于是我得出这样的结论：如果你在像联合火车站这样的大站停留足够长的时间，你将看到旅行的每一个人。我将我的理论告诉给许多人，可除哈里外没有人为之所动。他3年前来此，接9：05的火车。我还记得第一次见到哈里的那个晚上。当时他很瘦，很焦急。他穿戴整齐，我知道他在接他的恋人，而且见面马上就结婚。我不用解释我是怎样知道这一切的。如果你像我一样在观察人们等在台阶尽头中度过18年，你也会很容易地得出上述结论。

瞧，旅客们上来了，我得忙一阵儿。直到9：18的车快到时，我才得闲看一眼台阶尽头，令我吃惊的是那年轻人还在那儿。

9：18的车过去了，她没来，9：40的车也过去了。乘10：02的车的旅客来了，又纷纷离去了，哈里绝望了。他来到我的窗前，我问他，她长的是什么样。

"她小个儿，有点黑，19岁，走路很端庄。她的脸，"他想了一下说，"看起来很精神，我的意思是她会发疯，但从不持续很久。她的眉毛中间皱起一个小疙瘩。她有一件棕色皮装，不过也许她不穿那件。"

我不记得见过那样的人。

他给我看他收到的电报：星期四到，车站接我。爱你爱你爱你爱你。梅。发自纳伯拉斯卡州的奥麦哈。

"那么，"我最后说，"为什么不给你家打电话?也许她先到了。"

他不自然地看了我一眼。

"我到这儿才两天。我们打算见面后去南部，在那儿我有一份工作。她，她没有我的地址。"他指着电报，"我收的是普通邮件。"

说完他走向台阶的尽头，察看乘11：22的火车到来的旅客。

我第二天上班时，他又在那儿，他一看见我就走了过来。

“她有工作吗?”我问。

他点点头:“她是个打字员。我给她以前的老板发过电报，他们只知道她辞了工作去结婚了。”

这就是我们相识的开始。以后的三四天，哈里接每一辆火车。当然，沿线做了查找，警察也参与了此事，但是没能帮上忙。我看得出，他们都认为梅显然是愚弄了他。但不管怎样，我从不相信。大约两星期后的一天，哈里和我闲聊。

“如果你等得足够久,”我说，“总有一天你会看见她走上这个台阶的。”

他转过身看着台阶，就像我们从未见过面似的，但我仍继续解释着托尼由概率学得出的结论。

第二天我来上班，哈里就站在托尼的杂志亭柜台后面。他难为情地看着我说:“你瞧，我总得有份工作，是不是?”

于是，他成了托尼的伙计。我们再也没有说起梅，也没有提到我的理论。但我注意到，哈里总是看着走上台阶的每一个人。

年底，托尼在一次赌博的争吵中被杀了，托尼的遗孀将杂志亭交给哈里经营。过了一段时间，她又结婚了，哈里便买下了杂志亭。他借钱安装了苏打水机，不久他的生意便初具规模。

昨天，我听到一声惊叫，接着是很多东西纷纷掉落的声音。惊叫的是哈里，哈里跃过柜台时碰掉了许多布娃娃和其他东西。他冲过去，一把抓住一个离我的窗口不足10码处的姑娘。她小个儿，有点黑，眉毛中间皱出一个小疙瘩。

好一阵子，他们相互拥抱着，笑着，叫着，语无伦次。她似乎说:“我原本指的是汽车站……”他吻得她说不出话，告诉她为了找她他做了许多事。显然，3年前梅是乘汽车而不是乘火车，她电报中指的是汽车站而不是火车站。她在汽车站等了很多天，为找哈里花掉了所有的钱，最后她找了一份打字的工作。

“什么?”哈里说，“你就在镇上工作?一直都是?”

她点了点头。

“噢，天哪，你为什么不到火车站来?”他指着他的杂志亭，“我一直在那儿，那是我的，我能看见走上台阶的每一个人……”

她的脸色有些苍白。好长时间她都看着台阶,并用微弱的声音说:“我,我以前从未走上这个台阶。你知道,我昨天才为了业务上的事走出这个镇子……噢,哈里!”

她用双臂搂着他的脖子，真的哭了起来。

过了一会儿，她退一步指着火车站的北端说:“哈里，3年了，整整3年啊，我就在那儿，就在这个车站工作，打字，就在站长办公室。”

对我来说，惊奇的是概率学对这对有情人如此苛刻，最终使梅走上台阶竟需要如此长的时间。

概率学对这对有情人如此苛刻，最终使梅走上台阶竟需要如此长的时间。

荣誉无价

我的小学时光是在得克萨斯州度过的。我就读的那所小学校一直保持着一项传统：每年的毕业典礼上，成绩最为优秀的毕业生将作为学生代表致告别辞，并被授予优等生荣誉衫。荣誉衫的左前胸有一个金色的大写字母S，口袋上印着获得者的名字，也是金色的。

几年前我的大姐罗丝曾获得过一件荣誉衫。我对它心仪已久。从一年级到八年级，我的各门功课全都得优。我多么希望也能拥有一件属于自己的荣誉衫啊!我的父亲是位农民，养活不起我们姊妹8人。我6岁时，被送给祖父抚养。因为家里穷，交不起注册费、服装费，我们家的孩子们从未参加过学校运动会。尽管我们家庭的人个个都灵活矫健，擅长运动，却都未得到学校的运动衫。于是，优等生荣誉衫便成了我们的唯一机会。

5月，毕业的日子一天天临近。春倦症让大家昏昏欲睡，没有人再把心思放在课堂上，一心只盼着毕业前的最后几天快点儿过去。我每次望着镜子里的自己，都有一丝绝望涌上心头。笔杆儿一样的身材，全身上下没有一丁点儿的曲线美。同学们给我起了个绰号："面条"。我知道他们说得没错。胸脯平平，没有翘起的臀部，智慧的脑袋是我的唯一。哎!这些毕竟不是一个14岁的孩子所应该注意的。我胡思乱想着，心不在焉地从教室逛到了操场上，猛然想起我的运动裤忘在课桌下的袋子里了。我可不想因为没穿短裤而让体育老师发火，我得回去拿。

走到教室后门的时候，里面传出愤怒的声音，好像有人在为什么争吵。我停住了脚步。我并非有意偷听，只是迟疑不决该如何是好。我必须进去。可我又不想打断老师们的争论。我听出来这是我的历史老师施米特先生和数学老师布恩先生的声音。令人难以置信的是他们竟是在为我的事争论不休。突如其来的震惊使我死死地贴在墙上，恨不能跟墙融为一体。

“不行，我不能这样干！我不管她的父亲是什么人，她的成绩根本无法和马莎相提并论。马莎每门功课都是优秀，这你是知道的。”这是施米特先生的声音，听得出他非常愤怒。

布恩先生的声音平和而安详：“听我说，乔安娜的父亲是学校董事会成员，在镇上有一家铺子，跟我们来往密切。此外……”

我脑袋里嗡的一声，什么也听不进去了。只有断断续续的只言片语渗入我的耳膜：“……马莎是墨西哥人……辞职……不行……”接着，施米特先生怒气冲冲地冲了出来，朝对面的礼堂奔去。幸好他没有看到我。停了几分钟，我让自己颤抖的身体平静下来，然后走进教室，一把抓起书包，逃也似的奔出来。我进去的时候，布恩先生抬头看了我一眼，但什么也没说。记不清那天下午是怎么挨过去的。我闷闷不乐地回到家，把头埋到枕头里哭了，哭了整整一个晚上。我偷听到了他们谈话，这个巧合对我来说是一种残忍。

第二天，不出我的意料，校长把我叫到他的办公室。他看上去很不自在，心事重重。我下定决心不能让他轻而易举地得逞。我直视着他的眼睛。他把视线移开，有些坐立不安，随手翻弄着摆在桌子上的几份文件。

“马莎，”他开始讲话了，“学校关于优等生荣誉衫的规定有些变动。你知道，往年荣誉衫都是免费授予的。”他清了清喉咙，接着说，“可今年学校董事会决定要收一定的费用，15块钱，这只是荣誉衫价格的一部分而已。”

这是我始料不及的。我惊讶地盯着他。他还是不敢直视我的眼睛。

“如果你付不起15块钱，那荣誉衫就要授予排在你后面的那位同学了。”

我没必要再问那位同学是谁了。我站在那儿，不失丝毫尊严。

“我会跟爷爷商量的，明天就给您答复。”回家的路上，我的泪水尽情地流淌着。马路上尘土飞扬。到家后，我的眼睛已是红肿的了。

“爷爷呢?”我问奶奶，眼睛看着地板，害怕她问我怎么哭了。

“他可能去地里干活了。”奶奶正在缝褥子，跟往常一样，头也没抬地说。

我走出门来，向田里望了望，爷爷果然在那儿。他弯着腰，手里握着锄头，正在田垄间辛苦劳作。我慢腾腾地朝他走去，思忖着怎样向他张口要钱才好。牧豆花甜甜的香味儿伴着凉爽的清风飘然而至，而我这时已无暇顾及了。我满脑子里只有荣誉衫，我多想得到一件啊!它所意味的已不仅仅是代表毕业生在毕业典礼上致告别辞，它代表着8年的勤勉刻苦，8年的企盼渴望！我得对爷爷实话实说，这是我唯一的机会了。看到我的影子，爷爷抬起头来。

他在等我开口讲话。我紧张兮兮地清了清嗓子，紧紧攥在一起的双手背在身后，以免他看到我的手在发抖。“爷爷，我得求您帮个大忙。”我用西班牙语说，他只懂西班牙语。“爷爷，校长说今年的优等生荣誉衫不能免费授予了，得交15块钱。我明天就得把钱交上，要不然，荣誉衫就给别人了。”爷爷直起身来，面带倦容，下巴靠在锄头柄上，双眸凝视着远方的麦田。我期待着，期待着他说他会给我这笔钱。

他转过身来，语气平缓地问：“优等生荣誉衫究竟意味着什么?”

“它意味着8年来,你的学习成绩最优秀,你最棒,所以才把它给我。”我赶忙回答。

爷爷什么也没说,弯下腰,继续用锄头锄着麦苗中间冒出来的杂草。这个活费时耗力,有时麦苗跟小草紧挨在一起。我眼里噙着泪水,正要转身离开,他说话了。

“马莎，如果你付钱的话，那它还是荣誉衫吗？它还是项荣誉吗？告诉校长，这15块钱我是不会交的。”

我回到屋里，把自己反锁在厕所里，很长时间不出来。虽然我知道爷爷说得没错，可我还是生他的气。我也生学校董事会的气，他们凭什么偏偏在轮到我的时候改变规定？他们还有没有信仰和人性的纯真？

第二天，生性内向、沉默寡言的我硬着头皮走进校长办公室。这一回，该轮到他直视我的眼睛了。

“你爷爷怎么说的?”

我直挺挺地坐在椅子上。

“他说他是不会掏钱的。”

校长低声嘟囔几句什么，我没听清。他站起身来，走到窗前，站在那儿，望着窗外。他站着的时候，看上去要比平时高大了许多。他身材高挑，满头银发，面容略显憔悴。我看着他的后脑勺，等他开口说话。

“为什么?”他最终说话了，“如果他愿意的话，他还是能付得起这笔钱的。”

我望着他，竭尽全力把所有的泪水都咽下肚去。“我知道，先生。可我爷爷说如果我花钱的话，那它就不再是一件荣誉衫，不再是一项荣誉了，因为荣誉无价！”我起身要走。“我知道你要把它给乔安娜。”我本不想说这句话，可它不知怎么的从唇边溜了出来。

“马莎……等一下。”我正走到门口，校长叫住了我。

我转过身来，望着他。他究竟要干什么?我能感受到我的心在胸腔里怦怦地剧烈跳动，我能看到我胸前的衬衣一上一下地颤动着。嘴里有一股苦苦的，怪怪的，难以形容的味道。我感到恶心。我不需要同情与怜悯！校长重重地叹了一口气，坐回他的大办公桌前，咬着嘴唇，盯着我。

“好吧，我们这回儿就为你破个例。我马上告诉学校董事会，你将得到你的优等生荣誉衫。”

我简直不敢相信我的耳朵。“噢！谢谢，谢谢您，先生！”我冲口说出，声音在颤抖。体内好像有什么东西在迅速膨胀，我突然觉着自己一下子变得伟大起来，像充气的玩具一样，越来越大，最后跟天一样大。我想笑，想叫，想跳，想一口气跑上几英里。我得做点儿什么。我跑进大厅里哭了起来，在那儿没人看得到我。

这天快要结束的时候，施米特先生冲我眨眨眼，说：“嗨！我听说今年的荣誉衫归你了？”

他面带微笑，明亮的眸子里闪烁着孩子般的快乐与天真。我什么也没说，迅速地拥抱了他一下，然后向公共汽车站跑去。我又落泪了，可这回儿是幸福的泪水。我没回家，直接跑进麦地里，迫不及待地要把这消息告诉爷爷。爷爷正低着头，全神贯注地侍弄着那些幼小的麦苗。

“爷爷，校长说他将为我破例，我能得到荣誉衫了！”

爷爷没有说话，只是冲我微微一笑，用手轻轻地拍了一下我的肩头，从后裤袋里掏出一条皱皱巴巴的红手绢，擦了擦额头的汗。

“快回家吧，你奶奶还等你帮她做晚饭呢。”

我咧开嘴笑了。

爷爷没骗我，荣誉是无价的！

荣誉是无价的！

梦想成真

那是1944年的圣诞前夜。当时，我正在美国海军服役，并允准在旧金山休假一天。打牌时我赢了300美元。若在平常，这些钱早就搁不住了。可此刻，我却感到极度的悲哀。

人们谣传新年前我们将远航南太平洋。我刚得到消息说一位朋友在欧洲战死了。而我——一个18岁的青年，孑然一人却流落在一个陌生的城市里。一切都让我感到茫然。我将为什么而战呢?

大半天里我都感到神思恍惚，一直漫无目的地混在欢笑快乐的人群中。下午晚些时候，我的视线突然被一个情景吸引住了。

就在一家百货商店的橱窗里，两列电动火车正轰隆隆地穿过白雪皑皑的小镇。一个9岁上下、瘦骨伶仃的小男孩站在橱窗前，鼻子贴在玻璃上，双眼紧盯着那两列火车。

突然间，那个男孩仿佛变成了9年前的我，那家商店也变成了家乡纽约城的梅西百货商店。我能看得出、也能感觉到那种同样的企盼和同样无法实现的渴望。我仿佛听到了父亲无力购买这种电动火车时所发出的叹息，我似乎也看到了他极不情愿地转过身，然后又回过头去，投去最后一瞥的情景。

这可是圣诞前夜啊！不知是什么力量控制住了我，我的双臂按住了那个男孩，把他吓得半死。

“我叫乔治。你叫什么?”我告诉他。

“我叫小杰佛夫·霍力斯。”他挣扎着告诉我。

“是这样的，小杰夫·霍力斯，”我竭力用成人的语气说，“我们打算买下这列电动火车。”

他的眼睛突然睁大了，变得格外明亮，眼神里透露出难以言状的兴奋神情，然后顺从地跟着我走过了那家商店。我知道我是疯了，可我不在乎。突然间，我产生了一种无法控制的激情；我想再次变成一个9岁的孩子，并让儿提时代的梦想变成现实。销售员满腹狐疑地看着我们——一个是衣衫褴褛的黑人小男孩，另一个是穿着不合身的蓝色海军服的黑人水手。

“我们想买橱窗里的那列电动火车。”没等他开口，我便脱口而出，“整套装置都要了，多少钱?”

他哼了一声，刚要回答，却被一个刚走过来的人打断了。“165美元63美分，”这个年龄稍长、满脸慈祥微笑的人回答道，“包括送货费。”

“我要了，”我说，“可能的话，现在就带走。”

“水手，”那人说，“这没问题！可他家里的其他人怎么办?”

我弯下身，小杰夫细声细气地告诉我他家里除了爸妈外，还有两个小妹妹。我给了他50美元。

“我会找个人帮他拿玩具的。”那年长的人对我说。他随即叫了位快活的妇女用手拉着小杰夫。

在包装电动火车时，那个人告诉我他也有两个儿子，并且都在军队里服役。在多次互祝“圣诞快乐”后，送货的小车把我们送到了男孩的家。

老杰夫·霍力斯的反应顿时让我想起了自己的父亲领回一个陌生人并带回许多礼物时的神情。我能看得出他是个勤勤恳恳的人，为了全家的生计拼命工作，可对于满足家庭的需要仍是力不从心。

“我只是个远离家乡的水手，霍力斯先生。”我带着几分尊敬地说，同时解释了我怎样从他儿子观看那些陈列玩具时充满向往的目光中看到了从前的自己。

“您难道不能让这笔钱派上其它用场吗?”

他声音沙哑地问我。

“不，先生。”我答道。

他的脸变得柔和起来，欢迎我和他们共进晚餐。晚饭后，我给小杰夫和他的妹妹读书，一直到他们上床睡觉为止。

“我想您是知道清晨前我们还有许多事要做的。”老杰夫说。一开始，他的话让我颇感诧异；但随后我明白了，我不再是个孩子，而是一个肩负成年人责任的男人了。我和他一起组装着火车。这项工作看起来需要整整一夜的时间。老杰夫的妻子玛吉为我们准备了三明治和咖啡，并一直让我讲述着纽约的经历。午夜时，我们停下手中的活儿，彼此祝福着“圣诞快乐，”然后又继续着手将一个男孩的梦想变为现实的工作。

所有的活儿都做完后，我已是精疲力尽了。老杰夫对着组装完的火车打量了许久，才轻轻地叹了口气，坐进那张破旧的摇椅里。

“我梦想能买下辆自行车。”他平静地说。“那是一辆双轮车；链条是光灿灿的，车把是鲜黄色的，车座是真皮的。我真喜欢那种车，非常想买一辆。”

“小时候我曾在一家做女服的缝纫店橱窗里看到一套圣诞礼服，我想要的就是那样一套礼服。”玛吉说。“我希望人人都夸奖说：‘穿着那套漂亮礼服的小女孩多可爱啊!’”

梦想，我晕晕乎乎地想着。孩提时代的梦。我猜想自己八成是在打盹儿了，因为接下来我知道的第一件事是时间已是清晨5点了；小杰夫正在推我。他想起来我还得在8点钟之前赶回去。

“可以开了吗?”其中的一个小女孩问道。

“是的。”老杰夫说道，“圣诞快乐。”

“哇!”孩子们带着难以置信的喜悦嚷了起来。我们没能像商店的橱窗陈列员们安装得那样精巧，但终究还是把火车给安装好了。

“爸爸?”小杰夫问道，“乔治?”

我和他爸交换了一下眼神，点头同意了。这是电动火车充满荣耀的首次正式运行。老杰夫和我各自摆弄一个控制台，开动了火车。第2圈时，我让小杰夫接替了我的位置。可5分钟后，小杰夫突然停了下来，一句话也没说就离开了房间。回来时他的手里拿着他买的礼物，脸上带着骄傲的神情。

当他捧着盒子转向我时，我想他是早就准备好了想说的话的。“圣诞快乐，乔治。”他轻轻地说。

我惊讶不已。礼物是一套梳子和发刷，还有一个装其他化妆品的盒子。他伸过手来，然后又改变了主意，亲热地抱了抱我。分离的时刻是喜忧参半的，因为我知道可能再也见不到霍力斯一家了。老杰夫谢了我，可我才是那个该说感谢的人呵。

当我走向车站准备乘车返回基地时，我意识到自己再也不会吹毛求疵了。这次经历的收获比我听过的所有爱国演说都要多得多。

对我来说，这次经历是一次顿悟。此刻，我明白了这场战争以及为此而进行的一切战斗的意义。刹那时，一切变得如此辉煌而简单。

对我来说，这次经历是一次顿悟。

一条手帕的故事

那天，欣桦出乎意外的镇静，一点也看不出过去那种哭哭啼啼、一副小可怜的模样。

“怎么，看开了?”

“还不是为了这条手帕。”她说。

男人的手帕?该不会那个也真的要跟她分手吧?

“既然人家都已狠下了心，那你……”

“不，不是因为他，是我自己想通的。”她定定地说。

“哦！”

看来这回是真的了。欣桦跟他跟了3年，是该有个了断了。

她先是迟疑了一下，接着说：“他人还是很好，我也依然爱他。偏偏那一回我们碰面，我哭闹着要他放弃他太太时，他好心拿这条手帕给我擦泪，我也忘了还他。”欣桦边讲边指指桌上的手帕。

不怎么起眼的手帕，但满平整干净的。

欣桦拿起来闻闻说：“你知道吗？这手帕的香味使我想起我妈妈也是把手帕整理得那么平整；我根本无法不把那个女人跟我妈妈想在一起。”欣桦的表情充满痛苦。

“我好难过，真想大哭一场。我再也不想见他了。”

她眼神露出笃定，却也闪着泪光，泪水在眶里绕着。

我看着这一幕，真的，连我也不知是被那条手帕还是被欣桦感动了。突然间我想到丈夫那条是老是皱巴巴的手帕，心里不禁深深自疚着。平日应该把它细理熨平的，而今别人的手帕让我上了一课，我心里真是有种说不出的感激。

不怎么起眼的手帕，但满平整干净的。

木碗

从前，在遥远的意大利有一个名叫罗伯特尼的小孩，他非常爱他的祖父。祖孙俩是很好的朋友。他们在一起度过了许多时光。罗伯特尼喜欢坐在祖父的膝头上，瞪着一双灰色的大眼睛听祖父给他讲故事。祖父讲起故事来有声有色。讲的是神话，英雄传说，也有祖父本人曾抓到一只鹰之类的扣人心弦的狩猎故事。祖孙俩常常在假设的境界里旅行，捕猎想象中的狮子和老虎。无论故事多么荒诞，游戏多么离奇，祖孙俩的关系仍是实实在在的。这种关系使老人保持着对生活的依恋。

3年前祖母去世以后，祖父和罗伯特尼的父母一起生活。母亲是一个善于照顾丈夫和儿子的能干女人，但她却不懂得老人孤独。有时她对老人很不耐烦，尤其是老人的双手发抖，手中的东西不时滑落的时候。

一天吃晚餐时，祖父拿起杯子喝咖啡，但他那可怜的老手又颤抖起来，咖啡泼到了洁白的桌布上，杯子从手中落下，在地板上摔了个粉碎。母亲因此生气，厉声责备老人。祖父无言以对，只是用充满痛苦的眼光看着她。罗伯特尼也没有说什么，但他再也吃不下晚餐了，心中的悲愤几近一触即发：唉，可怜而又可爱的祖父！

那以后，祖父只好独自一人在厨房里的小桌子上就餐。当他被告知这种新的安排的时候，什么也没有说；但在他的眼神中，在他给小孙子的微笑中，无不带着悲伤。

从那个晚上起，罗伯特尼总是一吃过晚饭就借故离开，跑到厨房里和他热爱的老人呆在一起。祖父总是把他放在自己的膝头上并给他讲故事。当那些魔术般的语言开始描绘出令人神往的世界时，那空空的小厨房就变成了一个没有痛苦、没有悲伤的美妙境地，这一老一少可以手拉着手快乐地漫游其中。

随着时间的推移，祖父愈见年迈。他更加虚弱，双手抖得也越来越厉害。一天晚上，他独自坐在厨房里进餐，盛着麦片粥的碗掉下，粥溅了一地，碗也打成了碎片。罗伯特尼跟在父母身后来到厨房门口，只见干干净净的地板上已溅满了麦片粥。母亲用前所未有的严厉口气大声斥责，并且说她只有给老人一个木碗进餐了。她说，她不能因为老头子变得粗心大意而容忍她心爱的东西被打坏。她用拖布擦洗地板。责骂声、叽叽咕咕的埋怨声不绝于耳，直到地板一干二净才罢休。伫立一旁默默无语的罗伯特尼目睹了这一切。

突然，罗伯特尼走到母亲曾经清扫饭碗碎片的壁炉边，小心地拣出碎片并着手把它们拼接起来。他做得那么认真，不一会儿，那个碗看上去就跟完好无损的一样。然后，他从壁炉旁边取来一小块木头开始削起来。他的眼睛不停地看那个陶碗，好像是以它为模型。过了一会儿，父母走过来，想看看他在干什么。

"你做的是什么东西，罗伯特尼？"母亲爱怜地问道。他总是亲切地对她的小儿子讲话。

"我正在给你做一个木碗，等你老了的时候好用。"罗伯特尼回答说。

罗伯特尼的父母你看看我，我看看你。他们羞愧难当，以致不敢看罗伯特尼的眼睛。接下去，母亲搀着祖父的胳膊，领他回到餐厅中的桌子边。她就站在祖父的旁边，伺候他用餐。

从那时起，祖父再也没有独自一个人在厨房里进餐。在餐厅里，他坐在他原来的座位上，紧靠着罗伯特尼。

罗伯特尼又快乐起来了。呵，真是快乐之至！祖父受到了爱戴和照顾。当罗伯特尼观察父母时意识到，他们正感受到一种新的、美妙的幸福——爱心和仁慈带来的真正持久的幸福。

爱心和仁慈带来的真正持久的幸福。

渔舟

跑邮差的我干这行当已经整整28年，也是在28年前我和凯茜结了婚。

是的，我答应过她，一但有碗安稳饭吃就娶她。于是，拿到薪水当天就约了她。时值深秋，月朗风清。林中小径斑驳的枯叶上，四只脚踩出一片沙沙声。偎依在我肩头的她突然问我今后作何打算，我一时语塞，但马上脱口而出："娶你"。显然有点幸福的她拥着我深一脚浅一脚地向樱桃林深处走去……

婚姻从开始就没有任何甜蜜可言。结婚没几个月，她就一遍又一遍地向我重复她父母的伟大预言——好景不长。对此，我实在无话可说，因为我也有同感。此后，我一手向老板拿薪水，一手向凯茜交工资袋，但她还是给我几个烟火钱。在这段乏味的日子里，我竟有一个伟大的发现：这不正是"分期付款"的出处吗，廉价的婚礼后日复一日的打工赚钱、养家糊口。

日子是灰色的，但竟捱了整整6年。最后，事实证明了她父母的确伟大，那年，她34岁，我也30出头。那次的突破口是我所割舍不下的书。那天已经很晚了，喋喋不休在饶舌的她最后竟说蠢货才读书，因为他们不懂的东西太多了，并证据确凿地说，她老爸就是这么说的。忍无可忍的我回敬了一句："他大概眼红了吧。"激动得有点不能自持的她像感激我终于上钩似地说："这种垃圾会有人眼红吗，只配往你那只骷髅里钻。"随即一步上来将我的书劈手夺过，丢进炉膛里。

那天，我第一次打了她。

一月后的晚上，当我拖着疲惫的步子回到家时，没了她的影子。后来在壁炉上发现了一张保险卡，上面是她那熟悉的字迹：“我走了，甭等我了。”我仍小心地将它收起来，天知道为什么。据说，她是跟一个油漆工走的。这都是事后邻居告诉我的，并说他俩往来已一年有余，这一带除我之外无人不知。其实我什么也不想知道。所幸还没有孩子，倒是有过几次，都没成。也许有孩子会有份牵挂吧，鬼知道。我不是一个易动感情的人，但这毕竟是一个跟自己同一屋檐下生活了6年的女人，能一点也无动于衷？可人总是很能适应的，当夏天来临的时候，我似乎又活了，至少每天酒足饭饱之后便心安理得地倒头就睡。一天傍晚，我正倚门小憩，嘴里叨着一支雪茄。这时，小街尽头那袅袅炊烟升起的地方走出一个修长的身影，是她，我根本用不着看第二眼。她正在向我走来，还是那熟悉的步履，脚下多少有点迟疑。还是她先开口。“亨利，这好多年……”我默默地让开门口，她轻轻地跨过门槛，并一边将上衣纽扣一粒一粒扣好，像是在告别出门。

坐下后，我才细细打量起她：与其凌乱的衣衫唯一不相称的是那头梳理得一丝不苟的秀发；但偶尔的开口一笑充其量也只能算作是脸部肌肉的抽动，没有任何幽默可言。

在随后的东拉西扯中，我知道那个油漆工已经死了，她眼下在一家鞋带厂打工，且不远处有一小窝。言谈中她几次对我说墙上那幅《渔舟》画真漂亮。最后我便执意将画拿下，用我扎邮包用的最好的绳子捆好送给她。走之前，她又一粒一粒地将上衣纽扣都解开，似乎刚要落座。

那天是周四，我刚领了薪水。

几天后，我突然在一家典当行橱窗里看到这幅《渔舟》。见我进去，老板还以为又有邮件。当我开口要那幅画时，这家伙竟不假思索地以4先令卖给我这个老熟人。那晚，我像凯茜刚走后那天，拖着死尸般的身躯、在砭骨的阴雨中回了家……《渔舟》，4先令，3品托黑啤……

又是星期四，她第二次走进我的小屋。她一边笨拙地拿右手在左鞋底上擦火柴，一边淡淡地告诉我她被解雇了，因为骂了老板。随后要我借她两个先令，并赶紧补上一句：这年头兵荒马乱，但工作还是有的。我也赶紧把钱拿出来。当她起身要走的时候，却站在那一边拨弄着纽扣，盯着那幅《渔舟》出神，就像什么也不曾发生过，然后说：“其实我一直很喜欢……”此后，每逢周四晚她必到。尽管我们尽扯些琐事，但那几年惨淡的岁月就是这样和她每周一次的履行公务式的见面中熬了过来。就像每次总要向我借钱一样，她每次也总要呆呆地对着画看上半天。一天，她终于第二次开口向我要这幅画。一切就像第一次那样，我小心翼翼地把画从墙上拿下来，一圈一圈地用最好的邮包绳扎好，然后让她把画带走。

果然不出所料，几天后又在那家当铺撞上《渔舟》。这回我竟然没有一丝要赎回的念头，后悔也就从这里开始。

第二天，当我得悉她的死讯赶往医院时，警察告诉我她唯一随身所带的便是这幅《渔舟》。我追悔莫及，她是在赎出《渔舟》后在马路上被撞倒的。

当初分手时，字条上没有一丝泪痕；今天，夕阳下那片忧郁的白帆溅满鲜血。

其实我一直很喜欢……

琴缘

在巴伐利亚的图尔兹小村里，住着一位名叫杰哈尼斯·杰斯的琴匠。

1739年的一天，一个老雕刻家给杰斯带来一块短而厚的槭木。他说："杰哈尼斯，这块木头太硬了，我那儿用不上。或许你能用它做把小提琴呢。"

小提琴做好后，杰斯调了调音。他对雕刻家说："这把小提琴声音富有魅力。谁要是能拉响它的灵魂谁就会非常幸福。"

它的传奇故事就这样开始了。

1914年，(大约在175年之后)我十八岁那年，在东普鲁士的考因尼格斯堡的一家剧院里担任首席小提琴手，需要一把独奏用的小提琴。从琴商推荐的小提琴中，我一眼看中一把比其他琴稍小，泛着锃亮的铁锈红颜色的小提琴。琴腹中刻着依稀可辨的"杰哈尼斯·杰斯，于图尔兹，琵琶和小提琴制作师，1793年。"我调好音，开始拉贝多芬的F大调浪漫曲。

这真是一听钟情。这声音多么美妙啊！当我拉出第一个音符时，一缕梦幻般的琴声从遥远的什么地方姗姗而来，如细雨落芭蕉，柔音缠绵，似珍珠滚玉盘，清韵悠长。我给她取名叫杰茜。在随后的几个月里，她为我的音乐会增光添彩。可是好景不长，不久，第一次世界大战爆发了。

战后，我匆匆忙忙地赶回家去解放杰茜。当欧洲的音乐殿堂重新亮起辉煌的灯光时，杰茜和我有着多么美好的时光啊！她的音乐清晰，明亮，流畅，深情，给我赢得了人们的喝彩。我很宠爱她，因为她能代为心声，而其他的小提琴办不到。

一天夜里，我演出完毕后，正摸索着启门钥匙时，杰茜突然从琴盒里掉了出来。

我简直不相信自己的眼睛。杰茜从大理石楼梯上摔下来，竟是有惊无险。这把小提琴凭着自己的柔韧性竟避开了杀身大祸。

她的音色还和以前一样美。一位评论家对杰茜的评论比对我要慷慨得多。"这把小提琴在约琴夫•陶特佐尔琴弓的如意操纵下，发出了清脆、悦耳的声音。她时而徐缓，时而紧凑，时而轻吟，时而高歌。她那富有魅力的音韵将永远铭记在我们的脑海里。"

当我在莱比锡音乐学院向名家学习时，杰哈尼斯•杰斯制作的小提琴是我的一大财富。一个阴雨霏霏的早晨，我骑车去音乐学院学习。横穿十字路口时，我的无价之宝杰茜掉到湿漉漉的鹅卵石上。

令人难以置信的是，她的音调几乎和以前一模一样。但是，我只说几乎。我开始感觉到她已经失去一些往昔的活泼，这种感觉与日俱增。可能是她的音柱从原先的位置移动了一个头发丝的距离。一连好几个星期，我试图调好她，但总是不尽如人意。终于我背叛了杰茜，把她和迷惑人的芙罗梅做了交换。

这是我一生中犯下的最大的错误。这把音量很大的小提琴连续演奏几个小时以后，声音就小了。另外，它的主要缺点是不能和我互诉衷曲。我跑回莱比锡那家琴行。"实在对不起"，那位琴商说，"一个捷克斯洛伐克人上周把杰茜买走了。"

我暗暗诅咒自己的移情别恋！在26岁时，我到了美国。

我大伯约琴夫•凯尔伯特迎接了我。他和他的朋友们安排了不少的预约音乐会。不久，我这把声音洪亮的芙罗梅——毕竟还是一个好朋友，便开始了辛勤的工作。但是，即使这样，我的思绪时常萦绕在那把丢失的杰茜身上。

我33岁那年结了婚，举家迁居到离纽约不远的新泽西州。我的演奏和教学事业也都很成功。终于，我能买得起一把华娜丽丝小提琴。这是一把能够赢得一个艺术家欢心的小提琴。但是，还常常回想起起我年轻时用过的更可心的小提琴。

一位内不拉斯加的同行写信给我时，我已经56岁了。他信中说，25年前，他从我推荐的一位琴商那里买到了一把如意的小提琴。可是如今他再也拉不动这把琴了。他要再找一个真正欣赏她的主顾。

我怎么能好意思拒绝在病榻上的同行的请求呢？

当这个木头箱从内不拉斯加抵达的当天，我的脑袋里充斥着教学与演出的时间表。当我移去琴上的包装时，突然屏住呼吸。透过泪水模糊的双眼，我看见杰哈尼

警察局长站起来，伸手给他，“祝您一路顺风。”他把客人送到门口，热情地挥手告别，接着便到审讯室去了。

为了减轻自己的痛楚，那些“可怜虫”替某些犯罪行为承担了责任，但对被指控的罪行却一致矢口否认。“继续审讯！”警察局长下过命令，便径直吃午餐去了。

餐后回来，他发现一份报告。有个理发师作证说，上午他应一名顾客的要求，刮去了那人的红胡子。他无法描述那男人的长相，可还记得他系着一条绘有地图的领带。

“我真蠢！”警察局长喊道。他急匆匆地走下楼梯，汽车正在大院里待命。“快去机场！”他大声命令司机。汽车风驰电掣地向前冲去，先后辗死了两条狗、两只鸽子和一只猫，擦伤了一辆装有废纸的手推车，使成百上千个行人惊慌失措。到达机场时，远远望去，只见那架开往伊斯坦布尔的飞机正缓缓升空。

你现在感觉怎么样？

情变的忏悔

他们结婚已经20多年了，显得很幸福。他们都学会了在生活中彼此做一些必要的让步，并且两人的性格都很腼腆。男的是里昂小说家吕西安·里歇，一直保持着有限的知名度。但对他来说，这已经足够了。如果想沾点“畅销作家”的光彩，他就得在各种仪式上抛头露面。对于这些，他总是一概谢绝。朋友们爱说他过分谦虚，究其实，是缺少勇气。

对他来说，回家的第一件事是拥抱一下妻子，亲亲她的前额，说一些几乎总是一成不变的话：“亲爱的，我希望我不在家时你没有过于烦闷，是吧？……”

得到的差不多总是同样的回答：“没有。家里有这么多事情要做呐。但看到你回来，我还是很高兴的……”

里歇太太负责在打字机上打印丈夫定期在《里昂晚报》上发表的短篇小说。然后把稿纸誊清，封装好，寄出去。这份微末的工作足以使她想到自己是丈夫的一个合作者。

咳！她万万没有想到，一出悲剧在威胁着她。

怎么，像吕西安·里歇这样一个年届五十的家伙，会让一个刚刚离婚的女人弄得昏头昏脑？然而这件事居然发生了。她叫奥尔嘉·巴列丝卡，人长得漂亮，有着一般女光棍的寡廉鲜耻的劲头，把小说家降服了。有一天，就像跟他要一件新奇首饰一样，她要求跟他结婚。

他必须先离婚。"唔，这件事应该容易办到。结婚已经整整23年，大概妻子不再爱我了，分开可能不会痛苦。"想法不错，可是一个性格腼腆的丈夫该怎样摊牌呢？

小说家想出了一个新鲜法子。他编了一个故事，把自己与太太的现实处境转托成两个虚构人物的历史。为了能被妻子领悟，他还着意引用了他们夫妇间以往生活中若干特有细节。在故事结尾，他让那对夫妻离了婚，并特意说明，既然妻子对丈夫已经没有了爱情，就一滴泪也没有流地走开了，以后隐居南方的森林小屋，有足够的收入，悠闲自得地消磨幸福的时光……

他把这份手稿交给里歇太太打印时，心里不免有些不安。晚上回到家里时，心里嘀咕妻子会怎样接待他。"亲爱的，我希望我不在家时你没有过于烦闷，是吧？"话里带着几分犹豫。

她却像平常一样安详："没有，家里有这么多事情要做呐。但看到你回来，我还是很高兴的。……"

难道她没有看懂？吕西安猜测，兴许她把打印的事安排到了明天。然而，一询问，故事已经打印好，并经仔细校对后寄往《里昂晚报》编辑部了。

她为什么不吭声？她的沉默不可理解！"显然，她是个性格内向的人，可是她该看得懂的……"

故事在报上发表后，吕西安·里歇才算打开了闷葫芦。原来，妻子把故事的结局改了：既然丈夫提出了这个要求，夫妻俩还是离了婚。可是，那位在结婚23年之后依然保持着自己纯真的爱情的妻子，却在前往南方的森林小屋途中抑郁而死了。

这就是回答！

吕西安·里歇震惊了，忏悔了。当天就和那个不知底细的女人来了个一刀两断。但是，如同妻子不向他说明曾经同他进行过一次未经相商的合作一样，他永远没有向她承认自己看过她的新结论。

"亲爱的，我希望我不在家时你没有过于烦闷，是吧？"他回到家里时问道，不过比往常更加温柔。

"没有。家里有这么多事情要做呐。但看到你回来，我还是很高兴的。"妻子一面回答，一面向他伸出手臂。

这就是回答！

天使玛丽亚

13岁那年的夏天，我被选中在底特律的忠信教堂的青年唱诗班担任指挥。所有著名的福音演唱家们都来到我们的教堂——教堂里充满了神奇的喜悦气氛，还有来参观的旅行者。然而最值得一提的是玛丽亚·杰克逊，她像圣母一样一天之内就能家喻户晓。那天教堂挤得水泄不通，人们穿上了假日的盛装，手里还拿着时髦的折扇。

随后玛丽亚被介绍给大家，为她伴奏的是铃鼓。人们陶醉在她的歌声中，用掌声为她伴奏，气氛达到了高潮。突然，领唱的女高音倒在了台上。经医生检查发现她怀孕了。合唱团已经巡回演出了6周，但这个女人的丈夫铁石心肠，不允许她休息。

于是玛丽亚急需一个替补成员，查维斯神父向她推荐了我——13岁的迪劳瑞丝·阿莉。

现在最大的挑战就是说服我母亲。当神父对玛丽亚说明时，她决定与我们一起去说服她。我紧跟在他们后面走过4个街区，心里一直在祈祷：万能的上帝啊，让妈妈同意吧。我们爬上三楼，在门口遇见了妈妈。“晚上好，神父，很高兴见到您。”她说。从她的眼神中我可以看出妈妈一定认为我闯了祸神父才会送我回家的。

但是神父说：“阿莉夫人，我很荣幸地向你介绍玛丽亚·杰克逊小姐。”

“我也很荣幸。”妈妈用刀子般的目光审视着我，很明显她肯定又以为我做了冒犯玛丽亚小姐的事。

神父告诉妈妈他打算让我参加演出，妈妈谦逊地听着。“阿莉夫人，我向您保证，”玛丽亚开口说，“我会像亲人一样照顾您的女儿，我不会让她出任何事的。”

“这对于迪劳瑞丝来说是个很好的机会。”神父补充道。

妈妈的态度近乎冷淡，她答应考虑一下第二天早晨给他们答复。

那晚我睡得不好。早餐时我蹑手蹑脚地走进厨房，虽不抱什么希望但也不愿希望渺茫。我煮好咖啡，铺好桌子，把平时妈妈经常用的碟子洗干净。

妈妈什么也没说。

爸爸走进来吃早餐，妈妈为他准备好中午的便当，与他吻别之后又开始收拾桌上的碟子。我期待着。

仿佛过了一个世纪，她才说："我们得谈谈，你应该明白上帝要和我们交谈。"

听起来似乎不妙。

妈妈端起一杯咖啡："我想你不该去，但洛德不这么认为。"

我终于松了口气。

"我明白这对你有好处，"她继续说道，"我只希望你要诚实并且尽自己最大的努力。"

我做了承诺然后紧紧地拥吻她，感谢上帝以及神父和玛丽亚小姐。

当我安静下来时，妈妈说——我永远不会忘记这些话——"我们不奢求什么，只希望你诚实。记住，对我是这样，对上帝也应如此。"

"我会做个诚实的人并且竭尽所能。"

玛丽亚比母亲还要严厉，"你去哪儿?""你要做什么?""你怎么穿成这样?"有些连妈妈都不干涉的事情，她也要管。

然而，我在音乐会上的成功远远超出了玛丽亚的期望，我轰动一时，玛丽亚很满意。

我们最后一场演出——是在芝加哥的复兴帐篷中举行的，芝加哥是玛丽亚的故乡。这是展示我才华的好机会。从各地赶来的人们将倾听我和玛丽亚的演唱。在我看来，这是我跟玛丽亚的演唱会，因为其他三位歌手都在幕后。

当玛丽亚要我开始时，我自信地走在地板的锯屑上，用心地唱着。观念们反应热烈："阿门!""感谢天主!"我甚至听到了玛丽亚的话："唱吧，孩子!"

每个观众都疯狂地鼓掌，要求我再唱一首。但我只准备了一首独唱歌曲，脑筋一转，我唱起了另一首合唱的曲子，我把它分节唱完，然后便沾沾自喜地坐了下来。

观念安静下来后，玛丽亚仍旧坐着开始低声吟唱，没有言语，没有特别的歌词，只是深沉地吟唱，当唱到"尊敬的上帝，抓住我的手"时，她的声音如山洪般暴发。

玛丽亚坐着唱完整首歌，好像直接在跟上帝一个人交谈，观众们既崇拜又敬畏。

他们从玛丽亚那里得到了另一种不同的感受，为什么我不能？我很迷惑。我的声音同样好，实际上我认为我的音域更宽广，因为我能唱高音。

我随玛丽亚巡回演唱了两个夏季，懂得了许多以前不知道的东西。我的歌声甜美、有韵律，她的则是心灵的共鸣。她是令人仰慕的神，而我只知道炫耀自己。妈妈说：“玛丽亚演唱时，你能感受到上帝与她同在。”

在我与玛丽亚的第三次巡回表演即将结束时，我自认已经从她那儿学到了所有能学的东西。但是我错了。一个夏日，我们到达了里奇芒德郊区的一个教堂。那晚，教堂内人山人海。

轮到我演唱时，乐队齐声为我伴奏。当我唱到高音时，我听到一个比我更高亢的声音，清晰而有力。我唱到更高处并顺着通道走下去，想看看是谁在唱。在最后一排，我看到了一个扎辫子的小姑娘，一身农家的打扮。她冲我微笑，仍旧唱得一段高似一段直唱到我根本唱不上去的地方。

天啊，我简直要疯了。这个土包子，她以为自己是谁？

演出结束后，玛丽亚和那个女孩及她的母亲交谈起来，看到这一切，我一阵风似的跑回汽车，在那里生闷气。很快我听到玛丽亚说：“原来你在这儿，迪劳瑞丝。”我扭过头去没有理她。

“你有心事，是吗？”她问。

我深出脑袋说：“我猜你决定要她了吧？”

“你怎么会这样想？”

“不是吗？她唱得比我高。”

“这不是你能唱多高的问题，你该像上帝那样宽容。”我想她是对的，但我没说出口。

后来玛丽亚严厉地说：“迪劳瑞丝，你已经做得很好了，你就是你，你不是在比赛，你是上帝的仆人。”她笑道，“你该为他的恩宠而感到荣幸，但他不可能只宠爱你一个人。现在下车让我们去见见那个孩子。”

我跟着玛丽亚去见了那个女孩。

她问我为什么能唱得那么好，她甚至不知道自己有多棒。

现在最大的挑战就是说服我母亲。

翅与祷

某个夏日里，我在山间砍伐灌木，几个钟头之后，决定该停下来吃午餐了，于是在一根木头上坐下，取出三明治，一面观赏四周有粗犷之美的风景。两道湍急的溪流汇成一方清澈深潭，然后挟着雷鸣之声奔下葱郁的峡谷。

我这种诗情画意本来是再美也没有的——要不是一只蜜蜂开始锲而不舍地围绕着我嗡嗡飞。那是一种随处可见、喜欢骚扰游人的蜜蜂。我想也没想，一下就把它赶走。

但它毫不甘休，飞了回来，再嗡嗡骚扰我。我不耐烦了，一巴掌把这东西拍到地上，用靴子把它猛地踏进沙里去。

不一会儿，我脚下的沙爆开来，把我吓了一跳，那折磨我的小东西竟然拼命地扑着两翅钻了出来！这回我可决不让它逃生，我站起来，使出我95公斤体重的全部力量，把它碾到沙里去。

我再坐下享受午餐。几分钟之后，我注意到脚旁的地上微有异动。

一只受了伤但还活着的蜜蜂，竟又微弱地从沙里钻出来。

它居然没死，令我十分迷惑，于是俯下身子，看看它究竟伤到什么程度。看来它右面的翅膀仍相当完好，但左翅已被皱折得像个小纸团。然而那蜜蜂仍慢慢地把翅膀扇动，好像在估量自己的伤势，同时开始清除胸部和腹部的沙粒。

然后蜜蜂把注意力集中在弯折的左翅上。它的脚上上下下地快速扫动，想把翅膀磨平。每磨一次，就把翅膀振动一番，好像要试试看能不能起飞。这只伤残得无可挽救的东西竟以为自己还可以再飞！

我趴在地上，要把蜜蜂那徒劳无功的尝试看个仔细。经过更真切的观察，证实这只蜜蜂已经完了——它肯定完了。我是个经验丰富的飞机师，对于翼很有研究。

不过蜜蜂毫不理会我那优越的知识。它的体力像在增加，修补的速度也在加快。那薄纱般不能活动自如的弯折的左翅，这时已近乎挺直了。

最后蜜蜂觉得相当有把握可以来一次试飞了。它发出很响的嗡嗡声，振翼使身体离开大地——不过飞出沙面才七八厘米就坠落到沙滩上，猛打了一个滚。它再一次疯狂地磨平、屈伸翅膀。

蜜蜂又升空了，这一次升高了15厘米才跌下另一个沙堆。它的翅膀显然已能飞行了，只是还不能控制飞行方向。它像机师那样，慢慢地琢磨一架陌生飞机的特性，试行短跳，但每次都失败了。可是那只蜜蜂每次坠地后都积极再试，拼命要纠正新发现的结构缺点。

蜜蜂又一次起飞，这次终于飞越了沙面，直朝一个树桩冲过去。险些要撞上时，蜜蜂放慢前进速度，打了个回转，飞到波平如镜的湖面上，慢慢飘行，似乎在欣赏自己的湖中倒影。蜜蜂在我眼前消失了，我才觉察自己一直跪在地上。

我继续跪了一段时候。

我继续跪了一段时间。

话的力量

当我感到困难，当怀疑自己力量的心情使我痛苦流泪，而生活又要求做出迅速和大胆的决定，由于意志薄弱，我却做不出这种决定来的时候，我便想起一个旧的故事，这是许久以前我在巴库听一位40年前被流放过的人说的。

这故事对我起了很有用的影响，它能鼓舞我的精神，坚定我的意志，使我把这短短的故事当成我的护符和咒文，当成每个人都有的那种内心的誓言。这是我的颂歌。

故事所说的事情发生在40年前的西伯利亚。在一次各党派流放者秘密举行的联席会议上。做报告的人要由邻村来参加会议。这是一个年轻的革命家，名气很大，也很特殊，并且是一位前程远大的人。我不打算说出他的姓名。

大家等他等了很久，他没有来。

把会议延期吧，当时的情况是不允许的。而那些跟他属于不同政党的人却主张他不来也要开会，他们说，这样的天气他总归是来不了的。

这一年的春天来得很早，山坡上的积雪被太阳晒软了，他要想乘狗拉雪橇是办不到的。河里的冰也薄了，有些地方已经浮动起来了，他滑雪来很危险，要驾船逆流而上也还太早：因为冰块会把船挤碎，即使是最强壮的渔夫也抵不住冰块的冲击力。

然而赞成等候的人并没有妥协。他们对于那个要来的人是一向深知的。

“他会来的，”他们坚持说，“因为他说过‘我要来’，——那他就一定会来！”

“环境比我们更有力量呵！”前一种人急躁地说。大家争论起来了。忽然窗外人声嘈杂，在木屋跟前玩耍的孩子们也兴奋起来，狗叫着，焦急不安的渔夫们赶紧向河边奔去。

流放者们也从屋子里走出来。他们眼前出现了一个惊奇的场面。

有一只小船绕着弯慢慢地冲着碎冰逆流而上。船头站着一个瘦削的人，穿着毛皮短外衣，戴着毛皮耳帽；他嘴里衔着烟斗，不慌不忙地用杆子推开流向船头的冰块。

起初谁也没注意，这小船既没有帆，又没有其他动力设备，怎么会逆流行驶，但当人们走近河边的时候，大家才吃了一惊，原来是几只狗在岸上拖着船前进。

这样的事在这里谁都没有试过，渔夫们惊奇得直摇头。

其中一位年长的人说：

“我们的祖先和父亲在这儿住了多少代，可是谁也没敢这样做过。”

当戴耳帽的人走上岸来的时候，他们向他深深地鞠躬致敬：

“到来的这一位比咱们大家更会出主意。是个勇敢的人！”

来者与等候他的人握了握手，指着船和河说：

“同志们，请原谅我不得已迟到了。这对我是一种新的交通工具，有点不好掌握时间。”

实际上是不是这样，或者说人家讲给我听的这个富于诗意的故事中是不是有所臆造，我不得而知；但我希望这一切都是真实的，因为对我来说，再也没有比这个关于信任一句话和关于一句话的力量的故事更真实和更美好的东西。

我们的祖先和父亲在这儿住了多少代，可是谁也没敢这样做过。

心中的井

正如每一个人头上都有一片青天一样，人人心中都有自己的井，井中同样有每一个人的青天。我们就用井中的青天作镜子，映出人间情感的图画。任何情感都是一种人际关系的体现。

母亲的鞭策

我母亲已经不在人世，但是在我心中，她仍然活着，甚至似乎还会在早上天还未亮就把我弄醒，对我说："如果有什么是我最不能忍受的，那就是半途而废。"

我这辈子不知听她说这话多少次了。就是现在，我躺在被窝里，在漆黑中慢慢醒过来，也感到她在气冲冲地教训我这个只想重回梦乡而不想去面对新的一天的人。

我默默地抗议：我已不再是小孩子了。我已取得一些成就。我有权迟些起床。

"罗素，你跟瘪三没有两样，都是不思进取。"

从我还是个穿短裤的小男孩起，母亲就不断用这些话来鞭策我。

"小伙子，要有点志气！"

"有时候，你的表现使我觉得就是一枪把你轰掉也浪费子弹。"

母亲的表兄艾文就是一个最突出的例子。他是《纽约时报》的执行编辑，足迹遍及欧洲各国。母亲常常以艾文为例，说一个人即使没有天分，也可以有成就。

"艾文不比别人聪明，但你看看他今天的成就。"母亲一次又一次地跟我说。她是在告诉我，要做到像艾文那样并不用很聪明，攀上高位的方法便是努力、努力、努力。

母亲看到我可能在文字方面有点天分时，便开始加以栽培。我们那时虽然非常贫困，但母亲仍然给我订购了一套《世界文学名著选》，每月寄来一册。

1947年，我从约翰霍金斯大学毕业。知道巴尔的摩市的《太阳报》在招聘一名采访犯罪新闻的记者。我有两三位同学同时申请这份工作，不知道他们为什么挑中了我。这份工作的周薪仅为30美元，我向母亲抱怨，说这样的薪水对一个大学毕业生来说实在是侮辱。但她毫不同情我。

"如果你肯努力工作，"她说，"也许就可以做出点成绩来。到时，他们自然会加你薪水。"

七年后，《太阳报》调我去跑白宫新闻。我把这个消息告诉我母亲，期望见到她喜悦的神情。其实，我应该早就知道结果是怎样。

"罗素，"她说，"如果你肯努力干白宫记者这份工作，也许就能取得点成就。"

母亲要我走的路就是不断努力向上，千万不要因为小小的成就而自满。停下来沾沾自喜的人很快便会跌下来。一个人即使已登上顶峰，也仍要自强不息。“攀得越高，跌得越重”是她最喜欢的格言之一。

最后，我通过不懈的努力，得到了美国新闻界最高的荣誉：替《纽约时报》撰写专栏。我的专栏赢得过不少奖，包括1979年的普利策奖。不过，母亲永远无法知道了，因为一年前她的脑部出了大毛病，需要住进疗养院，从此不知不觉，脱离了现实生活。

我只能够猜测母亲在知道我获得普利策奖时的反应。我相信她一定会说：“好极了，小伙子。这证明只要你埋头苦干，努力不懈，终有一天会干出点成绩来的。”

如今，我不断用母亲的格言教育子女，希望把上一代的遗志一代代传下去，使先人们虽死犹生。

这证明只要你埋头苦干，努力不懈，终有一天会干出点成绩来的。

我没有钓住那条鱼

我首次钓鱼旅行的情景至今依然历历在目，仿佛刚刚发生在昨天一般。在我这一生中，尽管有过许多令人兴奋的时候，然而，从来没有哪一次能够与我头一回从叔叔手里接过鱼竿，跟着他穿过树林，在潮湿的草滩上，艰难跋涉的时候相比。记得那是初秋时节的一天，温煦的阳光静静地照耀着树林，在地上投下长长的阴影，使我们觉得格外凉爽惬意。一路之上，树叶苍翠欲滴，十分悦目；花儿鲜妍可爱，芬芳醉人；鸟儿们叽叽喳喳，欢叫不已。多年的垂钓经历使叔叔深谙何处小狗鱼最多，他特意将我安排在最有利的位置上。我模仿别人钓鱼的样子，甩出钓鱼线，宛若青蛙跳动似地在水面疾速地抖动鱼钩上的诱饵，眼巴巴地等候鱼儿前来叮食。好一阵子什么动静也没有，我不免大为失望。“再试试看。”叔叔鼓励我道。忽然，诱饵消失得无影无踪了。“这回好啦，”我暗忖，“总算来了一条鱼!”我赶紧猛地一拉鱼竿，岂料扯出的却是一团水草……我一次又一次地挥动发酸的手臂，把鱼线抛扔出去，但提出水面时却总是空空如也。我望着叔叔，脸上露出恳求的神色。“再试一遍，”他若无其事地说，“钓鱼人得有耐心才行。”

突然间，好像有什么东西在拽我的鱼线，旋即一下子将它拖入了深水之中。我连忙往上一拉鱼竿，立刻看到一条逗人爱的小狗鱼在璀璨的阳光下活蹦乱跳。“叔叔!”我掉转头，欣喜若狂地喊道，“我钓住了一条!”“还没有哩。”叔叔慢条斯理地说。他的话音未落，只见那条惊恐万状的小狗鱼鳞光一闪，便箭一般地射向了河心。鱼线上的鱼钩不见了。我功亏一篑，眼看快到手的捕获物又失去了。

我感到分外伤心，满脸沮丧地一屁股坐在草滩上。叔叔重新替我缚上鱼钩，安上诱饵，又把鱼竿塞到我手里，叫我再碰一碰运气。“记住，小家伙，”他微笑着，意味深长地说，“在将鱼儿拽上岸之前，千万别吹嘘你钓住了鱼。我曾不止一次看见大人们在很多场合下像你这样，结果干了蠢事。事情办成之前就自吹自擂一点用也没有；纵然办成了也毋需自夸，这不是明摆着的么?”

打这以后，每当我听到人们为一件未办成的事情而自我吹嘘时，就情不自禁地回忆起小河边垂钓的那一幕，回忆起叔叔那一席格言警语般的忠告：“在将鱼儿拽上岸之前，千万别吹嘘你钓住了鱼。”

在将鱼儿拽上岸之前，千万别吹嘘你钓住了鱼。

妈妈的秘密

千万不能让丈夫知道。

绫子拿着那个小包，站在桥上。夜深人静，河水在黑暗中悄无声息地流淌着。它能带走这秘密吧。

小包飞快落入河中。

回家吧。明天丈夫住院，得起个大早呢。

绫子疾步往回走。轻轻打开后门，穿过厨房，溜进卧室——丈夫站在那里！

丈夫满脸愤怒："上哪儿去了？"

"这……"

"哼，是把见不得人的东西扔到河里了吧！"

丈夫真的动了气。绫子的脸也变白了。

"扔了什么，说！"

绫子忍不住反问一句："你怀疑我什么？"

"我替你说吧——是北山的信！"

绫子睁大了眼睛。接着，慢慢将视线移至脚下。

"跟那家伙勾搭上啦！"

"啪"一记沉重的耳光。绫子头晕目眩，一头栽倒在床上。

好不容易抬起头时，女儿有纪子正怯生生地站在床边，黑黑的瞳仁里充满了恐惧和疑惑。

"我到底是谁的孩子？"有纪子问，"是爸爸的，还是叫北山的那个人的？"

"你为什么问这个？"

"想知道。"

良久，绫子没有作声。微风吹拂着她那业已大部分变白的头发。

"好，"绫子终于开了口，"那就告诉你吧。"

"和我结婚前，你爸爸爱着一个人，她叫……"

晶美，并不出众。在中学，比他低一年级。当时很迷恋他的绫子，偏偏和晶美又是最好的同性朋友。不过，这两个女孩儿那时都还不到敢向异性吐露爱心的年龄。因此，也就没有发生什么争"郎"大战。论家庭背景，绫子占上风。晶美死了父亲，与母亲二人相依为命，度日维艰。她自然穿不起绫子身上的漂亮衣裤，也不善于玩耍。不过，绫子知道，晶美特有的那种清纯、温柔和娴静是谁也学不到手的。

那件事发生在一个炎热的暑假。

晶美突然跑到了绫子家。他正巧也在。紧追而至的是一群恶煞似的男仆，他们的主人是当地首富，晶美的母亲在那家干活。

"让那个女孩儿滚出来！"男仆们叫嚣说，他们小姐放在梳妆台上的宝石不见了，晶美当时正进府找她母亲，偷宝石者必是晶美无疑……他，发怒了。让晶美躲进里屋，他转身直奔门口，跟那帮男仆大吵起来。大概是被他那不要命的样子吓住了，男仆们嘟嘟哝哝着回去了。本来他们也没有充分的证据。

他走向面色惨白、颤抖不已的晶美，温柔地拉起她的手……

然而，那件事并未结束。暑假期间，晶美偷盗宝石的传言飞遍整个镇子。新学期开始后，没一个人愿跟她说话。她母亲也失去了工作，娘儿俩的日子更难过了。

他则明明确确地爱起了晶美。那不是出于怜悯或同情，而是纯粹发自内心深处的诚挚之情。绫子一如既往地关心着晶美，同时暗暗在心里发誓：委屈自己，成全他们。然而，单靠一个学生的爱情，是无法支撑母女俩的生计的。这件事终于打上了一个句号——晚秋的一个黄昏，晶美和她母亲一同投河自尽了。

“后来，你爸爸倒插门到了咱们家，再后来，就有了你。”绫子停顿了一下，“不过，你爸爸在心里一直思念着晶美。我只是他的妻子，晶美才是他的恋人，而且只有她一个……”

有纪子长长地叹了口气。

“可这与你扔到河里的东西有什么关系呢?”

“我打扫里屋的时候，发现了塞在天棚上的宝石，就把它偷偷地扔进了河里。”

“是，是这样……”有纪子几乎喘不过气来。

“晶美被人追到咱们家，趁你爸爸跟人吵架的当儿，踩着板凳，把宝石塞到了天棚里。”

“那你为什么不告诉爸爸呢?”

绫子莞尔一笑：“我那时已经得知，晶美的不幸使你爸爸在心身方面所受的沉重打击和极度悲痛该有多大。对你爸爸来说，晶美是完美无疵的女性偶像。如果告诉他真实情况，你想会发生什么事儿?”

“妈妈！”有纪子紧紧地抱住母亲，“您才是最爱爸爸的人啊。”

绫子的脸微微发红。

“男人，都是浪漫主义者，总喜欢生活在梦里……”

男人，都是浪漫主义者，总喜欢生活在梦里……

妈妈和乔丹小姐

妈妈在叫我。她用力捏着我的下巴，意思让我打起精神。我醒过来，意识到已近深夜了。妈妈表情严肃地问道："玛丽，你的作业呢?"

我忽然想起，家庭作业还没写呢。以往每天我都把写好的家庭作业放到厨房的桌上，等妈妈干完活回来检查。可今天没有。"噢，妈妈，我睡着了"，我小声说。

"那好吧，你现在马上起来写作业。学习第一。"说着，终于松了手。

我强打精神从床上下来，拿出纸和笔开始写。一股怨气油然而生：为什么只把我叫起来?为什么总对我那么厉害?

这种感觉早已有之，不过我没对别人说过。妈妈的话就是命令，只有服从。写完作业，我拿给妈妈看，只见她在摇椅中正打盹呢，她实在太累了，从早上一直干到现在。

妈妈名叫约瑟芬·哈帝沃德。我刚记事儿时，全家住弗吉尼亚州奥特维斯特城。家里因为给爸爸看病而债台高筑。妈妈只有每月18块钱的社会保证金。原来的房子没法住了，我们举家迁居林克博格城，在那里，妈妈给三户人家打短工，另外还打扫教堂，以此来供养我们。她不愿靠救济金生活。

记得有一年九月的一天，天气很好。我们的鞋子穿破了，可妈又没钱给我们买新的，所以我和安妮光着脚去上学，正好被校长撞见了，他动了动眉毛，没说什么。第二天我们以为他会责备我们，可没有。第三天，他把我们拦在了校门口。

"你们为什么光着脚?"

我们跟他解释妈妈没钱给我们买鞋。"那你们就回家去，告诉你妈，我们不允许赤脚上学。"

无奈，安妮拉着我的手往家走。我的淘气劲儿一上来，就怂恿姐姐到附近谷地里玩了一天。正好赶在放学时我们回到家。妈妈正等着我们。

妈妈皱着眉，像根杆子站在那儿，问我们这一天到哪儿去了。为了不让她生气，我编了一通假话，可妈妈一听，大发雷霆："你们今天根本就不在学校。"显然，她全知道了。接着她跟我们说受教育多么重要，不必为自己的贫穷而感到羞愧。"重要的不是穿着怎样，而在于你怎样做人。"几天以后，妈妈用还债的钱给我们买了新鞋。

妈妈单独和我们在一起的时间很少，和我们做游戏的次数也有限。

然而我得承认，妈妈给了我一件重要的礼物，使我终生受益。那就是我养成了自娱的习惯。即使我的生活里不是阳光灿烂，可也不会阴冷无光。

我特别喜欢跟别人聊天。然而这一脾气，我十年级的语文老师乔丹小姐却不以为然。

乔丹小姐人很严肃，是个不讨人喜欢的老师。

一次，在她课上我和别人讲话，没注意她已停下来，正怒气冲冲地看着我。"小姐，课后到我这儿来一趟。"

课后，她跟我说，上课时希望我仔细听讲，不要讲话，语调低沉而坚决。"作为惩罚，你写一篇有关教育对经济的影响的文章，一千字左右，下星期三交给我。"

好家伙，给我下最后通牒了。不过我挺自信，很快就写好交了，感觉不错。我满以为会得到乔丹小姐的赞许。可谁知，第二天，她把我叫到前面，递过那篇作文，"回去重写一遍，记住，每段开头用一个标题句。"第二次交上去，她修改了语法错误，第三次是拼写，第四次是标点，第五次她又嫌不整洁。我都病倒了！

到第六次，我整个用钢笔重抄了一遍，给她留下足够的空白。这一次，她摘下眼镜，笑了，她终于认可了！过后，我就把这事忘得一干二净。

大概是两三个月以后，老师在课堂上说："同学们，我高兴地告诉大家，玛丽获得了三等奖，题目就是：教育对经济的影响。"

我有点欣喜不已，要知道这是我头一次获奖呀。几年以后，我把这件事讲给一位记者听，其中我对乔丹小姐不大恭敬的描绘也见诸报端。开始我不知道乔丹小姐还活着，后来知道了她的下落。她给我写信说，她长得怎样并不重要，重要的是我在她课上学到了东西。在我一次又一次写那篇作文时，我就学会如何约束自己了。

我被她的话深深打动了。

十年级末，我被彼得斯堡的弗吉尼亚州立大学录取了，可哪来的钱上大学呢？

毕业典礼会，妈妈来了，妈妈坐在靠前排的位子上，当我接过毕业证书时，只见她眼里含着泪，脸上洋溢着幸福的微笑。

可那天晚上还有更让人高兴的事儿呢。我从女生联谊会、兄弟会、商界和教会得到1500元奖学金。这就是说我可以上大学了！

他们没对我和妈妈说什么。可乔丹小姐一定知道内情，她一直冲我点头微笑，好像在说："现在明白了吗，纪律多么重要。"

在大学，我主修商业，年年拿奖学金。暑期则去打工。学校里也有人对我那些大都是妈妈穿过的或者妈妈自己做的衣服品头论足。可我始终记着妈妈的话："穿着如何并不重要，重要的是你怎样做人"。每当我遇到不公正待遇时，乔丹小姐"自我约束"的劝诫督促我安心学习；妈妈的言传身教使我心静如水，坚忍不拔。

无论在亚历山大多年当教师，还是近几年作国家教育协会主席，从妈妈和乔丹小姐那儿学到的两样东西——生活的信心和生存本领——一直像灯塔一样指引着我。

不过有一个问题，三十多年一直萦绕在我心头。终于有一天，我对妈妈提出了这个问题：

"妈，这么多年来，您为什么总对我格外严格?"

我期待着。妈妈内心激起了感情的波澜，长久的沉默过后，妈妈托起我的下巴，平静而有力，看着我说道："你问我的问题我可以告诉你。玛丽，你很坚强，但你太任性，我不得不对你严格要求。你很有天赋，你有好多事要做。还有，对你来说，尽你所能学到知识是至关重要的，因为有许多人需要你为他们竭尽全力去工作、奋斗。这就是我的答案。"

她仍然托着我的下巴。屋里很静，祖父的闹钟还在滴答滴答地响着。她松开手。我点点头说道："妈妈，我明白了。"

因为有许多人需要你为他们竭尽全力去工作、奋斗。

妈妈和房客

妈妈在窗外贴出"租房启事"，海德先生应租而来。这是我们家第一次出租房屋，所以妈妈忽略了弄清海德先生的背景和人品，也忘了让他预付房费。

"房子我很满意，"海德先生说，"今晚我就送行李来，还有我的书。"

他顺顺当当地住进我家。平时，他好像没有固定的工作时间，常和善地与我家的孩子逗趣。当他走过我妈妈坐着的大厅时，总是礼貌地弯弯腰。

我爸爸也喜欢他。爸爸喜好回忆迁居美国前住过的挪威。海德去过挪威，他能与爸爸起劲地聊在那儿钓鱼的野趣。

只有开客栈的杰妮大婶不欣赏我们的房客。她问："什么时候他给你们交房租呢?"

"向人要钱总难开口，他会很快付清的。"妈妈答道。

但杰妮大婶只是哼了两声："这种人我以前见过，"她一本正经地指教道，"别指望借给人一件新外套，回来还是好的。"

妈妈笑笑："兴许你说得对。"她递上一杯咖啡，止住了杰妮大婶的嘟囔。

雷雨天里，妈妈担心海德的屋子夜里冷，就让爸爸邀请他到暖和的厨房和我们一起坐。我的两个姐姐、哥哥尼尔斯、还有我在灯下做作业，爸爸和海德靠着炉子叼着烟斗，妈妈在洗盘子或是在小桌上静静地工作。

海德能辅导尼尔斯的高中课程，有时还帮他学拉丁文。尼尔斯渐渐对学习产生了兴趣，分数高起来，他再不求爸爸让他停学做工了。当我们作业做完了，妈妈坐在摇椅上拿起针线时，海德就给我们讲他的旅游奇遇。噢，他知道的可真多。那些美妙的历史和地理，便随他走入我们的屋子和生活。

有天晚上，他给我们读狄更斯的书，很快，读书成了我们生活的一部分。我们写好作业，海德就夹一本书来高声朗读，一个神奇的新世界向我们洞开。

妈妈也像我们孩子一样爱听古挪威侠士传奇："太好听了!"以后我们的房客还朗读莎士比亚的戏剧。海德悦耳的男低音，听起来像是大演员。

即使在天气暖和的晚上，我家的孩子们也不再出去玩耍。妈妈对此很欣慰。她是不喜欢我们天黑上街的。而最值得高兴的，还是尼尔斯几乎不再混到街旮旯的孩子堆里。有天晚上，孩子们在街上闯了祸，而尼尔斯正和我们一起听《孤星血泪》的最后一章。

就在我们急于听完一个骑士的传奇时，一封信送到了海德手里，他将信很快读过，放入口袋，我们再不能听完那个故事了。翌晨，他告诉妈妈要离开。

"我得走了，"他说，"我把这些书留给尼尔斯和其他孩子。这里是一张我所欠房租的支票。夫人，对您的好心款待，我深表谢意。"

我们伤感地看着海德先生去了，同时，又为能在厨房继续读书感到兴奋。那么多的书啊!

妈妈精心地清理了书堆："我们可以从这里学到很多东西。尼尔斯能代替海德先生读书，他也有一副好嗓子。"我看得出来，这使尼尔斯很自豪。

妈妈向杰妮大婶亮出海德的支票："你看，收回的还是一件好外套。"

几天后，开面包铺的克瑞波先生来我家，糟糕的是他向我们怒气冲天地诉说时，杰妮大婶也在场。

克瑞波喊道："那个海德是个骗子，瞧他给我的支票，全是假货。银行的人告诉我，他早把款兑光了。"

杰妮大婶得意地点着头，那神态分明是说："看，我不是提醒过你们了吗，你们不听嘛。"

"我敢打赌，他也欠了你们家许多钱，是不是?"克瑞波不无希望地探问道。

妈妈转过身向着我们。她的眼睛长久地停留在尼尔斯身上，然后走到炉子边，把支票投入炉火。

"不！"她向克瑞波先生回答道："不，他什么也不欠。"

不，他什么也不欠。

父子间的小秘密

每当我经过消防站，看到红色的救火车、长长的消防水管、消防队员的大号胶靴以及钢盔，就会使我回忆起童年时代，回忆起父亲为之工作了35个春秋的那个消防站。

一天，爸爸让我和哥哥杰伊从消防站光亮的直杆上往下滑，爸爸说："抓紧！"然后开始快速推我下滑，直到我感到头晕为止。这比游乐场的滑梯要好玩多了。

那里还有一台生产苏打汽水的老式机器，当时，一瓶苏打可乐要10美分，因此，能喝杯苏打汽水是最令我渴望的事情。10岁那年，我带着两个朋友到消防站去玩，我问爸爸能不能给我们每人买一瓶汽水，他说："好吧。"我觉察到爸爸声音中有一丝的犹豫。他给了我们每人10美分，我们奔跑到汽水出售机前，都想看看谁买的汽水瓶盖上印着一个星星图案。

多么幸运！我的瓶盖上有颗星。喝完汽水，我们谢过父亲之后便回家吃午饭，下午又去游泳了。

当我回到家的时候，我听到父母正在谈话。妈妈向爸爸发火说：“你应该告诉他们，你没钱给他们买汽水，布赖恩会理解的。我们没有多余的钱，你们需要的是吃午饭。”

爸爸像以往那样耸了耸肩。

我跑回房间，拿出了这枚瓶盖要与其他7枚放在一起时，我突然意识到父亲为了这个小瓶盖付出了多大的牺牲。那天晚上，我暗下决心：总有一天，我要告诉爸爸，我知道那天下午以及在过去许许多多的日子里，他为我们所做的牺牲，对此我永远不会忘记。

在以后的20年中，父亲为了养活我们一家九口，一人干三份工作，不幸积劳成疾。他犯了四次心脏病，最后不得不戴上了心脏起搏器。

一天下午，爸爸让我开车送他去医院，因为他的车坏了。当我到达消防站时，看见爸爸与同事们正围在一起观看一辆新牌子的卡车。这辆车真漂亮，我也禁不住赞叹道。爸爸说：“有朝一日，我也要拥有这么一辆车。”

这一直是他梦寐以求的，但似乎又是不可企及的。那时，我与几个兄弟都曾打算给爸爸买一辆新车，但被他拒绝了。他说：“如果这车不是我自己买的，我就不会觉得车是我的。”

当爸爸检查完身体、从诊室里走出来时，他面色苍白，“咱们走吧。”他只说了这短短的一句话。

在返回消防站的路上，我们相互沉默着。我们开车路过了我们家的老房子、球场、小湖和商店，爸爸讲述着在这些地方曾发生过的往事。

这使我明白了他正走向死亡。

他看着我点了点头。

一切都清楚了。

我们在一家冰激凌店停了下来，一起吃了冰激凌卷，这是最近15年来的第一次。我们倾心交谈，他告诉我，他为我们而自豪，他不惧怕死亡，唯一担心的是抛下我母亲一人而去。再也没有任何一个男人像父亲那样爱自己的妻子了。

他让我保证绝不把他的病情告诉任何人，我答应了。同时我认识到，这是我遇到的最难保守的秘密。

那时，我和妻子正打算买一辆汽车，我们邀父亲同去。走进商店销售大厅，我便与售货员谈起来，我注意到父亲盯着一辆棕色的小货车，他用手抚摩着，就像一位雕塑家在检查他的作品。

在我的建议下，我们开着这辆棕色车出去兜了10分钟，真是惬意极了。回到商店，我选定了一辆适合我上班使用的蓝色小汽车。

几天后，我又邀父亲一起去商店取车。一进院子，就看见我那辆蓝车停在那儿，车身上贴上了“售出”的标签。旁边便是那辆棕车，已被擦得干干净净，闪闪发光，车窗上也贴着很大的“售出”字样。

我瞥见父亲脸上那沮丧的表情，他嘟哝道：“漂亮的车被人买走了。”

我点了点头，然后说：“爸爸，您进屋去告诉售货员，我把我这辆车停好就回来。”当父亲走过棕色车时，我看到失望的神情再次在他脸上闪过。当我把蓝车开到远一点的地方停车时，我透过销售厅的玻璃窗，注视着这位为家庭舍弃了一切的人。我看见售货员让父亲坐下，递上了一串车钥匙——棕色车的钥匙——并告诉他，这是我送给他的，这是我们之间的秘密。

父亲回头朝窗外望去，我们的视线相逢了，彼此颔首微笑。

那天晚上，当父亲把车开进家门时，我已在屋外等候。父亲从车里出来，我上前紧紧拥抱并亲吻了他，同时告诉他，我是多么爱他！

那天晚上，我们又一起开车出去，爸爸告诉我，他明白这辆车的意义。那么与这辆车密切相关的那枚印着星星的汽水瓶盖的含义又是什么呢？

父亲回头朝窗外望去，我们的视线相逢了，彼此颔首微笑。

父与子

1989年发生在美国洛杉矶一带的大地震，在不到4分钟的时间里，使30万人受到伤害。

在混乱和废墟中，一个年轻的父亲安顿好受伤的妻子，便冲向他7岁的儿子上学的学校。他眼前，那个昔日充满孩子们欢声笑语的漂亮的三层教室楼，已变成一堆废墟。

他顿时感到眼前一片漆黑，大喊："阿曼达，我的儿子！"跪在地上大哭了一阵后，他猛地想起自己常对儿子说的一句话："不论发生什么，我总会跟你在一起！"他坚定地挺起身，向那片看起来毫无希望的废墟走去。

他每天早上送儿子上学，知道儿子的教室在楼的一层左后角处，他疾步走到那里，开始动手。

在他清理挖掘时，不断地有孩子的父母急匆匆地赶来，看到这片废墟，他们痛哭并大喊："我的儿子！""我的女儿！"哭喊过后，他们绝望地离开了，有些人上来拉住这位父亲："太晚了，他们已经死了。"

"这样做无济于事，回家去吧！"

"冷静些，你要面对现实。"

这位父亲双眼直直地看着这些好心人，问道："你是不是来帮助我？"没人给他肯定的回答，他便埋头接着挖。

救火队长挡住他："太危险了，随时可能发生起火爆炸。请你离开。"

这位父亲问："你是不是来帮助我？"

警察走过来："你很难过，难以控制自己，可这样不但不利于你自己，对他人也有危险，马上回家去吧。"

"你是不是来帮助我？"

人们都摇头叹息地走开了，认为他精神失常了。

这位父亲心中只有一个念头："儿子在等着我。"

他挖了8小时、12小时、24小时、36小时，没人再来阻挡他。他满脸灰尘，双眼布满血丝，浑身上下到处是血迹。到第38小时，他突然听见底下传出孩子的声音："爸爸，是你吗？"

是儿子的声音！父亲大喊："阿曼达！我的儿子！"

"爸爸，真的是你吗？"

"是我，是爸爸！我的儿子！"

"我告诉同学们不要害怕，说只要我爸爸活着就一定会来救我们，因为他说过'无论发生什么，你总会和我在一起！'"

"你现在怎么样？有几个孩子活着？"

"我们这里有14个同学，都活着，我们都在教室的墙角。房顶塌下来架了个大三角型，我们没被砸着。我们又饿又渴又害怕，现在好了。"

父亲大声向四周呼喊："这里有14个孩子，都活着！快来人！"过路的几个人赶紧上前来帮忙。

50分钟后，一个安全的小出口开辟出来。

父亲声音颤抖地说："出来吧！阿曼达。"

"不！爸爸。先让别的同学出去吧！我知道你会跟我在一起，我不怕。不论发生了什么，我知道你总会跟我在一起。"

这对了不起的父与子在经过巨大灾难的磨炼后，无比幸福地紧紧拥抱在一起。

这对了不起的父与子在经过巨大灾难的磨炼后，无比幸福地紧紧拥抱在一起。

父亲的报复

1951年深秋的一个下午，我在自己房里捧着一本《黑箭》在读着。突然从收音机里传来一个熟悉的名字吸引了我的注意力。"匹兹堡发生了一起谋杀案，夏洛特夫人死于非命……"我简直不敢相信自己的耳朵，屏神细听。天啊，我亲爱的姑妈被人谋杀了。

我冲进客厅，父母亲正坐在沙发上谈话，我哽咽地叫道："里奥拉姑妈被人枪杀了。"姑妈不仅是我父亲的亲妹妹，还是我母亲中学时代最好的朋友。她结婚前经常到我们家和我们一起度周末。后来她和米龙·夏洛特先生结婚后，才搬到匹兹堡。

父母亲带着吃惊和困惑的神色看着我，他们似乎不相信一个12岁孩子听说的话。但从我紧张的神情中，他们也感到了事情的严重性。父亲走到电话机旁，他没有先打电话给米龙姑丈，而是挂通了匹兹堡一个离姑妈家最近的警察局。一名警官告诉他，夏洛特夫人今早发现死在车库里，身中数弹，惨不忍睹。父亲慢慢放下话筒，呆立在电话机旁。过了好一阵子，父亲才恢复了理智，他又拿起话筒，拨通了姑妈家的电话。话筒里传来了米龙姑丈哽咽的声音，父亲的眼眶里盈满了泪水，全身都在不由自主地颤抖着，过了好一会他才克制住自己。他告诉米龙姑夫我们全家第二天一早将乘早班飞机赶到匹兹堡。

姑妈葬礼那天，细雨霏霏，我们全家都来了，大家悲痛得说不出话来，只是流着泪。

米龙姑夫是一个随和慈祥的人，他是匹兹堡一家医院著名的外科医生。他和我们家的关系非常好，经常来拜访我们，和父亲一块钓鱼，打高尔夫球，总带我上动物园和博物馆。但随着匹兹堡警方调查的步步深入，米龙姑夫成了警方重点怀疑对象。作案的动机是谋财害命，里奥拉姑妈很有钱，他们婚后没有孩子，她死后所有财产都由米龙姑夫继承。

法庭调查结束后，由于证据不足，宣布米龙无罪、当庭释放。父亲对法庭的这个判决没发表任何议论，但情绪很坏，眼里不时闪出一丝怒意。母亲和我对这个判决结果都表示出明显的不满，父亲说："这是法庭的判决，我们要相信法律。"随即挂电话给米龙姑夫，邀请他来我们家度周末。

这是四月一个普通的周末,我记得那个周末天气非常冷。星期六一早,米龙姑夫就来了,经过一系列事情的折磨,他瘦了许多。父亲走下楼迎接他,尽量显得轻松愉快。

第二天，父亲和姑夫起了一个大早，准备好渔具和一些必要的用具，带上午餐，他们便到沙洲湖捕鱼。我由于要到一家护理中心去义务帮忙，所以没能和他们一道去，可到了十点钟，我再也忍不住了，心早就飞向沙洲湖。我向一个同学借了一部自行车，向沙洲湖方向骑去。

到沙洲湖要穿过一片密密的小树林，那天的天气恶劣，湖面上几乎没有人捕鱼。穿过小树林我看见父亲的吉普车停在岸边。在离岸不远的地方，父亲和米龙姑夫都穿着防水衣，站在齐臀深的水中撒开鱼网捕鱼。我听到父亲对距离他100码左右的姑夫叫："往左，再往左，往湖湾的方向去。"开始下雨了，豆大的雨点打得水面哗哗作响，风吹得很紧。我又听到父亲叫道："再往前走三码。"突然，我看到米龙姑夫身子一陷，我意识到他踩到水底的流沙了，我紧张得正要叫出声来，只见米龙姑夫猛烈挣扎了几下，口中发出几声绝望的呼救声，就被水淹没了。可我父亲却像什么事也没发生似的，若无其事地开始收起鱼网，鱼网里有一条很大的鲈鱼在拼命挣扎，父亲嘴角闪过一丝不易觉察的笑容。

我惊呆了，不敢相信自己的眼睛。我意识到父亲原来是有意设计陷害米龙姑夫。他知道湖底有致人于死地的流沙，这太残酷了！我不敢相信我平时爱戴的父亲居然会做出这种卑鄙的事情，但我的眼睛看到的却是实实在在的事实。

我骑上自行车，飞快地离开了小树林，我脑中只有一个念头，赶快离开这儿，离湖越远越好。雨越下越大，寒风刺骨，我不管这些、只是拼命地骑。我面临着一个可怕的世界，我深爱的父亲居然是个凶手，我的精神世界完全崩溃了。我无忧无虑的孩提时代从此结束了，伴随我的将是这可怕的噩梦。

我没有勇气向警方报案，凶手毕竟是我的父亲，是我深深敬重和爱戴的父亲。我决心将这个秘密永远埋在心中。米龙姑夫的死，警方认为是个意外事故，很快就在人们脑海中淡忘了。

可是我忘不了。每当我想到米龙姑夫绝望的挣扎和呼救声，就有一种犯罪感。我水性很好，当时完全可以将他救起，或站出来，可是我也不知道当时我为什么没这么做。

15年后，我已从大学毕业，成为一名律师。15年来，这种犯罪感一直在困扰着我，使我难于自拔。一天匹兹堡警方在破获一起抢劫谋杀案时，意外地发现凶犯哈迪克就是当年枪杀迪奥拉姑妈的凶手。哈迪克对此供认不讳。他当时正准备到车库偷车，恰巧被迪奥拉姑妈发现。

由于担心罪行败露、丧心病狂的哈迪克用枪杀了她。

我迅速地把这个消息告诉家里，几天后，案子结束了，我回到了家。我发现父亲明显地衰老了，他变得异常沉默寡语，他已辞去在教堂的职务，对他公司的事情也开始不闻不问，不久他提早退休了。他放弃一切业余爱好，生活变得黯淡无光。他正在受到良心的折磨。如果他知道他亲爱的儿子，就是当年他所作所为的目击者，会怎么样呢？我不敢往下想了。

我在等待，待父亲自己站出来说出真相的那一天，我坚信未泯的良知会使父亲作出正确的选择的。我不愿看到他这样活在痛苦之中，我希望记忆中的那个堂堂正正的父亲会重新回到我身边。我等待这一天的到来。

我等待这一天的到来。

爸爸娶老婆

爸爸在留着两撇大胡子，样子凶狠狠的时候，他把相片寄给妈妈，两人开始通信，目的在于婚姻。那时他没想到要告诉她，她将是他第五次娶的妻子。妈妈复信时附有一张照相馆拍的相片，她的头发松松地卷上，衬托着她苍白的脸，鬓边两朵乌云盖住她的耳朵。她也忘记告诉他自己是未婚妈妈，已有个17岁的儿子。

爸爸第一次结婚时24岁，松只有17岁。那年的干旱情况，他至今记得清清，酷日对他种的那些长不大的小麦、稻米和甘薯每天照晒。翌年也很少阴天。

再过一年，村里的男子大都已前往城里找工作，女孩子则卖给艺妓馆。一个招募劳工的人来到，跟爸爸谈到加尼福利亚州，那地方有的是黄金和机会。爸爸向松许下诺言，说他会在那边勤奋工作三年——最多五年——攒了钱便衣锦荣归。他要为加藤家族增光，他家的人以后永远不愁没饭吃。

爸爸爬上马拉的板车前往铁路尽头的熊本市时，松哭了，她痛心疾呼的那一声：“我们定会重圆。”是恳求而不是预言，爸爸搭了三星期的统舱到旧金山去，始终一直记着这句话。

爸爸一到了就做铁路工人，每天工作辛苦，时间又长，但毫无怨言。六年中，他每个月前往旧金山和丹佛之间的小镇两次，去嫖、赌和喝酒，把赚来的钱都花光了。他的合约还没到期，承包商便来到，叫他再签一份合约。爸爸身无一文，只好续约。他惭愧没有钱寄回家，所以没写信给松。

后来爸爸痛改前非，在加州当收获工人，他不再乱花钱，把钱攒下。

四年后，他在圣他巴巴拉务农。他租下的橄榄园和菜园产量很丰，可是他需要伴侣，他要一个老婆。

爸爸辛勤工作，省吃俭用，加上四年丰收，终于储蓄了1000元。这是日本移民局规定男子从日本接新娘往海外须备的款额。爸爸只勉勉强强会签名和计算数目，写一封信得花两天。

于是他套上马，驾车两小时前往圣他巴巴拉，去见专门代写书信的中村先生。爸爸解释说他要松到美国来并且大声说出她的地址。中村先生写了10分钟，把信念给爸爸听。爸爸点点头，付给他三元。

三个月后，爸爸带着松的复信去见中村先生。爸爸的信令她大吃一惊；她以为他已经死了。于是把她的名字从加藤的家谱删去，改嫁给邻近的一个农夫。

爸爸告诉中村先生，他不怪松。因为到底是自己先遗弃她。现在虽然得不到松，他还是希望从熊本娶个妻来。中村先生愿意写信给他在熊本市的联络人，爸爸又付了10元。

过了将近三个月，日本方面终于有信来，附有吉美的相片。她是个身段苗条，几乎弱不禁风的娇美女子。她写道：

最敬爱的加藤先生：

雨后的水坑表面樱花花瓣如雪，却遭上学途中的孩童木屐践踏。在您求婚之前，我也像漂浮泥泞中的落英，自觉已遭命运所弃。我的双亲也深感欣慰，并且同意，所以我满怀感激地答应您。

上野吉美敬上

爸爸对吉美认为满意，于是吩咐把她的名字写在家谱上，这手续相当于缔结婚约。爸爸寄了100元给她办嫁妆和购买统舱船票，但她的第二封信却措辞悲伤，充满歉意。她在横滨检查身体，发现患有沙眼，因此不准她入境。爸爸很失望，回信叫她保留余款以资安慰。

中村先生立刻着手把她的名字从加藤的家谱上删去。这手续相当于离婚，花了爸爸10元。他还另付10元再请中村先生替他物色佳人。

丰的信写得轻快活泼，爸爸觉得她很可爱。个性虽然重要，可是爸爸要娶她为妻，不是跟她做笔友，于是在第三封信便道出心意。丰愿意嫁给爸爸，所以她的名字便写在家谱上。爸爸立刻照例寄去100元，给她治装买船票。

丰回信诉苦，原来她父亲胆囊病发作，住院和医疗的费用不低，爸爸慷慨寄来的钱仅够应付。爸爸又回信去再寄给她100元。丰复信说她一定是生不逢辰，她母亲又患怪疾而病倒。这次爸爸决定试探她，只寄去20元。

“我自己又进行了紧急阑尾切除手术，”丰在信里说，“你寄来那20元汇票仅够支付药费。请再寄50元医生费，另100元购买衣服和船票。”爸爸深深吸了一口气，再寄去150元，还提出最后限期。

五个月后丰的复信终于来了，她又提到有妇女病，先要治好才能离开日本。爸爸在失望之余，请中村先生删去她的名字。

花20岁，长得标致。爸爸又提起劲来，寄了钱给她。可是她的回信使中村先生不是干咳，就是清喉咙，足有三分钟之久。他停了两次才镇定下来，读出花猜想在新婚之夜她和爸爸将亲热多少次。“我每夜辗转不能成眠，期望向你纵体投怀。”中村先生尖声读出。

爸爸数次向上望，两人终于面面相觑。他们的脸随着颤动。他们咬紧牙齿。可是没有用，两人一同狂笑起来。爸爸当时已45岁，他认为一味纵欲，并不是做妻子应有的许多特性之一。于是花的名字又删去。这次爸爸征求一位至少35岁的成熟妇人。

妈妈岂止年龄适合，立刻应允了。她写信说自己虽是商人之女，但愿在爸爸的农田上工作，她喜欢种植，看着植物生长。爸爸坦白说出自己只受过两年教育，信内没有提过中村先生。但那些信和他所说的教育程度不符，妈妈暗笑爸爸的谦虚，爱上了她这位自学有成的良人。

妈妈的父亲乐于把她打发掉，劝她晚一点再当面把往事告诉爸爸。他指出要是爸爸知道真相，便会休了她。妈妈隐瞒事实，一直良心不安。

自从她体态有异，泄漏出她干的错事，便没有片刻安宁，女学生都窃笑她，饶舌的家庭主妇一看见她来到市场都静下来。她以为自己要像城中贱民一般度过余生。她的罪孽就像额上一颗发亮的赘疣。

妈妈现在终于可以对她多年来一直得不到的轻怜蜜爱和家庭温暖，任情编织甜美的梦。在没人知道她往日所干傻事的新社会里，她可以享有富农之妻的体面。随后她会把17岁的儿子接去。

爸爸清晨六时便来到洞穴般的码头，妈妈夹在最后一批下船的人里。爸爸趋前迎接，摘帽鞠躬，两手直僵僵地垂在身旁。妈妈还礼时身子变得更低。

爸爸一面问妈妈旅途是否愉快，一面好奇地打量她。妈妈皮肤白皙。端庄秀丽，比五尺高的爸爸短两寸。他喜欢她那身玫红色皱绸和服外束银缎阔腰带的打扮。

妈妈不敢回望，她已经看到爸爸牛山濯濯，但最令她迷惑的是他的谈吐。说话粗俗，可是一点儿也不像情文并茂的来信中的措辞。她已把那些信都放在一个黑漆盒里用紫红绸子包好带了来。

爸爸正预备去取行李，妈妈趑趄不前。“请等一会儿，我有话跟你说，我要说出一切。”

于是妈妈说出她准备近一年之久的那番话。她急急忙忙地一古脑儿讲出来，说到自己的耻辱和地方上的人怎样羞辱她，他们的恶毒波及她无辜的儿子。

爸爸不知道她花了多少时间梳头。他要看着她梳头，把头发梳得松松的，他要摸她的秀发。爸爸一面听着，一面回想以往孤寂的日子，以后他会把其他几位妻子的事告诉妈妈。

可是现在像奇迹一般，妈妈真的来到这里，人就在美国加州旧金山！爸爸要喜洋洋地昂首走过整个码头高呼道：“大家都看哪，她来了！我的老婆美智来了！”

他说的却是：“你不知道我等了多久。”“不错，旅途很长，”妈妈承认道，然后继续忏悔。她惯了碰钉子，已准备听他冷然说一句：“既然你欺骗了我，我只好叫你回去。”爸爸没有这样说，反而傻兮兮地笑容满面，也许他头脑简单，她想。更可能是喝醉了。不对，他在信中说他滴酒不沾唇。

她继续说下去！“要是你容许我留下来，我答应苦干，对你忠诚。”

真够胆量，爸爸心里想。就在她似乎苦尽甘来的时候，妈妈竟然冒失去一切的危险，坦白说出了18年前发生的事。那件事真是无关紧要。

“美智，”他说，“没有问题，你可以留下来，我要你留下来。”他甚至愿意接她的儿子来。

她愣望着他。

她不敢相信这是真的，她以为自己听错了。

爸爸温柔而亲热地再次呼唤她的名字，这一次用的是昵称“美智妹”。然后他伸出手来，但没有碰着她。

妈妈的忧虑和勇气同时消失。她无法支持下去，只好垂下头来。她竭力控制自己时，头垂得更低。等到她抬起头来，只见爸爸正强自忍着泪。

等到她抬起头来，只见爸爸正强自忍着泪。

最美妙的父亲节

乔希的反应最令人难过。他母亲和我谈判离婚已经有几个月了。我们同意过了圣诞节再宣布。后来——在圣诞歌声余音仍然萦绕、这些年来我们一家人的欢乐之声仍然回荡的客厅中——我们把我们的计划告诉了孩子。

11岁的丽赛两眼湿濡濡地听着，然后皱起眉头，数说我们的决定多么愚蠢。9岁的乔希沉默地坐着，把一切都听在耳里看在眼里。然后，他站起来慢慢向门口倒退。他没有说话，但两眼的神情似乎使整个房间里尽是声音。

“乔希，”我说，你在想什么?”

“我在想我是蓝色的。”他说，“你和妈妈是绿色的。我要上楼去了。”

冬去春来，孩子们内心的痛苦开了花。丽赛画个不停，画的都是快乐的家庭，有猫，有狗，有绿色的草坪，蓝色的天，红色的太阳。那是我们以前的情景，也是她决心要我们恢复的情景。她会专心致志使它实现，凭她自己一个人。

乔希没有画画，也没发表意见，万不得已才开口。从他那惘然若失的眼神中，我隐约感到其内心的恐惧。他不跟任何人说话，独自在卧室里拿着玩具做自己想象的游戏。

我心想，我的孩子永远不会再爱我了……

5月里，妻子搬出去住。这时，乔希在学校的成绩渐渐落后了。我给他辅导家庭作业时，他说："什么？你说什么，爸爸？"

丽赛在学校话剧中担任主角。可是现在，她的画中没了母亲，父亲脸上的微笑也消逝了。有天晚餐时，她在争论中"哇"地哭起来。"笨蛋！"她大叫一声，随后奔出房间。她从来也没有这样叫过我。我深感疑惑。

我安排了一个周末旅游，三个人到风光旖旎的威廉斯堡去，换换环境。我们到旅馆时天很热，晚餐时间也过了，我们便吃了些水果冰淇淋、蛋糕和汽水，并看了一部电影，笑了一阵子，然后上床睡觉。说来可怜，这就算是压轴戏了。

次日，我们游览了历史遗迹，我一路讲解，指手画脚，边说笑话，可是孩子们很快就没有什么兴趣了。晚餐时我们都默然无语，各怀心事。我感到自己失败了，没能尽人生最庄重的责任。

1966年12月5日那天丽赛出世。我记得自己的鼻子贴在育婴室的玻璃窗上，热泪滚滚流下两颊，惊喜地凝望着她的俏脸。那时，我许愿：要使她生活得美好。

两年之后，乔希来到了。我许愿：要全力庇护他，使他从小到大不受任何伤害。

而现在，我竟然不敢正视他们……

第二天下午，我们看够了历史古迹，便到游泳池去。我看报，孩子们游水、争吵，说悄悄话。"说些什么？"我在想："在说你，"我内心的声音说，"在说他们不中用的爸爸。"

大约4点左右，他们告诉我说他们感到无聊，要出去逛逛。我竭力掩饰自己想清静一下的需要。我说："行，很好。不过6点钟一定要回来吃晚餐。我在休息室里等你们。"

我6点钟抵达休息室。6点15分了，还不见孩子们，6点30分仍不见他们的面。我从生气渐渐变为担心。7点钟时，我去对餐厅总管说我们会迟到。他领我到一张餐桌前，说道："请别担心，我相信孩子们随时会到。"

我刚要了杯酒，他们就来了。他们都打扮得整整齐齐，眼睛发亮，可是看来却都没有什么把握判断我的情绪如何。"该死！"我叱骂道，"你们到哪儿去了？"

他们脸色一沉。丽赛望着乔希，想从他那里得到点勇气，然后开口。"对不起，爸爸。"她说，"我们迷了路，走了好久好久才找到原路回来。然后我们还得冲淋浴、换衣服和……"

"对不起，爸爸。"乔希附和着说，眼睛望着我，好像我又变成了绿色似的。

吃晚餐时大家有点僵，大部分时间又沉默无言，孩子们吃得很快，吃的时候互相观望，故意不瞧我。过了一会儿，侍者领班来到了我跟前。

“甘宁先生，”他说，“我们今天晚上为您准备了特别的甜食。现在如果可以的话，我们就端出来。”

“特别的？”我皱皱眉头，“我可没要什么特别的。”

“哦，”领班说，“是一件令您惊奇的东西，我相信您一定会喜欢。”

一个侍者从厨房里推着甜食车出来，车子放着一种有蜡烛装饰的甜食。车推近我们的餐桌时，我发觉四周越来越寂静。别的侍者都朝我们这边看，领班和总管也在旁边徘徊。“惊奇的东西”原来是个点缀得很美的大冰淇淋蛋糕，这可真是我最喜欢吃的，上面有这样的字：“祝最好的爸爸‘父亲节’快乐！丽赛和乔希敬贺。”

“父亲节？”我说，“可是……这东西他们是从哪儿弄来的？他们怎么知道你俩名字？”

“是我们自己买来的，爸爸！”丽赛说，“我们走到有店铺的地方，也就是市中心，找到了一家冰淇淋店……”

原来我那两个害羞的宝贝先去厨房，和餐厅总管商量，并说服了他。然后急奔过陌生的大街小巷。不料转错了弯，一阵慌乱后找到了那家冰淇淋商店！但是这时6点已过，店门已关。从橱窗里望去，有个人走过来，听他们讲话后打开门。“什么事，孩子们？父亲节？蛋糕？但他们……好吧……进来。”找到蛋糕，加上了字。“你们要走回旅馆？这么热走回去？得有干冰才行。”将蛋糕包好，装盒，扎绳，付了钱。等到他们赶回来时，已经快7点钟了。

现在我们都在一起，孩子们仰着头向我微笑，所有的人也向我们3个人微笑。

“爸爸，你喜欢这个蛋糕吗？”丽赛这时害羞地审视着我。

“爸爸，这是你最喜欢吃的，是吗？”乔希问。

我瞧着他。他嗓子里有爱的声音，我看见他深色的眼睛里闪出光芒。

“对，乔希，不错。我的确喜欢，丽赛。我非常喜欢。”我异常激动地说。

接着我又向四周观望，以微笑回报那些笑脸。

我们这是一家子。全是蓝色的。

“这是历来最美妙的父亲节。”我说。

这是历来最美妙的父亲节。

难忘的父爱

我父亲35岁那年死于肾衰竭。他死后，妈就开始和别的男人约会。他们一个个又俗气又神经，油头粉面的，还常常喷着刺鼻的古龙香水。他们很少有人来过我们在费城的家，即使来过，也决没人来第二次。对于我和两个小妹妹来说，他们不过是一些让我们取笑、搞恶作剧的牺牲品而已。

一位约会者在我家厨房喝柠檬水的时候把太阳镜留在了客厅。我把镜框弯来弯去试验它的强度,结果它像小树枝一样折断了。回到客厅后,那个家伙把眼镜碎片塞进口袋气哼哼地走了。妈没说我什么。她比我更理解在我14岁的心里满怀恶意的缘由。

几个月后，我的妹妹们来到我的房间。

“妈又有新男友了！”大妹妹尖声说。

“他长什么样?”我问。“他有个大鼻子，”8岁的小妹妹说道，“所以他姓布拿纳斯，因为他的鼻子和香蕉一样大。”

“那是他的外号，”我10岁的大妹妹补充道，“他要来吃晚饭。”

没有任何其他男人曾被邀请与我们共进晚餐。我不小了，当然知道这意味着什么。妈对这个艾尔·布拿纳斯可不一般呢。

晚餐朋友

第二天晚上，一个栗色头发，脸上皱纹像罗马雕塑的男人从从容容地站在我家客厅中间。他真有一个大鼻子，我暗想。

“这位是艾尔，”妈不安地绞着手上的擦碗巾介绍道，“艾尔·斯柏拉”。

“我的本名叫艾提利奥，”那个人和蔼地说，“但是每个人都叫我艾尔。好朋友则叫我艾尔·布拿纳斯。”他伸出手，我笨拙地和他握了握。在他铅管工人的硬手掌中，我感到我的手又小又脆弱。

“我们以前见过面。”艾尔说，“你还是个小孩的时候我在医院里见过你。你那时正躺在氧气罩里。”

“我是你父亲的朋友。”艾尔接着说，“有一次他搭我的车去医院，我送了你一辆红色救火车。”

“我不认得你，”我毫无印象地回答他，但是我的确记得那辆救火车。那是用铁皮做的，有橡皮轮子，跑起来挺快的。我特别喜欢那辆车，常常抱着它睡觉。我还能回忆起它的铁皮车身挨着我的脸蛋那冰冷的感觉和车漆的味道。

那年的春天和夏天，艾尔到我家来了好几次。一年后，他不仅天天在我家吃晚饭，而且开始谈论婚事。

我发现很难想象艾尔取代父亲的位置是什么感觉。每当我想到这些就感到特别不舒服。

“我永远也不会叫他爹爹的。”我告诉我的妹妹们。

“妈让我们叫他爸。”小妹妹说。

“我才不叫呢。”我回答。叫艾尔“爸”那就暗示着我们之间存在着某种亲情——可我认为没有，而且以后也不会有。父亲待我们很冷漠还常发脾气，可是他在这房子里的存在是那么强烈，我仍然能感受得到。

那期间，艾尔已分居的前妻一直拒绝离婚。1973年，当他终于能够和我妈妈结婚时，我已考进大学读英国文学专业，搬到一幢公寓里住。艾尔不过是我妈妈的第二任丈夫而已。

漫舞

一个夏天的傍晚，打完棒球后我回家问候家人。走到大门口，我听见有弗兰克·辛纳的音乐声传来。从窗子望去，我看到艾尔和妈正在厨房里慢慢地跳舞。我一直等到音乐停了才走进去。

艾尔看到我很高兴。“在我泽西有一份活，每小时2块2毛5，”他指的是他干活的建筑工地，“如果你想干，明天和我一起去。”

我一直在找一份暑假工作，所以我告诉他：“我很乐意干。”

第二天上午7：00，他到公寓接我，我们在清晨的阳光下驶向新泽西州。我的工作是把好几十台冰箱和洗碗机从一辆拖车上卸下来。

那以后，他继续开车带着我去上工，听我谈我的活儿。当我开始和将成为我妻子的姑娘约会时，有一天艾尔让我吃惊地对我说：“你妈说她很漂亮。给我讲讲她吧。”

我根本不曾想过他会知道或关心她。但是他问起她，唤醒了我心中的某部分感情。我们的谈话愈来愈坦诚。

“别发愁！”

艾尔干活的时候总是把工具箱放在伸手可及的地方，只让我干些最简单的杂活，他好像希望我通过看和听来学会他的手艺。没多久我就能列出材料单和他干活来用的工具。

一个星期天早晨，我告诉艾尔，因为削减预算，我失去了那份做图书管理员的固定工作。我大声地问他："我连一份不喜欢干的工作都保不住，怎么能找到我愿意干的活儿？"

艾尔好一会儿才开口。"尽管你没得到你想要的工作，但你总能找些活来挣钱，"他说，"别发愁，一切都会好的。"接着他给我讲了他那外号——"香蕉"的由来。

艾尔说，他父亲失业后，常带着艾尔沿街卖香蕉。艾尔经常提着串香蕉挨门挨户地叫卖。因为有些朋友住在那儿，他们就开始叫他艾尔·布拿纳斯。(布拿纳斯是英文香蕉的译音——编者注)

"我父亲没挣多少钱，但当他找到另一份工作时我很难过，"他补充道，"和他在一起的那段日子真好。"

我后来意识到艾尔教我手艺，给我一个赚钱的机会，这些都远比我们在一起的时光逊色得多。他没有流露外在的情感，但他却是在以一个只有懂得——也是他父亲教给他的方式来给我父爱。从我虚弱地躺在床上，他送了我那辆救火车时开始，他就真的在这样做了。

第二天上午，我发烧了。艾尔来到我的公寓给我带来了我们干活的报酬。"你看起来不太好，"他注视我说。"我感觉不舒服。"

"我让你妈给你烧点鸡汤。你还想要什么？"

我不假思索地说："一辆红色救火车如何？"

艾尔看起来有些茫然——然后他笑了。"没问题"。他把我的工资放到床头柜上。我说："谢谢……爸爸……"

最后一课

1994年夏天，爸感到严重的背痛。X光片显示他的肺上有瘤。以后又证实他的癌细胞已扩散到骨骼。我们被这噩耗击垮了。他一辈子也没得过这么重的病。

爸从不喊疼。在一次又一次化验、报告、放射治疗中，他从不抱怨或失去信心。我最后一次见他时，他在输氧管下露出笑容。"别愁，一切都会好的"。

我守在他的病床前，握住他的手。我想象着小时候那次住院时他站在我的床边。我在想，他们从氧气罩外面看着我时，他是否和我父亲说过同样的一句话？他是否想象到他会走进我的未来？我不知道。但他的确成为我的未来中活生生的一部分。他成了我的爸爸，于是一切真的都好了起来。

离开他时我说："我爱你，爸爸"。

他抬眼看着我，抓紧了我的手，轻轻地点点头。一丝笑容挂在嘴角。我知道他理解这一切。

第二天下午，爸在睡梦中撒手人寰。消息传来，我悲痛欲绝。我无法想象再也听不到他的声音，再也不能把工具递到他结实的手里。

葬礼过后几周，我到妈妈的地下室找钳子，给她换掉那个漏了的水龙头。打开工具箱，取出钳子，我没拿着它上楼却把它紧紧抱在胸前。苦痛袭上心头，我颤抖着闭上双眼想起和爸爸一起旅行的日子。到那时我才意识到那些日子对我的意义。我多么感激和爸爸共度的时光。

“妈又有新男友了！”大妹妹尖声说。

女儿长成苹果树

我曾爱穿运动式的服装，喜欢卷起夹克衫的袖子，剪着款式利索、简洁的头发，总之那时我是一个完全受尊敬的亲爱的妈咪，女儿崇拜我。

可是现在一切全变了，并不是因为我的穿着或是发式变了，主要是女儿的原因，她已从一个小女孩长成一个16岁的大姑娘了。

我第一次发现情况不妙是那次我带女儿去商场买东西。女儿甩下我，头也不回地往前走，嘴里嚷着：“她怎么这样？她怎么这样？”好像是我犯了一个天大的错儿，好像我跟一商场的人说她要买新内衣了。其实，我只不过隔着两个柜台向她喊：“喂，我在女内衣部等你！”

我真没想到这样做算得上什么，但是让我提醒你，对一个少女来说，买内衣的确是件举足轻重的事情，一件非常非常重要的事情。

从来没有人告诉过我这些，也从没有人告诉我做妈妈的千万不要到学校的校车车站去接孩子。那是阿丽森上初中的头一天，我兴高采烈地带着阿丽森的小妹拉瑞到车站去接她，这是我的头一个错误，我向那徐徐开过来的校车招了招手，没想到那是我犯的第二个错误，而我最糟糕的是冲她喊了她的小名——小黑。我告诉你，我已向她保证过，我再也不会当众叫她小名了。

阿丽森从校车上下来，扭过脸根本不理睬我就朝家走。我自言自语："她怎么啦？她怎么这样？"

"如果你已经像我这么大了，外婆还在汽车站去接你，你会怎样？"一进家门，她就冲着我叫道。还像只小猫似的呲牙咧嘴的。我耸耸肩，我妈？在车站？哦，我想象不出，"但我不会像你这样，"我对她说，"我是一个尊敬长者的人。"女儿看着我，向我翻了个白眼，鼻子里"哼"了一声，我心里明白，我已经不再是女儿心中崇拜、尊敬的保护神了。

我的毛病还有一堆，比如学校运动会上，我告诉女儿喜欢的那男孩的母亲(当着阿丽森的面)说那男孩长得很英俊。不仅如此我还邀请他们一家到我家来看我们假期拍的家庭录像片。还有一次，我在一家旧货商店的购物单上签下了她的名字。

有一天，我穿着浴衣开车跑到快餐店外卖处买了份晚餐。当时天已经黑了，没有人能看见我穿的是什么，可是我一到家，阿丽森就一个劲儿地数落我，指控我损害了她的形象。

最近，我得到许多成为受人爱戴的母亲的建议，这些宝贵的建议是我用可乐和炸土豆条从一群初中小女生那儿换来的——

第一条，善待女儿的朋友，但不要向她们提问题，她们在场的时候你千万不能唱歌，更不能跳舞。

第二条，千万不能当众谈私人琐事。径直去女内衣部给女儿买内衣，一定不要对售货小姐说那是给谁买的，安全系数还要有保证，即在离家至少要50里外的商店购买这类衣物。

第三条，千万不要用当前的流行语，甚至对于一些事物用此语描述再贴切不过也不能说。她会觉得你粗俗不堪的。

第四条，给女儿准备一个衣柜，装满她喜欢的衣服，但你可不能穿，因为那样看起来你想仿效她。

第五条，当她问起对她的发型、体重、脸型或小青春痘的看法时，不要说我是你妈，不管怎样我都会爱你之类的话，她会认为你愚蠢，在她需要指导的时候你却给她甜言蜜语。

第六条，在车里千万不要向窗外的人招手，看见女儿认识的人不要绕着走开而要迎上去。

恐怕我还要告诉你，即使你照着以上6条去做的话也难确保你在她心目中的位置稳固不变，女儿长大了，做妈妈的已不像以前那么神圣了。

看见女儿认识的人不要绕着走开而要迎上去。

回报生活

树枝用它的芽作为生活的答案，也用它的落叶来回答生活，还用它镀银的雪枝来给生活另一个回答。

大桥天使

我母亲今年78岁了，她仍然健朗，身着红色的天鹅绒短裙衫，在纽约的中心冰场上跳华尔兹。她痛痛快快玩她自己的，这也好，乐得我少些负担。但我从内心来说，还是希望她少参加些太惹人显眼的活动。每当看到有慈祥和蔼的老太太在晒菊花、倒茶水的时候，我就会想起自己的母亲。

母亲是个能吃苦耐劳的人，但她并不喜欢环境的经常变动。有个夏天，我安排她坐飞机到托雷多去拜访朋友。在机场候机室里，令人眼花缭乱的广告，穹窿形状的天花板，不停地刺激人的探戈音乐，好像使她在活受罪，起飞时间推迟了1小时，我们只好坐着等候。半小时后，我见到母亲呼吸急促，手按着胸脯，喘不过气来。我装着没注意到这些。当通知要上飞机时，她猛地站起身，大叫道："我要回家，我不想死在飞机里。"

以前，我从未看到过她如此癫狂发作。但这种害怕死于坠机的反常心理，是我有生以来第一次看得如此之深。

我毫无母亲的焦虑。倒是我的哥哥——母亲的宠儿，继承了她的反常心理。有一年左右我没见到哥哥了。一天傍晚，他打来电话，问我是否能让他来我家吃顿晚饭。我当然很高兴，答应了他。我家住在一幢公寓的11层楼上。7点半，他在楼下客厅打电话叫我下去。我还以为他定有什么事要与我单独谈。可等我俩在客厅一见面，他就进了电梯，要马上与我一起上楼。电梯门刚一关上，我就发现他有跟母亲一样的恐惧症状：汗水从他前额上渗出，像长跑运动员似的上气不接下气。

"你到底怎么啦？"我问道。

"我害怕电梯。"他痛苦地说道。

"你害怕它什么？"

"我担心整幢楼会倒塌。"

一出电梯，他就完全正常了，告别的时候，他说："我想我还是该走楼梯吧。"我把他带到楼梯上，又陪他慢慢下到一楼。在客厅里，互道了再见，我就走进电梯，告诉我妻子我哥哥害怕楼塌下来。她听后感到有些奇怪，又有一丝悲哀。我也具有同感，不过，我还觉得可笑。

在楼下，我哥哥一切正常。一个周末，我和妻子带着孩子们，到新泽西州他的家去度假。他看上去很健康，一切无恙。我没再打听他的恐惧症。星期天下午我们全家人就驱车回纽约。车快到乔治·华盛顿大桥时，我发现要下雷阵雨了。刚上大桥，大风就一个劲儿地朝着我们刮，我的手差一点控制不住方向盘，我感到这座巨大的钢筋混凝结构在随风摇动。车到桥中央时，我感到桥面在开始沉降。其实，看不到半点要垮的迹象，然而，我却相信这座大桥马上就会断裂，把这长长的车龙统统抛入下面污黑的水中。这种幻觉中的灾难非常可怕，我的双腿瘫软无力，能否踩住刹车我都无底。继而，呼吸又困难起来，我觉得眼前一片昏暗。

一过了桥，我的痛苦和恐惧开始减缓。妻子和孩子们正在观赏着暴风雨，好像根本就没注意到我刚才痛苦的痉挛。

一个周末，我又不得不去跑一趟亚尔巴尼。尽管晴空万里，但上次遭遇仍然记忆犹新。我顺着河往北，一直到特罗依才碰上一座古老的小桥，我轻轻地开了过去。我已经走了20英里的路程，一路上被一些本来不存在的障碍所吓倒，真羞煞人了。我从亚尔巴尼回程时，取道原路。

我决定探根求源。有一天，我又必须到机场去一趟。我不乘公共汽车，也不坐出租车，自己驾车前去。过特利波罗大桥时，我几乎失去了知觉。到达机场后，我要了杯咖啡，可是手摇个不停，溅了一柜台的咖啡。

当天下午，我乘机前往洛杉矶。疲倦中的我叫了辆出租车，送我住进了我一直爱住的那家旅馆。然而，我睡不着，站在窗前望着大街，思绪翻卷。我镇静自若地思索着，想找个星期天下午悠然自得地闲步于好莱坞大街，尽情赞美那夜空下杂乱丛生的棕榈树林。善男信女们不畏旧金山到帕洛·沃托那段可怕的路程，只是为了寻求一处像样的栖身之地。但高高的桥梁成了我无法逾越的障碍，我那一系列承诺都化成虚假的泡影。事实上，我讨厌高速公路和热闹的市场；杂乱的棕榈树、单调的建筑发展令我沮丧；我憎恶是谁取缔了过去熟悉的路标；我对朋友们的痛苦不幸和烂醉如泥感到深深的厌烦。突然，我感到自己对大桥的那样害怕，实际上是大千世界在我内心深处埋下的恐惧的外在表现，并意识到自己对现代生活的辛酸做了一番深沉的思考，因而深切渴望出现一个更加纯洁、更富活力、更有和平保障的新世界。

星期天早晨，我开车送女儿去新泽西州的学校。一路上，我和她有说有笑，不知不觉车已开上乔治·华盛顿大桥，那种恐惧感又袭来了。我双腿无力，喘着粗气，眼睛也看不见了，非常可怕。车终于过了桥，但我全身还在剧烈地颤抖。我女儿好像完全没注意到。到了学校，我吻别了她，就开始启程回家。

用不着再去过乔治·华盛顿大桥了。我决定走北边的尼亚克，过塔盆子大桥。在我的记忆中，这座桥要平缓而坚固些。

快到这座桥时，我所有的症状又复发了，呼一口气就像被人打了一捶。我摇晃不定，车滑到另一条道上去了。我把车开到路边停下。孤身一人处于这种困境，真够惨的，也真够丢脸了。我的眼前浮现出母亲和哥哥，我们仨好像都是悲剧中凄惨而粗鄙的下等角色，忍受着无法忍受的担子，由于我们的不幸而与世人隔绝。我的生命完了，再也不会回来了。我所热爱的一切——耽于幻想的英勇冒险、蓬勃旺盛的生命活力、大自然怀抱中的万事万物，这一切都不会回来了。我将在精神病院里了却余生……

这时，一个姑娘打开车门，坐了进来。“我还想没人愿意让我搭车呢。”她说道。她手上提着个纸箱子，在一张破防水布里好像包着小竖琴。她的皮肤白皙，面颊丰腴，淡褐色的秀发披散在肩上，一双明眸所流露出的愉悦神情妩媚动人。

“你是要搭便车吗?”我问道。

“嗯。”

“你不觉得像你这样的妙龄姑娘搭车会遇到危险吗?”

“一点也不。”

“你经常外出?”

“一直是这样。我会唱点歌，常在咖啡馆里表演。”

“会唱些什么?”

“哦，主要是民歌，还有些老歌。‘我给我爱人无核的樱桃’，”她用美妙的歌喉唱道，“我给我爱人无骨的鸡肉/我给我爱人讲个没有结尾的故事/我给我爱人一个不哭闹的孩子。”

她的歌声一直伴随我驶过大桥。这桥也好像令人惊奇的听懂了，从而变得牢固，甚至美丽而可爱了。聪慧的人们建起了这座桥，也好像是为了减轻我旅途中的疲劳。迷人的哈得逊河水温柔而恬静。一切又回来了——耽于幻想的勇敢冒险，清澈的河水，碧净的天空，勾魂消魄，令人心醉。车到了东岸的桥税站，她的歌声也到此中断。她谢了我，说声再会，就出了车门。我说愿意把她带到任何她想去的地方，但她摇摇头，走开了。

我向着城里的方向开去。这个世界又归属于我，显得多么奇妙，多么合理公道。一到家，我想起该给哥哥打个电话，告诉他所发生的一切，以期望在电梯边上也有一位天使。

但愿我相信今后将一直有人可怜我，减去我的焦虑，但我不相信能再碰上这运气。所以，尽管我能轻松地开车过特利波罗和塔盆子大桥，我还是得避开华盛顿大桥。我哥哥仍然害怕电梯，我母亲尽管身子骨已不太灵活，但仍在滑冰场上不停地旋转。

我母亲尽管身子骨不太灵活，但仍在滑冰场上不停地旋转。

我的苹果树

那时我大约10岁。6月的一天晚上，在门廊前我发现了一棵不足5英寸高的与众不同的小树苗。虽然当时它只是一棵小小的秧苗，但爸爸却认定它是棵小苹果树。一下子我就喜欢上它了，并决定移栽它，将它当宝贝似地爱护起来，让它茁壮成长，我坚信等我长大成人并经营这片土地时，它定会为我结出累累硕果。

爸爸提议把它种在车道和花园间的一块空地上，当晚就为我把它掘了出来，于是我就将它种在那里了。由于对果树知之甚少，我不知道由种子发育来的苹果树常常只结些很孬的果子，甚至根本不结果，反倒以为家中那些嫁接来的果树才会这样。即使爸爸当时知道这事，也不会来打击我的积极性。

当时我纯粹是凭着一股孩子气来照料我的苹果树，时而不管它，时而又很精心地护理它。它与杂草共生，而且又是那么合我家玻尔(干活的马)的口味，馋得玻尔一有机会就打它的主意，常把它啃得缺枝少叶。尽管如此，我还是兴奋地看到它一天天长得枝繁叶茂起来。

过了好些年，我的苹果树一直只开花不结果。后来我才在一本高中教科书上看到，由种子长成的苹果树往往结的苹果又干又瘪，又苦又涩。这无疑是在给我泼冷水，要是我早知如此该多好啊!不管怎样，它仍是一棵很好的树，我依然喜欢它，所以照书上讲的方法给它修了枝，这样至少看起来舒服些。后来我离家去上大学，把它给忘了。

转眼间我的苹果树结果了——起初慢慢地结，然后越结越多，越长越大，最后满树都是香甜诱人的大苹果。这些苹果既美味可口，又适合做上等的果酱和最好的苹果干，而且比家里别的树上结的果更不易遭病虫害。

一晃三五年过去了。我这棵苹果树，每年至少要结出400公斤上等苹果。每到秋天，树上的苹果散发出诱人的芳香，亲戚邻居就会来把成熟的果子从树上摇下来分享。

童年的梦想都已成真。这些年来它总算没有辜负我的一片殷切期望。其实当时，我并不知道自己在干什么。哪怕当时我有一丁点这方面的知识，都不会犯傻去移栽它，护理它。正是我这片痴情，才使它有了今天，才使这一天方夜谭般的收获，终于成了现实。

正是我的这片痴情，才使它有了今天。

一个女孩和一棵树

悲剧中也能发现希望，每一个生命都生机盎然——无论她多么短暂。

大约20年前，内布拉斯加州的一个隆冬。那会儿我们全家正沉浸在幸福之中。在我们的三个女儿中，就数幼女莱莎·玛丽灵秀调皮，无拘无束。她一天到晚蹦来跳去，一刻也不安宁，宛如远方潺潺奔流的小溪。

1973年，一个料峭的春日，莱莎从幼儿园拖回家来一棵小树苗。“每个人发了一棵小树苗。”她说，“它将来一定会长得很茁壮。”

我仔细一看，那棵小树苗其实只不过是根两英尺长的毫无生机的枝条而已。根部的土疙瘩已被拖拉掉，根须看上去都快干枯了。可莱莎硬是央求父亲把它栽到了后院。“我给它起名叫安琪拉。”莱莎郑重其事地宣布说，“因为所有的安琪儿都会来帮助它茁壮成长的。”

此后，莱莎每天都要给安琪拉浇水。同时，还要拍拍它，虔诚地说上几句悄悄话，然后低下头默默在祈祷。莱莎坚信，终有一天，她会让这棵幼苗长成参天大树。

夏日的一个清晨，莱莎风风火火地跑进厨房："妈妈，小树长出了两片叶子！"她大喊大叫。"两片叶子！"果然，那棵叫安琪拉的小树已经长出了嫩嫩的绿芽……

冬日来临，风雪肆虐。莱莎经常跑出去，抚慰安琪拉好好睡觉，等待春天时醒来。转年夏天，安琪拉伸枝吐叶，生机盎然。我们全家特意为安琪拉举办了一次盛大的庆祝会。大家一起分享了莱莎的快乐——她站在安琪拉身旁，一只手抚着它，笑嘻嘻地对我们做了个鬼脸儿……

幼女的这一娇态，是我心海上的一束阳光，灿烂、明媚，将永远留在我的记忆中。

1974年8月，莱莎七岁生日前两天。将近中午，一个外科医生突然出现在病房门口，我和丈夫正在那儿等着。从凌晨起，那位医生就在为莱莎做手术。"不必用显微镜检查，就可以告诉你们，这是我见过的最厉害的恶性肿瘤。"他沉郁地说。我们一下子变得呆若木鸡。

虽然我们从未给她任何口头暗示——她快要死了，但我相信莱莎知道这一点，尽管如此，她的天真活泼仍一如既往，她从未流露出一丝恐惧。

两周以后，8月17日一个炙热的下午，玩具狗诺曼伴着她，我们的小女儿陷入了一片宁静安详的昏迷之中。她的呼吸渐缓渐歇，最后好像完全停止了。过了好一会儿，哈登医生又听了一次心跳。最后，我打破了沉默："都结束了？"

"是的，都结束了。"他轻轻地说。

葬礼结束后，我们回了家，回到寂无声息的屋里。楼上，诺曼孤零零地蹲在莱莎的床头，无所依傍；窗外，骄阳下的安琪拉孑然伫立，形影相吊；我们的内心，都充满了难以遏制的无尽的悲伤和失落……

在那些黯然神伤的日子里，我们与莱莎的唯一联系就是那棵树——安琪拉，它已是七尺高了。家中的一切，无形中也都让我们不时想到莱莎的离去。我们打定主意，马上搬家。全家郑重保证，来年春天一定把安琪拉移过去。

第二年4月的一个清晨，我们返回旧居来移安琪拉。此时此刻，我们深切地感到了一种不言而喻的责任和义务——要像莱莎也会做的那样，培育好安琪拉。我们把它栽在了新居的后院。

光阴如梭，一切如旧。安琪拉越来越枝繁叶茂，茁壮挺拔。

1990年底，莱莎要是活着，也该23岁了。丈夫以本应该用来让她受教育的钱，设立了一项奖学金，专门用来帮助那些家境贫寒的学生。

现在，我很幸福。经过长途跋涉，我终于走出了阴郁的谷底。善良的同情心贮满了我的心房。我悟出了一点儿道理：悲剧中也能发现希望，每一个生命都生机盎然，无论她多么短暂。

莱莎留给我们的最好的礼物是安琪拉。现在，它足有30尺高了，郁郁葱葱，生机勃勃。它挺立在那里，是对一个孩子的信念的雄辩有力的证明。莱莎从未怀疑，一根毫无生机的枝条会长成参天大树。本来，我们理应是她的老师，实际上正是她给了我们教益——关于信念、关于爱心和所有上帝的安琪儿们的巨大力量。

莱莎从未怀疑，一根毫无生机的枝条会长成参天大树。

柔情

我亲爱的小路易：

一切都结束了。我和你将无缘相见……请你像我一样坚信这一点……你不希望这样。为了我们能长相厮守，你已准备好要牺牲一切。可是我们必须分手。你需要去开创自己的生活。

对这个决定我不后悔，虽然目前我们极其痛苦。我只觉得这一切像场噩梦。刚分开的几天里，你我都将很难相信这是真的，接下去是长久的痛苦……然后是痊愈。你瞧，我已开始给你写信了——因为我们商定，我将不定期地和你取得联系。对此我们之间没有任何异议……是的，这将是单向联系——我跟你联系——这样你就永远也不知道我地址，这是避免我们分手后完全失去联系的唯一办法。最后一次拥抱你，如此温存，如此亲昵地……相隔如此遥远地……

1893年9月25日

我又在与你娓娓叙谈了——我答应过你……

已经整整一年了，从咱们(再也不是“咱们”了……分手那天起，我就清楚地知道：你没有忘记我。我们还是如此紧密地联系在一起，我无法停止去体验你的痛苦，它就像我的痛苦一样，当我回想起过去的一切……但是过去的十二个月做了它们应该做的事情。它们用忧伤的云烟笼罩住了过去……是的，已是过眼云烟了……许多小事已经从记忆中渐渐消失，许多细节已不复存在。你感觉到了吗?

我试图回想起我第一次见你时你脸上的表情。但是，我想不起来！……如果你试着回想一下我的第一个眼神，你便会相信，世界上的一切都在慢慢地成为过去……

不久前我笑了一次。对谁发笑？为何而笑？既不为谁也不为什么。那天有一缕阳光在林荫小径上闪动，它使我发笑。一开始我觉得这不可能。然后我就笑了！我希望你能越来越经常地——最好没有任何理由——仅仅因为天气好或者想到美好的未来咧嘴便笑……

1894年9月25日

我又和你在一起了，我的小路易。

你说是吗，我就像一个梦？因为我总是在自己喜欢做这事的时候出现，而且总是在合适的时候——在闲暇无事和夜幕挂起的时候……我就在离你很近的地方行走，穿过，而你却触摸不到我。

我不忧郁。勇气回到我了身上。随着一个个新的清晨的到来，随着一个个繁忙日子的过去，我觉得太阳越来越可爱。

我还跳了一次舞。现在我经常笑。一开始还可以屈指数出笑的次数，后来就做不到这一点了。

昨天我参加了一个庆祝会。落日的余晖映照下的人群就像花园一样美丽。我为自己能在那里，能置身于兴高采烈心满意足的人群中而感到幸福……

我给你写信是为了告诉你：我对你产生了一种新的特别的感情：柔情……曾经，当我们还不知道它为何物的时候，我和你谈及过它。让我们一起在内心深处相信它吧……

1899年12月17日

流年似水……11年过去了！我外出，归来，重又出去。或许，你已拥有住房，家庭，你的生活对于这个家很重要，我不怀疑这一点，我的已长大的成熟的路易……而你自己……现在是一副什么模样呢？我想象着你的脸——它已经成熟；你的双肩比原来宽了……也可能，你的头上已长出了白发……但是你一定保留了自己的特点：你的脸，一如从前，总是在微笑之前流露出内心的喜悦……

而我……我又变成了一副什么模样呢？我不打算谈这个话题。女人衰老起来比男人快。假如我们现在有机会并肩站在一起的话，人们可能会把我当成你的母亲——无论看外貌，还是看我眼神里对你的所有流露。

现在你可以看出我们分手是多么正确，不只因为平静的恢复，而且因为你现在已差不多辨不出这个信封上我的笔迹……

1904年7月6日

我亲爱的：

从我们分手那时算起，已过去了20年……我亲爱的路易，已过去了20年，从我去世那天算起。

如果你现在还活着并且在读这封信的话，那么你已差不多把我忘记了。原谅我，我在我们分手后的第二天就结束了自己的生命……我不能没有你，我不知道没有你我该怎样生活……

这是昨天的事，是昨天我们分的手……

最好请看一下这封信后面你尚未注意的日期。

是昨天，在我们的房间里你这个由于悲痛而虚弱不堪的大孩子把头埋进枕头号啕痛哭……是昨天，黄昏里，在朝院子敞开的门边你的泪水滴落在我手上……是昨天，你哭泣着，而我竭力克制住自己，一言未发……而今天，我坐在我们的桌子后面，在所有属于我们的小巧玲珑的物件的包围中，在对我的心来说是如此亲切地房屋的陈设中写那四封你将经过长长的间隔才能收到的信。我就要写好这最后一封……

晚上，我将做必不可少的嘱托，以使这些信件能按写好的日期邮送到你手里，然后我将要去做的是使人们无论如何也找不到我。我将从生活中消失。我不想告诉你——我是如何从生活中消失的。令人不愉快的细节会让你痛苦，甚至经过这么多年后还会引发新的煎熬。

最重要的是我既成功地避免了粗暴的、令人心痛的失去联系而又温柔地、谨慎地和你道了别。我想在信中存活下来只是为了亲自将这一切进行到底……为了不失去联系。多愁善感的你可能会忍受不住联系的断绝。而现在，当我向你说明所有真相时，我赢得了让你不十分深切地感受到我的死对于你的影响所需要的时间。

噢，我的小路易！在今天我们这最后一次交谈中，当我们如此轻柔如此遥遥相隔地相互诉说和倾听——你诉说和倾听的对象是我，早已不在人世的我；而我诉说和倾听的对象是你，不知所有这些年来我为何物的你——的时候，我有某种可怕的感悟……我写这封信时从我唇边喃喃颤出的“现在”与你读到这封信时脱口说出的“现在”之间的差距之大是如何地难以想象啊!

现在，我仍然不能向你诉尽我自己的浩大的毫无理智的爱，这种爱只可以想象;不能向你诉尽我自己的柔情，它比爱更甚……

1893年9月25日

这种爱只可以想象。

小男孩情窦初开

没人能明白像狄丝小姐这样的大家闺秀为什么会来戴尔摩·布莱特小学教三年级。可是她的确来了。她一副千金小姐的打扮，身上散发着香水气味，红褐色的秀发挽在头顶上。我们简直不相信有位这么美丽的女士来做我们的级任老师。

我们这些男孩子个个都立刻爱上了狄丝小姐，可是没有一个爱得像我最要好的朋友“疯子”爱迪那样厉害。起初，爱迪只是偶尔在休息时不去玩耍而自愿留在课室里清洁黑板刷，而且不管它是否需要清洁。但对我来说，爱是一回事，休息又是另一回事，天老爷并没打算让这两件事混为一谈。可是现在，爱迪差不多每次休息都不去玩而帮助狄丝小姐。她使我渐渐失去一位最要好的朋友做伴，我开始不喜欢她了。

更糟的是，爱迪为了证明他的爱，竟开始用功念书，而且成了每周拼字比赛的冠军。“好极了，爱迪!”爱迪拼了某个我们全班没有一个人会有理由使用的字时，狄丝小姐会这样娇呼。

可是，狄丝小姐犯了一个莫大错误。“现在，同学们，”她有一天早上宣布，

“我认为你们个个都必须能面对一群人讲话，这是很重要的。今后几个星期，我们将举行‘展示和讲解’节目。我会每天要一位同学带一件有趣的自己的东西来给大家看看，并且要他把所有与它有关的事情告诉我们。”

全班四分之三的人包括我在内都吓得直缩脖子。我们乡下孩子根本没有什么自己的东西，更不要说有趣的东西了！狄丝小姐望着我微笑。“柏垂克，你第一个示范好吗？”

我窘得五脏如绞。我有什么是可以带到学校来的呢？

“嗯，我需要多点时间准备，”我说。

“好吧，那么，列斯特，”狄丝小姐对那使劲挥手吸引她注意的城里孩子说，“就由你开始吧。”

第二天列斯特带了他的集邮簿来，而且讲了大约一个钟头。大家听得闷死了。“好极了，列斯特！”狄丝小姐说，“你可想清洁黑板刷？”我瞥了“疯子”爱迪一眼。他在打呵欠。他有一个习惯，就是他偶尔气得不可开交时，便会打呵欠掩饰。很好，我心想。

休息时，爱迪两手插在袋里站着，看着列斯特在三年级教室外的太平梯上沾沾自喜地拍黑板刷。“我非得想出一样真正精彩的东西不可，”爱迪说。每天都有一个城里孩子想胜过前一个。他们所带来的东西，有收藏的钱币、玩偶、棒球明信片等等，到了最后，剩下我们这些乡下孩子了。

鲁地拖着脚步走到黑板前面，浑身哆嗦，冷汗直冒。他打开了一个破烂雪茄烟盒。“这是我收集的烟蒂，”他说，“是我在路上捡的。你们可以看出没有一根长过二十五厘米，要是长过二十五厘米就不会被丢在地上。有些人捡烟蒂来抽，可是我不。我只是为了增长见识而收集。谢谢各位。”他说完便回到自己的书桌那里坐下。

全班人都转头看看狄丝小姐。她撇着嘴露出了厌恶的神情。就在这时，“疯子”爱迪突然大力鼓掌！我们其余这些乡下孩子也一致响应，站了起来向鲁地欢呼。毕竟，他已经起了带头作用，指点我们该怎么办。从这一刻开始，“展示和讲解”节目将变得真正有趣。

法雷带来了他亲自鞣制的黄鼠狼皮，并且讲解了鞣制的过程。他讲得很有趣味，甚至说了所犯的几个错误。不过，他猜想有了经验之后，他鞣制的下张黄鼠狼皮气味至少会减少一半。

曼尼运气很好，因为在轮到他上台的三天前他的脚被斧头割伤了，因此他只要打开纱布给我们看看他母亲用肠线缝合的伤口就行了。它的样子虽然难看，但是很有教育意义，尤其是如果你也像我们大多数人那样用双口斧劈柴。

"展示和讲解"节目开始使狄丝小姐吃不消。她的脸变得苍白绷紧，脾气变得容易激动。有一次，我猜想她曾到衣帽间去哭过，因为她回到课室时眼睛是红红的，而且目光呆滞。那一次，劳拉安带了一只羽毛已被其他的鸡啄得半光的鸡来，放在狄丝小姐的桌上，并且用教鞭解释这种现象。那只鸡因为有点受惊，拉了屎。"哎呀!"狄丝小姐立即气吁吁地惊叫，我们这班三年级学生则笑得前仰后合。

由于有那么多精彩的东西已被带来展示和讲解，令我为了该带什么来而煞费思量。最后，我把我那只在路上被辗死的癞蛤蟆带到课室，讲解它是如何在路上被货车轧扁晒干，以及后来我怎样走过去把它拾起剥下以留传后世。这只癞蛤蟆很受同学们欢迎，但狄丝小姐却颓然倒坐在椅子上，用一叠算术卷猛给自己扇风。我觉得她的脸色有点发青，不过这可能只是我的幻觉。

这时只剩下玛格丽和爱迪了。我知道爱迪在打算带几副新鲜猪内脏来展示，可是玛格丽使他改变了主意。

她带来了一个纸盒，神气地捧着它走到黑板前，她掀开盒盖时，狄丝小姐退缩到了远远角落里去，双手在嘴巴附近紧张地挥舞。当一只母猫和四只可爱的小猫从纸盒里伸出了头来时，人人都立即欢欣无比。狄丝小姐对玛格丽说，她这个把小猫带来的主意好极了，又问她可愿意在小息时清洁黑板刷?

爱迪这下子可急坏了。"我不能够带猪内脏来展示了，"他说，"必得想一个什么会生可爱幼仔的东西。"

"用你的亨利行不行?"我建议说。

"对，亨利的确够可爱，可是它没有幼仔。"

"嘿，"我说，"我知道有些东西可以用来说是它的幼仔。不过你最好给亨利起个女孩子名字。"

人人都在指望"疯子"爱迪为"展示和讲解"节目来个惊人压轴戏。当他拎了个猪油桶走上前去时，课室里人人都屏息以待，连狄丝小姐似乎也在期待，可能是因为她想她心爱的一个学生会有令人难忘的贡献。

爱迪以天生善于卖弄噱头的本领，迅速地揭开了桶盖。"现在，各位女士先生，"他朗声说，"这位是亨利爱坦·莫尔敦——我心爱的束带蛇。"他举起了正在扭动的亨利。

狄丝小姐猛吸了一口气，用力之大竟使桌上的卷子都飞落到课室的一边去。

"不只是它，""疯子"爱迪继续说，"这里——还有它的幼仔。"他抓起了一团蠕动的大蚯蚓。

起初我以为那声音是远处消防车警报器的凄鸣。它慢慢地越来越响，而且抖颤刺耳，后来连窗玻璃都振鸣，使全班每个学生都毛发直竖。我们骇然发现人的声带原来能制造鬼哭神嚎，而一位三年级老师的声带这时就在制造这种凄厉声音。

校长考白先生来到把狄丝搀走。教室门关上了之后，我转身对爱迪说："我想你再也不会替狄丝小姐清洁黑板刷了。"

"唔，我同意，"他黯然说。但接着他露出了愉快的神色说："可是你得承认，那实在是一次精彩绝伦的'展示和讲解'！"

那实在是一次精彩绝伦的"展示和讲解"！